ハヤカワ文庫JA

〈JA1415〉

# 2010年代SF傑作選 1

大森 望・伴名 練編



早川書房

8473

# 目次

# 序

二〇二〇年というと、なんだか近未来もたけなわというか、空気がめっきり未来めいて、となりは何をする人ぞ的な気分になりますが（一九六一年生まれの個人の感想です）、それはそれとして、この十年、日本ではいったいどんなSF短篇が書かれてきたか。二〇二〇年代を迎えたこの機に、文庫本二冊でざっくり振り返り、一〇年代日本SFの精髄をお目にかけようというのが、本書を含む『2010年代SF傑作選』全二巻の趣旨。SFの場合、令和が始まったからといって平成SFを総括しようという気分にはなかなかなりませんが、西暦で二〇一〇年代が終わったとなると、なんだか急にまとめたくなるのが不思議なところ。やっぱり欧米生まれのジャンルってことでしょうか。まあ、歴史の見通しをよくする意味でも、十年単位でまとめておくことはそれなりに便利なはず。十年分のベストアルバムとして、また〝いまの日本SF〟のショーケースとして、長くお手元に置いてご参照いただければさいわいです。

十年前、本書と同じハヤカワ文庫ＪＡからは、早川書房編集部編『ゼロ年代ＳＦ傑作選』が刊行されてますが、同書を既読の方はご承知のとおり、あちらはゼロ年代日本ＳＦの一潮流である〝リアル・フィクション〟系列の傑作選。ＳＦマガジン掲載作を中心に書籍未収録作を集めた新鋭アンソロジーという性格が強かった。対するこちらは、個人短篇集に収録されているかどうかに関係なく、一〇年代ＳＦを代表する（と編者たちが判断する）作品を可能なかぎり網羅することを心がけた。その意味では、創元ＳＦ文庫『ゼロ年代日本ＳＦベスト集成』全二巻（大森望編）の流れを汲んでいる。したがって、というわけでもありませんが、こちらには、既刊短篇集の表題作が多く入っている。『１』では小川一水「アリスマ王の愛した魔物」、仁木稔「ミーチャ・ベリャーエフの子狐たち」、円城塔「文字渦」、『２』では宮内悠介「スペース金融道」、三方行成「流れよわが涙、と孔明は言った」、高山羽根子「うどん　キツネつきの」という具合。

必然的に、ＳＦ愛好者諸氏にとっては既読作が多くなるわけですが、ベスト・オブ・ザ・ベストを選ぶというコンセプトをなにとぞご理解のうえ、〝なんだよ、読んでるのばっかりじゃないか〟とブツブツ文句を言いながらお買い求めください。

他方、ふだんあんまり日本ＳＦの短篇を読まない人や、最近になって日本ＳＦを〝発見〟した読者には、現在の日本ＳＦの水準を知るための格好のガイドブックになるはず。この二冊に収められた短篇を手がかりに新しい贔屓作家を発見し、その作家の短篇集や長篇を手にとっていただければ、編者としてこれにまさる喜びはありません。

さて、この『２０１０年代ＳＦ傑作選』は、ごらんのとおり、全二十篇を二冊に分けて収録している。二冊セットで通読していただくと、この十年の日本ＳＦの動向が（たぶん）手にとるように実感できる仕組みですが、『１』と『２』は、それぞれ独立したアンソロジーとして読めるように作品を配置したつもりなので、どちらを先に読んでいただいても、あるいはどちらか片方だけ読んでいただいても一向にかまいません。

二冊がどんなふうに分かれているかというと、収録作家の顔ぶれを見ればなんとなくわかるとおり、ざっくり『１』がベテラン篇、『２』が新鋭篇。もっと具体的に言えば、『２』には、二〇〇九年十一月以降に商業デビューした作家（二〇一〇年代になって短篇を発表しはじめた作家）の作品が収められている。一方、本書の陣容は、ＳＦ作家歴四十年を超えた神林長平を筆頭に、〝日本ＳＦ冬の時代〟をくぐり抜けてきた飛浩隆、田中啓文、北野勇作のベテラン組と、少女小説／ライトノベル・レーベルから出発した津原泰水（津原やすみ）、小川一水（河出智紀）、長谷敏司の三人、それに小松左京賞出身の上田早夕里、早川書房デビューの仁木稔と円城塔――となる。日本ＳＦの世代で言うと、第三世代〜第五世代ですね。

ともあれ、以下の作品が、十年に一度しか出ないアンソロジーの半分にあたる十篇。じっくりとご賞味ください。

大森　望

# 2010年代SF傑作選1

# アリスマ王の愛した魔物

小川一水

二〇一〇年代の日本ＳＦ界を語るうえで欠かせないトピックの一つが、『天冥《てんめい》の標《しるべ》』（ハヤカワ文庫ＪＡ）シリーズの刊行だ。二〇〇九年九月に第一巻『メニー・メニー・シープ』上下巻の刊行によって幕を開け、二〇一九年二月に第十巻『青葉よ、豊かなれ』ＰＡＲＴ３の刊行で大団円を迎えるまで、足掛け十年、十部作十七冊というスパンで描かれた物語。それは、未来の人類入植地に起こった危機から語り始め、パンデミック、スペースオペラ、セックス、農業など巻ごとでアプローチを変えながら、人類を二つに分かつ恩讐を浮かび上がらせる壮大な未来史だった。日本ＳＦの中核を担う作家が持てる想像力の限りを投入した、空前の大河ドラマとして、今後も長く語り継がれる作品だろう。

　そんな巨大シリーズ執筆の合間に発表した、『コロロギ岳から木星トロヤへ』（ハヤカワ文庫ＪＡ）は、超常的な生命体の救出を通じて現代と二三世紀を繋ぐ軽快な時間ＳＦで、第45回星雲賞の日本長編部門を受賞している。そのほか長篇では、宇宙艦隊に乗り込んだカメラマンの目を通して異星生物を描く、『臨機巧緻のディープ・ブルー』シリーズ、ＳＦ短篇集では、『青い星まで飛んでいけ』、『アリスマ王の愛した魔物』（ともにハヤカワ文庫ＪＡ）、『煙突の上にハイヒール』（光文社文庫）を刊行。また、中篇集『トネイロ会の非殺人事件』、連作『美森まんじゃしろのサオリさん』（ともに光文社文庫）では、ＳＦ／超常設定のあるミステリにも挑んでいる。

『天冥の標』完結後は、『アステリズムに花束を　百合ＳＦアンソロジー』（ハヤカワ文庫ＪＡ）に中篇「ツインスター・サイクロン・ランナウェイ」を寄稿。現在、同作の長篇版を執筆中。

「アリスマ王の愛した魔物」はＳＦマガジン二〇一〇年二月号初出。算術によって全てを手に入れた王を描く異色のファンタジー。第42回星雲賞の日本短編部門を受賞した。

　小川一水（おがわ・いっすい）は一九七五年岐阜県生まれ。一九九六年、『まずは一報ポプラパレスより』（河出智紀名義、ＪＵＭＰ　ｊ　ＢＯＯＫＳ）で書籍デビュー。朝日ソノラマ（現朝日新聞出版）や早川書房を中心に、多数のＳＦ・ライトノベルの著作がある。（伴名）

「むかしむかし、あるところにたいそう数学の好きな王子がおりました——。

王子は名をアリスマといって、六兄弟の末っ子でした。父親の王はディメという国を治めており、ディメは東西を険しい山に挟まれた、川沿いの小さな国でした。

小さなディメの幼い王子は、川浜ほとりの王宮で、誰に気にかけられることもなく、ひとり遊びに没頭しておりました。というのもディメは貧しい国で、幼い王子を慰める歌舞団も、心身を鍛える広々とした狩場も、なかったからでございます。

とはいえ王子は醜悪で、枯れ枝のような体つきでございました。友誼《ゆうぎ》や情愛にわずらわされず、厳しい武芸を強いられもせず、静かに放っておかれたのは、幸せだったと言えますまいか。

昔の世界は今よりずっと豊かだったんじゃないかって？

いいえ、いいえ、それより昔。

それより昔の話でございます、お大尽《だいじん》さま。

アリスマ王子は天才でした。

三つの歳に基数詞《きすうし》を知ると、翌日には千まで数え上げ、七日ののちには四則《しそく》を考え出しました。事実上、ひとりで算術を発見したのでございます。といっても紙の上の学問にではございません。身の回りのものを数えることを知ったのです。兄弟の数から数えはじめて、人の数、部屋の数、着物の数、皿の数、なんでも数えていきました。食事に出る砂糖粒の数、床に敷かれた毛氈《もうせん》の網目の数、欄間《らんま》に彫られた幾何《きか》模様の枠の数、自分のしわや体毛の数。これを知るために王子は一時期、頭の毛をすべて剃ったので、気がふれたのではないかと騒がれました。

そうはいっても、このころの王子はまだ頭にしか毛がございませんでした。幸いだったと言えますまいか。

つるっぱげの王子はすっぱだかの自分の体を見回して、まだ数えていないものがないかと考えました。指の本数もほくろの数も、すべて数えて覚えてしまった。もっと何かを数えてみたい。

するとそのとき王子の股間が、殿方のあの不思議な作用で、むくむくむくと膨れてまいりました。王子はそれに衝撃を受けます。ここに大きな変化がおきた。けれども数える方法がない。これは数ではないのだから。

いや待て、と王子は思いました。なければ作ってしまえばいい。加減乗除《かげんじょうじょ》を作ったように、このような数を表す概念も、自分で作ればいいのだ——。

王子は長さを考案しました。後年にはさまざまな度量衡《どりょうこう》を定めます。その功は今の世にも残ってございます。今の人の用いる長さの単位、すなわち一スマというものは、王子の初めて測ったもの、すなわち陰茎《いんけい》の丈《たけ》に由来するのでございます。

王子は大変ご立派な方だったということが、この故事からよくわかるのでございます。もちろん、多少の誇張はあるにしても。

七つになると、アリスマ王子は輿《こし》に乗ってディメの国中をめぐりました。表向きの理由は花嫁探しでございました。王子も六男ともなると、政略結婚の相手もおりません。自力で探せと申しつけられたのでございます。

けれども王子は異性に興味がありませんでした。代わりに王子が観察したのは、言うまでもなく数でございます。国中の戸数、国中の人口。壮丁《そうてい》、妊婦、嬰児《えいじ》の数。武家、商家、百姓、奴隷。田畑の大きさに畜獣の頭数。橋の基数に堰《せき》の数。山の高さに木の本数。多くの街道とその長さ。すべて数えていきました。

そして王子は痛感しました。わが国の人はなんと愚かなのだろう。西の山すそでは千俵《ぴょう》の食べ物がないと嘆いているが、東の山すそには百俵のあまりが十ヵ所以上ある。北の川筋では百枚の田が氾濫《はんらん》したと騒いでいるが、南の川筋では乾いた三十枚の田が三ヵ所も放置されていた。

これらの村々の間には交通があるから、互いの苦境について知らないとは考えられない。なのになぜ、適切な配分を行わないのか。

それは数えないからでございました。ディメのほとんどの国人が、ろくに物を数えないと知って、王子は愕然といたしました。数の大切さ、計算の重要さということを、強く感じたのでございます。

アリスマ王子は思います。それにしてもこの世には数が多い。一体どれほどの数量があるのだろう。覚えることも、計算することもかなわない。数えることすらかなわない。せめて数える人手があれば。

アリスマ王子はお布令《ふれ》を出して、数に強い従者を求めました。けれどもうまくいきません。王子は当年七つです。みなが子ども扱いするのです。いっぽうそれらの者どもは、掛け算もろくにできません。

王子はすっかりあきらめました。

ある晩、王子が寝ていると、星の光が枕頭《ちんとう》に凝《こご》り、人の姿になりました。その者が恭《うやうや》しく言うことには、殿下のために参上しました、私を使ってくださいませ、と。

たいそう驚きはしたものの、そこは天才のアリスマ王子、敷物に描かれたディメの地図を指差し、その者に向かって言いました。全土の街道を行啓したが、同じ道を通るのは退屈だった。すべての街道を一度きりずつ、通って巡る順はあるか。

その者は地図をひと目見ただけで、三つある三叉路《さんさろ》を指差して首を横に振りました。

アリスマ王子はうなずきました。誰かに尋ねるまでもなく、王子は知っておりました。奇数の街道の交わる辻が、零《れい》か二つでない限り、全土を一度に巡ることはできないと。なるほどその者は才があるようでした。しかし心算《つもり》がわかりません。アリスマ王子は尋ねます。おまえの目当ては一体なんだ。

その者が答えて言いました。殿下を敬愛しております。算術の栄えは国の基《もとい》。お力を持っていただいて、ディメに算術を振るわせられませ。

その者の名前は今に伝わりません。素性も性別もわかりません。ただ若く、とても美しく、風変わりな口癖があったそうです。

王子はその者を召し抱えました。以後永く従者は仕えます。

八つ、九つ、十から十一。王子はすくすく育ちます。

代数、解析、幾何、統計。王子はますます賢くなります。

ディメの各地を従者と回って、あたうる限りの数字を集め。

人口動態、総生産高、現金収支、防衛戦力。

平均体重、生物分布、気温と雨量と風向風速。
戦没者数、妖気濃度、廃墟来歴、地脈竜脈。
国中の活動を把握しました。
国中の自然を把握しました。
国中の超自然も把握しました。

　アリスマ王子が十二の年に、結婚の話が舞いこみました。相手は北へ山ひとつ越えた、フィラス王国の姫でございます。フィラスはたいそう大きな国で、五倍もの兵力を盾にして、長年ディメを脅してきました。今度の見合いも一方的で、フィラス王が勝手に決めました。いわく二十二人目の姫が余ったため、しもじもに降嫁《こうか》させるのもなんだから、小国ではあるがディメにくれてやる、とのことでした。

　嫁入りとなれば花嫁が来るのが普通です。けれどもフィラス王はあちらへ来るよう要求しました。アリスマ王子は輿に乗り、揺られ揺られて七日もかけて、険しい山を越えてゆきました。

　フィラスは大きな国でした。王女も美しい娘でした。けれども性格は最悪でした。アリスマ王子をひと目見るなり、こんな醜い男はいやだと怒ってものを投げつけました。王がとりなしても聞きません。猿のようだし猫背だし、無愛想で口下手で陰気だし、きっと変態に違いない、と口を極めて罵《ののし》りました。

婚儀は破談となりました。アリスマ王子は輿に乗り、揺られ揺られて七日もかけて、険しい山を越えて帰りました。

もしもこの婚儀が成立していれば、今の世は変わっていたでしょう。より豊かに、平和に、複雑に、細やかに――。

いいえ、なんでもございません。何の問題もございません。盥《たらい》はきちんと備えてあります。話の先を続けましょう。

それとも一服なさいますか？

アリスマ王子が十六の年に、南のエンギル王国が攻めてきました。この国はフィラスほどではないものの大きな国で、水利についての言いがかりをつけて、無法にも国境を破ったのでした。

二万の軍が四手に分かれ、各地の村を襲っていきます。ディメの軍隊何するものぞと、頭から呑んでかかっていました。アリスマ王子の兄君たちが、甲冑《かっちゅう》をまとい剣を提げ、軍勢を率いて出撃しました。けれども敵が見つかりません。兵糧も飼葉《かいば》も足りません。予定の日時に輜重《しちょう》がきません。毎晩兵が逃げ出します。

いざ決戦と矢合わせすれば、長男、次男、三男、四男。討たれて仲よく首を並べました。

ディメの国王は真っ青です。降伏しようと言い出しました。このとき頭角を現したのが、醜悪なアリスマ王子でした。

王子は王の前に出て、兵権を譲るよう願います。どうせ他国に取られるならばと、王も願いを容れました。生まれて初めて権力を持った王子が、最初に何をしたかといえば――。

王宮の中庭にむしろを敷いて、そこに算廠《さんしょう》を設置しました。

算廠とは一体何なのか。その説明は後にいたしましょう。大切なのは効能です。アリスマ王子が指揮を始めます。巧妙精緻な反撃か、勇猛果敢な突撃か。いかなる勝利の光景が、王子によってもたらされたのでしょうか。

もたらされませんでした、何ひとつ。

王子が指揮した四十日、どんな勝利もありませんでした。勝利どころか一人の敵も、ディメの国軍は討てませんでした。どんどんどんどん蚕食《さんしょく》されて、国土の広さは半減しました。いよいよ敵が迫ります。王宮の櫓《やぐら》からエンギルの旗が見えます。このまま王宮は滅ぶのでしょうか。ディメは地図から消えるのでしょうか。

敵陣に小さな火が起きました。ディメの間者《かんじゃ》が放ったのです。間者は沢に飛びこんで逃げました。糧車《りょうしゃ》の轅《ながえ》が一本焼けました。ディメの最後のあがきかと、エンギルの将は大笑いしました。

翌朝早くに四千五百七十一の諸問題が勃発しました。それもすべてが異なる問題です。放火、地雷、投石、落とし穴、洪水、爆礫《ばくれき》、撒《ま》き菱《びし》、からげ紐といった人為の罠から、畜獣の乱入、糧食の腐敗、物売りを装った刺客《しかく》、渡り賃の急な値上げ、局地的な疫病、兵の頓死、自然死、自殺、老衰、悪臭、砂塵、飛蝗《いなご》、煙霧、淫夢、玩具、団子、盥、失《う》せ物、落ち武者、亡霊、死者の呪い、伝説の魔獣ホエバトティホル、世界の終わりを告げるという豚の鳴き声によく似た便器のきしみ音まで、ありとあらゆる災難がエンギルの軍を襲ったのです。四手に分かれた二万の軍は、ひとたまりもなく崩壊しました。ディメの軍が一糸乱れず出ていって、それらを速やかに掃討し、ついでに南の国境を越えて、エンギルの王都を占領しました。

何が起こったのかわからないでしょう。もちろん何が起こったのかわからないのです。

エンギルの人間にだけではありません。ディメの民にも、ディメの将にも、肝心の算廠とアリスマ王子にも、いったい何が起こったのか、ほとんどわからなかったのです。

わかっているのはひとつだけ――。

敵を襲った災難が、そのひとつひとつを取ってみれば、決して起こらなくはない出来事であること。むしろ、どれか一つか二つ、あるいは十か二十ならば、高い確率で起こるのが当然の出来事だったということです。

でも四千五百はないだろうって？　四千五百と七十一は。ごもっともなご指摘でございます。ディメには奇跡が起きたのです。

それを起こしたのが算廠です。

算廠は計算の殿堂でした。アリスマ王子の下問《かもん》に応えて、数字を返す機関でした。王子は長年の構想に沿って、とうとうそれを築いたのです。

国中の数字を呑ませることで。

あらゆる数字を吐き出す箱を。

王子はありったけの国民を走らせ、災難と問題を探させました。災難がなければ作らせました。災難がなくて問題も作れないところには、いかにもそれが起きそうな呪いをかけさせました。

そうして、数字を持ち帰らせました。すべての災難の発生確率を。

後は算廠がやりました。坤子《シンシ》と称する計算役の若者が、数字と数字と数字を動かし、災難と災難と災難を合わせ、一事が万事を引き起こすように、組み合わせ方を考えました。

それによって得られたのが、崩壊前日のあの火災――あの火を糧車に放つことで、くすぶった糧車が天幕へ転がり、主計の長を焼き殺し、全軍の輜重を渋滞させ、一部の兵から早朝の食を抜き、憤懣《ふんまん》やるかたない兵が祠《ほこら》の供《そな》え物を奪い、それが二百八十五年に一度の封印弱体化日に当たったため、ホエバトティホルが復活し、残りすべての災難の引き金を引いたのです。

それでもおかしいとおっしゃいますか？　そのような数字の出るわけがないと？

さよう、それなら起きたのでしょう。勝負を覆《くつがえ》す奇跡が。あるいは与えられたのでしょう。確率上の福音が。零を一にしたのではないとはいえ、一を千にしたのですから立派な奇跡です。

もっともそれが奇跡だといっても、犠牲を要する奇跡でした。

アリスマ王子が当日までに走らせた民は二十五万。逓子《ティシ》と称するこの役のうち実に八百十名が心臓麻痺で死にました。

算廠は二千五百の珅子を呑みこみ、九百と九人しか返しませんでした。運び出された死体はすべて、高熱で禿《は》げていたと伝えられます。苛烈な計算に耐えられず、脳が破れて煮えたのです。

ディメ王国のアリスマ王子の、自国の民すら容赦なく食らう、空恐ろしき呪いの機関。三倍に膨らんだディメ王国から、算廠の名はひと月を経ずに周辺諸国へとどろきました。

諸国は驚き目を向けます。戦勝とともに衰弱死した前国王の跡目《あとめ》を襲い、新たに即位したアリスマ王の、身辺を探りあわよくば殺そうと、あまたの刺客が送られます。

かくして小さなディメ王国は、強大国家の道を歩むのです。

不幸なことだとおっしゃいますか？　おとなしく占領されていればよかったのにと？

さあさあそれは。さあそれは。なんともわかりかねること。

数十万のディメの民は、まだまだ健在でございます。

二千五百の犠牲で済まし、峠のひとつをホエバトティホルに取られただけで済んだのは、儲けものだったと言えますまいか。

アリスマ王は南行します。かつての敵の王都から、開けた南を眺めます。

開けた沃野と開けた大海、多くの民が迎えます。

王は傍らをかえりみて、これでよいかと尋ねます。

おまえの言うままエンギルを盗った。これでおまえは満足か。

傍らに立つのは従者です。美しき扈従《こじゅう》は答えます。

未《ま》だ、未だ、未だ未だ未だと。

まだまだ国は栄えます。算術をもちいれば栄えるのです。ここで足踏みなさらずに、まだまだ領土を截《き》り取りあそばせ。

さすれば陛下の、あのお望みも、いずれはきっとかなえられましょう。

王と従者は目を交わします。二人にしかわからぬ合図です。

星の光から生まれた従者と、王は密約があるのです。

雄とも雌とも伝えられる、整いすぎた美貌の従者は、一礼したのち招きます。

私を見出してくださった陛下を、私も見出してさしあげます。

まずは臥所《ふしど》へ、まずは臥所へ、まずは玉体をあまさずに。

舌でくまなくお測りしましょう。背中のほくろも数えましょう。


税の季節が巡ってきます。農林水の恵みを量り、商家と職工が帳簿を合わせ、租税を納める季節です。去年はおよそこの程度だった、今年はこれでいいだろう。計算を済ませた民百姓を、非道な悪夢が襲います。国中の数字を握った王が、大増税を断行しました。水も漏らさぬ徴税態勢で根こそぎ持っていきました。

返す刀で改革します。ディメの内外の商工官武にはびこる汚職を、数字に表し数字で叩き、情け容赦なく訴追しました。貪官汚吏《たんかんおり》は一掃されて、牢屋と獄門は大盛況。

冬を耐え抜き春が来ると、王はかさねて改革します。大農の田畑をすべて取り上げ、小農たちにすべてを与え、生産意欲を増進します。酒造、塩造、薬造、造兵、漁獲の権利と伐採の権利。かたっぱしから配分しなおしディメを根こそぎ変えました。

当然起こる非難の合唱。既得権益の受益層から悪魔もかくやと憎まれます。刺客が放たれ陰謀うずまき王に危険が迫ります。

けれども王は死にません。右に軍隊、左に算廠。鉄の双璧が守ります。

将軍、参謀、兵どもは、エンギルの敗北を知っています。四千五百と七十一の、押し寄せる災いをつぶさに見ました。いずこの名君があれだけの、勝ちともいえぬ不吉な勝利を、狙って惹起《じやつき》できましょうや。軍の忠誠は絶対です。刺客を捕らえ謀反を鎮め、玉座を固く守ります。

そして算廠、算廠です。あらゆる数字を内に呑みこみ、あらゆる数字を吐き出す算廠が、エンギル軍を滅ぼしたように、ディメを改善したのです。不具合、不効率、不平等を、冷酷無残な数字の鉈《なた》で、ざくんざくんと切り捨てて、民の犠牲も何百と出して、徹底的に効率化しました。

見違えるような大改造――。

けれどもそれは、重すぎました。算廠にとって過大でした。連日連夜の過酷な計算に、算廠は多数の死者を出します。放熱のために頭を丸めた、僧侶のような風体《ふうてい》の若者が、ばたりばたりと木像のように、次々倒れて死ぬのです。

アリスマ王は憂慮して、算廠の強化に乗り出しました。まずは施設の拡充を。王宮の隣の丘が潰され、広大な房舎《ぼうしゃ》が築かれました。

入れ物ができたら人材を。王は珅子《シシ》を集めます。容姿も体軀《たいく》も貧弱でよい、男でも女でもかまわない、飲みこみさえ良ければ誰でもよい。高給と年金が保証され、陸続と若者が集まりました。

アリスマ王はさらに手を打ちます。各地に学舎を創設して、教え手をくまなく派遣しました。幼児に算術が仕込まれます。加法、減法、乗法、除法。三つ子が九九を数えます。算廠をすべての礎《いしずえ》に。ディメは変わっていきました。

この年、秋に戦《いくさ》が起きます。エンギルの東のブディーヤ国が、エンギルの遺臣を押し立てて、捲土重来《けんどちょうらい》を期したのです。

けれども今度は、けれども今度は、つまらない戦になりました。遠路を来寇《らいこう》したブディーヤ軍と、算廠に支えられたディメ軍と。どちらが有利か言うもおろかです。ついでに言えばホエバトティホルも、気まぐれを起こしてブディーヤに出かけ、城を三つほど消しました。

ブディーヤ軍は壊滅し、ディメの領土がまた増えました。

アリスマ王のディメ王国は、みるみる拡張していきます。初年にひとつ、次年にひとつ、三年目にふたつ、四年目にみっつ。近所の枝から実をもぐように、国を奪っていくのです。

　諸国の王は騒ぎ立ちます。アリスマ王は何者か。神か悪魔か人間か。送った間者も放った刺客も、ろくろく生きて戻らない。聞けばディメの物産は、諸国の二倍に及ぶとか。これではとてもかなわない。帰順する国家があらわれました。

　ディメの国人は鼻高々です。地図の染みだった小さな国が、五年で大きく膨張しました。今では巻物の地図の上に、止まった蛾ぐらいの大きさがあります。都城《とじょう》は牛車《ぎっしゃ》と物売りであふれ、東西の罵声《ばせい》が交わされます。

　繁栄しました、ディメ王国は。興隆したのち、隆盛したのです。

　こうなると世人の興味が向くのは、貴人にまつわる噂です。王国の偉大な王様は、いつ王妃様をお迎えになるのだろう。

　アリスマ王は今年で二十歳。諸国の王族ならばとっくに子のいる年齢です。北のフィラス王国からも、五女は要《い》らんかと言ってきました。

　アリスマ王は聞く気なしです。婚儀にはまるで無関心です。美しい従者をただ一人連れて、夜ごと日ごとに愛《め》でております。従者でもなんでも孕《はら》めばいい、とにかく世継ぎを作ってくれと、血族の長老連は泣きつきますが、アリスマ王は応えません。

　実はこのとき誰ひとり気づかぬ、重大な手落ちがありました。王は子作りを知らなかったのです。王子の身なのに出戻って、算廠一筋のアリスマ王は、赤子の生まれてくる穴を、今まで知らずにきたのでした。

従者が教えただろうって？

さあさあそれは、さあそれは――誰にもわからぬことでございます。従者の名前は伝わっておらず、男か女かも不明ゆえ、王の臥所で何をしたのか、あるいは何もしなかったのか、なんとも曖昧《あいまい》なのでございます。

青楼《せいろう》の太夫《たゆう》も赤くなるような、淫靡《いんび》奇抜な媾合《こうごう》をしたのか、それとも存外大真面目に、粛々と子作りに励んだのか。

誰にも知れぬ、誰にも知れぬ、ことなのです。

いかがなさいました？　お大尽さま。お加減を悪くなさいましたか？

青楼の太夫も赤くなる、淫靡奇抜な……でございますか？

存じません。存じ上げません。あらそのようなところ、あら、あら。

けっこうでございます。お確かめ下さるがよろしいでしょう。

ふふ、さあ、さあ。

あはん。

ええ、続きを語らせていただくのです。

実はディメ王国にはまだ王族がいました。六男のアリスマ王の兄、五男です。

えっ、そんなのがいたのかって？　もちろんいたのでございます。ようく思い出してくださいませ。

五男の王子、今では王兄ですが、この人があるとき奮起しました。アリスマ王が子を為《な》さぬならば、おれが代わりに為してやる、と。

その結果は、特に語るべきものではございません。紆余曲折あって五男はホエバトティホルの討伐に乗り出し、魔獣を追って国を出ました。

それきりでございます。梨のつぶてとなりました。

どうでもよろしい間もたせはよして、話の本筋に戻りましょう。算廠のことでございます。アリスマ王の頭の中は、すでにして算廠でいっぱいでした。算廠自体が国のことでいっぱいなのですから、それを御する王の頭がいっぱいいっぱいなのは当然です。

元の大きさの十倍以上に、膨れ上がったディメ王国を、王の理想に沿った形で完全無欠に動かすためには、膨大な数字を集めねばならず、膨大な数字を扱うためには、甚大な人数が必要でした。

その人数は一説によれば、王暦五年のこの年にして、逓子に八万名、珅子に二万名であったと伝えられます。

二万の男女が縦横に並んで、経木《きょうぎ》に向かって筆をかまえて、体臭と墨《すみ》の匂いを消す薫香《くんこう》の中、さらさらさらと書くのです。計算を重ねていくのです。

その音だけでも狂いますまいか。その匂いだけでも嘔吐しますまいか。

珅子の間には給仕が走ります。珅子といえども人間ですから、食わせなければならぬのです。出させなければならぬのです。また一説では下着を厚く穿《は》かせ、夕刻まではその場で排便を強いたと伝えますが、さすがに誇張でございます。王は厚情でございます。もちろん拭くことも許されておりました。衛生に気を遣う王でした。

二万の間を経木が滑ります。複雑怪奇に滑ります。二万といっても平屋《ひらや》ではなく、このときは四階ありました。右に左に、上階に下階に、経木は縦横に行きかいました。

そうして数字は果てしなき旅をして、簡潔至極《しごく》にまとめられたのち、一階主門の半円の間の、翡翠《ひすい》の器に滑り出ました。王がじきじきにそれを取りました。

その有様《ありさま》を描写するならば、このような具合でございます。

アリスマ王が訪れて、半円の間で下問します。

「西の方のアンガラパット王国の機動河馬《かば》師団は、何日後に誤差何日で国境を越えるか」

算廠はさらさらと神経に障《さわ》る筆の音と不気味な熱気を放ち、およそ二百を数えたのちにカラリと一枚の経木を吐き出します。

『六十四　六・五』

あるいはまたアリスマ王がこのような問いを放ちます。

「本年の南ブディーヤで増税を行う。ついては徴収可能な豪商すべてについて、一件ずつ内国通商登録番号と課税増額可能分を示せ」

算廠はさらさらさらさらと気が狂いそうな筆の音と重厚な熱気を放ち、およそ三百を数えたのちから、一拍につき一つずつカラカラと経木を吐き出しはじめます。

『五八　三千八百三十九万四千八百九十七』

『七九　二千九百十万七千六百九十』

『一八一　八百十九万七千八百四十九』

『二五二　四千五百万九十一』

『三二八　一億百九万八千七百九十』

　しかしこの程度のことは算廠にとってお遊びというべきで、もっともっと複雑難解な問いが放たれ、長大莫大な答えが返されることもしばしばでした。

「現在わが国に入りこんでいる諸国の間諜《かんちょう》と刺客すべてについて、身の丈と目方《めかた》を一人ずつ示せ」という問いが為された後では、二千本以上の経木がどっと吐き出されて、あやうくアリスマ王が埋没死するところだったと、当時高潔で知られた将軍が書き残しています。

　経木屋が御殿を建てました。

　ここにいたって諸国は知ります。次はわが国がやられると。

　密使が走り、軍使が走り、大使が走って伝えました。小競《こぜ》り合いは一時休戦、ともに手と手を携《たずさ》えて、大きな脅威に備えましょうぞ。

　巨大な網が編まれていきます。ディメを囲んでいくのです。

　その年末に明らかになる、ディメに対する大同盟。十五の国家が参画し、総兵力は六十万と号し、盟主はなんと北のフィラスでした。

開戦予定は雪解けの月。根雪《ねゆき》が解けて道が開けば、雪解け水が流れるように、大軍がディメに注ぐでしょう。

ああ王国は、算廠は。落花《らっか》の露《つゆ》と消えるのでしょうか。

諸国の王は武具を整え、傭兵浪人を大勢雇い、今やおそしと待ちわびます。春の訪れを待ち居ます。

いざ春三月そのときが来て、まずは西のデンプト国が、智謀果敢な将軍の下で、一番乗りと攻めこみます。旧エンギルを一気に抜いて、ディメの本土を目指しました。伝説の魔獣ホエバトティホルが盥に弱いと見抜いたのは、この将軍でございます。デンプト軍は魔獣をかわしてやすやすと先へ行きました。

そのときディメ王国の軍隊は――。

王国の領土にいませんでした。もぬけの空《から》っぽ、不在です。もちろん王もおりません。

いったいどこへ行ったのか?

血眼《ちまなこ》で探す将軍のもとへ、本国の急使が到来します。彼が伝えた不吉な知らせはデンプト王都の崩壊でした。ディメの軍勢が船に乗り、侵攻軍と入れ違いにしてはるばるデンプトを突いたのでした。

将軍は呆然としたものの、だからなんだと立ち直ります。我らが王都を盗られたならば、我らも王都を盗るまでよ。聞けば算廠なる官庁は、まるまる残っているそうだ。ディメの算廠を乗っ取って、我らが帝国を築こうぞ。遠征軍は王都に入り、まんまとディメを占領しました。

ああ王国は、算廠は。落花の露と消えるのでしょうか。デンプトの牙にかかるのでしょうか。

もちろんそうはなりませんでした。

わずか三月も経たないうちに、デンプトの軍政は瓦解《がかい》します。デンプト人の将軍は、算廠を使いこなせませんでした。役人たちに対するように、献策《けんさく》を求め訓令を出し、ひとつの答えも得られないまま、無駄に珅子を死なせました。五年の間に算廠に慣れたディメのしもじもの民衆も、要領を得ぬ支配にあきれてそっぽを向いて逃げました。

いっぽう王はどうしたでしょうか。海を渡ったアリスマ王は。

デンプトの王都でアリスマ王は、新たな算廠を開きました。

ご記憶でしょうか、王のことを。王は算術を極めた人間。軍事も政治もわからぬ代わりに、すべてを数字で把握する者。数万の人間に経木を渡し、数字から数字を編み出す経路はすべてが王の設計でした。珅子は計算するだけなのです。一人も政策がわからぬのです。

わからぬ凡愚《ぼんぐ》を幾万集め、筆と経木の単純計算で、森羅万象の問題災厄をすべて解決してのける。これが算廠の真髄でした。必要なのは計算だけでした。ディメ人だろうがデンプト人だろうが、あるいは一本足の案山子《カカシ》だろうが、まったく関係ないことなのです。敵でも味方でも同じなのです。

でも敵国では無理だろうって？　勝手のわからぬ敵国では？　元になる数字が手に入らぬのでは？

ご心配無用、ご心配無用でございます。そのための軍でございます。アリスマ王は王都を落とすと兵の八割を逓子に任じてデンプト全土に走らせました。あらゆる数字を集めさせました。

そして新たな算廠に、五万のデンプト人を押しこめました。デンプトの習慣に配慮して、頭を剃るのはやめたと聞きます。

デンプト算廠はうなりをあげて、内外諸問題を解決しました。ディメに比べてはるかに遅れた後進国のデンプトを、見違えるように改造するべく数字の怒濤を吐いたのです。

滅茶苦茶でしょうか？　五里押しでしょうか？　ところがそうではございません。

ディメの算廠が出したのです。五年の間に磨きぬかれた経験豊富な算廠が、春になったら押し寄せてくる諸国の軍勢を凌ぐため、もっとも有効な手段がこれだと、昨冬計算してのけたのです。

ディメ算廠のお墨付きのデンプト算廠は着実に成果を上げました。

さてまたいっぽう、諸国の同盟。大国フィラスを盟主に掲げる十五ヵ国の同盟は、この機に当たってどうしたでしょうか。

凄惨な同士討ちを開始しました。

諸王も馬鹿ではありません。ディメの繁栄を支えていたのが、算廠なる魔の機関であることは、とっくのとうに知っておりました。そんな機関を手に入れられれば、自国が最強の国となる。ディメの算廠を占領し、工人術師を連行すれば、覇道を完成できるのだ。王たちはそう考えました。

　それから始まる大競争。盗っても無駄だと悲鳴を上げる、デンプト軍を押しのけて、我も我もとディメに進軍、算廠を端から検《あらた》めて、一人残らず連れ去りました。

　それから諸国がどうなったのか。申しあげるまでもないでしょう。算廠にいた、というよりも算廠だった、珅子たちは全員無力でした。賢い者を尋問しても、百人単位で拷問しても、ディメを勃興させた魔術は再現できずに終わりました。

　そうするうちに越年します。アリスマ王が動くのです。

　王暦七年の春が来て、アリスマ王軍は進発しました。目当てはエレセス王国です。エレセス王国とはどんな国か？　どんな国でもございません。そこら一帯に三十もあった、つまらない国のひとつです。大国フィラスに与《くみ》した十五の同盟国のひとつです。

　アリスマ王軍はこれを攻め、首尾よく王都を滅ぼしました。言うまでもないことですが、デンプト算廠の後備のおかげです。未熟なデンプト算廠ですが、一戦なら支えてのけました。

　アリスマ王はエレセスにあります。ディメより小さな王国です。何の意味があるのでしょう？　ディメの算廠を犠牲にしてまでこの国を盗った大きな意味は、一体どこにあるのでしょう？

　おおありでした。この国はフィラスに隣接しているのです。ディメの国土から七日隔たる、山に阻《はば》まれたフィラスの王都を、この国は指呼《しこ》の間《かん》に臨むのです。

付け加えればこの国は、きわめて細長い国でした。険しい山脈に挟まれているので、デンプトとフィラスを除いた国は、攻め入ることができないのです。

思い返してくださいませ。ディメは大きく成長しました。国境線が延伸しました。多くの敵を作りました。それゆえ一度に攻めこまれました。

エレセスの隣国は二つだけ。実質上はフィラスだけです。アリスマ王は戦わずして、十五の敵国が組んだ同盟を、十三ヵ国削ったのです。

なんと深遠な策謀でしょう。しかしこれも王の知恵ではないのです。

算廠、算廠、算廠です。二年の昔ディメの算廠が、これぞ唯一最高の解だとて、自らの解体すらも織りこんで、導き出した奇抜な作戦。

それがこの大回り、二つの国を回りこむ、常人不可解の策なのでした。

アリスマ王がフィラスを攻めます。時に王暦十年です。エレセス算廠の育成に、王は三年かけました。

フィラスの王が迎え撃ちます。盟約を結んだ四ヵ国軍です。十三ヵ国ではなかったのかって？　ディメの争奪戦で決裂しました。

もしも十三ヵ国のままだったなら――仮定は仮定にすぎません。これはむかしむかしのお話。とうに過ぎ去ったことでございます。とうに終わった過去においては、四ヵ国でしかなかったのです。

　フィラス中原の会戦は、武勲輝くアリスマ王の、もっとも正統的な戦いでした。アリスマ王の左右の双璧、忠勇無双の軍隊と完全無情の算廠が、あたうる限りの能力を発揮し、大フィラス軍と激突しました。

　エレセス算廠は計算しました。会戦当日の天候気象、地形効果と原住動物、敵軍各将の能力性格、各国軍の特色弱点、移動経路と補給経路、中原にはびこるフタエグルマヅタが岩石に及ぼす諸影響。まだまだそれでは終わりません。フィラス王の二十六人の王女たちと嫁ぎ先の姑《しゅうと》との水面下のさまざまな戦いから、四番目の同盟国スタグレンの弓兵たちが用いる合成弓の脂《あぶら》の腐敗から来る彼ら特有の指の股のただれまで、そこまでやるかと正気を疑われるほど、計算に計算を尽くしました。

　吐いて出された五万枚の経木を、一兵卒にいたるまで持たされた軍隊は——。

　喚声を上げれば野豚が走って敵将を落馬させ。

　無人の谷へ矢を射れば隠れ潜んだ伏兵が壊走し。

　騎馬隊の激突ではこちらの胴衣に擦りこんだ野草の臭気で敵騎馬が次々嘔吐。

　決戦たる歩兵同士の戦いでは、戦場六ヵ所に散らばった方形槍陣の出鱈目《でたらめ》無秩序な移動が、ことごとく敵陣の急所を突いて逃散せしめたうえ、六百名の歩兵の行進で掘り返された泥の中に、逃げ遅れて潜んでいたフィラス王その人を偶然発見。

　さらには絶対に何かの間違いだろうと思いつつも十五里遠方で箱いっぱいの蛞蝓《ナメクジ》をたずさ

えて待っていた別働隊が、敵同盟国エンスィからはるばる派遣された毒蛇使いの暗殺部隊を偶然捕捉し、用意の蛞蝓を投げつけて史上初めてこの謎に包まれた部隊を生きたまま捕縛するという、およそありえないような大功・異功を上げるに及んで、戦史上に類を見ない大大勝利を得て、見事フィラスの王都に上洛しこれを陥落せしめたのでありました。

　アリスマ王は訪れます。かつて一度だけ足を踏み入れ、旬日《じゅんじつ》を経ずに追放された、あの呪わしき憎らしき、フィラスの王女の城館を。

　戦勝国の国王です。土足で館に踏みこみます。血砂にまみれた軍兵を率いる、やせて醜いアリスマ王を、震え上がった衛士と侍女が遠巻きに眺めているのです。扉の奥の扉を開けて、アリスマ王が進んでゆくと、最後の豪奢な寝室に、あのときの王女がおりました。

　二十二番目の美しい王女は、なんの奇跡か必然か、今でもそこにおりました。別に不思議でもなんでもない？　ふふふ、確かにおっしゃる通り。気性の激しいこの姫は、とうとう誰にも娶《めと》られずにいたのでした。

　王と王女は対面します。王は今年で二十と六歳、王女も同じでございます。男盛りの王に対して、薹《とう》の立ちすぎた王女です。

　けれども王女は泣いております。父が囚われ王都が燃えて、かつて手ひどくふった男の、恨みの深さを知ったのでした。女も二十六ともなれば、うすうす行く末を悟ります。尼寺に行ければよいほうでしょう。涙を流してひれ伏して、王の爪先に口付けします。私が悪うございました。この身一つで済むものならば、煮るなり焼くなりしてくださいませ。けれども代わりに身内のものには、どうか一掬《いっきく》のお慈悲をば――。

王が片手を伸ばします。優しく微笑んでささやきます。フィラスの王の王女様、どうかお顔をおあげなさい。そんなに卑屈になることはない、ひとつお聞きしたいだけなのです。涙にくれた美姫が尋ねます。どんなご質問なのでしょう？

アリスマ王は言いました。

「縦と横と高さの三軸からなる空間に存在する幾何学図形集合空間のうち、基本群が自明であるものは、どのような図形だとお考えでしょうか？」

「は？」

と王女はつぶやきます。清らかな唇をぽかんと開けて、空っぽの表情をさらします。

アリスマ王は王女を眺めて、三度同じことを訊きました。王女は答えることはおろか復唱することもできません。

アリスマ王は笑います。会心の笑みを浮かべます。王女の耳に顔を寄せ、この上なく嬉しそうにささやくのです。わかりませんか？　わかりませんか？　この問いに答えられないとおっしゃるのですね？

王女の顔色が消え失せます。体をがくがくと震わせて、失禁しながら悟ります。ただの醜男ではなかったと。

アリスマ王が哄笑します。望みを果たす時なのです。恨み積もった美しい王女に、指一本ふれずに叫びます。

「算廠、算廠、算廠へ！　フィラスの王と九族すべて、算廠へ送り計算させよ！」

アリスマ王の復讐は、ここに完成を見たのでした。

アリスマ王は凱旋します。ディメの王都に戻ります。大国フィラスを破った王に、恐るるものはありません。置いていかれた民草《たみくさ》は、王を恨んでおりましたけど、抗《あらが》えるものではございません。王の率いる遠征軍は、デンプト・エレセス・フィラスの三国で、財宝の山を手に入れました。史上いかなる帝王が、かほどの勝利をもたらしたろうか。アリスマ王に栄えあれ。万歳、万歳、万々歳！

軍の忠誠は絶対です。王の意のままに動くのです。富豪だろうが奴隷だろうが、王の支配に弓引くものには決して容赦いたしません。追い詰め、捕らえて、頭を丸めて、算廠に放りこみました。

ディメの領土はかつての十ヵ国。フィラスの凍土とブディーヤの砂漠。デンプトの陶器とエレセスの織物。四方の国から徴税します。産物が流れこむのです。ホエバトテティホルが辺境をさまよい、盥屋をしこたまもうけさせ、それを追う五男の王兄が、行く先々で顰蹙《ひんしゅく》を買いましたけども、王国にとっては些細なことです。針先で突いたような災難です。瑕疵《かし》と呼ぶのも大げさです。

そして算廠、算廠の珅子は――。

　十六万に増えました。王国の経略を演算し、安全を保障し繁栄を支える巨大偉容の人間機関は、南北半里で九層からなる壮麗無比の城郭に収まり、日ごと夜ごとに千人単位の蟻のごとき逓子を呑みこんで、東西無尽のディメ王国を殷賑《いんしん》の極《きょく》に高めたのでした。

　二十六歳のアリスマ王は、さらに国土を広げます、五つ、六つ、九つと。ひとつ齢を重ねるたびに、周辺諸国を併呑《へいどん》します。牧畜が野草を食い尽くすように、大陸を支配するのです。アリスマ王の三十の年、ディメは帝国となりました。

　おつかれですか？　おやすみですか？　夜もずいぶん更けました。

　あともう少し、少しです。ディメ帝国のアリスマ帝は、二十数万の珅子を使って大陸を征服いたしました。ここまではよろしい、よろしいでしょう。殿方の誰もが考えること。恨みの積もる相手を倒し、目に入る限りの事物を奪い、美しい異性の愛を得る。アリスマ帝の愛する従者は、異性かどうかも不明でしたが、とにかく何者かであるのは確かです。アリスマ帝は愛したのです。その者のために生きたのです。

その者が言うから、征服したのです。広大無辺の大陸を。

今その仕事は成りました。王暦十四年の春にして、帝は偉業を達成しました。

もうこれ以上取るものはない。おれの仕事はすべて終わった。アリスマ帝は言いました。

これに答えて従者のいわく「おやおや、何をおっしゃいますか？　帝が手にした陸地はひとつ。たったひとつでございます。それで終わってしまうのならば、はなから小さなディメにこもって愚鈍無明《ぐどんむみょう》の侍女でも孕ませ、細く永ぁく老いていくほうがまだマシだったと言えますまいか」。

アリスマ帝は聞きました。ならばどうせよと申すのか。

従者は答えて言いました。海へお船を出されませ。


おわかりですね、お大尽さま。さよう、おっしゃる通りです。これがダイムの帝国なのです。はるか後世の今まで伝わる、人類史上最大最富で最強を誇った国家です。むかしむかしが豊かと言うのはこの国を指して言うのです。海にお船を万隻浮かべ、海より遠くと交易しました。

おつかれですか？　おやすみですか？　ええ、もちろん盥はあります。

でももう少し、でももう少し、このお話の顚末を。

顚末をお聞きなさいませ。

　時は王暦二十二年。アリスマ帝の三十八の年、帝国の船が沈みます。ふっつりと連絡を絶ったのです。

　海事の司《つかさ》は驚きました。それは訓令になかったからです。ディメの算廠の忠告の書に、沈没予定はなかったからです。けれどもそうした意外な事件はたまには起こっておりました。最強を誇る算廠といえども瑣末な事件は取りこぼします。

　しかし事件は連続します。二隻、三隻と商船が沈み、ついには目撃されるのです。帝国の船団に牙を剝く、未知の国家の艦隊が、南海の嵐と虹の向こうに忽然と姿を現したのです。

　報告が帝に上がります。帝は算廠に下問して、対策数字を引き出しました。かくかくの港に艦隊を仕立て、しかじかの方角へ送り出せ。海事の司が手配りをして、艦隊は出港いたしました。軍船二百に弩《ど》砲《ほう》を積んだ、精強の艦隊でございました。

　これが沈んでしまいます。

　連絡艇の一艘《そう》もよこさずきれいさっぱり全滅しました。

　このときディメの算廠は、一枚の経木を吐き出します。

「一＜廠」

　一以上です。二なのです。三や四かもしれないのです。

　アリスマ帝の切り札である精妙無類の算廠が、異なる陸にも活動していてディメに対抗しはじめた。たった一枚の経木の文字が帝国を震撼《しんかん》させました。

ただちに侵攻が計画されて、間者二千が送られました。別の大陸、未知の土地へ、逓子となって放たれました。

ところがそれとまったく同時に算廠が経木を吐き出します。書かれていたのは身の丈と目方、間者の人相書きでした。ディメの大陸にまぎれて入った敵の逓子の手配書でした！

敵の算廠は展開を読んで、同じ手を打ってきたのでした。

アリスマ帝は知るが早いか、算廠の増強を命じました。算廠は大きいほど高速です。それに大きいほど緻密なのです。こちらの計算能力が、相手の算廠の能力を超えれば、裏をかくことができるのです。破壊することができるのです。

ちまちまやっても仕方ありません。アリスマ帝は倍増を命じます。珅子の数は六十万、逓子は総勢百三十万です。実に旧フィラスの全人口が、このために投入されました。

空前絶後の巨大算廠がディメの国土を埋めました。大陸全土の糧食が集まり、牛車が大河を作ります。逓子は空中の廊から出入りし床下を糞尿が流れます。内には腐った空気がたまって悪臭と酸欠で人が死ぬので、幅二十間の風道が通され五万の奴隷が扇ぎました。一日二回反乱が起こって廠内軍が激戦を交わし、破壊と放火が頻発したため大工と僧侶が大もうけしました。珅子の熱気がもうもうと噴き上げ上空で凝って嵐を起こし、豪雨が降って川があふれて下流の旧エンギルが浸水しました。

ここまでやってどうなった。ここまでやって勝てたのか。

無論のことでございます。アリスマ帝軍は最強です。敵大陸の弱点が暴かれ、軍船二千が進発していき、上陸進行三百里にして敵算廠を発見しました。

怒濤の攻撃が行われます。陣頭に立つのは帝そのひとです。不惑を迎えたアリスマ帝が、敵の算廠へ踏みこみました。目当てはむろん首魁です。自分のほかに算廠を立てた、憎くも偉大な男は誰か。ひと目その顔拝んでやろうと、直卒の果てに到着しました。
異国様式の算廠の、一階主門の方形の間の、黒曜の器の前に立つのは、太りに太った醜漢《しゅうかん》と――。

　アリスマ帝が誰より親しき、美貌の従者でございました。

　従者は敵を離れます。アリスマ帝の腕《かいな》の中に、するりと戻ってまいります。愕然とする敵王を差して、アリスマ帝にささやきます。

　どうぞご成敗くださいませ。あなたの仇《かたき》でございます。八つに裂いて焼くもよし、ディメの算廠へ入れるもよし。

　汝《なんじ》はここで何をしていた。アリスマ帝が詰問しますが従者は笑って言うのです。みかどの無聊《ぶりょう》をお慰めするため、敵を作っておりました。

　さすがの帝も愕然とします。従者の愚行にでございます。そんな理由で敵につくとは、政道をなんと心得るのか。しかしゆるゆると気づきます。確かに自分は楽しんだ。敵の大陸を打ち滅ぼすべく狂気のような増強をして、空前絶後の算廠を作る過程を誰より味わった。

　従者の言《げん》は図星でした。帝は無聊を託《かこ》っていました。それが慰められたのです。

　そういうことなら是非もない。史上最大の遠征を受けて、ディメの商業も沸き立った。独断行為も大目に見よう。国へ帰ってくるがよい。帝は従者を許します。

哀れ、哀れ、哀れなのは——当て馬にされた敵の帝。階段下ろすもかなわぬ巨体のために、その場で膾《なます》にされました。

戦勝に沸く遠征軍。無敗の帝を称《たた》えます。されども帝は従者を眺めて、黒い疑惑を抱きました。こやつは一体どういうつもりか。本当に予の無聊を慰めただけか。

大陸ひとつで満足せずに、さらなる膨張を望んだこやつの、本当の意図はどこにある。

疑惑は育ち、膨れます。疑惑を解消する方策は、ディメにおいてはただひとつ。

帝は経木に疑問を書いて、ディメの算廠に問いました。

「かの者の意図は奈辺《なへん》にありや？」

森羅万象に返答し、海の向こうの帝国を倒した、ディメの算廠がうなります。悪臭振りまき嵐を呼んで、三日ののちに答えました。

『無答』

下って王暦四十年、ディメ帝国は第三の大陸と出会い、激戦むなしく敗れました。

敗戦時の珅子は四百五十万。帝国人口の四割を占めておりました。

四十年の永きにわたって活動を続けた算廠は、ただ一回の無答を除いてあらゆる問題に正解し、帝国敗北の秋《とき》にあっても、そのことを正しく予言したそうでございます。

帝国敗北の原因は、限度を越えて過密となった算廠そのものから発生した、流感であったそうでした。勝利のために閉鎖はできず、坤子のすべてが感染しました。

五十六歳のアリスマ帝は、従者に看取られて死にました。ついに継嗣《けいし》を得ませんでしたが、死に様は安らかだったと伝えられます。

帝を失ったディメ帝国は、あっという間に没落し、二年で烏有《うゆう》に帰《き》しました。忠実だった帝の従者も、間もなく姿をくらましました。

あとに残ったのはただの三つ。盥に弱いホエバトティホルと、五男王兄が各地に作った落《らく》胤《いん》と、そして昔エンギルだった糞尿の三角州でございました。


さて、さて、さて——。

お疲れ様でございます。お話は終わりでございます。

空も白んでまいりました。間もなく盥が要るでしょう。

えっ……。

まことか？　まことなのかと？　今宵の話はまことなのかと、お大尽さまはお尋ねになるのですか？

なぜなら、わしがその五男の末裔《まつえい》だから？

ほほほ。

ほ。

ほ。

もしもそう思っていただけたなら、お話しした甲斐がございました。このような下らぬ寝物語を、大変楽しんでいただけたようで、何より重畳《ちょうじょう》でございました。

もちろん架空でございます。作り話でございます。確かに今のこの世には、ホエバトティホルが出没します。夜明けに覗く触手眼と、もし人が目を合わせれば即死いたしますが、盥をかぶれば防げます。その起源を説《と》いた話のようにも思われたでしょう。

そう思わせる、おとぎ話でございます。

ほら、ほら。鳴き声が聞こえます。魔獣がやってまいりました。

盥をかぶってやり過ごしましょう。

……あら、まあ、まあ。朝からほんに、お元気な。

盥の代わりに、お布団でございますか？

ふふふ、どうぞお好きになさいませ。

んふん。

いったようでございますよ。

ほんとうにお盛んなお方です。惹《ひ》かれてしまいます。

え、お身請け？　ほほ、ご冗談を。お口ばかりがお達者な。

え？

……本気、でございますか？　本気の本気で、引き取ってくださると？

それは、ありがたき幸せでございます。

謹《つつし》んで——お受けさせていただくのです。

んふん。嬉しゅうございますよ。ほんとに。

お待たせいたしました。支度ができました。

さあどうぞ、いずこにでもお連れくださいませ。

はあ、最後に。お聞きになりたいのですか。おとぎ話と言うのなら——ちゃんと結べとおっしゃいますか？　ほほ、お気になさらずとも。

——お気にかかるのでございますか？　王の従者の正体が？

さあさあ、それは。さあそれは——しかとは分からぬことなれど、少し考えてみましょうか。

王は従者の言うがまま、算廠を広げて国を栄えさせました。それでいちばん益《えき》を享《う》けたのは、どこの誰だと思われますか？　従者本人？　アリスマ王？　ダイム帝国の臣民ですか？空前絶後の巨大発展で、高速強力大量になったのは？

それは算廠の中身そのもの——筆と経木でやり取りされる、無形無重の計算そのもの。

すなわち王子の黎明に現れ、帝の没後に杳《よう》として消えた、星の光の凝りの従者は、それの精だったのではありますまてぃか？

……おわかりですか？　お大尽さま。　おわかりですね？　すっかりと？
それではただ今このときから、あなたに繁栄をお約束しましょう。
先代未聞の大繁栄を。もちろん、あれの構築と引き換えに。
殿下のものになったのです。お名前は付けてくだされればよろしいのです。
お勘定なさいませ、お勘定なさいませ。お代は計算いたします。
願いましては——」

# 滑車の地

上田早夕里

二〇〇六年刊行の『異形コレクション　進化論』（光文社文庫）初出の短篇「魚舟・獣舟」（のち同題短篇集に収録）で鮮烈な印象を与えた上田早夕里は、その後、同じ世界背景を持つ長篇を執筆し、二〇一〇年に『華竜の宮』（ハヤカワ文庫ＪＡ）として発表した。ホットプルームによる海面上昇の結果、陸地の大部分が水没した二五世紀。遺伝子改造を経た海上民と陸上民との対立や、地球に迫る巨大な災厄を背景に、外交官とアシスタント知性体を主人公に据えた交渉のドラマであり、小松左京や眉村卓を髣髴させる手腕とスケールの大作だった。同書はベストＳＦ２０１０［国内篇］第一位を獲得し、第32回日本ＳＦ大賞、第10回センス・オブ・ジェンダー賞も受賞。短篇「リリエンタールの末裔」（のち同題短篇集収録）では山岳地帯出身の少年が抱く空への想いが語られ、二〇一三年刊行の『深紅の碑文』（ハヤカワ文庫ＪＡ）では、大異変が目前に迫り、衝突が激化する時代が描かれた。その後も「ルーシィ、月、星、太陽」（〈ＳＦマガジン〉二〇一七年四月号掲載）などの短篇が書き続けられ、現代日本ＳＦを代表する壮大な未来史となっている。

二〇一六年刊行のノンシリーズ短篇集『夢みる葦笛』（光文社文庫）では、長篇クラスのアイデアを各篇に惜しみなく投入。その凄味は同書がベストＳＦ２０１６［国内篇］の第一位に輝いたことや、収録作十篇中五篇が『年刊日本ＳＦ傑作選』（創元ＳＦ文庫）に収録されたことからも明らかだ。

「滑車の地」も、大長篇の予告版かと錯覚するほど奥行きのある世界設定で、激変した環境と、そこに生きる命の形を活写している。

上田早夕里（うえだ・さゆり）は兵庫県生まれ。堀晃主宰のＳＦ同人誌〈ソリトン〉に参加。刑事と超能力者の少女の邂逅を描く『火星ダーク・バラード』（ハルキ文庫）で第４回小松左京賞を受賞しデビュー。二〇一七年刊行の『破滅の王』（双葉文庫）は、戦前に実在した上海自然科学研究所を扱った作品で、第159回直木賞候補となった。現在、同時代を描く三部作の第二弾『ヘーゼルの密書』を〈小説宝石〉（光文社）二〇一九年五月号より連載中。他の単発長篇に『薫香のカナピウム』（文春文庫）、『リラと戦禍の風』（ＫＡＤＯＫＡＷＡ）などがある。（伴名）

ヒト運搬用の滑車《プリオ》を片手でたぐり寄せると、三村《みむら》は、フックの部分をハーネスに引っかけた。プリオの先端は硬化炭素ロープとつながっている。それを介してロープにぶら下がる三村は、ヒトというよりも意思を持つ荷物だ。

生臭い水と藻の匂いが飛び出し台の下から吹きあげてくる。三十メートルの高さから見おろした冥海《めいかい》は、今日も薄曇りの天気のもと、気味の悪い黒色に輝いていた。

波打つ泥の下には泥棲生物《ヒジ》が潜む。全身の三分の一が口という泥鰻《どろうなぎ》や、尖った口吻《こうふん》で獲物の体液を吸う泥蠅《どろばえ》の幼虫。人間の腕など簡単に切り落とす螯《はさみ》をそなえた泥鯱蟹《どろしゃちがに》。泥に棲み、泥の中を泳ぎ、腹を満たす獲物を求めている。泥蛇《どろへび》が泳いでいく姿は単眼鏡がなくてもよく見えた。冥海の表面に浮き出る模様の大きさが、蛇の成長の具合を教えてくれる。彼らは人間を何人も丸呑みできるほど大きくなる。蛇と呼ぶよりも竜と呼ぶべきかもしれない。

強い刺激臭が冥海から吹きあがってきた。風で薄められても、なお目に染みる。三村は額にあげていた防風眼鏡をおろした。目元が少し楽になった。

視線の先に建ち並ぶ塔と鋼柱は古い時代の建造物だ。塔はいまでは居住区として使われ、塔から鋼柱、鋼柱から鋼柱の間には、頑丈な炭素ロープが張られている。大勢の人間や荷物が、この剝き出しのロープウェイを体につないだプリオひとつで渡っていく。ロープと冥海の落差は平均二十五メートル。この高さを恐れる者は、この地にはいない。

塔と塔との間隔は橋を渡すには長過ぎる。橋の構造では強度が保《も》たない。建築資材も足りなかった。冥海は藻以外の植物を受けつけず、何度試しても、人間が踏めるような固い大地に変えることができなかった。そこで考えられたのが、炭素ロープの軌道とプリオによる移動手段である。一見危なっかしく見えるが、使い慣れると、これほど手軽で便利な道具はない。

準備が整うと、三村は片手でプリオのフックを握り、塔の最上階から空中へ飛び出した。ハーネスが強い力で引っぱられ、反動で体が少し跳ねあがった。プリオは三村を吊したまま、凄まじい勢いで炭素ロープを滑り始めた。風の圧力が気持ちいい。プリオでの滑走は空を飛ぶ感覚にとても似ている。

軌道の下方には蜘蛛の巣状に敷設された安全ネットが見えた。網にかかった獲物のように、ネットには泥棲生物《ヒジ》の卵塊がびっしりとへばりついている。黒っぽい艶から、幼生の孵化が間近だとわかる。泥棲生物《ヒジ》の幼生は普通すぐに冥海へ潜るが、時々塔の方向へ登ってくる。あがってくると食料庫を荒らすので、孵化前の卵塊除去作業は欠かせない。だが、最近は卵の数が多過ぎて除去が追いついていなかった。泥棲生物《ヒジ》の数が人間の数を圧倒的に上回ったとき、この地で何が起きるのかは簡単に想像がつく。〈滑車の地〉の終焉。それは一日でも長く遠ざけておきたい未来だ。

炭素ロープや鋼柱は毎日少しずつ劣化していく。放置しておくと断裂したり倒壊したりするので、修理工である三村には休む暇もない。根元まで泥に浸かった鋼柱が、どれぐらい古く、どれぐらい腐食が進行しているのか、詳しく知っている者はいない。三村自身も知らなかった。潜って調査しようにも冥海の泥は潜水艇のスラスターを止めてしまう。潜水服だけで冥海へ降りれば、人間は、たちどころに泥棲生物《ヒジ》の餌となる。

自分たちには新しい土地が必要だ。塔や鋼柱が倒壊する前に。

中継鋼柱まで辿り着くと、三村のプリオはT字型のバーの片方に乗りあげた。〈送りの溝〉がプリオの車輪と触れ合って、がりがりと耳障りな音をたてる。音の成分で三村は溝の磨り減り具合を把握する。音が滑らかになってきたら〈送りの溝〉の交換時期だ。その交換作業も三村の仕事だった。

中継地点を過ぎてから十分ほど経った頃、別のロープを移動中の男が三村の目の前で落ちた。大きな荷物を抱えたまま、プリオごと冥海へ落下していった。

断裂したロープが鞭のように冥海の表面を打ち据え、泥が血のように周囲に飛び散った。ルートを失った二本の鋼柱に警告灯がともる。男はいったん安全ネットに救われたが、運悪くそれまで裂けて、泥の海へ落下した。荷物の浮力で男はしばらく浮いていたが、水面でもがいているうちに周囲の泥が蠢《うごめ》き始めた。

泥の表面に浮かんだ模様を目にした男はつんざくような悲鳴をあげた。三村は手元の制御盤のスイッチを押し、プリオの速度を上げた。

男を助けるためではない。

最高速度に達したプリオは、三村の体を事故現場からあっという間に遠ざけていった。その場に残っても、泥蠅の幼虫や泥鯱蟹の食事場面につき合うことになるだけだ。泥棲生物《ヒジ》の鋭い牙が人間の頭蓋骨を嚙み砕き、腹を抉《えぐ》り、内臓を引っぱり出すところなど子供の頃からうんざりするほど見ている。落ちた人間を救う方法はない。救おうとすれば自分も食われる。きりきりと胸を締めつける罪悪感と共に、その場からすみやかに立ち去る以外に選べる道はない。

男の叫び声はすぐに聞こえなくなった。子供時代の苦い思い出を反芻《はんすう》しながら、三村はプリオをひたすら走らせ続けた。

工場塔A－二〇四へ続くロープを滑走し終えると、三村は飛び出し台の上を走って、塔内の事務所へ駆け込んだ。壁に貼られた地図で、さきほどの事故現場を確定する。正確な方位と位置を把握し、工程表に工事予定として書き込んだ。

《C3／58／硬化炭素ロープ断裂。派遣：修理工一名、シルクオルム一セット》

新たなプリオの到着音が響き、安全靴が床を踏む音が近づいてきた。部屋に入ってきた工場長の福永《ふくなが》は、三村の顔色を見て眉根を寄せた。「また事故か」

「ええ」

「シルクオルムの糸が足りん。修理は少し待て」

「幹線ルートですよ」

「仕方がない。糸を張ったところで、硬化炭素も足りんのだ」

三村はうなずき、さきほど書き込んだ文章の最後に《未定》と追加した。

「他のロープの劣化を調べてきます。補強材ぐらいならありますから」

「ご苦労さん。助かるよ」

三村は倉庫へ行き、シルクオルムを棚から降ろした。四組の回転翼を持つ芋虫型工作機械を裏返して蓋を開く。五番ボトルを内部にセット。工具とシルクオルムを収めた箱を抱えて工場塔の屋上へ出た。再び自分の体をプリオに固定し、飛び出し台から身を投げた。

事故現場まで戻ると、三村は周辺の鋼柱にも警告灯をつけ、近場の軌道をすべて通行止めにした。箱を開き、シルクオルムを作動させる。回転翼がうなりをあげ、工作機械はふわりと宙に浮いた。三村が制御盤から指示を送り込むと、昆虫のように指定範囲内を飛び回り、センサーを使ってロープの劣化箇所を見つけてきた。数本のロープが他よりも劣化していることがわかった。

三村は次の指示を工作機械へ送り込んだ。羽のある昆虫が枝に留まるように、シルクオルムはロープの上に取りついた。頭部を震わせ、口から鈍色《にびいろ》の炭素繊維を吐き始めた。ロープの劣化部分に繊維が巻かれていく。これで五年は保つはずだ。ロープの修理が終わると三村はシルクオルムを呼び戻し、プリオのモーターを動かして別の場所へ滑っていった。

仕事は日没近くまで続いた。塔と塔の間に太陽が沈み、空の低い位置が赤く染まりつつあった。泥海の表面は金属のかけらを撒いたように煌めき、水平線から斜めに放たれる光が古びた鋼柱や炭素ロープを新品のように輝かせていた。一瞬だけ、この地に暖かい色彩が戻ってきたように見える。

工場塔へ戻ると三村は工具類を倉庫へ片づけた。退勤記録をつけ、再びプリオで工場塔の外へ出た。工場塔ではほとんど残業がない。物資不足が恒常的に続いているので、残業しても生産性が上がらないからだ。

飲食店や娯楽施設がある塔まで滑って行き、一番好きなフロアで夕食を摂った。塔内農園で作られて加工される食品は、サイズは小さいが栄養価は高い。手早く食事を終えると、三村はプリオを使って、また塔の外へ身を投げた。外は、もうすっかり闇に呑まれていた。鋼柱にともった誘導灯は天空に散らばる星のようだった。色とりどりの灯りの中を通過しながら、三村は研究塔へ向かって滑り続けた。

研究塔には、いつものように開発スタッフが集まっていた。発泡酒を飲みながら食堂で激しく議論を闘わせている人々の傍らに、福永工場長の姿が見えた。工場長は三村と目が合うと、「こっちへ来い」と手招きをした。

三村が席につくと、福永工場長は言った。「アジサシのパイロットが決まったらしい」

「誰ですか」

「女の子だ。十六歳の」

「それはまた若い子に」

「成績がトップで体重が一番軽い。そのうえ身よりがない」

「三つも条件がそろうのは珍しいですね」

「だが、乗せていいものかどうか、いま、上で揉めている」

「なぜですか。有能なら性別も年齢も関係ないでしょう」

「普通の子じゃないんだ」

「何か特殊なところが？」

「うむ、どう言えばいいのかな。あれは……」

「私も会えますか」

「たぶん。最上階の倉庫をのぞいてくれ。たいていは、そこにいるはずだ。リーアという名前の女の子だ。偏見なしに接してほしい。とにかく特殊な子だから」

長い階段を昇って最上階に到着すると、工場長が言ったように、誰かがアジサシのコックピットに入っていた。

機体はまだ離陸の準備をしていない。バッテリーも充電していないし、バイオ燃料も入れていない。だから、いくら触っても動かないのだが、少女は操縦の手順を熱心に確認し、操縦桿や計器を興味深そうに弄《いじ》っていた。襟ぐりが大きく開いた、作業着を身につけている。

近くに寄って少女の容姿を確認した瞬間、三村は背筋がひやりと冷えたのを感じた。

コックピットにいるのは人間ではなかった。獣に近い姿をした者だった。ショートカットに見える栗毛の髪は、よく見ると襟足から背中へ向けてたてがみのように伸びており、それは彼女の感情に反応するように、ときおり、ざわりと身を揺すった。少女は目元を隙間なく覆うサングラスをかけていた。そのせいで表情が読めない。透けるように白い肌は、爬虫類の鱗のように光の加減で色が微妙に変わる。肘までめくりあげた袖口から伸びた腕や指は、カエルのように細くて長かった。

ふいに少女がこちらを振り向いた。サングラス越しに見据えられたような気がして三村は身を竦《すく》めた。怯《おび》えを押し殺して訊ねる。「リーアさんだね？」

リーアは軽くうなずき、訊ね返した。「そうですが……あなたは、どなたですか」

「三村と呼んでくれ。炭素ロープの修理工だ。研究塔では整備士もやっている」

リーアはシートから立ちあがり、音もなく床に着地した。ウエストを締める黒いベルトと足元の短靴が、彼女の痩身を際立たせていた。リーアはゆっくりと三村に近づき、外見の異様さとは裏腹に優雅にお辞儀をした。「失礼しました。お世話になります。よろしくお願いします」

「あまり固くならないで。少し話したいだけだから」

「君はどうしてパイロットに応募したんだ。とても危険な仕事なのに」

「自分から応募したのではありません。いきなり呼び出されて、試験を受けろと言われて……」

「誰がそんなことを」

「共育《きょういく》塔の偉い人たちが」

泥棲生物《ヒジ》や風土病のせいで、この地では大勢の子供がすぐに親を失う。孤児となった子供を一ヶ所に集め、大家族として育てているのが共育塔だ。子供は成人すると工場や各組織の求人に応じて塔から巣立っていく。だが、今回のような例は珍しい。

「自分の意思じゃないんだね。だったら無理に乗る必要はない。別の仕事を探したらどうかな」

「いいえ。これが私の任務ですし、飛行機には昔から乗っていますので」

「昔から？」

「模擬装置で何年も練習しています。風や機体の揺れまで体感できる装置で、代替《S》現実《R》システムと呼ばれています。地上にまだ冥海がなかった頃、人間は美しい自然の中を飛んでいたのでしょう？　その頃の飛行記録を仮想空間に合成し、本物の空を飛んでいるように体感させるんです。気象条件も自由に設定できます」

「そんなものがどこにあるんだ。ここにあるのは旧式のシミュレータだけだぞ」

「地下都市に」

三村は息を呑んだ。「君は地下から来たのか」

「ええ」

「信じられない。地下の人間を見るのは初めてだ」

リーアは口元に歪んだ笑みを浮かべた。「私は人間ではありません。人間とのコミュニケーション能力を持つ、ただの獣です」

「獣？」

「〈リーア〉というのは私個人の名前ではありません。生物としての種類を指す名称なんです」

「じゃあ、君は地下で十六歳まで育って、それから共育塔に来たわけだね」

「はい。正確に言うと、飛行機の部品と一緒に、地上の商人に買われました」

冥海の底には固い大地があり、そこを掘り進むと地下の大都市に至る。地下の住民は蟻のように地殻内にトンネルを掘り、巨大な空洞を作って都市を建設していた。

拡張工事はいまでも続いており、いずれは地殻という地殻を掘り進め、上部マントルまで活用するのではないかと言われている。採掘で出る土は必要な金属類を採取したあと、廃棄物と共に地上へ投棄される。冥海とは、その投棄された土によって生まれた泥海だ。

地下での暮らしは随分と煌びやかであるらしい。いまや地球は地殻内こそが人類の棲息拠点であり、外気に触れながら暮らしている三村たちは、最先端の文明から取り残された者なのだ。

〈滑車の地〉と地下都市との間には、商品の売買を通して、わずかに交流がある。情報は商人の耳と口を経由して伝わってくる。地下で作られた商品は〈滑車の地〉の生活を広く潤《うるお》していた。文化的な交流こそないが、地下都市がなければ三村たちの生活は成り立たない。塔内での生産だけでは追いつかないからだ。

「私は部品なのです」とリーアは言った。「飛行機を作る金属や特殊素材と一緒に製造され、販売される生き物です。いわば操縦を担当する部品と言えるでしょう」

　スタッフがリーアの存在に戸惑った理由を、三村はようやく理解した。大切な計画に携わる者が人間じゃなくてもいいのか――それは、アジサシ計画のスタッフなら誰でも考えることだろう。

　けれども、失敗が許されない今回の飛行計画でリーアの存在は大きい。筆記試験での成績がずば抜けており、〈滑車の地〉にはないシステムで訓練を受けている。体重も一番軽い。アジサシを自分たちで操縦すべきか、人間ではない者に任せるのか。そこに絡む感情は、人間としての誇りと、人間ではない者に対する蔑みだ。

　三村は腕組みをしてリーアを見つめた。「君が獣であっても、自分で自分を部品だなんて言っちゃいけない」

「でも、事実ですから」

「他の誰かが言っても私は嫌だ。そう感じる人は、たぶん他にもいる。この意味がわかるかい」

「いいえ」

「だったら、少し考えてみるといいかもしれないね」

リーアは不満げに唇を歪めたが、反論はしなかった。反抗しないことが部品としての務めだとでも言いたげに、わかりましたと答えた。「でも、飛行機について教えてもらうのは構いませんよね。私、こんな機種は初めて見ました。固定翼機とも回転翼機とも違う。面白いデザインです」

「ひとり乗りのティルトローター機だ。ヘリコプターみたいに垂直離陸するのに、固定翼機と同じ飛び方もできる。両翼に可動式のローターがひとつずつあるだろう」

「はい。形はヘリコプターに似ていますね」

「このローターで垂直離陸し、途中からこれを前へ傾けて水平飛行へ移る。そこから先の操縦は固定翼機と同じだ。ヘリコプターは機体を傾けて進行方向を決めるが、こいつはローター自体を前傾《ティルト》させて進む」

「意外と簡単そうですね」

「馬鹿を言っちゃいけない。ホバリングから水平飛行へ移るときに、うまく制御しないと危ない。尾翼に固定式のローターが二つあるだろう。あれで機体を安定させて事故の発生率を下げるんだ。冥海だらけで滑走路を作れない土地では、こういう飛び方をする機種が役に立つ」

リーアはうなずき、フロアの隅に置かれている別の機体を指差した。「あちらの小さな回転翼機は？」

それはアジサシよりも遥かに小さく、十字に組んだ骨組みとローターだけで作られていた。骨組みの中央に操縦席があり、四方へ伸ばした金属軸の先端に、四組ずつ回転翼が付いている。

三村は答えた。「マルチコプターだ。これもひとり乗り。こういう形だから遠くまでは飛べないが、プリオの代わりに、これで塔から塔へ飛べると便利だろう。大量生産できないか、いま検討中だ」

「名前は？」

「シックスティーンと呼んでいる。ローターの総数が十六だから。君の歳と同じだね」

リーアの理解は早かった。飛行機のことを熱心に教えているうちに、三村の中にあった怯えは、いつのまにか消えていた。

——この子は確かに私たちとは違うが、ここまで言葉が通じるなら、仲間として仕事ができるかもしれない。

一通り話し終えると、三村はリーアに「他のスタッフとも会ってみるかい？」と訊ねた。

リーアは首を左右に振った。「下の階に私の部屋があります。そこでお別れさせて下さい」

「人間と会うのは嫌い？」

「私は皆さんを嫌いではありません。でも、皆さんは私を見ると怯えるので」

「そうか……」

「でも、三村さんは普通に話してくれたので、うれしかったです。ありがとうございました」

「パイロットの選定から洩れたら他にあてはあるの？」

「いいえ。私は飛行機の部品ですから、パイロットになれなかったら他の道はありません」

長い階段を降りていくと、リーアの部屋があるフロアまで辿り着いた。個室の扉の前で、三村は自分からリーアに握手を求めた。リーアは、うれしそうに三村の手を握った。

人間の手と違って、リーアの手は鉱物のようにひんやりとしていた。ああ、こんな部分からこの子と自分とは違うのだ——と三村は実感し、けれども、それをかえって心地よく思った。猫や犬の鼻先が冷たいことが当たり前であるように、これがリーアの体温なのだ。

翌日の夕方、研究塔内では、パイロット選出と第一次飛行計画の打ち合わせが行われた。三村も出席した。アジサシ計画は、趣味から出発した有志参加の企画である。〈滑車の地〉以外の土地がどうなっているのか、どこかに泥棲生物《ヒジ》に襲われない土地はあるのか、自分たち以外の地上人は存在するのか、三村たちは何ひとつ知らない。一年中低くたれこめている雲やこの地の大気は、電波を妨害する微粒子を含んでいる。だから、この地には、よそからの電波通信が入ってこない。こちらから発信することもできない。飛行機を飛ばして肉眼で確認しない限り、他の土地の事情はわからないのだ。

　塔と鋼柱が倒壊し始めるまでには、まだ時間的な余裕がある。その間に新しい土地を見つけ、もし生き残っている同胞がいるなら生活のために協力し合う――。これがアジサシ計画の目的だった。

　機体はスタッフの手で飛行テストを終え、具体的な探査計画を実施する段階まで達している。パイロットの募集は、長距離飛行に協力してくれる人材を探すためだった。長距離飛行では燃料の節約が大切で、なるべく体重が軽く、適応能力の高い若者が好ましいのである。研究塔の管理責任者は五十二歳の女性技術者で、皆の率直な意見を訊きたいと切り出した。

　意見はまっぷたつに割れた。

　賛成派。リーアは代替現実《SR》システムで訓練を受けている、ここにはない最先端のシミュレータを使って飛行センスを磨いている、その他の条件も申し分ない、反対する理由がない。

　反対派。リーアは〈滑車の地〉の出身ではない、アジサシに乗せると自由を求めてそのまま逃亡するかもしれない、〈人間ではない存在〉は人間には想像もつかない考え方をするのではないか、だとしたらリーアにアジサシを任せるのは危険だ。

　福永工場長はリーアの実力を認めつつも、反対意見が多いなら、複数の候補者を選ぶべきではないかと提案した。「そもそも、パイロットは研究塔内から選ぶ形でもよかったんだ。それを外部に求めたのは、新しい知識や物の考え方が欲しかったからだろう？　新しい血という意味ではリーアは最適の人材だ。だが、新しいものは古いものと衝突しやすい。複数選ぶことで、皆の間に緩衝地帯を作るのもいいんじゃないだろうか」

別のスタッフも次々と工場長に賛成した。ただ、パイロット候補が増えると、彼らへの生活管理費も倍増する。金銭の問題については計算し直しましょうと議長は言った。候補者がパイロットにならなかった場合、ここで研究員になってもらう方法もある。新しいスタッフを雇ったと考えれば出費も無駄ではない。

三村は黙って皆の意見を聞いていた。リーアだけで充分だと思うとは言い出しにくい雰囲気に抵抗を覚えつつも、強く反対する理由もなく、口をつぐむ以外に何も思いつかなかった。

結局、リーアの他に、一翔《かずと》という名の十五歳の少年が選ばれた。そして、訓練中に彼らが不適格と判断された場合、研究塔内のスタッフが飛ぶことに決まった。

スタッフ向けの試験が行われた結果、最高得点を出したのは三村だった。三村の選出に反対する者はいなかった。むしろ「機体について一番詳しいのは三村だ。彼が最初に飛ぶべきではないのか」と再提案する技術者もいた。

三村は彼らの言葉に礼を言いつつも、まずは最初に選出された若者たちに任せたいと自分の気持ちを告げた。

リーアと初めて顔を合わせた日、一翔は三村と同じように激しく戸惑いを見せた。三村がリーアについて詳しく紹介し、彼女は誰よりも新しい知識を持っている子だと教えると、ようやくぎこちなくリーアに挨拶し、自分の名前と出身塔を告げた。

一翔の父はシルクオルムの設計者で、幼い頃から研究塔のスタッフとも顔見知りだ。今回の選出を誇らしく思っていただけに、リーアの存在をうまく受容できない様子だった。

　リーアは丁寧に頭を下げ、自分も名前と出身塔を教えた。相変わらずサングラスをかけているので表情を読みにくい。

　一翔は訊ねた。「眼鏡は取らないの？」

「ええ」

「目が悪い人間はパイロットに向かないんだよ」

「視力測定には合格しています。でも、怖がる人がいるので」

「ふうん……。ということは、人間とは違う形の目なんだね」

「色が特殊なんです。綺麗だと言ってくれる方もいますが、人間にはない色なので嫌がる方もいるんです。それで、いつも眼鏡を」

　訓練は研究塔内のシミュレータから始まった。全方向スクリーンに人工画像を映すだけの旧式装置だが、外部から飛行条件を操作できる。試験官が様々なデータを打ち込んで飛行を邪魔するのである。乱気流、雷雨、ウィンドシアー（風向きや風速の急変）、着氷、エンジン内部の凍結、渡り鳥や他の航空機との衝突等々、現実の飛行で起きる障害がすべて再現可能だ。これをうまく処理しないと、惨憺《さんたん》たる結果が待っている。

　リーアは一翔や三村の得点を引き離し、塔内で誰も到達していない記録をはじき出した。得点表を見た一翔は、信じられないといった面持ちになった。悪態をつき、自分の掌を拳で殴りつけた。リーアは得点表を一瞥すると、「次は」と三村に訊ねた。

「シックスティーンで、ちょっと飛んでもらう」

「素敵！　あれ、乗ってみたかったんです」

リーアは皆が見守る中、少しも臆せずシックスティーンに乗り込んだ。機械の作動音と共に、研究塔の最上階のルーフが開く。どんよりと曇った空が頭上に広がった。雲の切れ目はまったくない。オーバーキャストと呼ばれる状態――これが〈滑車の地〉での常である。

冥海の匂いがフロアに微かに漂い始めた。

リーアがエンジンをかけると、十六組の回転翼は、うなりをあげて激しい風を作り出した。機体が床から離れ、ゆっくりと上昇していく。シックスティーンは、すぐにルーフの高さを超えた。機体とウィンチをつないでいるワイヤーが完全に伸びきったところで、シックスティーンは上昇を止めた。機体を傾けて水平飛行に移る。

糸をつけたトンボが人間の腕の先をぶんぶんと飛ぶように、リーアは塔の上空を何度も旋回してみせた。機体外部に設置されたスピーカー越しに、ホイッスルの音が降ってきた。音信号で「異状なし」「遠くまでよく見える」という言葉が響いてくる。

フロアで見ていたスタッフは、呆れたり、歓声をあげたり、リーアの実力を手放しで誉めたりした。悔し紛れに憎まれ口を叩いたり、まあこれで部品としての性能が証明されたよなと言う者もいた。

滑らかに飛ぶ機体を見つめながら、何と綺麗な飛び方だろうと三村は心を震わせた。リーアが操縦すると、シックスティーンはまるで生き物のように見える。大気の流れをしっかりと把握して、まったくバランスを崩さずに飛んでいる。根本的なところからセンスが違うのだ。

一翔は険しい面持ちで空を見あげていた。「悔しいな」と彼がつぶやいたのを三村は聞き逃さなかった。暗い淵に沈み込んでいくような声だった。一翔は沈黙を守ったまま、睨みつけるようにシックスティーンを目で追っていた。

日曜日、三村は卵塊除去の当番だったので、早朝から研究塔に入った。

研究塔の窓際に置いたウィンチからロープを伸ばしてプリオに通す。プリオとハーネスをしっかりとつなぐ。異状がないことを確認してから窓の外へ出た。

塔の壁を軽く蹴りながら、冥海へ降下していく。

ロープだけでなくプリオを一緒に使うのは、泥棲生物《ヒジ》に襲われたときに急速上昇するためである。

卵塊は塔の根元にびっしりと産みつけられていた。水面に近づき過ぎると、泥鮫《どろざめ》や泥鯊《どろはぜ》が飛びあがってくる。食いつかれたら手足を失いかねないので、用心しながら少しずつ降りた。少し離れた場所を、福永工場長が同じように降下中だった。

卵塊はまだ薄黄色だった。産みつけられてから日が浅いのだ。ソースをかけるように着火液を卵塊に滴らせ、バーナーで火をつけた。生ものなので燃えにくい。燃え方を見ながら着火液を足していく。自分の体に引火させないように気をつける。炎の熱気が汗を誘い、たちまちのうちに髪と服が湿り気を帯び始めた。

　三村は福永工場長に訊ねた。「アジサシに最初に乗るのは結局どっちなんですかね」

「わしはリーアでいいと思うが、相変わらず反対が根強い」

「そうですか……」

「飛行を成功させれば英雄だからな。初飛行のパイロットが人間じゃないと知れたら、世間的に盛りあがらないと言うんだ。研究塔の運営費は寄付に頼っている部分もあるから、現状では、あながち間違った意見でもない」

「リーアなら絶対に成功するのに」

「順番は気にするな。初飛行の名誉は一翔に譲って、リーアには、もっと難しいミッションを頼む道だってある」

「その成功も、いつのまにか『人間が成し遂げたこと』にされるんじゃありませんか」

「別にそれでも構わんじゃないか。わしらの目的は、ここ以外に安全な土地を見つけることだ。初飛行の名誉なんぞ、『人間としてのプライド』とやらに囚われている連中にくれてやればいいんだ。リーアはその程度で挫ける子だと思うかね」

「いいえ」

「だったら、わしらが心配するこっちゃない」

　卵塊が完全に炭化すると、三村と福永工場長は、スクレーパーを使って壁面から卵の残骸をこそぎ落とした。丁寧にならした上に補強剤を塗布し、泥棲生物《ヒジ》が嫌がる薬剤を吹きつけておく。

卵塊除去にかかる時間は徐々に増えている。三村は炭素ロープの修繕に加えて、あちこちで、この作業に追われるようになっていた。塔、鋼柱、安全ネット。量の多少はあるが、最近はすべての場所で卵塊を見かける。よくない兆候だ。

卵を焼いていると匂いに惹きつけられるのか、しばしば泥棲生物《ヒジ》が冥海から頭をのぞかせた。火炎放射器で脅しながら、繰り返し海へ追い払う。

冥海観測員の話によると、泥海の化学成分が変わりつつあるらしい。地下都市や〈滑車の地〉が冥海に投棄している廃棄物の量は、もともと日によってばらつきがある。泥棲生物《ヒジ》といえども常に居心地がいいわけではないようで、投棄される化学物質の濃度が上がると苛立って暴れるのだ。中毒死する個体もいる。

産卵量が増えているのはそのせいだろうと観測員は言っていた。死亡する個体が多いと、泥棲生物《ヒジ》は以前よりも多く卵を産むようになる。泥棲生物《ヒジ》にとっては当然の戦略、この地の人間にとっては迷惑このうえない状況だ。

プリオを使って塔内へ戻ると、三村と工場長は、遅い昼食を摂るために食堂へ足を向けた。食堂へ入るとリーアと一翔の姿が目に留まった。壁際で、ただならぬ雰囲気で話し合っている。ふたりの緊張関係を知っている三村は、すぐには近づかず、遠くから様子をうかがった。

リーアは、いつものようにサングラスで表情を隠していた。しかし、それでも困惑している様子がありありとわかる。喧嘩しているのだろうか。声をかけるべきだろうか。三村が迷っていると、福永工場長が肩を引っぱり、三村の動きを止めた。

やがて、一翔はリーアの前から離れた。三村と工場長に気づくと、軽く頭を下げて通り過ぎ、廊下へ出て行った。

リーアは壁際から長テーブルの端へ移動し、薬罐《やかん》から湯呑みに茶を注いだ。椅子に座り、気分を落ち着けるように口へ運んだ。

三村は工場長に断りを入れてから、ひとりでリーアのところへ歩いて行った。テーブルの向かいに昼食のトレイを置き、「やあ」と声をかけながら席についた。

ぼんやりと顔をあげたリーアは不思議そうに訊ねた。「今日も出勤なんですか」

「卵塊除去の仕事があってね」

「ランカイ……」

「塔の根元に泥棲生物《ヒジ》の卵がついている。あれを掃除するんだ」

「ああ。それなら、共育塔にいた頃によく見ました」

「塔の中で泥棲生物《ヒジ》に襲われたことはあるかい」

「いいえ」

「私はあるんだ。子供の頃にね。両親の留守中に泥蛇が登ってきた。一メートルぐらいの仔蛇だったが、弟と妹を守るためにナタを振り回して闘ったよ。蛇の頭を何度もナタで殴りつけて叩き潰した。あの嫌な感触は、いまでも両手に残っている……」

「冥海に毒を撒いて全滅させるとか、そういうことはできないんですか」

「泥棲生物《ヒジ》を全滅させると冥海の状態が悪化する。だから適宜処置しかない。なぜ泥棲生物《ヒジ》が冥海にいるのか、君は知っているかい」

「いいえ」

「あれは地下の人間が作った人工生物だ。地下都市から地上に投棄される土砂には、都市で発生した廃棄物が混じっている。我々も彼らと同じように、日常的なゴミや廃棄物を一次処理してから冥海へ捨てるが、泥棲生物《ヒジ》は、それをさらに細かく分解して無害な泥に変えてくれるんだ。でも、泥棲生物《ヒジ》は、地上の人間も分解すべきゴミだと認識しているようでね。炭素ロープから落ちる人間を食っているうちに、時々塔へ昇って人間を襲うようになった」

「じゃあ、泥棲生物《ヒジ》と私は同じものなんですね。人間のために働く道具や部品なのですから……」

三村は一瞬狼狽《うろた》えた。世間話をしていたつもりが、思わぬ方向で地雷を踏んだ。どうやって言葉を補えばいいのか困っていると、リーアがぽつりと洩らした。

「私は、なぜ言葉を喋る生物として作られたのでしょう。泥棲生物《ヒジ》のように、命令通りにずっと同じことを繰り返す——そんなふうに作ってもよかったはずなのに」

「きっと、複雑な仕事を任せたかったからだよ」

「言葉を喋るせいで私は人間から嫌われます。人間社会を脅《おびや》かすのではないかと……。だったら私は喋れないほうがよかった」

「でも、私は君と話していると楽しいよ」

「そうでしょうか……」

「君もそう言っていただろう」

リーアは黙って茶を飲み終えると、「お先に失礼します」と言ってその場から立ちあがった。

三村は訊ねた。「アジサシには、やっぱり一番目に乗りたいか」

「いいえ」リーアは目を伏せた。「それはもうあきらめました」

「え？」

「三村さんもよくご存知でしょう。私は〈部品〉なんです。〈人間〉と同じにはなれない。一翔さんが先に飛んだほうが喜ぶ人は多い」

「君が納得しているのなら私から言うことじゃないが、本当にそれでいいんだね？」

「はい」

「そうか。ちょっと残念だな」

「ご期待に添えず申し訳ありません」

「私は、君が一番目に飛ぶところを見たかったんだ」

「本当に？」

「ああ」

リーアは、ほんの少しだけ顔を綻《ほころ》ばせた。「三村さんからそう言ってもらっただけで、私は満足です」

アジサシ計画実施の日、ルーフを開いた研究塔の上空には、溶け落ちそうな灰色の雲が垂れ下がっていた。

一番目のパイロットは、結局、一翔が選ばれた。新しい服を着て皆から祝福され、女友達からお祝いのヘルメットを渡され、一翔は照れくさそうに笑っていた。

三村とリーアは、皆の後ろからその様子を眺めていた。周囲の反応に合わせて拍手をし、一翔の言葉にじっと耳を傾けた。

いよいよ出発というとき、ひとりのスタッフが階段を駆けあがってきた。フロア全体に叫び声が響き渡った。「冥海から泥棲生物《ヒジ》があがってきた。大変な数だ」

福永工場長が訊ねた。「卵は全部焼いたはずだ。どこから来た幼生だ」

「違う。孵化したての幼生じゃない。終齢幼虫と成体が登ってくるんだ。うちの塔だけじゃなくて、このあたり全部に」

三村たちは窓辺へ駆け寄った。冥海を見渡した途端、皆はあまりの状況に悲鳴をあげ、眼前の景色に釘付けになった。

窓から見えるすべての塔と鋼柱に、泥蠅の終齢幼虫や泥鯱蟹の若年成体が絡みついていた。ぶよぶよと肥大した白い幼虫と、剣呑な螯をふりかざす甲殻類の群れだ。巨大な泥蛇が身をくねらせながら水面から鎌首をもたげ、刻々と塔に近づいていた。泥鰻は水がない場所では生きられないので、水面近くで狂ったようにのたうち回っている。銀色の鱗が泥のうねりの中で煌めく。無数の軟体動物が脚をくねらせ、それらを押しのけて塔へ登ろうとしていた。まるで冥海が逆流したかのようだ。塔や鋼柱に塗られた忌避剤のせいで、泥《ヒ》棲《ジ》生物たちは悲鳴のような叫び声をあげ、苦痛に悶えながら、それでも、すべてを呑み込まんとする勢いで押し寄せつつあった。

「冥海観測員から、とんでもないデータが届いている」スタッフは震えながら告げた。「冥海の化学物質の値が、今朝から急速に跳ねあがっているそうだ。地下で工場の事故でも起きたんだろう。廃棄物の投棄量が制御できていないんだ。泥《ヒ》棲《ジ》生物は泥中の毒素の濃度に耐えられず、冥海から逃げ出そうとしているようだ」

「じゃあ、連中は全部ここへ登ってくるのか！」

鼓膜を引っ掻くような耳障りな音が窓の下から近づきつつあった。黒い海は留まることなく這いあがってくる。男たちは窓辺から退くと、フロアに並んでいる棚から着火液や武器を取り出した。瓶の栓を抜く。銃の弾薬を確認する。一翔の女友達も皆と同じように武器を手にした。準備が整うと、工場長の掛け声に従って、スタッフは次々と階段を駆けおりていった。

三村も銃身の長い銃を手に取り、火炎放射器を肩に担いだ。一翔が駆け寄ってきて言った。

「三村さん、僕も下へ降ります」

「だめだ。君はアジサシを守れ」

「いいえ。アジサシには僕じゃなくて、リーアを乗せてやって下さい」

「初飛行のパイロットに選ばれたのは君だろう」

「僕はこの土地の人間です。みんなが大変なときに、自分だけ逃げるわけにはいかない」

「それは違う。君にはアジサシを飛ばしてもらわねばならん。機体を泥棲生物《ヒジ》に齧らせるわけにはいかないんだ」

「だったら、僕よりもリーアのほうがうまく飛びます。長時間の飛行にも耐えられるはずです」

一翔はリーアを振り返った。「前に食堂で言った通りだ。最初に乗るのは僕じゃなくて君だよ。早く、アジサシを安全な場所へ移動させてくれ」

三村は息を呑んだ。日曜日の出来事——食堂でふたりが揉めているように見えたのは、一翔が一番に乗りたいと自己主張していたのではなく、リーアを初飛行のパイロットにするために話し合っていたのだ。リーアは大人たちの反応を気にして退くつもりでいたのだろう。それを一翔が止めたのだ。大人たちの思惑とは関係なく、彼女が飛ぶべきだと。

「私も残ります」リーアが珍しく大声をあげた。「皆さんと一緒に闘います。泥棲生物《ヒジ》を、ここで食い止めればよいのでしょう?」

「だめだ」一翔が一喝した。「君は上空へ逃げて機体を守れ」

「でも」

三村はふたりの会話に割り込んだ。「リーア。その飛行機には丸二日分の燃料が入っている。予備タンクを使えばもう半日飛べる。上空からは〈滑車の地〉全体がよく見えるだろう。私たちが泥棲生物《ヒジ》をうまく追い払ったら、またここへ戻ってきてほしい。だが、この地はもう危ないと判断したら、君は予定通り、別の土地を探して飛んでいくんだ。西へ向かって飛び続けると、〈滑車の地〉の果てに辿り着く。鋼柱と炭素ロープが尽きる場所だ。そこには廃墟になった塔がたくさんあって、今回の計画のために予備燃料を準備してある。泥棲生物《ヒジ》がいなければ補充は簡単だ。もし邪魔になったら音響閃光弾で追い払えばいい。正確な場所は地図に記してある」

「三村さん、私は——」

「飛ぶんだ。私たちのことは考えるな。だが、もし君がここへ戻って来られたら、ひとつだけ聞いてほしいことがある」

「なんでしょうか」

「私は君の瞳の色を知りたい。君の瞳の色を、どうしても確かめてみたいんだ」

突然リーアの表情が激しく崩れた。泣き出しそうに顔を歪め、サングラスを毟《むし》り取ろうとした。寸前、三村はリーアを止めた。「だめだ、いまは外すな。これは、もう一度会うためのおまじないだ」

凍りついたように手を止め、リーアは三村を見つめた。固く引き結んだ唇が震える。

三村は朗らかな笑みを浮かべた。「大丈夫。この土地の人間はみんな強いから、必ず誰かが生き残る」

「私からもお願いがあります、三村さん」

「なんだ」

「空から戻ったら私に名前を下さい。リーアという種類名じゃなくて、人間の女の子のように呼んでもらえる名前が欲しいんです。私は三村さんからその名前をもらいたい」

「わかった。用意しておこう」

リーアは練習用のヘルメットを棚から掴み取ると、素早くかぶって顎紐をとめた。アジサシのコックピットに飛び乗り、エンジンをかける。

ローターが回転してうなりをあげ始めた。轟音と風の音で、もはや三村と一翔は会話を続けられなかった。回転翼が作り出す下降流が、フロアに残されていた道具を次々と吹き飛ばした。机の上に出しっぱなしになっていた書類が生き物のように舞った。機械油で汚れたクロスが揉みくちゃになりながら宙を飛ぶ。塗料の缶がひっくり返って衝突し、旅立ちを祝う鐘のようにガラガラとにぎやかに鳴り響いた。

三村と一翔はアジサシから足早に離れた。下の階へ続く階段まで後退する。

アジサシはパイロットを得た喜びに打ち震えるように床から浮きあがった。安定した姿勢で、ぐんぐんと垂直に昇っていく。暗雲に立ち向かう鳥のように白い機体は上昇を続けた。やがて、アジサシはローターを前傾させた。水平飛行へ移った機体は、滑らかに飛び始めた。

三村と一翔は歓声をあげた。空へ向かって拳を突き出した。

三村は一翔にそっと訊ねた。「君はどの時点で、リーアを自分よりも優れていると判断した？」

「シックスティーンで飛ぶのを見たときからです」と一翔は答えた。「あんな綺麗な飛び方をするなんて……。シミュレータでの結果よりもショックでした。悔しかった。飛ぶ技術なら自分のほうが上だと、何度も思い込もうとした。でも、だめだった。そうやって思い詰めるほど、リーアの飛び方が目蓋の裏に浮かぶんです。夢でも見ているように」

「私もそうだったよ」

「三村さんも？」

「魅せられた――とでもいうのかな」

「でも、泥棲生物《ヒジ》が襲ってこなかったら、僕は譲れなかったかもしれません。やっぱり、ちょっと悔しかったし……」

「それでいいんだ」

ふたりは階下へ降りた。下のフロアでは、男も女も、窓という窓から上半身を突き出し、塔を昇ってくる泥棲生物《ヒジ》を撃ち殺していた。状況があまりよくないことは一瞬で見て取れた。もはや笑うしかないほどの無数の泥棲生物《ヒジ》が、磁石に引きつけられる漆黒の流体のように昇ってくる。

仲間の死骸を乗り越え、その血に染まりながら、泥棲生物《ヒジ》は前進をやめなかった。冥海へ戻れば毒で死ぬだけだ。だから彼らは登るしかない。上のどこかに生きる場所を探して。それは、本質的なところで、三村たちが飛行機を作った理由と同じだ。

三村は大声で皆に告げた。「アジサシは無事に行きました。乗って行ったのはリーアです。一翔が彼女に譲りました。彼女の腕前なら心配いりません」

呆然となって言葉を失った者たちがいた。歓声をあげて手を打ち鳴らした者もいた。それがどうしたといった面持ちで、「はよ、こっちへ来て手伝え！」と濁声《だみごえ》をぶつけてきた者もいた。

火炎放射器のスイッチを入れると、三村は反対側の手に銃を持った。窓に居並ぶ男たちの間に身を割り込ませ、外を見おろしながら隣の男に訊ねた。「ロープで下まで降りて焼くか」

「よせ、あっというまに食われちまう」

視線をあげて彼方を見ると、下手な降り方をしたせいで、泥棲生物《ヒジ》に襲われている仲間たちの姿が目に入った。人間が乱雑に引き千切られ、原型を留めず、真っ赤な肉塊と化していた。泥棲生物《ヒジ》は狂ったように、血まみれの塊をつつき回していた。人間の血を啜ることで、体に入った毒を薄められるのかもしれない。

「あの様子なら慎重にやれば」三村は静かに言った。「誰か、ウィンチとプリオをここへ」

そのとき、塔の上空から甲高いホイッスルの音が降り注いだ。

三村は窓から身を乗り出した。

もうだいぶ小さくなってしまったアジサシが、挨拶をするように空の高い位置を旋回していた。ホイッスルの音は、アジサシが搭載している外部スピーカー越しに響いていた。信号音ではない。皆に気づいてもらうために、様々な長さの音を複雑に組み合わせながら、ずっと鳴らし続けていた。まるで、未来から届く希望の音色を見出したかのように。

――何度見ても綺麗な飛び方だ。

三村は白く輝くアジサシの姿に満足すると、視線を冥海へ戻した。泥棲生物《ヒジ》は、もう間近まで迫っていた。激しい銃声と人々の怒号に、アジサシから響くホイッスルの音は次第に掻き消されていった。遠ざかる響きを耳の奥で聞きながら、三村はプリオに通したロープを頼りに窓の外へ身を投げた。

塔の壁面を降下しながら銃を撃ちまくった。散弾を浴びた泥棲生物《ヒジ》が一瞬でばらばらになって冥海へ落ちていく。幼虫が水風船のように弾けた。甲羅に穴が穿たれた。軟体動物の内臓が噴き出し、赤黒い体液が飛び散る中、三村は飛ぶように降り続けた。

服は夥《おびただ》しい量の返り血で染まり、泥棲生物《ヒジ》と区別がつかぬ色に変わっていった。喉の奥から笑い声がこみあげてきた。子供時代の思い出が甦る。苦さと畏《おそ》れが腹の底で混じり合う。あのときとは比べものにならないほど巨大な蛇が眼前に迫っていた。その背後に広がるのは、濁流のように押し寄せる奇怪な生物たちだ。彼らは自分であり、自分は彼らである。目前まで迫った危険のせいで、目が眩《くら》むような高揚感が、こめかみのあたりで弾けた。

死ぬ気はしなかった。

リーアと一緒に青空を飛ぶ己の姿を夢想しながら、三村は泥棲生物《ヒジ》の群れの中へ、滑り落ちるように突進していった。

# 怪獣惑星キンゴジ

田中啓文

惑星キンゴジ随一の観光名所、怪獣ランドで、人気ナンバーワンの怪獣ガッドジラが頭部を切断されて殺害される事件が発生した。だが、凶器は見つからず、監視カメラの映像を見る限り、現場の飼育棟は密室状況。いったい誰が（どの怪獣が）どうやって殺したのか？　前代未聞のこの密室殺怪獣事件の捜査を依頼された宇宙探偵ノーグレイは、単身、惑星キンゴジに赴く。

……と、こんなバカな話をこれだけ大真面目に書くのはこの人くらいだろう。周到に伏線を張ったうえで、不可能状況下のハウダニットにロジカルなトリックを仕掛ける。フーダニット（犯人）もホワイダニット（動機）も、実に論理的に解明されるあたり、日本推理作家協会賞作家の面目躍如。しかも、ふつうの連作ミステリではありえないオチがつくが、それは読んでのお楽しみ。

ちなみに題名の元ネタはソ連製SF映画「不思議惑星キン・ザ・ザ」——かと思ったら「キングコング対ゴジラ」の略らしい。怪獣ランドは、「怪獣総進撃」（一九六八年）で登場した小河原諸島の島の通称で、ゴジラ、モスラ、ラドン、アンギラス、ミニラ、ゴロザウルス、バラン、バラゴン、マンダ、クモンガを収容。ジュラシック・パークの元ネタとも言われる。この設定にSF的な理屈をつけた本篇は、連作短篇集『宇宙探偵ノーグレイ』（河出文庫）の第一話。他に、いかなる罪を犯すことも不可能な天国惑星で起きた絶対にありえない連続殺人や、全住民が一日おきに脚本どおりに芝居する演劇惑星で起きた劇中殺人など、五つの奇妙すぎる事件が描かれる。

田中啓文（たなか・ひろふみ）は、一九六二年、大阪府生まれ。神戸大学SF研究会出身。九三年、第2回ファンタジーロマン大賞佳作の『背徳のレクイエム　凶の剣士グラート』（集英社スーパーファンタジー文庫）で作家デビュー。九八年、角川ホラー文庫の長篇『水霊　ミズチ』から一般向けに転身。以後、駄洒落SF、伝奇、エログロスプラッタ、落語もの、忠臣蔵もの、鍋奉行もの、ホームズものなど多方面で活躍、著書は八十冊を超える。SF長篇に『忘却の船に流れは光』など、SF系短篇集に『銀河帝国の弘法も筆の誤り』『蹴りたい田中』（以上、ハヤカワ文庫JA）、『イルカは笑う』（河出文庫）、『ミミズからの伝言』（角川ホラー文庫）など。（大森）

　着陸用スペースバスの小窓から見えたキンゴジの風景は、一言で言うと「密林」だった。鬱蒼《うっそう》としたジャングルが大陸のほとんどを占めている。しかし、降下が進むにつれ、そのジャングルを構成する植物の種類が、地球をはじめ太陽系の諸惑星においてなじみのあるものとはまるで違っていることにノーグレイは気づいた。樹皮というものがなく、ぬらぬらした表面を持つ「粘性巨菌類」が中心なのだ。予備知識としては知っていたが、実際に見ると、それらは巨大なナメクジのように見えた。

　滑走路脇に、なにを運搬するためのものか、巨大な輸送用宇宙船が何隻《せき》も並んでいる。この星に、なにか他星系に輸出するような資源があっただろうか。

　ノーグレイは、大勢の観光客に混じって宇宙港の入国審査局の窓口に並んだ。パスポートを提示すると、むっつりした職員が、

「観光《サイトシーイング》？」

「仕事だ」

とだけ答えてパスポートを受け取り、ゲートをくぐると、そこに大きなパネルが掲げられている。

ようこそ、怪獣の星キンゴジへ。

あなたの冒険心を満たす最高のスペクタクルが待っています。

火を吐き、咆哮《ほうこう》し、地響き立てる大怪獣たちに、あなたはどう立ち向かうのか。

手に汗握るスリルとサスペンスをお約束するキンゴジ観光局のスペシャルプログラムを、あなたもぜひ体験してください。

もちろん百パーセントの安全も保証いたします。

そして、口から火《か》焔《えん》だか熱線だかを放射している黒い怪獣、ガッドジラの写真がでかでかと載っている。ノーグレイは舌打ちをして、場末感満載のそのパネルから目をそらし、宇宙港の建物を出た。途端、むわっとした熱気が身体を包み、首筋から汗が噴き出した。暑さはまだしも、湿度が高いのは苦手だ。タクシーに乗り込むと程よく冷房が効いていた。専用バスを利用してもよかったのだが、観光客と顔を突き合わせるのはなんとなく気が引けた。数時間後には、自分が彼らに「見られる」側になるのだから。

「怪獣ランドまで」

「おひとりですか」

運転手は少し驚いたような顔をした。怪獣ランドに行くような観光客は、たいがい家族連れか団体で、ひとり客は珍しいのだろう。

「今度、雇われることになったんだ」

言い訳のようにそう言うと、運転手は万事飲み込めたという顔で、

「あそこもずいぶん人手不足らしいですからね。給料、いいんでしょう？」

不躾《ぶしつけ》すぎるとは思ったが、はじめての星だ。ノーグレイは情報収集のつもりで会話を続けることにした。

「まあね」

「どちらから？」

「地球だ。——怪獣ランドは流行《はや》ってるかい？」

「ここには、ほかにたいした娯楽施設はありませんからね。この星に来た観光客は、とりあえず一度は行くみたいですよ」

「あんたは行ったことあるのか」

「五年まえ、この星に来てすぐのころに一度だけね。まあ、なんていうか……馬鹿でかくて、とにかく迫力はありますよ。でもね、あんなものは怪獣ランドの外に、いくらでもいるんです。野生のやつがね。ほんとの怪獣を知りたきゃ、餌付《えづ》けされてない、野生のやつを見なくちゃあ……と言いたいんですが、私も見たことはありません。野生怪獣が棲《す》んでる地域に、

我々人類《ホモサップ》は入ることを禁じられてるんです」

「餌付けされてる怪獣っていうのは、動物園のライオンみたいにごろごろしてるのかい」

「それほどではありませんが、おとなしいもんです。とくにガニマとアギンスラ、マンティラスあたりはね。ブロブっていう、ぐにゃぐにゃしたやつもいます。でも、ガッドジラだけは、いくらおとなしそうにしてても、突然、暴れ出すことがあるそうですよ。やつらだけが肉食だし、腹が減るとほかの種類の怪獣を殺して食っちまうんです。火を吐いたりするんで、どれだけひとに慣れた個体でもヤバいですよ」

「そいつは危険だな」

「危険だからこそ、みんな、こんな辺境惑星まで高い金を払ってやってくるんです。寝てる動物でいいんなら、太陽系の宇宙動物園でもけっこう見られます。ここの客は、本物を求めてるんです。本物の怪獣、本物の冒険、本物の危機、そして本物の救助……」

　それが、怪獣ランドにはあるというのか。

「お客さんは、怪獣の餌付け役かなにかですか。それとも事務のほう？」

「ま、そんなもんだ。近頃、怪獣ランドのことでなにか噂《うわさ》を聞いたかい」

「噂、といいますと」

「なにもないなら、それでいいんだ」

「すいません。今も言ったとおり、門のまえまではしょっちゅう行ってるんですが、施設のなかには五年まえに入ったっきりですんで」

それきり会話は途絶えた。ノーグレイは車窓から外を眺めた。遠くに黒雲のように見えるのがジャングルだ。地平線を覆い尽くすように広がっている。宇宙港に近いこのあたりには、太陽系から移植された地球種の植物が整然と植えられている。それらは、隙あらば拡大しようとするキンゴジのジャングルのまえで、弱々しい抵抗を試みているように思えた。

空にはシャリドマンの太陽がぽつんと輝いている。もうじき陽《ひ》は沈み、ガメバル、セモゲラ、アナロイの三つの月が昇るはずだ。ノーグレイがこの星に来るまでの恒星間客船のなかで読んだガイドブックによると、キンゴジはひとつの太陽と三つの月を持ち、一年のうちで今は三つの月すべてが夜空に輝く時期なのだという。その期間は二カ月ほどしかなく、観光客はこの時期に集中しているそうだ。

「はい、着きました」

ノーグレイが料金を払うと、

「怪獣ランドでの仕事がうまくいくように祈りますよ。ところで、もしランドの格安入場券が手に入るなら、三枚ほどいただけませんかね。久しぶりに私も家族と行ってみたいんですよ」

申し訳なさそうに言う運転手にノーグレイは、まだ仕事に就けるかどうか五分五分なので約束はできない、と言い、車を降りた。それは嘘だったが、おそらくここでの仕事に就いているあいだは、格安入場券をもらったりできない、ということは間違いなかった。

地球の熱帯雨林を思わせる暑さにぼうっとしながら少し行くと、目のまえに、炎上する大都会を模したゲートがそそり立っていた。前方の広場には、ガッドジラらしき怪獣がマンティラスらしき怪獣に向かって火を吐いている様子をデフォルメしたモニュメントが回転しており、観光客がそれを背景に眼写真《アイフォト》を撮っていた。これから入場する客たちがゲート下に長い列を作っているのを横目に、ノーグレイはその横にあるスタッフ用の入り口から入場しようとした。角《つの》の生えた帽子をかぶった女性スタッフがノーグレイを呼びとめた。

「こちらは関係者専用ですよ」

ノーグレイは、星間ラインで送られてきた職員証を示した。受け取ったスタッフはスキャナーにかざしてうなずくと、

「ＯＫです。——そうなの、あなたがガッドジラの……」

その言葉には驚きと、いくばくかの憐《あわれ》みが籠《こも》っているように感じられた。

（無理もない……）

そう思いながら、ノーグレイは怪獣ランドに入場した。その途端、どこからか、

ギャア、オオウ、オグネ……

という咆哮が聞こえてきた。それは、長旅で疲弊しきったノーグレイの全細胞を目覚めさせた。

「あれが、ガッドジラの叫び声ですよ」

振り返ったときに目があった女性スタッフは、やや誇らしげな口調でそう言った。

◇

シャリドマン恒星系には五つの惑星があるが、そのうち四つは人類の居住に適さない。強引なテラフォーミングパッケージさえ拒むほどの過酷な環境なのだ。しかし、第四惑星であるこのキンゴジは、大気中の酸素二十三パーセント、水もあり、海洋と陸の割合は六対四、気温も十五度から三十度のあいだ……と人類が棲むのに極めて適していた。問題は、資源が豊富ではないことで、鉱石やレアメタル、化石燃料などの埋蔵量は少なく、そういう意味での「値打ち」には乏しかった。

しかし、キンゴジにはほかの星にない魅力があった。土着生物である。この星特有の大密林は、驚くほど巨大な生命をはぐくんでいた。それは、珍しいことではない。地球にしても、ジュラ紀や白亜紀には恐竜が地上を跋扈《ばっこ》していた。しかし、もちろん恐竜は絶滅し、今は見ることができない。太陽系にいる生物のなかでもっとも大きなものは、今でもシロナガスクジラであり、陸上では象なのである（しかも、どちらもほぼ絶滅状態といえる）。映像でしか見ることができない巨大な生物が目のまえで実際に動いているのを見るのは、それだけで感動的であるが、キンゴジにはおよそ十種類の巨大生物がいる。それらは、地球（とくに旧ニホン国）において人気が高かった空想生物「怪獣」と酷似しているのだ。なぜこの星に、怪獣に似た巨大生物が多く棲息《せいそく》しているのか、ということについてはさまざまな説があるが、現在は、一種の適応放散だろう程度に考えられている。そもそも、この星の生物を真剣に研究の対象とした科学者はこれまでひとりもいない。

資源も産業もないこの星は、独立した国家ではない。隣接するララギラ恒星系にあるパッガ星の「飛び地」という扱いなのだ。星の収入のほとんどは観光によるもので、パッガ星政府の観光局が出先機関を設けており、「怪獣ランド」はそこが管理・運営している施設である。「怪獣」が唯一の収入源であるような惑星の生態系を、生涯の研究テーマに選ぶような物好きな学者はいないのである。

だから、ノーグレイもこの星の怪獣については、ガイドブック掲載のとおりいっぺんの説明のほかには、市販されている『キンゴジ怪獣図鑑』というこども向けの資料から得た知識しかない。ああいうものは、どこまで真面目に書かれているかもよくわからないのだ。一般人立ち入り禁止区域に、管理センターがあった。十二階建てのインテリジェントビルだが、一階から五階ぐらいまでは灰色の蔓《つる》植物が大蛇のように巻き付き、窓をも覆い尽くしている。一階入り口から入ると、建物の内部にもひび割れができており、そこから蔓が入り込んで、人間の生首を思わせるような大きな花を咲かせている。花弁からは白い粘液がしたたり落ち、床に汚らしい染みが多数ついており、ノーグレイはそれを避けながら受付に近づいた。

受付に座っている中性的な案内ロボットに、来意を告げると、

「うかがっております。乗降機で最上階のディレクター室までお上がりください」

その場を離れるとき、

「あの蔓は、どうにかならないのか」

ロボットにきくと、

「伐《き》っても伐っても追いつかないんですよ。花から酸を出すので、壁なんかすぐにぼろぼろにしてしまいます。やつらはこの場所をジャングルにしたいんです。私たちは必死で抵抗しているのですが、いつまで持つか……」

エア乗降機で十二階まで行く。

「キーコ・ノーグレイです」

ディレクター室のインターホンに声をかけると、ドアが天井に吸い込まれた。なかは広く、壁は透明で、ランドのなかが一望できるようになっている。正面に黒い、大きなデスクがあり、そこにロマンスグレーの髪にサングラス、口髭《くちひげ》という初老の人物が着いていた。その横に、三十代ぐらいのレトロなサファリスーツの男が立っている。肩幅が広く、精悍《せいかん》な面構《つらがま》えだ。初老の男は立ち上がると、ノーグレイに握手を求めてきた。

「怪獣ランドディレクターのマエダルだ。きみが来てくれて助かった。長旅で疲れただろう」

「たしかにへとへとです。ホテルで一服したいところでしたが、すぐにここに来るようにとのことでしたので」

「すまんな。事態は切迫している。ただちにその……きみに解決を依頼したいのだ」

「わかりました。だいたいのことは星間ラインでうかがっていますが、詳しく事情をお教えいただけますか」

マエダルはうなずき、

「それについては、飼育主任のロクジャクくんから聞いてもらおう」

サファリスーツの男が進み出た。

「ランドで、全怪獣の飼育の責任者をしているセパ・ロクジャクです。時間もないので、簡単に怪獣ランドについて説明したいと思います」

大型モニターに映像が映った。

「ランドでは現在、六種類、百四頭の怪獣を飼育しています。まずは、これがガニマです」

蜘蛛《くも》のようにもカニのようにも見える、八脚の怪獣の映像が映し出された。全身を何千本もの鋭いトゲの植わった外骨格で覆われており、頭部には突出した長い目が四つついている。口は十文字に開くタイプで、やたらと歯が多い。八本の脚の先には、ナイフのような爪がついている。

「全長四十メートルから、大きなのは百メートルにもなります。半水棲で、プランクトンを食べます。非常におとなしい性質で、火器で攻撃されてもまったく怒りません。〈熟の月〉に脱皮して、成長するのですが、寿命がわからないので、もしかするともっと巨大な個体も存在するかもしれません。ランドには三十一頭おりまして……」

ノーグレイが手を挙げて、

「不勉強で申し訳ない。〈熟の月〉とはなんのことでしたっけ」

「キンゴジにはガメバル、セモゲラ、アナロイという三つの月があります。月はそれぞれ独自の軌道を持っていて、月が三つとも見える時期は一年のうちで二ヵ月だけです。この時期、キンゴジに棲む怪獣たちは大なり小なり肉体的に成熟し、外見的な変化が訪れます。それを〈熟の月〉と呼ぶのです」

この星における一日の長さ、一ヵ月の長さ、一年の長さはほぼ地球のそれに等しく、そのことも人類が居住しやすい理由のひとつだ。

「つまり、今ですね」

ロクジャクはうなずき、

「あと十日間で終わります。そのあとは六ヵ月続く〈破の月〉が始まります。〈熟の月〉が怪獣たちにもたらす影響は種によって違いますが、ガニマは脱皮して成長します」

つぎにモニターに映ったのは、馬鹿でかいカマキリのような怪獣だった。両腕の先端が巨大な鎌《かま》状になっており、それは体長の半分近い大きさだ。頭部はどこにあるのかわからないが、両腕のあいだにだらりと垂れさがったカタツムリの内臓のような器官がそれかもしれない。胴体は、地球でいう昆虫のそれのように太く、大きく、丸みを帯びており、その左右から二本の脚が生えている。

「これが、マンティラスです。全長二十五メートルほどです。ジャングルに生えている樹木の葉を食い荒らします。これもおとなしい。ランドでは二十二匹飼育されています」

「両手の鎌は、もっぱら樹木の枝を切るために使われますが、じつはそれほど硬くないのです。一日に三トンの葉っぱを食べます。〈熟の月〉になると、背中が破れ、翼が生えます」

「カマキリのような翅《はね》ですか」

「いえ、どちらかというと鳥の羽のようです。羽毛に覆われていて、それを使ってかなりの長距離を移動し、交尾して卵を産みます」

また映像が変わった。四本脚で、背中に長いトゲが十数本生え、そこに帆のように膜が張られている。尻尾《しっぽ》もあり、トカゲに似ている。頭部には八つの小さな目が横一列に並んでいる。口をだらしなく開けて、五メートルぐらいある長い舌を垂らしている。

「アギンスラです。地球の恐竜に似ているので人気があります。非常に敏捷《びんしょう》に動きます」

「これは肉食でしょう」

「そうですね。肉食というか……アギンスラは、ジャングルの土のなかにいる蟻《あり》のような小さな昆虫を捕食します。地球のアリクイのような食性ですね。全長五十メートル。飼育がむずかしく、ランドには十頭しかいません。〈熟の月〉になると、頭部がこのように変化します」

モニターに映ったアギンスラの頭部には、百本ほどの長い角《つの》が生えていた。一本一本が、鹿の角のように枝分かれしているので、頭のうえに森があるようにも見える。

「この角が長くて立派であればあるほど、雌を引きつけるとも言われていますが、本当かどうかわかりません。〈熟の月〉のあいだ、アギンスラは角の森の重さで頭を地面に押し付けたような状態で過ごします。ですから、蟻を食べることができず、なかには飢え死にする個体もいます」

　映像がべつの怪獣に切り替わった。太い丸太のようなものが、水面をくねくねとのたくっている。皮膚はどぎつい紫色で、その表面は粘液に覆われている。時折、派手な水しぶきが上がっている。一見、首長竜的な怪物に見えるが、よく見ると、巨大な蛇かウナギのような生物である。

「これはマダンです。全長百メートル。目も耳もなく、あるのは口と排泄《はいせつ》器官と生殖器官だけです。毒があり、食べると死ぬこともあるようで、マダンを食用としている怪獣はいません。普段は、この星の海底の泥のなかでバクテリアみたいなものを食べていますが、〈熟の月〉のあいだは海面に浮かび上がります。そのときは、何百匹ものマダンが絡み合い、ひとつの大きな球となります。雌雄同体なのですが、大量の精液を発射して、それに浸かったような状態で二カ月を過ごします。ほら、この映像がそれです」

　無数のミミズ状の生物がボールのようになっているところがモニターに映った。ミミズと異なるのは、一匹が百メートルもある化け物だということだ。うねうねと全体が波打ち、個体が出たり入ったりをものすごい速度で繰り返しながら、生きた「球」は、どろどろに白濁した海を回転している。化け物ミミズは、球から剝《は》がれ落ちると、また潜り込もうと頭を突っ込むが、その際に身体の末端から激しく射精する。見ているうちにノーグレイは気分が悪くなってきたが、マエダルとロクジャクは慣れているのか顔色ひとつ変えずに映像に見入っている。

「ランドには二十一匹おります。海から引き込んでいる入り江状のスペースがありましてね、そこを仕切って、飼育しています。——つぎはちょっと珍しい怪獣です」

ようやくモニターが、違う映像になった。ゼリーのような茶褐色の物体が草のうえをゆっくりと這《は》い進んでいる。アメーバのような不定形の生物らしい。

「これはブロブです。自由に形を変えながら地面を流動します。大きさは十メートルのものもいれば百メートルに達するものもいます。なにを食べているのかはよくわかりませんが、ほかの怪獣の糞《ふん》を食しているのではないかと言われています。というのは、ほかの怪獣の糞がジャングルにはあまり見当たらないからで、いわゆる糞食昆虫もおりますが、それだけではあの大きな糞を消費することはできないでしょう。実際、アギンスラの糞をブロブが食べているところを目撃した職員もおります」

「ゼリーみたいに柔らかそうですね」

「ところが違うのです。ブロブの身体は非常に硬く、鋼鉄ぐらいの強度があります」

「まさか……どう見てもぶよぶよしていますが……」

「私も詳しいことは知りませんが、彼らの身体は惑星のマントルのような高圧状態にあるらしいのです。きわめてのろのろとしか動きませんが、進行方向にある樹木はへし折られ、岩石は砕かれてしまいます」

「ほう……」

「うちには十四匹おります。もっとも、ときどき一匹が二匹に分裂したり、二匹が一匹に融合したりするので、概算ですが……」

「観光客に、人気はあるのですか」

「ほかの怪獣に比べるとさっぱりですね。動きも鈍いので、しばらく見ていてもまったく変化がありません。ただの半透明の塊、というだけですから。ただ、〈熟の月〉になると、ブロブは地球のイカやタコ、カレイなどのように身体の色を周囲に合わせて変化させます。ジャングルにいるときは樹木のような色合いになり、土のうえにいるときは真っ黒になります。ほんと、そっくりになりますよ。一度は、ランドの駐車場に侵入したことがありましてね、そのときは車や標識なんかも表現していて驚きました。ブロブだとわかっているのに、うっかりその車に乗りそうになったほどです」

「どうして、〈熟の月〉のときだけ体色を変化させるんですか。外敵の目をごまかすためなら、普段からそういう能力を発揮しないと意味ないでしょう」

「ブロブには外敵はいませんよ。硬すぎて歯が立たないのです。おそらく〈熟の月〉のあいだは彼らの繁殖期に当たっているので、防御本能がいつもより働くのではないでしょうか。とにかく、この星の怪獣のことは、いまだに判明していないことだらけなのです。我々は、観光資源としてあいつらを飼育して、展示しているだけで、それには食性がわかる程度で十分ですから」

　そう言いながら、ロクジャクは手もとのコンソールを操作して映像を切り替えた。モニターには、全身が黒っぽい、ティラノサウルスのような、もっと言えば、旧ニホン国の古い映画に登場するゴジラに酷似したモンスターが映った。二足で直立し、長い尾がある。背中には背びれのような突起物が並び、太い腕の先には猛禽類《もうきんるい》のような鋭い爪がある。顔はワニに似ているが、口はワニほど突出してはいない。尖《とが》った歯がずらりと並んだ口中は真っ赤だった。目はひとつしかなく、顔の中央についているが、その周囲を十個ほどの小さな目が取り囲んでいる。黒光りする皮膚はごつごつしており、いかにも堅そうだ。

「これが最後です。もっとも人気のある怪獣が、こいつ……ガッドジラです」

　たしかに人気が高いのもわかる。いかにも怪獣らしい姿かたちなのだ。我々の持つ「怪獣」のイメージをそのまま具現化したような、これが特撮ではなく、現実に存在するとは信じられないほどの「生物」なのだ。この生きたモンスターが動き、咆哮し、火を吐くところが目のまえで見られるなら、大金を払ってでもこの星に来たいというものは多いだろう。ホエールウォッチングやサファリツアーの比ではない。本物の怪獣を見られるのだ。

「ガッドジラは、身長八十メートル。気性はいたって凶暴で、肉食です。我々人類が来るまえは、この星の支配者でした。いや、今も怪獣ランドの外のジャングルにおいては、この星最強の生物でしょう。ランドでは六頭飼育しておりますが、とにかく気が荒く、危険極まりない、まさに怪獣です。一日に大量の肉を食べます。それも、生肉しか受け付けません。餌《えさ》がないと、すぐに仲間の……いや、彼らには仲間という意識はないかもしれませんが、アギンスラやガニマなどを襲って食べてしまいます。ですから、ぜったいに餌は余るぐらいに与えておかないといけません」

ノーグレイはもう一度映像に見入った。ガッドジラは、アギンスラに向かって炎を吐きかけている。これまで宇宙で発見された全生物のなかで、口から火を吐くことができるものはガッドジラ以外にはいない。その原理はよくわかっていないが、発火性物質を貯《た》めておく臓器が体内にあり、そこから物質を霧状にして口から放出しながら、上下の歯を火打石のようにぶつけて発火させるのではないか、という説が有力だそうだ。

「しかし、餌が足りていればよいかというとそうではありません。ガッドジラはおそらく生まれ持っての闘争本能があるのでしょう。この映像のように、遊び半分にアギンスラに火を吐きかけたり、マダンを引きちぎったり、マンティラスの手足をもぎとったりします。客に襲い掛かることもありますし、怪獣ランドの施設を攻撃したり、ジャングルに火を吐きかけたりすることもあります。ガッドジラはなんというか……たいへん危険な生物です」

「それなのに飼育しなければならない、と」

「怪獣ランドの目玉ですからね。観光客のほぼ全員が、マダンでもガニマでもなく、ガッドジラを見に来るのです。ガッドジラが力強く咆哮し、火を吐くところを目撃しないと、だれも満足しません。ガッドジラの飼育は、いくら危険でも、どうしても必要不可欠なのです」

「…………」

「ですが、たった一点だけ、ガッドジラの性質で我々が助かっていることがあります。それは、ガッドジラは同族同士で殺し合いはしない、ということです。野生のガッドジラがいくら空腹になったとしても、同じガッドジラを襲って食べることはありませんし、そもそもガッドジラ同士は、たとえ闘うことがあっても、相手を傷つけることはありません。本気で争っているわけではなく、遊び半分でじゃれ合っているだけなのです」

「なるほど……。ガッドジラは、〈熟の月〉のとき、どういう変化があるのです」

ロクジャクはかぶりを振り、

「なにもありません。ガッドジラだけはとくに変わらないのです。もちろん、我々が観察しているかぎりでは、ということで、もしかしたら、我々が気づかないようなどこかが変わっているのかもしれませんが、脱皮したり、変色したり、翼や角が生えたり……といった目立った変化はありません。これも、仮説ではありますが、人間に発情期がないように、この星の支配的生物として、ガッドジラにも〈熟の月〉の影響はないのではないか、と言われています」

そこまで言うと、ロクジャクはモニターを消し、

「このあとは、あなたに今からやっていただく任務についての説明になります。それはマエダルディレクターからお聞きください」

マエダルは咳払《せきばら》いをし、

「ここからが本題だ。星間ラインでも詳しく説明したから、よく理解しているとは思うが、

手術まえに再度確認しておこう。これは怪獣ランドの職員しか知らない、観光客には公開していない極秘事項なのでそのつもりでお願いしたい」

そう前置きして、彼は話しはじめた。

怪獣ランドのスターは、ガッドジラである。開園以来不動の人気を誇っている。ガッドジラが観られなくなったら、怪獣ランドの入場者は十分の一以下に減るだろう。そして、この星キンゴジを訪れるものも激減するはずだ。しかし、ガッドジラは危険極まりない生物である。ほかの怪獣を襲ったり、勝手に障壁を乗り越えたり破壊したりしてランド外へ出て行ったり、来園者や職員を襲ったりする可能性がある。ガッドジラに限って言えば、手なずけるとか、しつけるということがありえないのだ。もちろん障壁には高圧電流が流れる仕組みになっているし、職員も武器を携行はしているが、火焔を噴き出して暴れ出したら手が付けられない。

だから怪獣ランドは、飼育している六頭のうち、五頭のガッドジラの頭部には制御装置を埋め込んである。常に位置を把握し、五人の専属職員が自分の担当であるガッドジラをモニタリングして、なにか危ない行為に出ようとしたら、遠隔操作でそれをやめさせるのだ。といっても行動をコントロールできるわけではなく、脳に強力なショックを与えて、その行為を停止させるというだけだ。完全に危険行為をやめて、ほかの行動を取りはじめるまで、何度もショックを与える。いわば、孫悟空の頭の金環のようなものだ。悪さをすると、ぎゅっと締めつける。非常に原始的な手段だが、これが一番効果的だという。

しかし、ときにはいくらショックを与えても、かえって荒れ狂い、暴力行為をやめない場合もある。そんなときのために、一頭のガッドジラに人間の脳を移植してあるのだ。つまり、外観はガッドジラだが、中身は人間という個体が一頭だけ混じっているわけだ。

ランドの職員のあいだではヒューマジラと呼ばれているヒト＝ガッドジラは、その巨体を完全にコントロールし、ガッドジラが食べるものを食べ、ガッドジラがやりそうな行為をし、排泄も睡眠もなにもかもガッドジラとして生活する。咆哮し、闘い、火を吐き、排便する。ほかの五頭のガッドジラも、彼のことを仲間だと思っているはずだ。ほかのガッドジラが制御不能になり、ランド職員がお手上げになったときも、ヒューマジラがなんとかとめてくれる。そのための保険として、ヒューマジラの存在は怪獣ランドになくてはならないものだった。

「ガッドジラが繁殖することはないのですか。こんな凶暴な怪獣がどんどん増えたら、管理に困るでしょう」

「ほかの怪獣に関しては、数を一定に抑えるために、こどもを産んだら、それをランド外の生育地に戻すようにしている。しかし、ガッドジラに関しては、これまで出産したという記録がない。理由はよくわからないのだが、こちらとしてはありがたい」

そう言うと、マエダルは説明を続けた。

ヒューマジラの役割はもうひとつある。観光客を襲うことだ。怖いもの見たさでガッドジラを見に来た来園者に、ランドのガイドが説明をする。

「たしかにガッドジラは怖ろしい怪獣ではありますが、心配はいりません。我々ガイドは、彼らの硬い肌を貫く高性能破壊銃を持っております。凶暴なガッドジラは、人間に慣れるということはありませんし、突然暴れ出すこともしばしばですが、私がついていれば安心……」

そう言いかけたとき、目のまえのガッドジラが急に雄叫《おたけ》びを上げ、空中に向けて火焔を放射する。怯《おび》える観光客に向かって、ずしん、ずしんと足音を響かせながら近寄っていく。

「いかん。ガッドジラが興奮している。逃げてください」

ガイドの誘導で、客たちは管理センターの方角に逃げるが、ガッドジラの歩幅は大きく、すぐに追いつかれてしまう。皆はとうとう崖のしたに追い詰められる。泣き叫ぶ客たちに、ガイドは言う。

「ご心配なく。私が倒します」

そして、高性能破壊銃をガッドジラに向けて、発射する。一発目は肩をかすめて、外れてしまう。それがガッドジラの怒りを煽《あお》り、ますます激昂《げきこう》させる結果になる。

「もうだめだ」

客たちのなかからも悲鳴があがる。ガイドは果敢にも二発目を発射する。それは見事にガッドジラの胸に命中する。派手な火花があたりに散り、ガッドジラは胸を掻《か》きむしりながら悲痛な叫びを発し、その場に地響きとともに倒れる。

「やった！　やった！」

喜ぶガイドと客たち。そして、ガイドはガッドジラの死骸のまえで一同に記念写真を撮らせる……。

めったに行われないが、何度も来園してスレてきている客に行われることのあるアトラクションである。もちろん、ガッドジラの皮膚は相当硬く、高性能破壊銃程度では焼け焦げを作ることもできないし、飼育するのに莫大《ばくだい》な費用がかかっているガッドジラを一介のガイドが殺してしまうこともありえない。すべては芝居なのだが、それは観光客には内緒である。ガッドジラのなかに一頭だけいるヒューマジラの存在あってこそ可能な演出なのだ。客たちは、自分の星に帰ったときに写真を見せて自慢するだろう。

「本当に恐ろしかった。一時は死を覚悟したけど、ガイドの射撃の腕が良かったからなんとか九死に一生を得た。こうしてここで無事にしゃべっているのも信じられないよ。ガッドジラを見たやつはたくさんいるだろうけど、襲われて死にかけたのは俺たちぐらいのもんだろうな」

などと言っているにちがいない。

ガッドジラに脳の移植をする人間は、怪獣ランドの職員、つまり、パッガ星政府の国家公務員のなかから選抜される。期間は三年。その間は、莫大な手当てが支給される。公務員なので拒絶は許されないが、その手当て欲しさに、希望者は引きも切らない状態だそうだ。ガッドジラになっているあいだ、本人の肉体は溶液のなかで安全に保管され、任期を終えたあとはふたたび脳移植が行われて、元に戻る。もし、その秘密を洩らしたら手当ての返還と生涯にわたる減給が行われるので、現在まで秘密は保たれている。

「ところが、だ」

マエダルは言った。

「一カ月まえ、そのヒューマジラが殺害されたのだ。しかも、首を切断されてだ。我々は、発見してすぐに脳の摘出手術を行ったが、すでに手遅れだった。死んだ脳を保管してあった肉体に戻し、その職員の家族には、勤務中の事故で死亡したと告げて、遺体を返却した。それから我々も全力を挙げて調べてはみたが、ヒューマジラがなにものに殺されたのかはわからなかった。あんな強度のある皮膚や骨を切断できるとは思えないのだ」

「マンティラスの鎌はどうです」

「まったく問題外だ。マンティラスの鎌は軟らかい。ガッドジラの皮膚どころか、岩を砕くこともできないだろう」

「ガニマの爪はどうです」

「首の切り口はなめらかで、スパッと切断されていた。ガニマの爪ではもっとぐじゃぐじゃになるはずだ」

「怪獣の仕業ではなく、事故かもしれませんよ。施設のどこかに、刃みたいな構造の部分がありませんか。たとえば障壁とか、なにかのタンクとか……。そこでヒューマジラがうっかり転倒して、首がギロチンみたいに切断されてしまったとか」

「ありえないね。言っただろう、ガッドジラの皮膚はとてつもない硬さだ。鋼鉄で作った巨大なニホン刀でバッサリやるぐらいでないと傷をつけることもできないだろうね。そもそも、この施設のどこにも、そんな部分はないし」

「ガッドジラ同士の戦いの結果ということはないでしょうか」

「それは一番なさそうだ。なにしろ彼らは同族同士殺し合うことはないからな。それに、彼らの武器である爪や火焰放射では、首を切断することは不可能だ」

「道具を使ったかもしれませんよ。建造物の一部を剝がして、それを研いで、ナイフみたいに尖らせたとか」

「そんなものは現場に落ちていなかったし、五頭のガッドジラの住居でも発見されなかった。だいいち、ガッドジラが道具を使った事例など聞いたことはないぞ」

「ヒューマジラの死体が発見されたのはどこですか」

「我々が広場と呼んでいる場所だ。ジャングルのまえにある広いスペースで、そこは植物が繁茂しないようにつねに刈り取っている。来園者用の休憩施設や飲食ブースなどがある。そこで早朝、清掃員が見つけたんだ」

「いつも位置を把握してモニタリングしているはずでは?」

「それは昼間だけだ。閉園後、夜になると、ガッドジラは専用の飼育棟に入る」

「六頭それぞれに部屋があてがわれているのですか」

「いや、六頭一緒の大部屋だ。ガッドジラは、そこでかたまって眠る。仲間と一緒でないと嫌がるし、個々に分けると一晩中大声で鳴き叫ぶ。その大部屋に一応監視カメラは取りつけてあるが、暗闇なのでほぼ役には立たない」

ガッドジラは灯《あか》りが点《つ》いたままだと眠らないので、十時になると自動的に照明が切れるようになっているらしい。

「部屋の入り口は施錠されているのですね」

「いや、建物の扉は開けっ放しだ。これは閉めるとガッドジラの機嫌が悪くなるからだが、これまで問題が起こったことはない。ほかの怪獣、ガニマはジャングルのなかの巣で眠るし、アギンスラは洞窟に籠《こも》る。マンティラスは木のうえで就寝する。マダンは海中だから心配ない。ブロブは……よくわからない」

「つまり、ヒューマジラを殺すことはどの怪獣にもできた、と……」

「そうも言えるな。だが、二件目は違う」

そうだ、事件は二度起きたのだった。

「ヒューマジラ不在だといろいろ困るので、我々はすぐに代わりを手配した。ランド外のジャングルから一頭のガッドジラを捕獲し、ランドの職員をひとり選抜して、捕獲した個体に彼の脳を移し替えた。しばらくはなにごともなかったが、二週間後、またしてもそのヒューマジラが殺されたのだ」

マエダルによると、三日まえの深夜、今度はガッドジラの飼育棟のなかで、ヒューマジラが殺されていたという。前回と同じく、首を切り落とされており、即死だったと考えられるそうだ。

「前回との違いは、殺害に至るまでの過程の一部が撮影されていたことだ」

「暗闇ではなかったのですか」

「データには、ガッドジラが屋外で食事をしてから飼育棟に入った九時五十分ぐらいから、十時までの約十分間の飼育棟内部の様子が映っている。それが、これだ」

ふたたびモニターが明るくなった。定点カメラの、明瞭ではない画像だが、六頭のガッドジラがひしめき合うように身体を寄せ合っているさまが映っている。広大な部屋の隅には二四のマンティラスもいる。

「なぜマンティラスがいるのです」

ノーグレイが問うと、飼育係のロクジャクが言った。

「飼育棟の扉は開けっ放しなので、マンティラスにかぎらず、ブロブやガニマといったほかの怪獣が入ってくることはよくあります。灯《ひ》りに魅かれる習性のあるやつは、どうしようもないですね。ただ、ガッドジラに怯《おび》えて、隅っこで一晩中震えているか、途中で出ていってしまいますが」

十分ほどして、映像は真っ暗になった。自動消灯装置が働いたのだろう。ロクジャクが早送りして、しばらくするとまた灯りが点いた。画面の中央に、首のないガッドジラが倒れている。

「これは十時十分の映像です。飼育棟からガッドジラのものと思われるただならぬ悲鳴が聞こえたので、宿直だった私ともうひとりの飼育員が駆けつけ、照明を付けました。見てください。すでにガッドジラは死んでいます。調べてみると、またしてもヒューマジラでした」

モニターの真ん中に、倒れたガッドジラが映っている。頭部はなく、傷口から大量の緑色の血液が流出している最中だ。その死体を複数のガッドジラが心配そうに、なのか、興味深そうに、なのかわからないが、とにかく見下ろしている。

「たった十分のあいだに行われた犯罪です。その間、飼育棟から出て行ったガッドジラはおりません」

「それはたしかですか」

「まちがいないです。私が確認しましたし、この映像を見ても明らかです。五頭、揃《そろ》っているでしょう」

「つまり、ヒューマジラを殺したのはこの五頭のうちのどれか、だと？」

「ありえませんね。ガッドジラは仲間を殺しません」

「絶対に、とは言い切れないんじゃないでしょうか」

「それはそうかもしれません。たとえばふざけ合っているときに、なにか事故が起きた、ということは過去にあったかもしれませんが、こんな風に首を切断するような方法で意識的に同族を殺すとは考えられません」

「ヒューマジラであることがバレて殺された可能性は？」

「ガッドジラに、それを見破る知性があるとは思えませんね」

「マンティラスはどうです」

十時十分の映像にはマンティラスも一匹だけ映っていた。もう一匹もどこかにいるはずだ。

「さっきも言いましたが、マンティラスの鎌はガッドジラを傷つけることはできません。なにかの拍子に突き刺さったとしても、切断は無理ですね」

「ほかの怪獣が外から入ってきて、ヒューマジラを殺してから出て行ったということは……？」

「たった十分でですか。ありえません。それに、そんなやつが侵入して仲間を襲ったら、ほかのガッドジラが黙っているはずはありません」

「職員のなかに犯人がいる、ということはありえませんか」

「冗談でしょう」

「冗談です」

どんな道具を使ったにせよ、人間が身長八十メートルの怪物の首を十分間のうちに切断できるわけがない。ノーグレイは失言をつくろうように、

「つまり、一種の密室殺人のようなものですね」

「ようなもの、というか、密室殺人そのものでしょう」

「殺されたのは怪獣ですけどね」

「お忘れですか。殺されたのはどちらもヒューマジラです。人間の脳が入っています。一件ならともかく、二件続けてですから、『人間』であることを知っての確信犯的犯行としか思えない。これは殺人なんです」

「ということは、二人目の脳も手遅れだったのですね」

「私の父でした」

ノーグレイは呆然《ぼうぜん》としてロクジャクを見つめた。

「長年、この怪獣ランドの飼育員をつとめて、数年まえに引退したのですが、心からこの施設を愛していました。ヒューマジラが殺されて、後任がいないと知って、俺でも役に立つなら、と志願したのです。久しぶりにここで働ける、でも、まさか怪獣になるとはな、と言って喜んでいました」

「そうでしたか」

しばらくの沈黙のあと、マエダルが言った。

「そこで、きみに来てもらったというわけだ。探偵、としてのキャリアを買ってね。ヒューマジラ殺害事件の犯人をなんとか見つけてくれたまえ」

「それはいいんですが……」

ノーグレイはぼりぼりと頬《ほお》を掻《か》きながら、

「この星の警察はなにをしているんです。殺『人』なら、まず警察に届けるべきでは？」

「もちろん届けたさ。パッガ星の警察にね。この星には、パッガ星警察の派出センターがあって、そこの署長に連絡が行き、一応、捜査は行われたよ」

「で、どうだったんです」

「なにもわからない、とさ。そうだろうとは思った。彼らはワインバーで釣り銭をごまかした客や、スーパーで万引きをした女、宇宙港で置き引きをしたコソ泥なんかを捕まえる術には長《た》けているが、怪獣を殺した相手を突きとめる術はまるでないようだ。通り一遍の捜査はしたが、はっきりと『お手上げだ』と言われたよ」

「でしょうね」

「私は、星間ラインを通じて、探偵として実績のあるものや、元警察関係者などに手当たり次第にアプローチした。もちろん非公式に、だ。だが、引き受けてくれるものはひとりもいなかった。唯一、手を挙げてくれたのが……」

「私、ということですか」

　ノーグレイは苦笑した。

「私もよく引き受けたなと呆《あき》れているところです。いろいろ事情がありましてね」

「それは、すでに調査済みだ。きみは探偵事務所の所長として手広く事業を拡大していたが、星間マフィアがらみの事件に首を突っ込んだのがきっかけで、マフィアに追われる身になった。その解決金として巨額の現金が必要になったようだね」

「離婚した。事務所も人手に渡した。自己破産もした。けど、やつらは許してくれないんだ。来月までに全額払わないと殺す、という通告をしょっちゅう受け取ってる。あの連中は脅しじゃないからね。金さえもらえるなら、怪獣が殺された事件だってなんだって引き受けるさ。脳をガッドジラに移植するなんて……殺されることに比べれば、たいしたことじゃない」

　ノーグレイは吐き捨てるように言った。

◇

手術は三時間で終わった。

「目を開けてください。――できますか？」

耳もとでそういう声が聞こえた。ノーグレイはゆっくりと目を開けようとした。しかし……開かない。くっ、くっ、とまぶたを持ち上げようとしても、動かない。

「動きません」

と口で言ったつもりだった。だが、口も動かない。どうなってしまったんだ。何度も「動きません」と声に出そうとしたが、喉も口のまわりの筋肉もむずむずするだけだ。そのうちに、

ギア……アアグ……

という唸《うな》り声のようなものが口から零《こぼ》れ落ちた。その途端、目が開いた。視界がおかしい。

「見え方が変なのは仕方ありません。単眼になりましたからね。そのまわりの副眼全体からの視覚情報を脳が再構築して、立体感を出すわけで、しばらくは違和感があるでしょうね。――私の声は聞こえていますか」

女性の声だ。おそらく執刀医のノメイヌ博士だろう。天井に埋め込んだスピーカーから聞こえてくるのだ。

「聞こえています」

と言おうとしたが、
ギャ……ウウウ……ウグ
という声しか出なかった。ノーグレイは、目を大きく見開き、自分の姿を見た。ごつごつした黒い皮膚、太い腕、鋭い爪、そして、岩山のように馬鹿でかい胴体……。

（そうか……）

手術を受けたのだ。これが今の自分の身体なのだ。

「動けますか。手術台のうえに起き直ってください」

腹と腕に力を入れる。ぎりぎりぎり……と鉄鎖を巻き上げるような感じで筋肉が収縮していくのがわかる。ノーグレイは上体を起こした。腕で身体を支え、両脚を踏ん張る。じわじわと全身が持ち上がっていく。おのれの意志で、これだけ巨大なものが「動く」というのは快感だった。一分ほどかけてノーグレイはようやく立ち上がった。

脚で立った瞬間、とてつもなく強大な力を自分が手にした、という実感が湧いてきた。世界の支配者になったような気分。足もとから、身体の底から、凄《すさ》まじいパワーが上がってきて、思わずノーグレイは叫んだ。

ギャア……オオオ……オグネ……

その咆哮はドーム状の手術棟に轟《とどろ》き渡り、壁を震わせた。その手応えがうれしくて、ノーグレイは何度も叫んだ。

ギャア……オオオ……

グアア……ウオオ……オグネ……

少し歩いてみる。長い尾が巨体を支えているので、どうしても前傾姿勢となる。ノーグレイは地響きを立てて、ゆっくりと前進した。彼は今、映像でしか見たことがなかったあの巨獣になっているのだ。

（こんな感じなのか……）

とてつもない充実感だった。肉体がマグマのように熱く思えたが、それは風邪《かぜ》のときに熱がある、といった状態ではなく、ひたすら心地よい熱さなのだ。

「あとはどんどん動いて、その身体に慣れてください。今、シャッターを開けますので、外に出て、自由に過ごしてもらっていいですよ。このあとは、ほかのガッドジラに悟られないために、こちらから声をかけることはありません。すべて自己管理でお願いします。我々になにか連絡がある場合は、ここまで戻ってきて、シャッターを閉じてから、そこにあるワードプロセッサーを使用して文章をつづってください。ガッドジラの状態ではそれ以外に我々とコミュニケイトする方法はありません」

ワードプロセッサーというのは壁面に設置された縦五メートル、横十メートルほどの馬鹿でかいキーボードだ。たしかにこの大きさでないと、ガッドジラの指では打鍵できないだろう。

続いて、マエダルディレクターの声がした。

「ノーグレイくん、かならず……かならず犯人を見つけ出してくれたまえ。事件が解決するまでは、ここに戻ってこなくていいからね」

ノーグレイは、傲然と顔を上げ、開かれたシャッターから表に出た。手術棟は管理センターに隣接している。そこには広大な空間が広がっていた。

手術まえに、マエダルから言われた言葉を思い出す。

「怪獣殺しは怪獣になって捜査するのが一番だろう。ランドとしても、ヒューマジラを空席にしておくわけにもいかない。きみがヒューマジラになってくれれば、一石二鳥なのだ。ただし、ほかのガッドジラや観光客に、きみが人間だと悟られてはならない。それだけは気をつけてくれたまえ」

たしかにこうして怪獣になることで、見えてくる真実もあるだろう。しかし……。

（不安だ……）

建物を出たノーグレイは無防備な気分だった。捜査よりもなによりも、怪獣の肉体をまとった状態での原始的で野蛮な暮らしに自分が耐えられるのかどうかのほうが心配だった。

顔の周辺に、虫のようなものが飛んでいて鬱陶《うっとう》しい。しかし、それがガッドジラを監視する飛行モニターであることをノーグレイは聞かされていた。彼を見張る必要はないが、どのガッドジラにも一個ずつあてがわれているので、ノーグレイにだけついていないとほかのガッドジラが不審がるかもしれないという配慮だそうだ。

（いらぬ心配だ……）

地球でも、研究のためと称して野生動物に発信器をつけ常に居場所がわかるようにする試みがあったが、当の動物にとってはウザいことこのうえなかっただろう……そんなことを思いながらしばらく進むと、餌場があった。ガッドジラ専用の餌場で、コンクリートで作られた窪みに大量の生肉が積み上げてある。おそらくランド外で捕獲したブタノザウルスの肉だろう。図体ばかりでかいが、ほとんど動かないし、面白みもない四足獣である。怪獣ランドでは飼育していないが、その理由は、動きが少なくて観光客に人気がないことに加え、膨大な餌代がかかるからである。一頭が一日に小さな林ひとつの植物を食い尽くすと言われており、キンゴジのジャングルを構成する植物の発育が異常に速いのは、このブタノザウルスを養うためである、という説もあるぐらいだ。しかし、捕獲は容易だし、攻撃性はないし、一頭から大量の肉が採れるので、ガッドジラの餌にするには最適である。

ブタノザウルスの肉は血まみれで、たった今解体されたばかりのようで全体から湯気が上がっている。機械で内臓も含めて均等にぶつ切りにしただけらしく、ドドメ色の胃袋や巨大なサナダムシのような腸のほか、まだら模様の臓器、汚らしい膿汁のような液体を滴らせている臓器、ウミウシのような襞《ひだ》に覆われた臓器なども大ざっぱに切り刻まれ、内部からどろりとした内容物が流れ出た状態で肉と混ざっている。見ているだけで吐き気がしてきた。

(これを食わなければならないのか……)

人間であることがバレてはいけない、食事はほかのガッドジラと同じように餌場で肉を食ってくれ、とマエダルに釘《くぎ》を刺されていた。しかし、これを食べるなどということは考えられない。

(一刻も早く解決しなくては……)

そう思って、餌場を離れた。ここにとどまっていては、ほかのガッドジラと出くわす危険性がある。

ふと、視線を感じ、足が止まる。目のまえに、四本脚の怪獣アギンスラがいた。じっとこちらをうかがっている。背中の帆がゆさゆさと揺れ、〈熟の月〉中であることを象徴する頭部の百本ほどの角がノーグレイに向けられている。ノーグレイは震えた。ここであの巨体に突進されたら、ひとたまりもないだろう。逃げるべきか。いや……。

(私は今、ガッドジラなんだ。この星の怪獣王なんだ)

踵《きびす》を返したくなる気持ちを抑え、ノーグレイは逆に一歩前進した。そして、一つ目でアギンスラをにらみつけ、一声高らかに吠《ほ》えた。

ギャアアア……オオ……ン

アギンスラはあからさまに動揺し、二、三歩後ずさりした。しかし、目はこちらに向けられたままだ。ノーグレイは、もう一度咆哮したが、アギンスラは頭の角を振り立て、退かない、という姿勢を示した。蟻食い野郎のくせに、〈熟の月〉のせいで興奮しているのかもしれない。ノーグレイは腹が立ってきた。なにかがそこから上がってきた。ガッドジラに逆らうのか！　そんな思いが胸の辺りを刺激した。なにかがそこから上がってきた。それは喉を通り、口から放出された。その瞬間、上下の歯が自然とぶつかり、火花が散った。大量の炎がノーグレイの口から噴き出していた。青白い火焔は地面をなめるようにしてアギンスラの身体に到達し、周辺の草や木を巻き込んで燃え上がった。悲鳴のような声を上げたアギンスラは、素早く向きを変え、猛スピードで逃げて行った。

（勝った……！）

勝利の実感とともに、うれしさがこみ上げてきた。ノーグレイは歓喜の叫びを発した。生まれてはじめての体験だった。都会の隅をドブネズミかゴキブリのように這いずりながら、他人の目を気にしておどおどと仕事をしてきたノーグレイにとって、広々とした野外で、みずからの威圧感で他人を圧倒するなど考えもつかなかった。

（今なら、あの鬱陶しいマフィアどももひとひねりだ。炎のひと吐きで丸焼きにしてやれる。いや、尾のひと打ちでゴミのように吹き飛ばしてしまうだろう。あれだけひとをいたぶっていたあいつらも、私のまえにひれ伏して涙を流して憐《あわれ》みを乞うだろう……）

ノーグレイは、何度も何度も天に向かって吠えた。


アアアア……ガア！

アギャア……オオ……オグネ！

グ……アアア……オオオオオオウ！


身体に力がみなぎってきた。目覚めてからまだほんの数十分しか経っていないのに、すでに自由に肉体を操れる。まるで、生まれてからずっとこの身体だったみたいな一体感がある。そう、私はこの星で生まれ、この星で生きてきた……いや、ちがう。私は地球で生まれ……そして……そして……。

突然、ノーグレイは空腹を覚えた。猛烈に腹が減っているぞ。食いたい、なにかを食いたい。じゅうじゅうと焼いた、脂の滴るステーキ……ではない。今、食いたいのは生肉だ。殺したばかりの、ブタノザウルスの肉。いや……そんなはずはない。私は人間だ。パンとスープとサラダとオムレツそれにコーヒー……あああああ……ああ……ブタノザウルスの……肉……肉……それを食べてしまったらもう戻れないのではないか……肉……あああああ……。

ノーグレイは一気に元来た方角に引き返した。目指すのは餌場だ。肉……肉……ニク……ニクを食わねば……。

彼は、積み上げられた生肉の山に突進した。倒れ込むようにして顔を突っ込み、大口を開けてブタノザウルスの肉を食いまくった。引きちぎり、噛みちぎり、唾液とともに嚥下《えんげ》した。異臭のする内臓も、白くどろどろした脂肪も飲み込んでいく。おそらく子宮だったのだろう、そこを食い破ってみると、まだぴくぴくと動いている「なにか」があり、それを丸呑《まるの》みにしたが、なんともいえぬほどの美味だ……美味《うま》い……美味すぎる……。

ふと気づくと、ノーグレイは散乱した肉や内臓の断片のなかで座り込んでいた。飽食して眠くなったのだろう。我に返った彼はあわてて立ち上がった。そのとき、監視用の飛行モニターが目に入った。今の一部始終を管理センターで観られていたのだ。恥ずかしいという気持ちとともに、罪悪感が湧き上がってきた。

（私は……人間だ！　二度と、餌場には近寄らないぞ）

そう誓いを立てて、ノーグレイがふらふら歩き出したとき、岩山の陰から突然、一頭のガッドジラが現れた。肉の匂いに魅かれてやってきたのだろう。隠れようにも、場所がない。ノーグレイとそのガッドジラは、数メートルをおいて対峙《たいじ》した。相手は、ノーグレイを一つ目で鋭く見つめ、顔を傾《かし》げている。見かけないやつだ、ぐらいに思っているのかもしれない。そのガッドジラは、ゆっくりとノーグレイに近づいてきた。距離が次第に狭まるにつれ、恐怖心が湧いてきたが、我慢してノーグレイがじっとしていると、ついには手が届くほどまでの位置に達した。そして、くんくんとノーグレイの匂いを嗅ぎだした。身じろぎせずに、耐える。脚が震えそうになったが、ぐっと力を入れる。

たっぷり十分ほど、ガッドジラはノーグレイの全身の匂いをくまなく嗅いだすえ、彼を頭で押し退《の》けるようにして、生肉の山に向かっていった。もうノーグレイへの関心を失ったようで、あとは二度と振り返らなかった。

(どうやら「仲間」同士のはじめての邂逅《かいこう》も成功したようだな……)

ノーグレイはホッとして、そろそろとその場を去った。

◇

結局、その日はそのほかはなにごともなかった。日暮れになると、ほかのガッドジラが餌場に向かったので、ノーグレイもその流れに合流した。餌場には、新鮮な生肉が新たに積まれていた。ガッドジラたちはわれ先にとブタノザウルスの肉を腹に収めている。ノーグレイにもはやためらいはなかった。彼は負けじと肉塊の山に突入し、新鮮な生肉や臓物を味わった。夕食を食べているガッドジラは、ノーグレイのほかに五頭いる。ということは、ここに怪獣ランドのすべてのガッドジラが集合しているわけだ。はじめはどれも同じに見えたが、一時間もたたないうちに、個体の識別ができるようになった。身長や太り方、背びれの形状などで見分けがつくのだ。一番背の高い個体が、やはりリーダー格のようだった。ひとつの肉塊を二頭が同時につかんだとき、ふつうはトラブルになるが、相手がその背の高いやつだったときだけ、ほかの四頭は肉を譲っているように思えた。ノーグレイはその個体を「リーダー」と呼ぶことにした。あとの四頭のうち、もっとも背が低いやつを「ちび」、太っているやつを「スモウ」と名付けた。右頬に大きな傷があるやつを「ケガニン」、残りの一頭はどこといって特徴がないので「フツウ」にした。

食事が終わったら、もうすることがない。リーダーを先頭に、ガッドジラたちは飼育棟へと入っていく。ノーグレイも彼らのしんがりについて、なかに入った。家具も、ベッドも、ソファも、椅子《いす》も、藁《わら》すらない、がらんとした巨大な「ワンルーム」。ガッドジラたちは思い思いの場所に座ったり、寝転んだりしてくつろいでいる。このあと消灯時間の十時まで、どうやって時間をつぶせばいいのだろう。なにもすることがない……。

（いや、私はちがう）

ノーグレイは自分の仕事を思い出した。彼は探偵としてここにいるのだ。ノーグレイは立ち上がると、だだっ広いその寝所を隅々まで見て回った。ほかの五頭は、好奇の目で彼を見ることもなく、無視している。そのほうが都合がいい。そのうちに彼は、おそらく二件目の殺「人」が行われたとおぼしき場所を発見した。清掃はしたのだろうが、血のりや肉体の破片がまだ付着している。だが、現場が特定されたからといってなにがわかるわけではない。五頭の仲間たちに、「なにか知っているか」とたずねるわけにもいかない。この事件の捜査が難航する気配をノーグレイは感じ取った。まともな捜査活動はほぼできないといっていい。

では、どうすればいいのか……。
そのうちに彼は眠りについていた。

◇

地球の夢を見ていた。事務所の自分のデスクで朝食を摂っている夢だ。どこからかコーヒーの香りが漂ってくる。白い皿に載っているのはブリオッシュとバター、そして……ブタノザウルスの生の内臓だ。ひっ、と叫んで目を覚ますと、そこは飼育棟のなかだった。彼は、「ちび」と「フッウ」の二頭とともに折り重なるようにして眠っていた。獣臭い匂いが鼻を突き、ノーグレイは立ち上がった。

飼育棟の外に出る。今日一日、なにをすればいいのか。どうすれば事件の真相に近づけるのか。まるでわからない。とりあえず、ランドのなかをほっつき歩くしかない。捜査は足で稼げ、というのは、探偵事務所の所長だったころ、部下に常に訓示していたことだ。

ガッドジラの食事は昼夜の二回らしく、餌場は空《から》だった。そこを素通りして、ノーグレイはジャングルのほうに向かった。この星の密林は、動いている。比喩《ひゆ》ではなく、文字通り、動きがわかるのだ。その理由は、とてつもなく速い植物の生育スピードにある。肉眼で十分、伸びていくのが確認できるほどの速度なのだ。だから、ジャングルを遠目で傍観しているだけで、その全体が高速度撮影のように揺らぎ、形を変え、広がっていくのがわかる。ノーグレイは、迷わずまっすぐにジャングルのなかに入っていった。

ばさっ、となにかが地面から木の上に飛んだのをノーグレイは見逃さなかった。マンティラスだ。〈熟の月〉には羽が生えるとロクジャクが言っていたが、その通りだった。カマキリそっくりの姿だが、背中からコンドルのような翼が伸びている。ノーグレイは、ふと思った。こいつの鎌ではガッドジラの皮膚は切れない、との話だったが、本当だろうか。ノーグレイは、木の上にとまってこちらを見ているマンティラスに、すばやく右手を伸ばした。マンティラスはその行動を予測していなかったようで、あわててはばたこうとしたが、そのまえにノーグレイの手は昆虫怪獣の脚をしっかりつかんでいた。マンティラスはもがき、はばたき、脚をばたつかせ、鎌を打ち振ったが、その鎌が身体に触れても、ノーグレイはほとんどなんの痛痒も得なかった。

（この程度か……）

馬鹿にしきった気持ちがこみ上げてきて、ノーグレイは思わず、右腕を大きく打ち振った。マンティラスはそのまま、地面に叩《たた》きつけられた。ぐしゃ、という音が聞こえた。しまった……と思ったがすでに遅かった。たったそれだけの動作で、ノーグレイはマンティラスの脚を一本、もぎとっていたのだ。マンティラスは、ぎいぎい……と悲鳴を上げながら、残った脚で必死でそこから離れようとしている。

（すまん……そんなつもりじゃなかったんだ）

ノーグレイは心中弁明したが、マンティラスにそれが通じるはずもない。傷ついたマンティラスは羽をはばたかせて、どこかへ飛んで行った。ノーグレイは激しい後悔の念にさいなまれながら、マンティラスの脚をその場に放り出した。ジャングルから出たノーグレイが感じたのは、マンティラスの弱さ、ではなく、ガッドジラという生物の圧倒的な強さだった。彼が現在間借りしているこの肉体は、想像を超えたような破壊力を秘めているのだ。

ノーグレイは咆哮した。私は強いのだ。強いとは、それだけですばらしいことなのだ。

幾度も吠えていると、少し離れた場所に、人間の一団がいることに気づいた。一般の来園者らしい。高性能破壊銃を持ったガイドがひとり、ついている。

「見てください、ガッドジラですよ！」

ガイドの声が聞こえる。

「危険です。もう少し後退しましょう」

すると、客のひとりが言った。

「なあに、大丈夫だ。このランドで、事故は一度も起きていない。そうだろう、ガイドさん」

「そ、それはそうですが……」

「私はパッガ星警察キンゴジ派出センターの署長だ。今日は休みでね、久しぶりに怪獣ランドに来てみたんだが、ガッドジラなんて言っても、たいしたことないね。図体《ずうたい》はでかいけど、ウドの大木さ。臆病で、ひとを襲ったりしないんだ」

「そんなことはありませんよ。火も吐きますし、力ものすごい、凶暴なやつです」

「あっははは……営業的にそう言いたくなるのはわかるがね、私がこの星に赴任して以来、怪獣ランドで事件や事故が起こったことは一度もない。ちがうかね」

その会話を聞いていると、なんだかムカついてきた。ノーグレイは、その警察署長のまえで両腕を広げると、高らかに咆哮した。署長は顔をひきつらせて二、三歩下がったが、ノーグレイはなおも前進して、身体を倒し、その男に向かって顔を突き出した。

「た、た、助けてくれ。食い殺されるっ」

ガイドは、署長をかばうようにまえに出ると、高性能破壊銃を構えて、ノーグレイの頭部目がけて発射した。花火のように派手な火花が散り、ノーグレイは悲鳴を上げてその場に跪《ひざまず》いてからゆっくりと横倒しになった。大音響とともに砂埃《すなぼこり》があがった。

「や、やった！　やりましたよ！」

ぴょんぴょんジャンプしながら喜ぶガイドに、警察署長は震えながら、

「ありがとう、よくやってくれた。きみは命の恩人だ。大事故を防いだ功績を讃えて、警察表彰を……」

「そんなものはいりません。さあ、記念撮影をしましょう」

撮影をしながら、ガイドはノーグレイに向かってひそかに親指を立てた。彼らが行ってしまってからも、ノーグレイはしばらくそのままの姿勢でいた。だれかが戻ってきたら芝居がバレてしまうからだ。目を閉じ、横になった状態でノーグレイは、なにかおかしい……と思った。今の一連の出来事について、ちょっとした違和感がある。しかし、それがなにかは…

…わから……。

目を開ける。

横たわって、動かぬようにじっとしているうちに、居眠りをしていたらしい。

起き上がろうとしたとき、物音が聞こえた。それが、あの「リーダー」の足音であることを、ノーグレイは聞き分けた。もうひとつの足音も聞こえる。薄目を開けると、「スモウ」が「リーダー」の後ろにいるのがわかった。二頭の位置からは、ノーグレイが寝そべっているのは見えない。急に起き上がって、揉めごとになってもいけない。ノーグレイは彼らが通り過ぎるまで息をひそめていることにした。

もう十分だろうと思って、そろそろと起き上がってみると、「リーダー」と「スモウ」が崖のまえに立っている。「リーダー」がしゃがみ込み、巨体の「スモウ」が「リーダー」を隠すようにしている。ノーグレイは見つからないように気をつけながら、「リーダー」がなにをしているのか見える位置に移動した。「リーダー」は崖の下側を覆っている蔓状の植物をどけると、そこを両手で掘っているようだ。すぐに大きな穴が開いた。横穴らしい。監視用の飛行モニターはぶんぶんと蠅《はえ》のように飛び回っているが、「スモウ」に遮られて「リーダー」の動きは映せていないはずだ。ノーグレイは身を乗り出した。「リーダー」が、洞窟状の横穴に四つん這いになって入っていくのが見えた。なにをしているのだろう。内部は暗くてまったく見えない。飛行モニターにもなにも映らないだろう。

（おかしいな……）

ガッドジラがこんな行動を取るとは聞いたことがなかった。三十分ほど、「リーダー」は洞窟に入ったままだった。「スモウ」はその入り口まえにどっかり腰を据えている。ノーグレイは次第にいらいらしてきた。思い切って、姿を見せてみようかとも思ったが、それではぶち壊しになる可能性もある。彼はじっと待ち続けた。ようやく「リーダー」は洞窟から這い出してきた。そして、洞窟の入り口を土でふさぎ、蔓状の植物をかぶせると、「リーダー」と「スモウ」はなにごともなかったかのように、左右へ別れた。どちらかを尾行すべきか、それとも洞窟内部を調べるべきか迷ったが、ガッドジラの行動は飛行モニターがだいたい把握しているはずだから、とノーグレイは洞窟を調べることにした。

内部は、ノーグレイが身体をすぼめてもぎりぎり入れるかどうか、という狭さだった。潜り込んでしばらくすると全身に冷や汗が出て、吐き気がしてきた。息苦しい。怖い。――彼は閉所恐怖症なのだ。恐慌をきたしそうになるのをこらえて、手を伸ばし、闇のなかを探る。なにかが指に触れた。丸い……硬いもの……。

（卵か……！）

洞窟のなかには卵がぎっしりと並んでいた。

（そうか……ガッドジラが出産した記録はない、とマエダルが言っていたけど、産んだ卵をここに隠していたんだな。でも、どうして……）

ノーグレイはなおも手探りを続ける。すると、卵とはべつの、金属製のなにかが手に触れた。なんだこれは。どうやら機械のようだ。しかし、なぜガッドジラが機械を隠しているのだ……。ひねくり回してみたが、なにをするものかはわからない。動悸《どうき》がひどくなり、呼吸も困難になってきたので、ノーグレイはそれ以上の調査をあきらめ、洞窟から抜け出した。

(詳しく調べるのは、明日でもいいだろう)

やれやれ……と立ち上がる。腰が痛い。土で入り口をふさぎ、蔓植物をかぶせて人心地ついたとき、なにかの気配を感じて振り返ってみると、そこに「フツウ」がいた。見られたか、と思ったが、向こうはなにも気にしていない様子で、顔を反《そ》らしてどこかへふらりと行ってしまった。ホッとすると急に腹が減ってきた。そろそろ昼飯時のはずだ。足先が自然に餌場へと向く。

すでに二頭のガッドジラが肉を食っている。「リーダー」と「スモウ」だ。ノーグレイが接近したことに気づき、こちらを向いたが、すぐにまた食事に戻った。やはり、洞窟のことはバレていないようだ。ノーグレイも、濃厚な血の匂いが立ち込めるなか、二頭のあいだに割り込むようにして生肉に鼻先を突っ込もうとした。そのとき、かなり離れたところにさっきの観光客の一団がいることに気づいた。彼らは、ストリップを見るような下品な興味をもって、ガッドジラが肉や内臓を生で食らう場面を見つめているのだ。

(そういえば、私は高性能破壊銃で殺されたことになってるんだよな……)

彼らに、怪獣の個体を識別するほどの眼力があるはずもないが、一応、ここにいてはいけないような気になり、ノーグレイは餌場を離れることにした。こいつらのせいで、飯が遅れる……そう思うと腹が立ってきて、彼は首を下げ、来園者たちをにらみつけた。例の警察署長がすくみ上がっている。ははは……いい気味だ……そう思ったとき。

（待てよ……）

ノーグレイはあることに思い至り、呆然《ぼうぜん》とした。

◇

手術棟のシャッターに両手をかけて、激しく揺さぶる。

（開けろ……開けろ開けろ開けろ！）

そういう思いを込めて、ひたすら咆哮する。開けないならば、火焔を吹きかけてやる……そう思ったとき、ようやく鋼鉄製のシャッターがゆるゆると開いた。まだ半開きの状態で、ノーグレイはなかに入り込み、大型ワードプロセッサーのまえに立った。シャッターが閉じられてから、スピーカーからマエダルの声がした。

「なにごとだね、騒がしい。大きな音を立てて、来園者に見られたらどうするんだ」

ノーグレイはキーボードを操作する。

「どうして嘘をついた」

「嘘？　なんのことだ」

「パッガ星警察のキンゴジ派出センター署長がしゃべっているのを聞いた。彼がこの星に赴任して以来、怪獣ランドで事件や事故が起こったことは一度もないと言っていた。二件目のヒューマジラ殺しのとき、あんたは警察の捜査があったと言ったな」

「その警察署長が忘れっぽいだけだろう」

「そんなくだらない言い訳でごまかせると思っているのなら、この手術棟をぶっ壊してやろうか。観光客を片っ端から食い殺してやろうか。私には、制御装置は埋め込まれていない。それを忘れるな」

少し沈黙があり、

「じつは……警察には届けていない」

「理由は？」

「きみには関係ないことだ」

ノーグレイは、壁に向かって火を吐いた。設備の一部が炎に包まれた。

「わ、わかった。話す。パッガ星では、各恒星系の人類居住惑星へのガッドジラの輸出を計画している。動物園はどこも、展示の目玉としてガッドジラを欲しがっているが、凶暴性があり、飼育がむずかしい、などの理由で二の足を踏んでいる。我々は、制御装置と飛行監視カメラの使用方法、および長い飼育実績から得たデータなどを提供することで、ガッドジラの飼育が可能であると保証し、すでに三十カ所以上の動物園と契約を結んだ。その売り上げは一兆クレジットにものぼる。——今頃、相次いで二頭も殺されて、警察沙汰《ざた》になったとわかるのは営業的に困るのだ」

「だから探偵に頼んだというわけか」

「そうだ。我々がこの事件を警察に届けていようがいまいが関係なく、きみは捜査をしなくてはならない」

「依頼人が不誠実だった場合は契約を解除できる」

「そうかな？　事件を解決しないと、きみの脳は永久にきみの身体には戻せないよ」

「なんだと？」

「捜査したまえ。すみやかにね」

「探偵と依頼人はフィフティ・フィフティの関係である必要がある」

「ははは。はじめからフィフティ・フィフティなんかじゃないさ。こちらはきみの肉体を人質に取っているんだからな」

　それを聞いた瞬間、ノーグレイの背びれがすべて屹立《きつりつ》し、放電を開始した。ガッドジラの怒りの表現なのだ。ノーグレイは咆哮し、壁を叩き、長い尾を打ち振ったが、

「人間に戻りたいならば事件を解決したまえ。——以上だ」

　マエダルの冷ややかな声に激昂して、ノーグレイはスピーカーに炎を吐きかけた。スピーカーは一瞬で黒焦げになった。そんなことをしてもなにもならない、とわかっていながら、そうせざるを得なかったのだ。

　たしかにマエダルの言うとおりだった。この事件を解明するしか、彼に道はなかった。

　その夜、ノーグレイは夕食後、飼育棟に入った。なにも考えずにだらだらと寝そべったり、じゃれ合ったりしているほかのガッドジラを見ていると、なぜか愛《いと》おしさがこみ上げてきた。

人間は汚い。人間は裏切る。人間は欲望にまみれている。探偵として、いや、私生活においても彼は、これまでさまざまな人間の裏の顔を見てきた。それに比べてガッドジラは、裏も表もない。本能のままに、朝目覚め、餌を食い、排泄し、交尾し、夜眠る。それだけだ。高僧が厳しい修行の果てにたどりつくような境地に、彼らははじめからいるのだろう。ノーグレイは怪獣たちがうらやましかった。借金だの恨みつらみだの嘘偽りだの裏切りだの商売だのといった世俗のよしなしごとを一切気にすることなく生まれて、死ぬのだ……。

目のまえに一匹のブロブがいる。ずるずると這いずりながらこちらに近づいてくる。ノーグレイはぼんやりとそれを見つめていた。どう見ても、ゼリーのように柔らかそうで、これがじつは鋼鉄のように硬いとは信じられなかった。ブロブはノーグレイのまえまで来ると止まった。そして、ぶるぶると小刻みに震えはじめた。

（なんだ……？）

最初は、ロクジャクから聞いていたように、体色を変化させようとしているのかと思った。しかし、そうではなかった。ブロブの痙攣《けいれん》のスピードは次第に速くなり、だんだんと形状も変わりはじめた。全体に凹凸ができ、縦長になり、手や脚と思われる突起ができていく。一番うえには顔ができた。色合いも黒っぽくなり、ごつごつした皮膚感も長い尾もほぼ完璧にコピーされている。ほんの数分のうちに、ブロブはガッドジラに変身してしまった。どういうことだ……ブロブはガッドジラと同一なのか。いや、そんなはずはない。これはつまり……。

そのとき飼育棟の照明が落ちた。消灯時間になったのだ。暗闇のなかで、ノーグレイは考えを進めた。これはつまり……ブロブは目のまえにいるものとそっくりに自分の姿を変えられるのではないか。それが、〈熱の月〉におけるブロブの特徴なのではないか。これまでその能力が知られていなかったのは、あまりに素早く、細部まで相手と瓜《うり》ふたつになるので、だれも気付かなかったのだろう。ということは……もしかすると……。

　闇のなかでなにかが動いた。ガッドジラになってから、たとえ視界が悪くても、「熱」を感じる知覚が鋭敏になり、熱源の移動がわかるのだ。それは、ノーグレイに近づいてきた。仲間のガッドジラのうちの一頭だろうが、どの個体かはわからない。息がかかるほどノーグレイのすぐそばまで来た。なぜか殺気のようなものを感じて身構えたとき、喉に激しい痛みを覚えて、思わず身体を反らした。

「ちっ……しくじったか」

　耳もとでそんな声がした。

　ノーグレイは愕然《がくぜん》とした。

（人間の……言葉……？）

　攻撃はもう一度来るはずだ。だが……右からか……左からか……それとも……。

　左からだ。なにかが喉に深く刺さった。血が噴き出しているのがわかる。自分の肉体ではないせいか、あまり現実感はなかった。痛みは感じていたが、どこか他人事のようでもあった。ノーグレイは両手で喉に刺さっているものをつかみ、引き抜こうとした。抜けない。それを揺さぶる。相手は逆に、それを押し付けてくる。

　ギャア……オオウ……オグネ……

　ノーグレイは絶叫しながら、口から火焔を吐いた。そのせいで一瞬、周囲が明るくなった。彼のまえには、一頭のガッドジラがいた。「リーダー」だ。「リーダー」はマンティラスを一匹、抱えるようにしていた。ノーグレイの喉に突き刺さっているのは、そのマンティラスの鎌なのだ。「リーダー」がマンティラスを武器として使っているのだ。

　ノーグレイは頭部を大きくのけぞらして、鎌を喉から外すことに成功した。

（マンティラスの鎌は、それほど硬くないはず。どうして……）

　今、考えている余裕はない。ふたたび闇が訪れた。ふたたび攻撃が来るだろう。ノーグレイは後ずさりした。視界が効かないのは相手も同じだ。逃げ続けていれば、攻勢に転じる機会も来るはずだ。ノーグレイはなおも後退した。なにかが背中に触れた。壁か。そう思ったとき、いきなり羽交《はが》い絞《じ》めにされた。

「捕まえた！　もう逃げられないぞ」

　そう言いながら、ノーグレイを締め上げてくる。またしても、人類語だ。

「わかった。動かすな」

　前方からも声。恐怖のあまり、ノーグレイは気を失いそうになったが、後ろにいるやつを必死に振りほどこうとする。しかし、相手の腕ががっちり脇に食い込んで、外れない。ノーグレイは真正面を向き、渾身《こんしん》の力で炎を吐いた。

「おっと……」

「リーダー」は首を傾けて避けたが、その炎が壁の割れ目から侵入していた蔓植物を燃やした。飼育棟は明るくなった。そのせいで、ノーグレイを捕えているのは「フツウ」だとわかった。「リーダー」だけでなく、「スモウ」と「ちび」と「ケガニン」もノーグレイを取り囲んでいた。

「なぜ、ニンゲンの言葉を俺たちが話せるのか、と思っているだろう」

「リーダー」が言った。

「答は簡単だ。ガッドジラ……とおまえたちが呼んでいる俺たちの種《しゅ》の声帯は、複雑な音声を発声することができる。もちろん人類語も、だ。おまえが話せないのは、試みていないというだけだ」

そんな馬鹿な……ガッドジラがしゃべることができるなんて……。

「あ……りえ……ない……」

ノーグレイの口から、しゃがれてはいるが、人類語らしきものが飛び出した。ガッドジラたちは苦笑した。

「俺たちは、おまえの前任者ふたりの首を切り落としてきた。どうやったかはわかったか？」

「ああ……ブロブを使ったんだ。ブロブは、〈熟の月〉のとき、目のまえにいるものの姿に変身する。おまえはブロブとマンティラスを飼育棟に連れてきて、ブロブをマンティラスの姿にした。そうすれば、鋼鉄のように硬い鎌を持つマンティラスができあがる。その鎌で、二頭のガッドジラの首を切断した」

あのとき管理センターで見た映像に二匹のマンティラスが映っていたのは偶然ではなかった。二匹のうち一匹は、ブロブが変身したものだったのだ。

「ガッドジラではない。あいつらは、おまえと同じだ。身体はガッドジラだが魂はニンゲンだった」

「おまえたちは、本当は知的生命体のくせに、知性を隠しているんだな。なぜだ。人間にこんなところに閉じ込められ、餌を与えられて見世物にされる……それでいいのか」

「俺たちが知性を得られるのは〈熟の月〉の二カ月間だけだ。それ以外の期間は、ただの阿《あ》呆《ほう》なカイジュウだ」

そうだったのか……。ガッドジラに訪れる〈熟の月〉の影響は、「知性の増加」だったのだ。

「こうして飼育されることで、ニンゲンたちに、ガッドジラはケダモノだ、という印象を与えることができる。それは俺たちにとって好都合なのだ」

「なにを狙っているんだ」

「教えてやろう。ニンゲンの言葉で、メイドノミヤゲというやつだ。——我々が、ニンゲンよりも遥かに強大な力を持っていることは、おまえにもわかっているな」

「ああ……ガッドジラと人間では比較にならない。だが、人類は防御のための建造物や攻撃のための武器を作ることができる。それを用いれば……」

「それはこちらがひとりのときの話だろう。しかし、これはカイジュウ映画ではない。カイジュウがいつも、一体で襲ってくるとは限らない。ガッドジラが百も二百もいたらどうだ。おまえたちの母星チキュウとやらもひとたまりもないのではないか」

　こいつ……地球のことを知っている……。

「おまえの前任者ふたりは、我々のこの地球侵略計画を知ったので殺した。おまえももうじき、彼らのあとを追うことになる」

「どうやって地球に行くつもりだ。おまえたちにその手段はあるまい」

「この星にいるニンゲンは、俺たちを輸出する計画を立てている。輸送用の宇宙船も用意してくれているらしい。ありがたいが……滑稽《こっけい》な話だ。自分で自分の星を滅ぼすのだからな」

「一度に一頭しか送らないはずだ。百も二百も、ということはない。残念だが、おまえたちが考えているようにことは運ぶまい」

「卵がある。俺たちは、輸出されるときに皮膚下の特殊嚢《のう》に隠していく。ニンゲンは、俺たちが間抜けなカイジュウだと思っているから、密輸を企てるとは思ってもいない。計画はうまくいくだろう」

　蔓植物を焼き払った火は、天井に燃え移ろうとしている。

「早くしないと、ここのやつらが来ますよ」

「フツウ」がうながしたので「リーダー」はうなずき、マンティラス＝ブロブを抱え直した。

マエダル……気づいてくれ、早く来てくれ……ノーグレイは、なんとか時間稼ぎをしようとした。そ、そうだ……。

「輸出されるガッドジラの頭部には制御装置が埋め込まれるはずだ。おまえたちも経験したことがあると思うが、ガッドジラがなにかしでかそうとしたら、脳に強いショックを与えることができる。だから、おまえたちがいくら……」

「リーダー」はノーグレイの言葉を遮るように、

「制御装置を無効にする機械など、とうの昔に使っているよ。ここのスタッフが制御装置を働かせたとき、俺たちが頭を抱えて倒れるのは演技なんだ。――おまえは今日の昼間、洞窟でそれを見つけたんで、バレたと思っていたが……」

あれはそういう装置だったのか……。

「おまえは本当に、俺たちのことを馬鹿なカイジュウだと思っているんだな。哀れなやつだ……」

「リーダー」が、憐れむような口調でそう言ったつぎの瞬間。鎌が一閃《いっせん》し、ノーグレイの頭部は胴体から離れた。

# ミーチャ・ベリャーエフの子狐たち

仁木稔

《HISTORIA》シリーズは、仁木稔がデビュー以来書き続けてきた「もう一つの歴史」である。

ダーウィンがメンデルの研究に関心を持ったことで歴史が変わり、遺伝子工学が極度に発展し、亜人も生み出される。遺伝子管理局という組織の存在が囁かれる中で、繁栄の時代が続いたが、二三世紀頃に大災厄によって人類文明が崩壊する……という流れを辿ったその歴史は、二〇〇四年刊のデビュー作『グアルディア』（ハヤカワ文庫ＪＡ）で二七世紀の中南米、二〇〇七年刊の『ラ・イストリア』（ハヤカワ文庫ＪＡ）で二三世紀のカリフォルニア半島、二〇〇九年刊の『ミカイールの階梯』（ハヤカワＳＦシリーズ Ｊコレクション）で二五世紀の中央アジア、というふうに、未来を舞台としつつ、時代や場所を変えながら語られてきた。

二〇一四年刊の『ミーチャ・ベリャーエフの子狐たち』（ハヤカワＳＦシリーズ Ｊコレクション）は初の中篇連作集で、陰謀論の渦巻く二一世紀初頭から世界崩壊前の「絶対平和」の期間までを描き、これまでで最も現代に近い時代が舞台となった。その巻頭に収録されたのが表題作。初出はＳＦマガジン二〇一二年六月号。人間に奉仕する人工生命体「妖精」が存在する二〇〇一年に、陰謀論を信じて「妖精」を憎悪し排除しようとする男の心理と、その背後に蠢く何者かの計画を描いている。不法移民の送還を掲げる政権が米国に誕生した今では、現代を痛烈に批判する社会批評として受け取りやすいが、作中では「アメリカ」の名は意図的に使われておらず、時代や国を超えて存在する陰謀論と憎悪と排斥のサイクルを暴き出す、普遍的で射程の長い作品である。

最後まで収録を主張したが長さゆえ断念した、連作第二話「はじまりと終わりの世界樹」（第24回ＳＦマガジン読者賞受賞作）は、「妖精」の根幹に関わる秘密を明かす高密度の物語であり、こちらもお薦め。著者のブログではシリーズ全体の設定集が公開されているのでファンの方は必読。

仁木稔（にき・みのる）は一九七三年長野県生まれ。著書は他に、アニメノベライズ『スピードグラファー』全三巻（ハヤカワ文庫ＪＡ）がある。二〇一〇年代は中短篇のみの発表となっており、最新作は〈ナイトランド・クォータリー〉vol. 18掲載の「ガーヤト・アルハキーム」。（伴名）

偉大な祖国は危機に瀕している。

凄惨な現場に残されたデリバリーの中華料理から、捜査官は事件にチャイニーズ・マフィアが絡んでいると睨んだ。チャイナタウンに乗り込んだ捜査官は、不潔な厨房での死闘の末に、恐るべき陰謀の一端に触れる。

ＣＭになると、ケイシーは立ち上がってキッチンへ行き、皿にシリアルを山盛りにした。二十一インチの画面上では、金髪女優が同じ製品をスプーンで掬《すく》って口に運んでいた。有機栽培とうもろこし（遺伝子組換でない）を原料に、添加物は一切なし。プレーン、チョコレート、ブラウンシュガーの三種類が発売されており、金髪女優が食べているのはプレーンだが、ケイシーはチョコ味が気に入っている。

冷蔵庫から低脂肪牛乳と、六種類のサプリメントを取り出す。全部まとめてトレーに載せ、ＴＶの前に戻った。シリアルのＣＭはすでに終わり、別の金髪女優が有機栽培コーヒーの宣伝をしていた。早送りボタンを押す。

　捜査官が中国政府の陰謀を暴き、女子大生に掛けられた嫌疑を晴らして偉大な祖国を救うのを見守りながら、ケイシーはシリアルを食べ終わり、六種類のサプリメントを次々と噛み砕いていった。一〇〇パーセント天然成分からなる、これらのサプリメントを摂取すれば、記憶力や集中力が高まり、脂肪が燃焼し、便通がよくなり、歯や骨は丈夫になって若さが保たれるが、妙な臭いを放つ蛍光オレンジの小便が出る。

　録画の再生が終わる。チャンネルを適当に変えると、さっきコーヒーの宣伝をしていた女優が、少し若い姿で映っていた。恋愛ドラマの再放送だ。ケイシーはＴＶを消し、バスルームに移動した。歯を磨いて髭を剃る間、血色の悪い頬や弛《たる》んだ顎、後退してきたような気のする額が目に入らない振りをする。ダウンジャケットを着込むと、四階建て最上階の部屋を出た。裏通りに面したワンルーム・アパートメントはエレヴェーターがなく、薄暗い共用部分には塵芥《ごみ》が散乱している。

　イースターが近づくとともに陽射しは暖かくなりつつあるが、風は相変わらず無数の氷の針のようだった。ケイシーはジャケットの中で身を縮めた。視線を上げると、凍てつく空に超高層ビル群が聳《そび》えている。雄大で荘厳で美しく、圧倒的。一際《ひときわ》異彩を放つのが、双子の塔だった。

　それは同時に、悲壮な光景でもあった。崩れようとする空を支える巨人の一団――この国の姿そのもののようだ。崩れようとする世界をその肩に支える、偉大で孤独な国。そして視線を下げれば、この国のもう一つの現実が嫌でも目に入った。煤《すす》けた街と、疲れた顔の人々。ちょこまか動き回る妖精たちも。

一ブロック先に、足場を組んでシートで覆ったビルがあり、妖精たちが群がっていた。彼らの姿形は、その名から想像されるものからはほど遠い。一見、ローティーンの子供のようだ。明るい色の作業着に包まれた身体はずんぐりとして、五フィートに何インチか足りなかった。全員がそっくり同じで、男女の区別もつかない。肌は小麦色で、くるくる巻いた髪は褐色、虹彩もたぶん同じ色だ。丸い顔につぶらな瞳と獅子鼻、大きな口といったパーツの組み合わせは、どの人種のものとも判別しかねた。そのようにデザインしてあるのだ。

ビルの前にはトラックが停められ、妖精たちが資材を運び出していた。身長の半分くらいありそうな袋や缶を軽々と担ぎ上げる。丸ぽちゃの体形にもかかわらず、力は並の人間以上なのだ。丸顔には一様に陽気な笑みが浮かび、瞳はきらきらと輝いていた。働くのが楽しくてたまらないといった様子だ。今にも、ハイホー、ハイホーと歌い出しかねない。ケイシーは嫌悪に顔を歪めた。道路を渡ろうかとも思ったが、そちら側でも二ブロック先に足場を組んだビルと跳梁《ちょうりょう》する小さな人影が見える。

「こんにちは!」

せっせと働く妖精たちは、道行く人々に見境なしに挨拶をした。無視する者はわずかで、子供相手のような優しげな声が微笑とともに返される。

「こんにちは。今度はなんの工事?」

髪を染めた中年女が、甘ったるい声で尋ねた。箒《ほうき》と塵取りを手に、ちょこちょこと出てきた妖精の前に立ち塞がり、身を屈めて視線を合わせている。

「ビルのかいそうをしているのです」と妖精は答えた。声は甲高く、特に訛りはないが舌っ足らずだ。「しみんのみなさまのいこいのばとなるギャラリーが、ごがつにオープンするのです。うえのかいにはカフェやパソコンきょうしつもはいります。それまでごめいわくをおかけするのです」

一生懸命憶えた口上を暗誦する幼児といった風情に、温かな視線が向けられる。大荷物を担いだ妖精たちが通行人と衝突しないよう歩道の交通整理をしていた青年が、御迷惑をお掛けします、とにこやかに言い添えた。ハンサムなヒスパニック系で、カーキ色の作業着は染み一つなく清潔そうだ。

「それは楽しみね、ここはずっと空きビルだったから」身を起こしながら女は言った。「近頃はあなたたちのお蔭で街がすっかりきれいになったわ。これからも頑張ってね」

女が立ち去ると、妖精は歩道を掃き始めた。ケイシーは足を速めた。挨拶を無視して素早く脇を擦り抜ける。悲鳴は小さかったが、塵取りが派手な金属音を立てて引っ繰り返った。妖精は車道に転がり落ち、箒が手から飛んだ。黄色いタクシーがけたたましくクラクションを鳴らし、小さな身体をかろうじて避けて走り去った。箒は轢《ひ》き潰された。

「おい、あんた！」

背後からの声に、ケイシーは振り返らず歩き続けた。監督役のラテン男が車道に飛び出し、誘導棒を大きく振って、車の流れを迂回させている。竦《すく》んでいる妖精を手早く歩道に引っ張り上げた通行人は、なおも声を張り上げた。

「あんただよ、野球帽の。この子の足を引っ掛けただろう、見たぞ！」

　ケイシーは平然と帽子を脱いだ。憤慨した叫びが聞こえ、思わずにやりとする。だが非難の声は複数になり、彼を人でなし呼ばわりし始めた。笑みが強張る。大丈夫、怪我はありませんから、と宥《なだ》める声はラテン男のものだろう。苛立ちにますます足を速めたケイシーの視線が、ほっそりした人影を捉えた。

　角のコーヒーショップの前に少女が一人佇《たたず》み、彼を見詰めていた。幼い顔立ち——十二歳くらいか。ひどく生真面目な表情だ。ツインテールにした長い髪は見事な金色、首にぐるぐる巻き付けた真っ赤なマフラーに華奢《きゃしゃ》な顎を埋めていた。寒さで耳と頬と鼻先が赤らんでいるが、皮膚のそのほかの部分は透き通るように白い。紺のブレザーにチェックのスカートという組み合わせは、どこかの学校の制服だろうか。しかし今は平日の昼間だ。紺のオーバーニーソックスと短いスカートとの間から覗く素肌が寒そうだった。胸に抱き締めている黒と白の塊が、犬か何かの縫いぐるみだと気づき、ケイシーはわずかに眉をひそめた。そんなものを持ち歩くには、いささか齢《とし》が行きすぎている。

　歩調を緩めないまま、ケイシーは角を折れた。少女は生真面目な表情を崩さず、彼を視線で追った。その瞳は、雪が降った翌日の空のように青かった。先に目を逸らしたのは、通行人にぶつかりそうになったケイシーだった。だいぶ歩いてから振り返ると、少女はまだ彼を見詰めていた。

ケイシーの勤務先は、祝福された自然《ブレスド・ネイチャー》社系列のドラッグストアだ。置いてあるのはもちろんブレスド・ネイチャー社製品のみ。サプリメントをはじめとする各種薬草製品、有機食品、化粧品、衛生用品のほか、再生紙製のノートやコーヒーフィルターなど各種雑貨、有機栽培コットンの衣料、さらにはベジタリアン向け製品まで、ひととおり揃っている。

夕方、ほっそりした人影がドアを押し開けて入ってきた時、ケイシーはすぐにあの少女だと気づいた。相変わらず、持ち物は縫いぐるみ一個だ——と、それが腕の中で身を捩《よじ》ったので、ケイシーはぎょっとした。少女は彼の視線には気づかぬ風で、陳列棚の間を歩き出した。

ややあって我に返ったケイシーは、レジを離れて少女を追った。食品コーナーで捕捉する。

「お客様、ペットを連れての入店は御遠慮願います。それは介助犬じゃないでしょう？」

少女は青い目を大きく見開き、唇の両端を吊り上げた。薄い唇は桜草色をして艶めいている。小首を傾げると、カールした金髪が揺れた。「ええ、犬じゃないわ。狐よ」無邪気な口調だが、どこかおもしろがるような響きがあった。

「まあ、狐ですって？」

ジューンが大声を上げ、レジカウンターからずかずかと出てきた。客はほかに数人いる。全員、身なりのいい白人で挙動に不審な点はないとはいえ、近頃はどんなことでも起こり得る。ケイシーは口を開きかけたが、それより先に少女が棚からシリアルを一箱取った。

「これを買ったら出るから、いいでしょ」肩越しに悪戯《いたずら》っぽく言う。

「なんだか変わった狐ねえ」

店員としての務めはケイシーに任せ、ジューンは興味津々の態《てい》だ。相変わらず、痩せて筋張った四十女には不相応なはしゃぎ方をする。くだらない恋愛ドラマの影響だろう。客たちも集まってきて、小さな人垣ができた。

「ほんとに狐かい？」

片手で支払いを済ませると、少女は両手で狐を抱え直して、質問した若い男に向かって掲げてみせた。「シベリア産よ」

男は、その地名に心当たりがないことを示す曖昧な微笑を浮かべた。確かに変わった動物だ、とケイシーも無言で認めた。見たところ、まるで狐らしくない。ふさふさした毛皮は肩から前足が白く、ほかは黒だ。耳は垂れ、鼻づらも尖っていなかった。何より、尻尾が犬のように巻いている。恐る恐る伸ばされたジューンの手を躊躇《ためら》いもせずに嗅ぐと、ピンクの舌を出して舐めた。ジューンは悲鳴混じりの笑い声を上げた。

別の客が言った。「遺伝子改造獣じゃないだろうな」

「ひどいこと言わないで」少女は、きっとなって言い返した。

「狐と犬を掛け合わせたか」笑いが沸き起こった。

ケイシーは口を挟んだ。「お客様、当店ではレジ袋を使用しておりませんが」

感謝するように、少女は彼に笑みを向けた。「じゃあ、そのショッピングバッグもちょうだい」

少女とペットが去ると、客たちは再び無関心な他人同士になって店内に散っていった。ケイシーは、今度こそ持ち場を離れるなとジューンに言い渡すと、店内を見回った。変種の狐が粗相をしなかったかと。

帰宅したのは十時過ぎだった。先にシャワーを浴びてから、社員割引で購入したレトルトの有機食品と九種類のサプリメントの夕食を摂る。その後は妖精撲滅派のウェブサイトを巡るのが日課だ。大半のサイトで、禍々《まがまが》しい変異体《ミュータント》に出迎えられる。遺伝子工学の危険性を警告するため、トップページに映画――ホラーやSFなど――のスチールを飾るのが昨今の定番だった。国外では著作権がどうのと騒がれているらしいが、外国の法や慣習など、この国ではなんの力も持たない。そもそも、これらの作品のほとんどは祖国を捨てた連中か、そいつらから我が国の優れた技術を買った連中が作っているのだ。なんでこちらが遠慮する必要があろう。

それにしても、とケイシーは思う。確かにこれら怪物の姿は、妖精たちの画像より遥かに奇怪で恐ろしげだ。奇妙なことに、紙や画面上の妖精は実物のような生理的嫌悪を引き起こさない。彼が妖精の画像を初めて目にしたのは、一昨年の暮れだった。魂のない虚ろな笑いを浮かべるクローンの群れは、実験室で生み出された人工生物だという事実を差し引いても不気味だった。だが所詮、その程度でしかなかった。それから一ヵ月と経たないうちに、奴らは街中に出没し始めた。一目見た途端、全身の血が凍った。おぞましさに身の毛がよだち、悲鳴が喉を突き上げる――だが開いた唇からは、喘ぎ声すら出てこなかった。目を逸らすことすらできない。人の姿をした人でない怪物《クリーチャー》のおぞましさだった。空想上の怪物など、足許にも及ばない。

　最も異常な事態は、多くの人が妖精をそのようには感じていないらしいということだった。それどころか今日、ケイシーを非難した通行人たちのように、可愛らしい働き者の小人か何かだと見做《みな》しているのだ。撲滅派ですら、果たして生理的、本能的と言えるほど強い嫌悪を抱いているかどうか。

　妖精の存在は紛れもなく、世界を混沌に堕とそうとしていた。ヨーロッパでは、地下闘技場が摘発をものともせずに増殖中だった。妖精同士のデスマッチに、莫大な金が動いている。性的倒錯は、ますますヴァリエーション豊かに展開しつつあった。妖精に反社会的行為を強制することはできない、とは妖精企業の弁だ。そのようにプログラムされているのだそうだ。反社会的行為には、いわゆる性的奉仕も含まれていた。妖精を強姦すれば、たとえ負傷させなくても殺傷と同じく器物損壊罪に問われる——それはこの国でも例外ではなかった。だが異常者は後を絶たなかった。雌型だろうが雄型だろうが、おかまいなしだ。ころころ太った獅子鼻のドワーフ相手にその気になるというのも忌まわしい話だが、妖精版プレイメイトの存在も広く信じられていた。密かに製造された全自動ダッチワイフが、腐敗しきった権力者どもに提供されているという。そもそも妖精が全世界でほとんど同時に出現し瞬《またた》く間にはびこったのは、一国の首脳部から大企業のＣＥＯ、マフィアやテロリストの親玉まで、あらゆる指導者たちが性的奉仕専用の妖精によって予《あらかじ》め骨抜きにされていたからなのだ。

　遺伝子工学の尖兵が権力者に禁断の技術を提供している、という噂は昔からあった。具体的には回春や美容、あるいは贔屓《ひいき》のスポーツ選手の能力増強《エンハンスメント》などだ。根強い噂ではあったが、人工娼婦のインパクトには到底敵わない。お蔭で今や、撲滅派のウェブサイトには、彼女たちのイメージが氾濫していた。本物の人間の美女そのものにしか見えないという説もあるが、むしろ非人間的な姿だという説が有力であり、また想像力を掻き立てた。さまざまな動物とのキメラ、身体の他の部分に比べて著《いちじる》しくアンバランスに発達した乳房や尻、あるいは複数のヴァギナ……。歯噛みしながら、ケイシーはこれらのサイトを歩き回った。妖精の糾弾に託《かこつ》けた、性的妄想の開陳でしかない。人造生物の脅威を理解できない愚劣な連中だ。だが彼らもまた、妖精の被害者だと言えた。深刻な精神汚染を被《こうむ》っているのだ。その上、これらの画像の多くは日本産の低俗なコミックからの引用、もしくはその模倣だった。低級な外国文化による汚染は、ジャンクフードが味覚を駄目にするのに似ている。

　冷戦終結以来、遺伝子工学は留まることなく世界を侵蝕していた。それでも、ヨーロッパやカナダ、オーストラリアなどでは反遺伝子工学派が優勢だった。これらの国々では、我が国ほど徹底的ではなかったものの、遺伝子工学の研究も利用も制限されていた。

　妖精は、法の抜け穴を悪用して造られたのだった。この怪物は人間の細胞をベースにしているが、狂気の科学者たちが設計《デザイン》した人工ゲノムとやらのせいで、規制対象にはならないのだという。遺伝子操作技術の産物そのものを禁止する国でも、その理由を健康や環境への悪影響としているため、その危険のない妖精は対象にならなかった——病気持ちではないし、生殖能力がないため勝手に増殖したり他種生物と交雑する危険もない。遺伝子工学規制派の国々は知識の面でも遅れがちであることを衝いた、卑劣な作戦だった。もちろん、これまでは法律を拡大解釈することで侵略を防いでこられた。だが今回に限ってこの有様だ。人工娼婦の噂が俄然信憑性を帯びる。

　しかしそれは、一握りの指導者層に限った話だ。一般市民には、なんらかの手段で心理操作が行われているのだとケイシーは確信していた。とはいえ圧倒的多数を占める妖精容認派にも、二つの立場があった。推進派と保護派だ。前者は、妖精の導入を手放しで歓迎する。汚く、きつく、危険な仕事を人間の代わりにさせる労働機械として、というのが建前だが、妖精を撲滅するためではなく趣味で虐待する連中も、このカテゴリーに含められるだろう。彼らは撲滅派ほど妖精を嫌悪してはいないが、保護派のように愛してもいない。

　妖精を愛する人々は、その保護を訴える。悪条件の労働を人間に代わって行わせるのには賛成でも、そのためには負担を少しでも軽くすべきだと言うのだ。妖精にも何がしかの権利が必要だと主張し、虐待に対する厳罰化を求めている。

　彼らのサイトを訪問するのも、ケイシーの日課だった。的外れで馬鹿げた悲憤や感傷、政治的主張を、せせら笑いながら斜め読みする。妖精の保護は心身両面にわたらなければならない、すなわち彼らにもセラピーを、という提案に遭遇した時には大声で笑った。妖精が人間並みの心など持たないことは、その製造者たちが保証しているとおりだ。喜びや悲しみ、恐怖を示すように見えても、単なる反射作用でしかない。

具体的な事例に関しては、もう少し丁寧に目を通す。劣悪な環境での労働。虐待。それらは撲滅派が示すものに比べて概して煽情性では劣ったが、一部はより衝撃的だった。また撲滅派サイトの画像は大半が歴然と造り物だが、保護派の画像はどれも非常に本物らしく見えた。事故や虐待で損なわれた肉体——潰され、砕かれ、引き裂かれ、切り刻まれ、炎や毒物で焼け爛《ただ》れる。今日のヒットはフェンスに引っ掛かった数個の肉塊だった。地雷除去の失敗、とキャプションにある。地雷が強力すぎるとミンチになってしまうが、今回は部位が識別できる、ほどよいサイズだ。

遺伝子工学そのものへの拒絶反応も、明らかに妖精の受容とともに薄れつつあった。保護派の大半は、これまで遺伝子工学に反対してきた人々だった。妖精の保護を訴え始めると同時に、掌《てのひら》を返して条件付きでなら遺伝子を弄《もてあそ》ぶことを認めるようになった。ドイツでは今日、遺伝子治療に対する規制が大幅に緩和された。俺は世界が狂っていくのを目の当たりにしている、とケイシーは思う。無論、世界とは白人の国々のことだった。中南米やアジアは元から遺伝子工学に無頓着な連中の集まりであり、中東やアフリカは事実上の異世界だった。こちらの世界への侵略を食い止めるべく我が国の軍隊や民間警備会社が派遣されており、お蔭でケイシーら一般国民はほとんど影響を被らない。

人工子宮に関する情報収集も怠らない。妖精の大量生産を可能にし、それ自体、遺伝子工学の産物である邪悪な機械。これを人間にも適用すべきだと愚かにも考えるのは、外国の一部のフェミニストだけである。そこで陰謀家たちは外堀を埋めようとしていた。臓器培養や欠損した肉体の修復、さらには病気治療の研究が、人工子宮を使って進められている。食肉生産のプロジェクトは、動物愛護団体に好評だった。

それから、仲間が集まる掲示板を訪ねる。情報交換や他愛のない遣り取りに紛れて、次回のパーティーについて参加者だけに解る符丁で告知を行った。最後に、ブログを更新した。推進派の浅慮と保護派の安っぽいヒューマニズムを嘲笑い、妖精が人間や家畜に疫病をうつすと警告する記事にリンクを貼った。妖精がもたらす道徳的荒廃の事例を引きつつ、この人工生物が人間の精神を汚染するウイルスを撒き散らしているという自説を展開した。遺伝子工学への危機感の減少も、それが原因だ。遺伝子治療は病気の遺伝子を持つ人々を否定することだと指摘し、人工子宮の利用拡大に警鐘を鳴らした。

こうしてまた、一日が過ぎていく。

光源はぎらつくライトが一つ。発電機の唸りが冷え切った空気を震わせる。立ち上る幾つもの白い呼気。高い天井は光が届かず、闇に閉ざされている。罅《ひび》割れた煉瓦の壁、板で塞がれた窓。床はコンクリートだが、黒い汚れがべったりと覆っている。隅には錆びたフォークリフト、廃材の山。

白熱する光を浴びるのは、一体の妖精だった。天井から下がった鎖に両手を吊るされ、つま先がかろうじて床に付いている。衣服はすべて剝ぎ取られ、惨めに素っ裸だ。親指ほどの項垂《うなだ》れたペニスが、雄型であることを示す。無理な体勢と寒さのため、ずんぐりした幼児体型はぶるぶる震え続けていた。半開きになった両眼は虚ろで、恐怖を感じているのかは定かではなかった。眩《まばゆ》い照明に細部は飛んで、体毛がなく関節のでっぱりも目立たない肉体の、のっぺりした印象が強められている。夥《おびただ》しい傷とそこから流れる血が、ゴム製の人形にこびり付いた汚れのようだった。ここに連れてこられるまでに、散々痛め付けられたのだ。

だがこんなものは序の口にもならない。お楽しみはこれからだった。

憐れな人工生物の前には、四人の男がたむろしていた。薄汚れた古着に身を包み、錆びたバーベキュー・グリルで暖を取っている。入口を塞ぐように一台のセダンが停められ、その座席には四つのマスクが転がっていた。古典ホラーの怪物を模《かたど》った、安物のマスクだ。

炭火の熱で、凍り付いていた空気中の分子が徐々に動き出しつつある。回し飲みされるウイスキーは、立ち込める腐臭を遣り過ごすためでもあった。彼らは飲みながら声高に言葉を交わしたり、くすくす笑ったり、しきりと身体を揺すったりしていた。完全に素面《しらふ》で落ち着き払っているのは、ただ一人だった。

がたのきたテーブルに、酒瓶のほか、さまざまな器具が並んでいる。大半はホームセンターで入手できる品だ。ペンチ、鋸、ハンマー、鉈等が数種類ずつ。ロープに鉄パイプにゴムホース、ガスバーナーもある。整然と並べられ、特に何種類もの軍用ナイフは別格扱いで、ほかから離して置かれていた。椅子が二、三脚と何も載っていないテーブルもあり、いずれも乾いた血で黒く汚れていた。

彼は飲み続ける仲間から離れ、道具を並べたテーブルに歩み寄った。やや思案してから、ナイフの一つを手に取った。それほど大型ではないが、背に刻まれた鋸刃が凶悪な印象だ。一人が手にしていたビデオカメラを構え、レンズを妖精に向けた。その視野を遮らないように、彼は横から回って妖精に近付いた。妖精の目が緩慢に瞬きし、不意に焦点を結んだ。ナイフを凝視し、激しく震え出す。彼は歯を剥き出して笑った。仲間たちが固唾《かたず》を飲む。妖精の股間を小便が伝い落ち、湯気を立てた。

その建物は、現代的なコンサートホールめいた外観だった。教会であることを示すのは、門の脇に取り付けられた金属製のプレートだけである。警備は厳重で、信者証の提示が必須だ。手荷物はロビーのロッカーに預ける。武器および電子機器、ライターを身に着けている場合もロッカーに預け、それから検査ゲートをくぐる。

礼拝堂もやはりコンサートホールと同じく、階段状の客席がステージを見下ろす構造だった。ステージの上方にはパイプオルガンまである。もっとも、普通の日曜礼拝でパイプオルガンが使われることはなかった。ケイシーはB席に座った。今回は店のシフトが比較的早く組まれたので、インターネット予約が間に合ったのだ。A席以上は、毎週必ず出席できる者の特権だった。

説教はステージ中央で行われる。講壇は大量の花に囲まれていた。礼拝開始十分前には、二千余の座席はすべて埋まった。コンサートと違って、席を予約した信者が礼拝をすっぽかすことはまずない。立ち見の信者が壁際にずらりと並び、扉が閉じられた。照明が落とされたのを合図に、客席のざわめきが小さくなる。音楽が鳴り響き光が踊り、黒いガウンを翻した牧師が颯爽と登場した。会衆の拍手が、轟音となって耳を聾《ろう》する。牧師が講壇に着くと、背後のスクリーンにその姿が映し出された。真っ白な歯を見せ、女性信者を魅了すると言われる例の微笑みを浮かべている。拍手が止んだ後も、残響はしばらく空気を震わせていた。牧師は笑顔を消した。代わって、厳粛さの中に悲しみを湛《たた》えた表情が現れる。

「皆さん、今日は世界各地で逮捕され、今なお勾留されている同胞たちのために祈りましょう」表情と同じく完璧にコントロールされた声が、囁きや咳、靴が床を擦る音などが満ちた空間に響き渡った。「彼らはどんな罪で逮捕されたのでしょう？　現地の政府によれば、我が国の工作員だということです。機密を盗み、混乱と破壊をもたらす悪の手先だと……。では、そのような恐ろしい目的を持った彼らは、どのような人々なのでしょうか」

　牧師が言葉を切ると、スクリーンの映像が切り替わった。頭にスカーフを巻いた女だ。ずいぶん陽に焼けているし、やや齢も行っているが、器量はそう悪くない。満面に笑みを浮かべ、同様にスカーフを巻いた中東系の少女の肩を抱いている。頭上には難民キャンプを思わせる日除けと、それを透かす強烈な陽射しがあった。彼女は新聞記者でありイラクで逮捕された、と牧師は説明した。ケイシーはその事件を憶えていた。

「彼女はもう一年以上、空調どころかシャワーもない不健康で不衛生な独房に閉じ込められています。拷問とレイプの危険に晒され続けているのです。彼女の七十代の母親は心痛のあまり脳梗塞で倒れ、闘病生活が続いています。父親は……」

彼女の家族、彼女の婚約者、彼女の半生について、牧師は沈痛な口調で語った。すでに事件について知っている信者たちも、彼女が真実を報道する使命感に溢れた記者であり良き国民であり、いずれは良き妻、良き母になるに違いない――これ以上の悲劇が起きなければ――と改めて認識し、不当な逮捕への義憤を新たにした。

もちろん、真実を追求する代償を払う羽目になったのは彼女だけではない。国外で取材中に逮捕された記者や報道カメラマンが、次々と挙げられる。そして、命を落とした者たちも。怒りや悲しみの声が上がった。ケイシーの隣の女は鼻を啜《すす》り始めた。

「しかしある意味では、彼らが逮捕された理由は納得が行くものです。つまり彼らの行動は、腐敗した権力者たちにとって、それほどまでに脅威だったということです。では、この人々はどのような脅威をもたらしたというのでしょうか」

スクリーンに現れたのは、三人の男女だった。男二人と女一人。背景はジャングルだ。先日、中米のどこかで逮捕された宣教師たちだと気づいた信者たちはざわめいた。ケイシーも気が付いていた。正確には男の一方は人類学か何かの教授で、宣教師である妻とともに捕らわれたのだった。

「中南米に限らず第三世界諸国は、我が国が現地の文化や伝統、共同体を破壊するために宣教師を送り込んでいると主張しているのです」

逮捕された三人は如何《いか》に優れた人々であったか。貧困と腐敗という両輪に乗った破綻国家と如何に闘ったか。彼らはその高潔な魂をもって、先人たちと同じ道を歩んだのだ。

「悪の独裁者たちが何を恐れているのかを、中南米のケースは端的に示しています。かつては、この地域の多くの国が民主主義国家であり、我が国と良好な関係を築いていました。我が国の聖職者たちは現地の政府と歩調を合わせ、人々の生活を物心両面から向上させてきました。汚濁に塗《まみ》れたヴァチカンと組む反政府ゲリラは我が国の清貧な聖職者を憎悪し、襲撃しました。教会も襲撃され、多くの人命が失われました。その後ゲリラたちが暴力や策略によって政権を掌握すると、体裁を取り繕うため、問答無用の虐殺の代わりに罪をでっち上げて逮捕や追放を行うようになったのです。世界各地における同様の事態は、民主主義と真の信仰が広まることへの恐れであることが理解できるでしょう」

しかし魔の手は、平凡で善良な一般市民にも及んでいた。海外駐留の公務員や会社員、旅行者、ボランティア——彼らが一体何をしたというのか。容疑は必ずしも、国家に関わることではなかった。産業スパイ、麻薬をはじめとする禁輸品持ち出し、殺人、窃盗や性犯罪。およそ逮捕勾留に足る犯罪なら、なんでもいいと言わんばかりにでっち上げる。すべての根底にあるのは、この偉大な自由の国に対する妬みと憎しみと恐れなのだった。

力強く、かつ切々と牧師は訴えた。憎悪の犠牲となった人々を救うため、わたしたちにできること。署名活動、募金、キャンペーン商品——ブレスド・ネイチャー社も協賛——の購入、外国製品の不買運動。何よりも、希望を抱き続けること。

悪意に包囲された祖国のために、ひとしきり祈りが捧げられる。牧師の朗々とした声に唱和し一斉に呟《つぶや》かれる二千余の祈りが、二千余の蜂の羽音となって響いた。

説教のテーマは、遺伝子工学の脅威へと移った。それは社会に混乱をもたらし、貧富の差を拡大し、暴力を激化させるが、究極の脅威は神が設けた秩序を破壊し、人を人でなくすことである。神は、海の魚と空の鳥と、家畜とすべての地の獣と、すべての地を這うものとを支配させるため、自らの姿に似せて人を造った――『創世記』第一章。

「かつて反遺伝子工学活動家のジェレミー・リフキン氏は、人間と動物のキメラについて特許を申請しました。よろしいですか、彼は敢えてそうしたのです。これに対し、当時の特許商標庁長官は次のように述べました。怪物に特許は与えられない。何をもって怪物とするかは、見れば判る――と。

我々はこうして一丸となって、遺伝子工学による侵略を防いできました。これは呪われた背教者、ダーウィンとメンデルの登場以来続く聖戦なのです。しかし新世紀を迎えた今、防波堤は決壊しようとしています。街には怪物が溢れています。そう、フェアリーとかピクシー、ニンフと呼ばれるあの怪物たちです。フランケンシュタイン博士たちは、あれらは人間と動物のキメラではないと主張しています。しかし神の摂理を平気で踏み躙《にじ》る輩《やから》の言葉を、どうして信じられましょう？　いずれにせよ、怪物は見れば判ります。あれらは怪物であると同時に、魂を持たない惨《みじ》めな労働機械、ロボットです。目先の利益に捉われた政治家や実業家たちは、人件費が掛からず製造費も維持費も極めて安価な労働力として、手放しで歓迎しています。我が国でさえ例外ではありません」

潮騒のようなどよめきが上がった。二千余の唇から洩れた憤りの呻《うめ》きだ。牧師は言及しはしなかったが、特別仕様の性玩具にまつわる噂を思い浮かべた信者は多かろう。

「陰謀家たちは、貧困層をも味方に付けることに成功しました。仕事を奪われるのではないかという危惧を解消してやるため、儲けた莫大な金のごく一部を使って怠惰な落伍者たちに無料で衣食住を提供し、教育を受けさせています。麻薬更生施設の運営も始めました。見え透いた偽善です。その裏に潜む恐るべき目的を見抜かねばなりません。

今のところ怪物たちは低い知能しか与えられておらず、単純な労働しかできません。彼らに人間並みの能力を与えるという、まさに神を恐れぬ所業が試みられれば、さすがに推進派も保護派も目を覚ますでしょう。ですから陰謀家たちは先に貧困層に恩を売っておくのです。彼らをその自堕落で惨めな生活から抜け出させ、代わりに怪物たちに人間並みの能力を与えることを許可させるのです。どうやって彼らの地位を向上させるのでしょうか？　方法は一つしかありません。我々に取って代わらせるのです」

再び、どよめき。今度は怒りだけでなく恐怖の響きがあった。

「富裕層でも貧困層でもない我々は、怪物から利益を得ることはありません。だからその存在を許さない。そこで貧困層を手懐《てなず》け、我々に取って代わらせるのです。堕落した富裕層は、貧困層と中間層が入れ替わったところで気にも留めないでしょう。そしてついには、人間という種そのものが脅かされるのです……」

喝采の嵐の中、牧師は退場した。続いて講壇が片付けられ、椅子が四つ並べられた。まず司会者が出てきて一番端の椅子に座った。挨拶し、信者たちを呼ぶ。温かな拍手で迎えられたのは三十がらみの主婦風、十代の少女、五十代と思われる管理職風の男だった。インタビューは、その順番で行われた。

　ケイシーはもぞもぞと身じろぎした。毎回この企画では居心地が悪くなるのだ。実体験であることを疑うわけではないが、進行が淀みなさすぎて、プロによるシナリオと入念なリハーサルを想像せずにいられない。素人のはずの語り手の口調や態度も、あまりに玄人はだしだった。時々、司会者がさりげなく補足することはあるものの、それすらもやらせではないかと思えてしまう。感極まって涙を流したり嗚咽《おえつ》を漏らしたりはするが、語り続けられなくなったり筋を見失ったりはしない。むしろ、効果を計算しているかのようだ。

　自らの悲劇をそんなふうに語れてしまうことが、ケイシーを居心地悪くさせるのだった。二十八歳の女はやはり主婦で、夫の浮気に悩んでアルコール依存症になった。今年十七歳だという少女は九歳で母を亡くし、それをきっかけに母方の親族と父との軋轢《あつれき》は破局的になった。五十四歳の男は十年前、癌を告知され、その直後にリストラに遭った……満座が啜り泣く中で居心地の悪さを感じているのは、どうしようもなく居心地が悪かった。

　休憩を挟んで第二部は、ゲストの登場だった。毎回招かれるのは歌手で、牧師が自らホスト役を務めるトークの後、パフォーマンスが披露される。最後は聖歌と国歌の大合唱だ。いつもよりおとなしめな装いで現れた人気上昇中の歌姫は、その潑剌とした美貌を牧師に称賛された。信仰とブレスド・ネイチャー社のお蔭よ、と彼女は答えた。具体的な製品名が、すらすらと挙げられる。拍手が起きた。

礼拝の模様は、宗派《セクト》の専用チャンネルで中継されている。先刻の休憩中には、祝福された《ブレスド》・自然社《ネイチャー》をはじめとする宗派推奨の企業がドラマ仕立てで宣伝されていたはずだ。教会がこれらの企業を祝福するのは、それらが優れた活動をしているからである。利害関係を云々するのは下種の勘繰りというものだ。

　歌姫もまた自らの苦難と、それを信仰によって克服したことを語った。彼女も理想的な信者だ、とケイシーは内心独りごちた。ステージに上がるのは理想的な信者だけなのだ。苦難に遭い、それを信仰によって克服した者。苦難は、必ず克服される。主婦はアルコール依存症から立ち直り、夫も心を入れ替えた。少女の祖父母と父は和解した。失職した癌患者も再就職して病を克服、部長にまで昇進した。

　苦難そのものも理想的でなければならなかった。劇的だが他の信者を動揺させる種類の苦難ではない、ということだ。麻薬中毒、殺人、自殺、不治の病、心身の重度の障害、暴力、性犯罪、望まない妊娠、刑務所への収監。こういった災難が語り手自身に降り掛かることは決してない——完遂された殺人と自殺は当然にしても。すべて、友人か場合によっては家族や親戚の身に起こることだ。語り手は非常に心を痛め、自らも不幸になるが、信仰が支えになる。そして不幸の当事者やその周囲を導き、立ち直らせるのだ。

　ケイシーのような冴えない履歴もまた、理想的ではなかった。

　かつて彼は、小さな編集プロダクションに勤めていた。企業の社内報やＰＲ誌などの制作を専門に請け負う会社だ。ブレスド・ネイチャー社からの受注もあり、ケイシーは通販カタログを担当していた。必然的に製品について詳しくなり、自分でも購入するようになった。大恐慌以来と言われる失業率が続く中、自分は運がいいほうなのだと思っていたが、やがて彼の番が来た。三年前のことだ。その頃にはすでに、失業率は大恐慌の底を突き抜けていた。

　職を得るためにはどんな屈辱にも甘んじなければならない。そう骨身に叩き込まれるのに、長くは掛からなかった。親しかった人々——彼がそう信じていた人々は皆、背を向けた。恋人さえも例外ではなかった。原因は彼の失業ではなく思い遣《や》りのなさ、というのが彼女の言い分だった。せめて心の平安を、と宗教番組のチャンネルを選択したところ、高校時代の同級生が出演していた。

　すぐには彼だと気づかなかった。一つには、特に仲が良かったわけでもなかったので卒業以来一度も会っていなかったからだが、それ以上に容姿の変化が甚《はなは》だしかったのだ。憶えているのは、馬鹿でかい図体とにきび面、べたついた髪だった。きれいに櫛の通った豊かな髪や引き締まった滑らかな頬、ＴＶ映りのいい微笑とはまったく結び付かない。首から下はガウンに隠れていたが、標準体型を逸脱していないことは明らかだった。テロップで名前が出ても、記憶が刺激されることはなかった。それでも爽やかな弁舌に耳を傾けるうちに、天啓のように気づきが訪れたのだった。

　驚愕に打たれたまま、番組の最後に紹介されていた宗派《セクト》のサイトにアクセスしてみて、彼の教会がこの街にあると知った。プロフィールによれば、元同級生は医学を修めていた。彼の進学先が医大だったことを、ケイシーは思い出せなかった。神学への関心と同様、医学への関心が特に高かった印象はない。プロフィールは続いた――インターン期間中に現代医学に疑問を抱くようになった未来の牧師は、医師免許は取得したものの、ハーブと信仰による治療に傾倒した。ブレスド・ネイチャー社の研究所に二年間勤務した後、聖職者となった。最近結婚したばかりであり、花嫁は同業者の娘だった。

縋《すが》れる物には藁でも縋るつもりだった。掲載されていたアドレスにEメールを送った。タイトルには本名と母校の名を明記しはしたが、物欲しげに見られるのを恐れて、本文は当たり障りのない挨拶のみに留めた。自分自身については、ブレスド・ネイチャー社の刊行物を編集していた、と過去形で語った。それが信仰とオーガニック・ライフに強い関心を持つきっかけになったのだ、と。

決して期待はしていなかったのだが、一ヵ月後に本人から返信が来た。便りをくれたことを型どおりに喜び、型どおりに昔を懐かしむ空疎な内容だったが、最後の最後にこう書き添えられていた――何か困っていることがあれば力になるよ。

今度こそ形振《なりふ》り構わず、窮状を訴えた。以前の仕事を改めて強調し――この時も刊行物の種類には触れなかった――ブレスド・ネイチャー社製品についてはなんでも知っているとアピールした。さらに一ヵ月して、現在の職場から、面接を受けてみないかと直接連絡があった。選り好みをする余裕はもはやなかった。

ステージ上では、歌姫が回心の瞬間について涙ながらに語っている。先刻の三人に比べてよほど自然に見えるのは、やはりプロならではだろう。牧師は聞き役に徹していた。受け答えは如才ないが、ショービズ擦れした印象はない。ケイシーの席からだと彼らは人形のようにちっぽけだが、背後のスクリーンには歌姫の泣き顔と牧師の慈愛に満ちた微笑みが大写しになっている。端整というほどではないものの、数倍に拡大されても見苦しくはない容貌は、好青年という形容が相応《ふさわ》しい。

牧師とケイシーが同い年だとは、誰も思わないだろう。ケイシーだって、こんな生活——長時間勤務と不規則なシフト——を続けている割には健康だ。厳選された有機食品と大量のサプリメントの効果であり、それがなかったら、どんなことになっているかは想像もしたくない。だが腹には脂肪が降り積もっていく一方だし、遅番が続けば顔はむくんで吹き出物だらけになる。各地の講演や宗教チャンネル以外の番組にも引っ張り凧の牧師は、確かに多忙には違いあるまいが、ケイシーよりは規則正しい生活を送れているはずだ。週何時間かはエクササイズに割く余裕もあるに違いない。ケイシーが諦めざるを得ない高価なサプリメントや、レトルトでない有機食品もたっぷり摂れるだろう。看板牧師の健康と見場を保つ必要性は、宗派《セクト》本部もよく認識しているはずだ。

歌姫が、日曜礼拝になかなか出席できないことを嘆いた。牧師は優しく且つ妥協のない態度で、礼拝が信者と教会の、そして信者同士の絆を強めるのに如何に大切かを説いた。会衆が一斉に頷《うなず》く。ケイシーは顔をしかめた。彼の勤務先では従業員は全員、教会の信者である。ブレスド・ネイチャー社の系列店では、どこでもそうだろう。日曜営業を続ける限り、毎週誰かが礼拝に出られないことになる。日曜礼拝の中継はあるが、出席してこそ理想的な信者なのだ。

理想的な信者とは、理想的な国民のことでもあった。黒人ではなく白人、ラテン系でもスラヴ系でもなくアングロ・サクソン系、そして敬虔なキリスト教徒すなわちプロテスタント。創造論教育を受け、進化論が神を冒瀆する似非《えせ》科学だと正しく理解している。平日働いて週末休み、家族や友人との絆を大切にする。そのような人々が、この国では理想であるだけでなく、典型であり多数派だということになっているのだ。

教会が理想とする信者像と己との間にはギャップがある。不満やストレスを感じるほどではないが、時折釈然としない思いに駆られる。だがそれもこれも、すべては牧師が元同級生であることに起因するのだろう。過去を知らなければ素直に尊敬できるのに。しかし過去があったからこそ、職を紹介してもらえたのは間違いない。施しを受けたという負い目、否、屈辱と、こんな仕事しか与えてくれなかったことへの恨みが綯《な》い交《ま》ぜになり、神とケイシーの間に横たわっている。

未明の街で、五フィート弱の妖精たちが今日も元気に楽しく働いていた。塵芥《ごみ》を拾い、血やげろ、その他得体の知れない液体や半固形物を洗い流す。十体のグループで数ブロックを担当する。一グループごとに一人の人間が付いていて、周囲に警戒の眼差しを向けていた。教えられたとおりに、妖精たちは監督役の目の届かない場所には行かない。人間に会うと挨拶するが、昼間と違って距離を取った。

風が歩道からファストフードの空容器を車道へと転がした。妖精の一体がちょこちょこと駆けていって監督を呼んだ。肌色の濃い、ドレッドヘアの青年だ。車道に出て誘導棒を振り、妖精に塵芥を拾わせる。この時間帯でも、車の往来が途絶えることはない。

反対車線を走ってきた一台のセダンが、青年の背後で右に折れた。ややあって、その角から二つの影が走り出た。甲高い叫びが上がった。

振り返った青年が目にしたのは、一体の妖精を連れ去ろうとする怪物たちだった。街灯とネオンサインが異形のマスクを照らし出す。角を曲がって姿を消し、車のドアが閉まる音と走り去る排気音が続いた。我に返った青年は、ベルトのトランシーバーを摑んだ。「やられた！」

ハマー・フィルム四大スター、夢の競演——ハンドルを握る狼男は、粗野な外見に似合わない堅実な運転で、時速百マイルを保っていた。助手席のドラキュラ伯爵は、その催眠的な眼差しでサイドミラーを凝視しているようだ。後部席ではミイラ男とフランケンシュタインの怪物《クリーチャー》が息を切らしていた。興奮のためだけでなく、妖精が重かったためだ。ぽちゃぽちゃした脂肪の下には、がっしりと筋肉が付いていることを、彼らは経験から知っている。喘ぎ、笑いながらミイラ男と怪物《クリーチャー》は、妖精に麻袋を被せた。妖精は命じられたとおり、無抵抗に身を丸めている。袋の口を縛ると、メリケンサックを嵌《は》めて殴打を浴びせ始めた。重い音とくぐもった悲鳴が車内に充満し、じきに血臭がそれに混じった。

ドラキュラが鋭く警告を発した。「来たぞ」

狼男はアクセルを踏み込んだ。追ってくるのは白いヴァンだった。この位置関係では見えないが、車体には〝妖精清掃サービス〟と書かれている。運転するのは、目の前で妖精を拉致されたドレッドヘアの青年だ。疾走する二台に、間一髪で衝突を免れたドライバーたちが罵声とクラクションを浴びせた。歩行者たちが呆気に取られて見送る。歩道には、清掃を中断して身を寄せ合う妖精たちの姿もあった。暁のカーチェイスは右に左に折れながら、次第に北上していった。信号を無視して交差点を突っ切る。

「諦めないぞ」

怪物《クリーチャー》が縫い目だらけの顔越しに苛立った声を上げた時、前方の交差点を二台のヴァンが左右から塞いだ。作業着のドライバーたちが転がるように飛び降り、歩道に退避する。

「Uターンしろ！」

誰かの叫びに、狼男は反射的に従った。血を滲ませた麻袋が、怪物《クリーチャー》の膝に倒れ込んだ。反応人造の怪物は悪態をついて人工生命体入り麻袋を押し遣り、ついでに拳を叩き込んだ。反応はなかった。

すぐ背後まで迫っていた追手は、ハンドルを左に切って逃亡者たちの行く手を阻むべきだったろう。だが彼は怒りに燃えていたとはいえアクション映画のヒーローではなく、動転してブレーキを踏んだ。恐怖映画の往年のスターたちは進路を東に変えた。気を取り直した青年が、猛然と追う。

逃げるセダンと、追うヴァン。フランケンシュタインの怪物が窓を開けた。上体を乗り出す。

「おい、何する気――」

銃声が轟いた。

フロントガラスに無数の亀裂が走った。前屈み気味にハンドルを握っていた青年の身体が、シートに叩き付けられる。ヴァンは蛇行し、街灯に激突した。

「なんで撃った?」

怪物たちは逃走を続ける。もはや追跡はなかった。ドラキュラ伯爵は上体を捻じ曲げ、縫い目の怪物《クリーチャー》を怒鳴り付けた。相手は心外そうな気配を全身から発した。隣の包帯だらけの古代の王も同様だ。

「仕方ないだろ、振り切れなかったんだから」

膝の上で四五口径をこれ見よがしに弄びながら、創造者《フランケンシュタイン》の名で呼ばれる怪物は反論した。狼男は無言で肩を竦めた。ドラキュラ伯爵は苦々しげに言った。

「車体に何発か当てて脅せばよかっただろう」

「相手は黒人だぜ。そのくらいじゃ脅しにならねえよ」

狼男が尋ねた。「どうするんだ、このまま倉庫へ向かうのか」

「いや」振り返った姿勢のまま、伯爵は答えた。「反対方向へ行ってくれ。川縁《かわべり》で車を始末する」

後部席から不満の声が上がった。「黒人を撃っただけで大袈裟だぜ」

ドラキュラは嘆息した。「東海岸で妖精を襲った連中が、止めに入ったアラブ人を殴って逮捕されたのを忘れたのか。奴らはもう、最底辺の屑じゃない。妖精企業の社員様だ。拳固で撫でてやっただけでも警察が動くんだ」

語尾に、パトカーのサイレンが重なった。全員が身を強張らせたが、距離はかなりあり、むしろ遠ざかっていくようだ。怪物《クリーチャー》が鼻を鳴らした。

「平気さ」強がる口調で言う。「向こうが罰当たりな妖精企業なら、こっちは――」

「黙れ」ドラキュラは遮った。「その名を軽々しく口にするな。たとえ俺たちだけの時でも」

怪物《クリーチャー》とミイラ男は揃って肩を竦めた。クリストファー・リーの第一ペルソナが、第二、第三のペルソナと睨み合う。狼男は幾度か方向転換して進路を西へと向け直していたが、おもむろに沈黙を破った。

「車の始末を急いだほうがいいというのは俺も賛成だが、そいつはどうする。担いで運ぶ気か？」

肩越しに麻袋を指し示した。滲み出た血が、シートを黒く染めている。ドラキュラ伯爵は座り直し、前方に視線を向けた。

「そうだな、残念だが今回は……」

感情のない声で答えながら、マスクを脱いだ。ビルの間の空が、白み始めている。

昼下がり、見るからに刑事臭さを漂わせた二人組がドラッグストアに現れた。洒落たパッケージの商品に目をくれることなく、レジへと直行する。長身痩軀の若いのと太って背の低い中年という絵に描いたような組み合わせだ。どちらも白人だった。ジューンに軽く会釈してから、中年のほうがケイシーに向かって、店長はいるかと尋ねた。不在だと彼は答えた。

「じゃあ、あんた方でもいい。ちょっとした聞き込みだからな」と若いほうが言った。

ケイシーが奥へ案内しようとすると、中年のほうが、すぐ済むからと断った。一人だけいた客は、露骨に顔をしかめて刑事たちを窺っていたが、これを聞くと何も買わずに出ていった。ケイシーはため息をついた。

「何か事件ですか」

「ニュースを見てないのか。今朝早く、妖精清掃サービスの従業員が撃たれた――」

「ああ、あれね！」

ジューンが黄色い声を張り上げた。ケイシーも頷いた。

「それが当店《うち》とどう関係が？」

「事件の直後、犯行に使われた盗難車が、ここから一マイルと離れてない川端で燃やされた。妖精も一緒にだ。照会中だが、盗まれた奴で間違いあるまい。それで聞き込みをしてるんだ。明け方に寝惚け眼で窓の外を見たら怪しい奴がうろうろしてなかったかとか、妖精や貧乏人に敵意を抱いてるような連中に心当たりはないかとか」

「この店によく来る客で、普段からそういう敵意を標榜してる人物はいないかね」

ケイシーは戸惑い、代わる代わる喋る凸凹コンビを見返した。ジューンが答えた。

「うちのお客様は、みんな妖精が嫌いですよ」

「だからと言って器物損壊に走ったりはしませんがね」慎重にケイシーは言い添えた。

「実は妖精狩りのほうは、同一犯と思われる事件がすでに少なくとも三回起きててね」と刑事は言った。「いずれもこの街でだ。夜明けに、道路掃除中の妖精を車を使って連れ去る。犯人たちは怪物のマスクで顔を隠している。パーティー用のだ。妖精は嬲《なぶ》り殺しにして、死体を目立つ場所に放置する。たいがい、妖精清掃サービスが発見することになるんだが」

「今回も狩りの手口は同じだし、妖精のリンチには至らなかったが、車ごと焼き殺す残虐性も一致してる」

「知らないわ。妖精のニュースは見ないようにしてるから」心底嫌そうに顔をしかめ、ジューンが言った。彼女のような人々は〝消極的な撲滅派〟と呼ばれる。もっとも、そんな分類も知るまいが。「妖精がいなければ、そんな事件も起きないのよ」

「まったくだ」とおどけた口調で中年の刑事が言い、若い刑事はジューンに向かってウインクした。「我々もこうして脚を棒にすることはなくなる」

「撃たれたのは黒人でプエルトリカンなんでしょ。ひょっとして、妖精嫌いの仕業に見せ掛けたギャングの抗争なんじゃないかしら」

ジューンの推理に刑事たちは感心してみせ、彼女をいっそう調子付かせた。彼らが去ると、ケイシーは考え込んだ。ブレスド・ネイチャー社製品の使用者に妖精撲滅派が多いのは、周知の事実だ。しかしこれまで、店に警察が押し掛けてきたことなど一度もなかった。

　浮かれているジューンを残して便所に行った。一つしかない個室に入り、携帯電話を取り出す。

「よお、伯爵」

　微塵も危機感のない陽気な声で、フランケンシュタインの怪物《クリーチャー》は開口一番言った。背後はざわついている。電話のベルも聞こえた。ケイシーは舌打ちをこらえた。

「ふざけるのはやめてくれ。そこはオフィスか？」

「そうだけど、平気だって。びびんなよ」

　ひと気のない場所に移動しろと言ったところで、聞き入れそうもない。ケイシーは潜めた声で、刑事の訪問を伝えた。

「ああ、うちにも昼頃来た」聞き終わると、怪物《クリーチャー》はあっさりと述べた。

「なんだって？」

「警官だったけどな。みんなに聞こえるところで所長と話してたぜ。あんたんとこと同じ内容だ。市内のブレスド・ネイチャー社関連の店だの営業所だのを、残らず訪問するつもりらしい。掲示板を見てみろよ」

「勤務中だ」苛々と答えた。やはり、圧力を掛けるのが目的か。「よくそんなに落ち着いていられるな」

「昔馴染みが約束してくれたんだろ、信用してやれよ。その上の方々もな。なあ、それより早く帰ってネットを見ろよ。俺たち、すっかりヒーローだぜ」

「よせと言ってるだろう」声を荒らげかけ、どうにか抑えた。「彼は約束した。だが警察は、それに刃向かって動いてるんだ。不用意な言動は慎め」

「何もできやしねえよ」せせら笑った。「これまでと同じさ」

「だから、これはアラブ人が殴られた事件と同じだと――」

「なあケイシー、やっぱ俺の銃を火葬してくれた借りはいつか――」

うんざりしてケイシーは通話を打ち切った。

凸凹コンビの再訪は、三日後だった。挨拶もなく、レジの前に立つ。三日前と同じスーツで、饐《す》えた臭いを発散していた。ジューンが居合わせたら、著しく評価を下げただろう。

「店長を呼びますか」

「いや、今日はあんたに会いにきたんだよ、ケイシー」

客と同僚が一斉に振り返った。ケイシーは絶句した。若い刑事がカウンター越しに長身を乗り出した。

「我々だけで話そうじゃないか。何、余計な時間は取らせないさ」

体温が急激に上がったり下がったりするのを感じながら、先に立って裏口に向かった。動揺を悟られまいと、口を開く。「無実の勤勉な市民を尋問してる暇があったら、公園を占拠してる無職や日雇いをなんとかしたらどうだ」

「彼らは許可を得てデモをやってる市民団体だ」

「市民団体？」

ケイシーは失笑した。幸いにして店長や経理係に見咎められることなく店の裏に出る。生塵芥の臭いが立ち込める路地で、刑事たちと相対した。一ブロック向こうで叫んでいる市民団体の声が、微かに聞こえてくる。

「この男を知っているか」

若い刑事が取り出したのは、怪物《クリーチャー》の写真だった。もちろんマスクは被っておらず、すっきりとしたビジネス・スーツ姿だ。カメラを意識している様子はなく、背景は街の雑踏だった。ケイシーは怪訝な表情を作って写真を眺めながら、素早く考えを巡らせた。先日以来、彼とは連絡を取っていなかった。

「ああ」怪物《クリーチャー》の本名を言った。「教会の信者仲間だよ」

「仲がいいのかね」

「余計な時間は取らせないんじゃなかったのか」刺々しく返した。明らかに隠し撮りの写真が、不安をいや増していた。

刑事たちは薄笑いを浮かべた。「いいだろう。あんたもよく知ってる筋からの圧力で、我々は手を引かされた。事件はめでたく迷宮入りだ」

「だがこいつはヒーロー気取りで、あれこれ吹聴して回ってるんでな」

「捜査するまでもなかったわけだ」

「おまけに昨日、偶然にも彼の携帯電話が遺失物としてうちの署に届けられた。あんたは前回我々が訪ねた直後、彼に電話してるな」

「警告でもしたか？」

ありったけの呪いの言葉を、胸の裡《うち》で吐き出した。怪物《クリーチャー》だけでなく、小賢しい警察に行動の自由を与えた者すべてを呪った。

「あんたの携帯を我々が入手する機会はないだろう。どうせ履歴は消去済みだろうしな。あんたも残りの仲間も、奴よりは分別があるようだ。だけど、いつまでもこんなことが続くと思うなよ」

「うちでも妖精清掃サービスは利用してる。人間を雇う予算がないからな。健気で可愛い連中さ。あいつらのお蔭で、殺伐とした空気もいくらかは和む。実際、この一年で人間相手の暴力事件は目に見えて減ってきてるんだ。妖精のお蔭だと俺は信じるね」

「貴様ら撲滅派は最悪の差別主義者だよ。撃たれた若者が命を取り留めたことを、神に感謝するんだな。貴様らも命を取り留めた」

屈辱に打ち震え、ケイシーは悪臭漂う路地に独り立ち尽くした。デモ隊の叫びは止まない。言葉は聞き取れないが、何を訴えているかはわかっていた。妖精を焼き殺し、プエルトリコ系青年に瀕死の重傷を負わせた犯人が、中流白人だという噂が広まっているのだ。

中流白人にスラムの黒人が撃たれる。数年前であれば、そのような噂だけでも暴動かテロを引き起こしただろう。外国の工作員による破壊活動の一環である。偉大なこの国は、常に陰謀に取り巻かれてきたのだ。その後はテロとの戦いが効を奏した。貧乏人どもはゲットー内で互いにいがみ合わせ、殺し合わせておけば、団結して事を起こすには至らない。

しかし新たに登場した敵は、これまでになく強力で狡猾だった。落伍者たちを煽動するだけではなく、養っているのだ。そして、妖精撲滅派は貧困層の敵でもあるという考えを刷り込んでいる。出勤前に見たニュースサイトには、あらゆる肌色をした底辺の人間たちがプラカードを掲げて叫んでいる写真が掲載されていた。あらゆる肌色をした左派インテリたちの姿もあった。あれから数時間経つが、彼らが暴徒化する気配もない代わりに、警察が追い出しに掛かる気配もない。世の中は狂いつつある——明らかに妖精のせいで。

デモについては心配することはない、と牧師は断言した。むしろ良い徴候だ、と。

「我々の使命は、一体でも多くの妖精を殺すことではなく、妖精を原因とする社会不安を引き起こすことです。そうして、妖精排除の気運を高めるのです」

彼らが向き合って座るのは、教会の地下の一室だった。常に一方的に呼び付けられる側であることが、ケイシーは気に入らなかった。秘密の会見であることは承知していたが、場所がいつもここなのも気に入らなかった。飲み物の一つも出されず、退室する時も牧師と一緒ではないことや、部屋が常に薄暗くて大きさすら把握できないことも気に入らなかった。カーペットは足が埋まるほど毛足が長く、彼の身体をしっかりと受け止める肘掛椅子の感触は快かった。何もない空間にぽつりと置かれたこの椅子は、古めかしいデザインで、ちょっと動かすのにも苦労するほど重かった。

乏しい光のせいで距離感が摑めないが、二、三ヤードは離れて巨大なデスクらしき物体があり、そのさらに向こうに牧師は座っていた。ケイシーの姿がはっきりと照らし出されているのに対し、牧師のほうはぼんやりと浮かび上がるだけのライティングも気に入らなかった。濃い影が落ちる元同級生の顔は、普段より厳めしく、また謎めいて見えた。傍らには地球儀のようなものが置かれている。虚仮《こけ》威しの演出だと軽蔑しつつ、実際にいくらか気圧されている自分もまた気に入らなかった。

「保護派は他の都市でもデモを計画しています。許可した上で、人を使って暴動化させましょう」

まるであんた自身がそうさせるみたいな言い草だな――ケイシーは声に出さずに呟いた。牧師の態度は慇懃《いんぎん》だが、一介の信者に対するそれと変わらなかった。二人が昔馴染みであることは秘密でもなんでもなかったが、ほかの信者の前で親しく言葉を交わす機会を牧師が一度も設けていないのも事実だ。ケイシーを妻に紹介したことすらなかった。夫より七つ若い彼女は、幼い頃から宗派《セクト》の広告でモデルを務めていたほどの美人だ。

「市警がこれ以上勝手に動くことはありません」恩着せがましい口調で牧師は続けた。「ですが彼は、その短慮ゆえに神から見放されました」

映画と違って知性のない怪物《クリーチャー》のことだ。牧師の言葉を翻訳すると、間抜けな怪物は教会から追放され、当然職も失う。その名はブラックリストに載り、もはや二度とまともな職には就けない。絵に描いたような転落人生だ。

「同情する必要はありません。人は誰でも最低限、己の行動に責任を持たねばならないのです。そして人の上に立つ者は、下の者の行動にも責任を負わねばなりません」

牧師は微笑を浮かべているようだが、乏しい光では判然としない。こちらの表情は相手にはっきり見えていることを自覚しながら、ケイシーは答えた。「承知しています」

「そろそろ狩りの方法も変えたほうがいいでしょう」

「はい」厳粛な面持ちで頷く。偉そうにしやがって。俺はおまえが便器に顔を突っ込まれて泣き喚いてたのを、絶対忘れないからな。便器で洗礼を受けた牧師だ。


二度目の来店は日曜だったが、この時も彼女は制服姿だった。ツインテールも変わらない。寒さはだいぶ和らいできたので、マフラーはしていなかった。先日買ったショッピングバッグのほか、荷物はなかった。

「ミーチャは外に繋いできたわ」陳列棚の整理をしていたケイシーに歩み寄るなり、そう言った。

「狐のことか」

唐突さにいささか面喰らいながら、彼は尋ねた。少女は頷いた。

「安全よね」

「さあな、この辺は治安がいいが、近頃はわからん」薔薇色の頬が蒼褪《あおざ》めるのを見て、小さく嘆息した。「いいよ、連れてきなさい」

狐を抱いて駆け戻ってきた少女は、やや声を潜めて言った。「デモのことね。ニュースで見たわ」

「ああ。まったく、とんでもない話だ」

牧師が予告したデモ荒らしは、それほどの騒動にはならなかった。しかし目出し帽の連中が通行人や商店を襲い、警察と乱闘する映像が全国に流れ、デモは中止を余儀なくされた。斯《か》くして、街には平穏が戻った。

「デモなんか許可しなければよかったのよ」

ミーチャの鼻づらにキスしながら、少女は言った。ケイシーは首を横に振った。

「当局も妖精企業に取り込まれてる」

少女は息を飲み、真顔になった。上目遣いにケイシーを見詰めた。

「じゃあ、彼はヒーローね」

誰のことだ、とケイシーは尋ねた。少女はつま先立ちに伸び上がった。ケイシーの顔に顔を寄せ、秘密めかして囁く。

「妖精を焼き殺して黒人を撃った彼よ」

ケイシーは後退りし、少女を見下ろした。緩くカールした金色のツインテール、妖精――あの妖精ではなく――のように愛らしい白い顔。青い瞳が彼を見詰め返す。なんとなく目を逸らしながら、名前を尋ねた。

「エイプリルよ、ケイシーさん」

からかい混じりの声。ケイシーは視線を下げた。道化のような青い縦縞のお仕着せの胸元には、名札が取り付けられている。エイプリルと名乗った少女の表情は真剣なままだ。

「見てたのよ、あたし」

囁きに、彼はぎくりとした。何を？　まさか……疑問が形をとるより早く、金髪の少女は続けた。

「あの日、ビル工事の妖精を転ばせたでしょ。街中であんなことするなんて勇気があるわ」

ケイシーは少女を凝視した。そうだ、あれは勇敢な行動だった。貧困層を味方に付けた妖精企業は、いよいよ撲滅派に圧力を掛けつつある。あの時、居合わせた人々は、ケイシーへの非難に同調するか傍観を決め込むしかなかった。しかし内心、彼に喝采を送っていた人もいたに違いないのだ。その一人が今、目の前にいる。

「あなたのような人と、友だちになりたいの」

彼はすぐには答えず、胸ポケットからメモ用紙とボールペンを取り出して走り書きした。

「俺のブログだ。友だちになりたいなら、まずここを訪ねてくれ」

廃倉庫は冷え冷えとし、窓を塞ぐ板の隙間から洩れる夕陽の赤さにも暖かみは少しも感じられない。ドラキュラ伯爵は、三人の仲間を前に立っていた。狼男、ミイラ男——追放された怪物《クリーチャー》の代わりには、ユニバーサル映画から半魚人が召喚された。

伯爵は狩りの手順を説明した。陽が落ちた後、スーパーマーケットの裏口で待機し、妖精だけが出てきたところを捕獲する。複数いた場合は、連れ去る一体以外は鉄パイプで殴り倒す。マスクを被るのは捕獲の直前になってからだ。

半魚人のマスクを支給された男は教会の信者であり、かつ宗派《セクト》推奨企業の社員だった。伯爵――ケイシーより四歳若く、見たところごく平凡な白人だ。始終、薄笑いを浮かべているが、緊張のためだろうとケイシーは解釈することにした。堅実な狼男の紹介だから、フランケンシュタインの怪物よりは思慮を期待していいだろう。

だがどのみち彼らは皆、妖精の嬲り殺しが目当てという点で一致している。妖精撲滅の具体的な展望など持ち合わせていない。あるいは、こうして一、二ヵ月に一体のペースで殺し続けることで、世界中の何十万、何百万体という妖精をいつの日か根絶やしにできると本気で信じているのかもしれないが。

ケイシーだけが、明確なヴィジョンを持っている。妖精の虐殺は手段であって目的ではなく、そこには使命遂行の喜びはあっても嗜虐のそれはなかった。神に与えられた使命だ。妖精を手間暇掛けて切り刻み、その残骸を衆目に晒すのは、あの人造生物たちによって道徳が如何に荒廃しているかを知らしめるためである。宣伝役を務めてくれるのは宗派《セクト》だ。宗派の在り方には疑問がないではないが、妖精をはじめとする遺伝子工学の産物、そしてすべての元凶であるダーウィニズムという邪悪な思想と闘い続けてきた神聖な組織には違いない。

卑小な欲望に捉われた仲間たちも、使命を果たすための道具としては役に立つ。ケイシーは一つ頷き、車に乗り込むよう告げた。

四月のある日、複数の著名な妖精保護派ウェブサイトで、一斉に同じ動画が公開された。撲滅派の非道を告発すると銘打たれたその動画は、妖精が残虐極まりない方法で嬲り殺しにされる内容だった。世界中からアクセスが集中した。

これらのサイトは、言語は英語に限られていたものの国籍はさまざまだった。運営者たちは口を揃えて、ハッカーからの攻撃を主張した。件《くだん》の映像は二、三日でネット上から姿を消したが、その頃にはすでに別の複数の妖精虐殺映像が、別の複数の保護派サイトで公開されていた。ハッカーの仕業だという弁明は概ね受け入れられたが、どのサイトも一時的にせよ閉鎖に追い込まれた。

その間にも、妖精虐殺映像は増え続けた。これまでにも死んだ妖精や重傷を負った妖精の姿はさまざまな媒体で公開されてきたが、すべて事後のものだった。だが今や、妖精が痛め付けられている過程を皆が見たいのだと、皆が気づいたのである。保護派も例外ではなかった。彼らは義憤を口にしながら、夢中になって有害映像を漁った。二週目に入ると、逮捕者が出始めた。技術が未熟なため、偽の保護派サイトを作ったり、もっとお手軽に掲示板などに保護派を装って投稿した者たちだ。そういう輩は編集も杜撰《ずさん》なので、映っている者たちも芋蔓式に検挙された。

いずれも撲滅派による保護派への嫌がらせ、および便乗する愉快犯というのが、各国警察の共通した見解だった。フランス人の妖精保護活動家の名でサイトが新設され、地下闘技場の模様がアップされた時も、そのように思われた。ところが翌日、活動家本人が新聞のインタビューに答え、自身の行為であることを宣言した。問題は、隠し撮りの不鮮明な映像だとはいえ、登場する人々の顔が確認できる状態だったことだ。覚醒剤を打たれた妖精たちが泡を吹きながら殺し合うのを大笑いで見物し、金を賭けている連中である。早速、物好きたちが正体探しを始めた。犯罪歴のない善良なフランス国民が次々と特定され、大騒動になった。さらに地下闘技場の主催者が、妖精企業と大口契約を結んでいる某大手企業ではないかとの疑いも浮上し、騒ぎは大きくなる一方だ。

たった半月で、ネットには無数の妖精スナッフ・ムービーが溢れた。しかし過激さ、残虐さで、発端となった動画に及ぶものは一つとしてなかった。世界中が、再登場を待ち望んでいた。

「素晴らしい成果です」と牧師は言った。

いつもの部屋。いつものライティング。だが牧師の口調からは、やや余裕が失われているようにケイシーには感じられた。

「妖精が有害な存在であることが、これ以上なく明白になりました。妖精は人間の精神を蝕《むしば》み堕落させる、完全排除以外に解決法はない、と心ある人々は悟ったでしょう……しかしこんな簡単な方法を今まで誰も思い付かなかったというのは、いささか奇妙ではありますね」

芸のない嫌味に、ケイシーは内心で冷笑した。

「革新とは常にそのようなものです」

とはいえ、この簡単な方法を思い付かなかったという点では、ケイシーも牧師と変わらなかった。実はこれは、新入りである半魚人の仕業なのだ。狼男が毎回、誰にも見せない約束で撮影していた映像を、どうやってか供出させたのである。どちらが主導したにせよ、ケイシーはまったく寝耳に水だった。

あの日、ディスプレイの前で呆然自失したケイシーは、我に返ると直ちに携帯電話を摑んだ。だが泡を食って行動しても恥の上塗りになるだけだと思い直した。店に病欠の連絡を入れると、アパートメントを飛び出し、最寄りのインターネットカフェへと走った。彼のコンピュータでは、まともに動画を再生できないのだ。自分や仲間の顔が映っていないことをまず確認した後、数時間掛けて人々の反応をじっくり吟味した。途中、パニックを起こしたミイラ男が電話してきたので、心配はいらないと宥めてやった。夕方になってようやく、狼男と半魚人にメールを送った。抜け駆けは一切咎めずに、彼らのアイデアを言葉を尽くして絶賛した。半魚人のハッキング技術と狼男の撮影技術も褒め称え、最後に、これまで撮り溜めた映像はどうするつもりだと尋ねた。

「今後、映像は有料配信する計画です」そうした経緯は省略して、ケイシーは牧師に告げた。「もちろん儲けが目的ではなく、経費を回収するだけです。会員制で、支払は銀行振り込みかクレジットカードのみで受け付けます。集まった個人情報は、いずれ何かの役に立つでしょう」

牧師は考え込んだ――あるいはその振りをした。やがて口を開き、重々しく宣告した。

「この問題については、我々はあなたの裁量に任せている。責任を伴うことだけは忘れずに、善かれと思うことを為しなさい」

我々じゃないだろ、あんたは伝言係に過ぎない。上つ方の覚えがめでたくなるのは、この俺だ。恭《うやうや》しく、ケイシーは元同級生に向かって頭を垂れた。

細長い島の上に築かれた街、その南端にそそり立つのは双子の塔。偉大な祖国の象徴だ。八年前を皮切りに、繰り返しテロの標的とされてきたにもかかわらず、なおも堅固に屹立し、世界を睥睨《へいげい》している。その威容を見上げるカフェで水曜の午後、エイプリルと名乗る少女はケイシーを待っていた。歩道に面した席にチェックのミニスカートと紺のオーバーニーソックスの脚を組んで座り、ローファーの足許では狐のミーチャが犬用おしゃぶりを噛んでいた。ミーチャは彼に気づくと尾を振った。

「こんにちは、ケイシー。それともVTと呼べばいいのかしら」

「ケイシーにしてくれ」VTはブログを書く時のハンドルだ。「俺はおたく《ナード》じゃないんでな」

「あら、そう」

小生意気なもの言いに、彼は苦笑した。ウェイターを呼び、有機栽培コーヒーを注文する。この店もブレスド・ネイチャー社系列だ。何か奢《おご》ろうかと申し出たが、少女は断った。「きみはどうやらナードだな」

形のいい眉が吊り上がった。「なんでよ」

「偽名なんて使って喜んでる女の子はそうだよ」

「どうして偽名だって思うの」

「きみがそう名乗ったのは四月《エイプリル》の第一週だった。その前に来店した時にいた六月《ジューン》の名札を見た可能性もある。それに、さっき向こうからエイプリルと呼んだのに無反応だった」

「まあ、探偵みたい」少し怒った口調で彼女は言い、そっぽを向いてオレンジジュースの残りを飲み干した。

「探偵らしく詮索させてもらおうか。学校には行ってないのかい」肩を竦めて付け加えた。

「答えたくなければ、答えなくてもいいけどね」

少女は唇を尖らせ、横目でケイシーを見た。「学校なんて、くだらないもの。ダッドとマムも行かなくていいって言ってくれたわ」

確かに学校は碌《ろく》でもない場所だ。自らの過去を顧みて、ケイシーは頷いた。「そんな学校なのに、制服は気に入ってるんだな」

声を立てて少女は笑った。「制服じゃないわ。こういうスタイルが好きなだけ。全部BN《ブレスド・ネイチャー》ブランドよ」

身を乗り出して頭を下げた。うなじの白さと細さに、ケイシーは目を奪われた。どうにか引き剝がして、指し示された襟裏の商標を確認した。

「質問には答えたんだから、エイプリルってことでいいでしょ」座り直して髪を弄《いじ》る。「本名は嫌いなの」

「わかったよ、エイプリル」微笑んでケイシーは答えた。「やっぱり何か奢らせてくれ」

エイプリルは紅茶とチーズケーキを注文し、足許のミーチャには犬用おやつを与えた。

「ところで、ミーチャは本名なのかい。ロシア人の名前だろう?」

「だってシベリア産だもの」

知らない地名は聞き流すことにした。「本当に遺伝子改造獣じゃないんだろうな」

「あなたまで、そんなこと言わないで。この子たちの品種はロシアがソ連だった時代に発見されたのよ。ソ連は遺伝子工学を禁止してたでしょ」

言いながら、ミーチャを抱き上げた。子狐は甘えた声で鳴いた。その垂れた耳、巻いた尻尾、鮮やかな黒と白の毛皮を、ケイシーは改めて観察した。遺伝子改造獣ではない、と断定する。遺伝子改造獣の実物を見たことはなかったが、妖精と同じで、見れば判る自信はあった。

それにしても、ロシアがソ連だった時代――か。もう十年になるのだ。ケイシーは慨嘆した。ソ連崩壊当時、エイプリルは物心も付いていなかったのではないだろうか。

良くも悪くも偉大な国だった。恐るべき敵であると同時に、良きライヴァルでもあった。なんのかんの言っても結局、核は使わなかったのだし、遺伝子工学という邪悪な敵に対しては、利害とあらゆるイデオロギー上の相違を超えて我が国と共闘してきた。最後には、真の友情が育まれていたと言っていいだろう。

　ソ連は、この国の半身だったのだ。あの年の初め、偉大な祖国の栄光は絶頂を極めていた。悪のイスラム国家を叩きのめして無条件降伏させ、独裁者を処刑した。あまりにも輝かしく偉大な勝利に、群小の国々は畏敬ではなく恐怖と憎悪を抱いた。その年の終わりにソ連が倒れた途端、唯一となった超大国にピラニアの群れの如く襲い掛かった。バグダッド占領とサダム・フセイン処刑の違法性を言い立て、建国の初めから自国の利益だけを追求し世界に破壊をもたらしてきたと、過去に遡って証拠を捏造し因縁を付けた。工作員を国内に潜入させ、貧困層を煽って暴動を起こした。鎮圧のために警察や軍隊が出動すれば、人権侵害だと非難を浴びせた。

　国連を脱退した昨秋以来、国際的にはこの国は存在していないことになっている。現実を見ない輩の妄言だ。卑劣な規制の数々を潜り抜け、軍事も経済も依然としてこの国は世界一だった。軍隊は民営化し、世界中で活躍している。企業も国外では異なる名前で活動する。例えば先進諸国に巨大な市場を持つガイア・ルネサンス社の製品は、祝福された自然社《ブレスド・ネイチャー》の製品と完全に同一で、同じ工場で作られている。ヨーロッパの無神論者はキリスト教にアレルギーがあるが、異教、特にギリシア神話は大好きだという事情を考慮した改称だ。

　こうして我が国は今も世界を守り、人々に職と良質な製品とを供給し続けている——感謝されるどころか妬まれ憎まれ、陰謀によって国民の生活は荒廃する一方だが。

「それはそうと、ＶＴってなんの略？」運ばれてきたケーキに取り掛かりながら、エイプリルは尋ねた。ミーチャは再びテーブルの下で、おしゃぶりを齧《かじ》っている。

「ヴラド・ツェペシュ」それだけ言って、反応を見た。

エイプリルは小首を傾げてから、ああ、と声を上げた。「ドラキュラのモデルね」

「それは汚名だよ。本当はルーマニアの英雄さ。トルコ人から祖国のみならず全ヨーロッパを守ったんだ」

青い瞳が見開かれた。「あなたも、世界を守るために闘っているのね」

真摯な表情に、ケイシーは胸を打たれた。「微力ながらね」

「そんなことないわ」熱意を込めて訴える。「あなたの考えの正しさは、妖精虐殺映像が証明してるわ。人があんな恐ろしいことをするのは、妖精のせいよ」

隣の席のカップルが、驚いた顔で振り返った。ケイシーは渋面になった。

「観たのか」

「知らないで観ちゃったのよ」

ばつが悪そうにエイプリルは首を竦めた。ケイシーは沈黙した。無垢な子供たちが有害極まる画像に晒される状況は、むしろ望むところだった。自らは楽しんでも、子供には見せたくないという大人は多いはずだ。しかし、こうして実際に被害に遭った子供を前にすると、さすがに気が咎めた。

「人がああいうものを観たがるのも、妖精の精神汚染だ」やや弁解がましく述べた。「ハッカー攻撃だという保護派の主張が事実だとしても、妖精の残虐画像を見世物にするのは、奴らが最初に始めたことだ」

「そうね」しかつめらしくエイプリルは頷いた。「可哀想な人たちを正視するのは、つらいことだわ。ミラーニューロンによって、彼らの苦しみを自分のことのように感じてしまうからよ。だから可哀想な人たちをいないことにするのは、健全だと言えるわ。誰だって、つらいのは嫌だもの。だけど可哀想な動物にはそこまで共感しないから、正視してもそこまでつらくはない。だから多くの人が、可哀想な人より可哀想な動物を助けるのに夢中になるのよ。そして、妖精は人ではないけれど人に似ている。人が虐げられているのをなかったことにする人でも、妖精が虐げられているのは正視できる。そうすることで初めて、人間にそんなことがあってはならないと思うことができるのよ」

幼い長広舌にケイシーは苦笑し、一言で要約してみせた。「奴らは頭がおかしいからな」

「そういう人たちと、あなたは闘っているのね」

金髪碧眼の少女は微笑んだ。その背後には、天を衝く双子の塔が並ぶ。

「あなたはきっと伝説になるわ」

エントランスホールで、牧師はまたあの青年と行き合った。屋敷の護衛に付き添われて、奥から出てきたところだ。ちらりと笑顔を見せて会釈し、無言で歩み去った。

こうして時折、この屋敷で偶然擦れ違う以外に接点のない、名前も知らない相手だ。しかし彼が何者か、牧師は知らないわけではなかった。こちらについて、どの程度把握されているかは不明だが。金髪緑眼と何年も陽に当たったことのないような蒼白い肌、そして驚くほどの美貌の持ち主だが、牧師の注意を惹くのは、すらりとした体軀を包む高級スーツだった。羨望の眼差しを向けまいとするのに毎回苦労していた。

だが少なくとも屋敷の主たちに伺候《しこう》する時、牧師が衣服のことを気に病む必要はなかった。別室に着替えが用意されているからだ。毎回同じ一揃い。カトリックの法衣、シャツにズボンに靴。

腕を広げ、姿見の前で回ってみた。素晴らしい仕立て。シンプルな裁断だが牧師のガウンと違い、ジムで鍛えた成果を明示してくれる。掲げた左腕の肩から手首まで、右手を走らせた。滑らかな感触に、半ば陶然となる。もったいない、と思いかけて己を窘《たしな》めた。いい加減、しみったれた考えはやめろ。ムースで軽やかに仕上げてある髪にポマードをたっぷり付け、後ろに撫で付ける。高い額《ひたい》が露わになり、爽やかなＴＶ説教師に別人の風貌を与えた。狂信的なカトリック聖職者のできあがりだ。

地下へと案内される。扉を開けると、そこは中世の審問室だ。石造りの部屋に禍々しい拷問器具が並ぶ。長老たちは、すでに顔を揃えていた――ソファにふんぞり返ってジャンクフードを食い散らかしている餓鬼ども。服装も街のちんぴらと変わらない。上は二十代後半から、下は十代半ば。皆、前回よりさらに若くなっていた。

彼らの前、冷たい石の床に座り込んで震えているのは、首輪と鎖だけを身に着けた少年と少女だった。小さなペニスと薄い乳房の有無、そして髪の長さ以外は同じ型から抜いた人形のようにそっくりで、人形のように美しかった。非人間的な、人工的な美しさだ。髪は翡翠《ひすい》色、零《こぼ》れ落ちそうなほど大きな瞳は真紅だった。長老たちは、その髪を弄んだり鎖を引っ張ったり、華奢な肩を軽く足蹴にしたりと、ちょっかいを掛け続けている。

憐れな。そう牧師は思ったが、そこに憐憫の情は伴っていなかった。彼らは人間ではないからだ。どんな姿をしていようと、人工生命体である妖精は、見れば判る。

翠《みどり》の髪に紅い瞳の妖精たちは、恐怖に蒼褪め震えていた。一般仕様の妖精と違って、拷問器具を見ただけでその目的を悟り、己の運命を予測して恐怖できる知性があるのだ。

「やあ、ファーザー」

二十歳前後の青年が、鷹揚に挨拶した。この屋敷の主人だ。ほかの連中は、どろりとした眼差しを向けただけだった。牧師は落ち付き払って一礼した。敬意は必要だが、卑屈さは求められていない。この部屋にいる間は、役柄だけとはいえ彼らを主導する立場なのだ。

翡翠と紅玉《ルビー》の双子はまっさらな新品で、ということはさっき玄関で擦れ違った青年が置いて行ったのだ。しかし彼は単なる配達人ではない。妖精企業との交渉は、すべて彼を通して行われているらしいのだ。そう知った時は、あんな若造が、と驚いたが、見掛けどおりの年齢ではないと今は踏んでいる。何しろ、長老たちを若返らせたのは妖精企業なのだから。

宗派《セクト》が撲滅派を煽るのは、もちろん妖精を撲滅するためではない。賃金も福利厚生も必要なく、住居も食糧も家畜並みで済む労働力の囲い込みが目的だ。すでにアジアや中南米の工場では、入れ替えが着々と進んでいる。今日、金髪緑眼の青年は新たな契約のために訪れたに違いなかった。おそらく、賃金の高い熟練工にも替われる高機能型の受注だ。囲い込みに関しては他宗派と協定が結ばれているが、だからといって長老たちが最大利益を上げる努力を放棄することはない。

解雇された現地の工場労働者はすべて、妖精企業が雇っていた。これが長老たちには気に入らない。払った金がほんの一部でも貧乏人どものために使われるのが、我慢ならないのだ。妖精企業が引き取ってくれなければ、馘首《くび》になった連中は今頃暴動を起こしていただろう、と牧師は思う。悪くすれば、その国から撤退する羽目になる。しかし長老たちは数年あるいは数ヵ月先の災厄を防ぐために今日金を払うのは、鐚《びた》一文でも嫌なのだ。言い方を変えれば、災厄が起こる確率が九九・九九パーセントだとしたら、〇・〇一パーセントに賭けるのだ。回春や美容の技術、そして性玩具といった贈り物は、彼らの不満を宥めるためのものでもあった。

妖精企業自身も、妖精を労働力とする事業を世界中で展開させている。街の美化から廃物処理、地雷除去まで、宗派が決して手を出さない採算性の低い分野ばかりだが、囲い込みへの障害になると長老たちは警戒した。そこで協定が結ばれ、妖精企業を妨害しない代わりに、さらなる見返りがもたらされた。信者の妖精嫌悪を煽るのは協定違反以外の何ものでもないが、適当に誤魔化しているのだろう。少なくとも、キャンペーンなど大々的な煽り方はしていない。撲滅派の行動は、宗派とはあくまで無関係である。

「きみの元同級生のパフォーマンスを見たぞ」スニーカーを履いた足を、妖精の肩に乗せた長老が言った。「なかなか独創的だ。今度、招待するとしよう」

微笑して牧師は答えた。「ありがとうございます。友人への賛辞は、わたしにとっても喜ばしいものです」

一瞬、ひどく狼狽していた。だが気を取り直すのは早かった。ケイシーの妖精撲滅の意志は本物だ。妥協の余地は一切ない。真実を知れば逆上し、長老たちを面罵《めんば》するだろう。勝手に破滅してくれるわけだ。そもそも彼らはケイシーに興味などなく、単に牧師を動揺させようとしただけかもしれなかった。ネットに流された彼のパフォーマンスは、あまりに残虐で異常だった。しかも人体構造に無知であることを露呈している。洗練を知る人々の鑑賞に堪えるものでは到底ない。

いずれ牧師は数多《あまた》の貢献が認められ、若返り技術の恩恵に与《あずか》れるだろう。そうなれば芸人の真似はやめ、人前に出る必要がある時は長老たちと同じように影武者を立てることになる。今は老化防止処置を受けているだけだった。妖精企業の前身が、二十年も前から長老たちに提供していた技術だ。若返りは、その延長線上に開発されたものである。細胞の活力を回復させるのであり、遺伝子改造などではない。ケイシーのような頑迷固《こ》陋《ろう》な連中には理解できまいが。

しかし長老たちは、決して利己心だけで行動しているのではなかった。妖精のＤＮＡには人間への絶対服従が刻み込まれている。囲い込みには、その技術が人間に悪用されるのを防ぐという崇高な目的があるのだ。

法衣の裾を捌《さば》いて、拷問器械に歩み寄る。滑車とウィンチから成る吊り下げ機、座面と背《せ》凭《もた》れにびっしりと針が植えられた審問椅子、水槽、拘束具付きベンチ。壁際に並ぶ、さまざまな形状の器具。鉄の処女まで鎮座し、凶悪な体内を曝《さら》け出していた。屋敷の主人が何年も前に作らせたものだという。妖精を手に入れたことで、自慢のコレクションが実際に使えるようになったのだった。ただし鉄の処女は、牧師が知る限り一度しか使われていない。構造上、叫びや呻きが聞こえるだけで、内部の様子が窺えないからだ。牧師がカトリック聖職者の扮装をさせられるのも、フェティシズムの一環らしかった。石壁には豪華な磔刑《たっけい》像も掲げられている。

奥の扉が開いて、修道士の装いをした男が二人——二体現れた。どちらも長身で逞しく、肌の色や鼻の形は地中海人種風だ。だが眼窩は常人の三倍はあり、そこに嵌め込まれているのは昆虫の複眼だった。

異相の修道士たちの挙措《きょそ》は、いつもながら極めて事務的だ。同類の境遇や己の役割に、如何なる感情も抱いていないかに見える。華奢な両手を縛《いまし》め、頭上まで引き上げた。腕は捩じられておらず、足も床に付いた状態だが、双子たちは早くも啜り泣き始めた。鞭が唸ると悲鳴が上がった。彼ら特注品は、言葉を封じられている。それでも鋭い叫びには、苦痛や恐怖だけでなく哀訴の響きが聞き取れた。鞭は絹のロープだ——今日のところは。白い皮膚は透き通った薔薇色に変わり、反らした背には真紅の跡が重なった。

交代で打つうちに、長老たちは興奮を募らせた。若返りは明らかに性欲にまで作用している。牧師は素早く、修道士たちに奥の扉を指し示した。滞《とどこお》りのない進行は彼の務めの一つである。複眼の巨漢たちはいったん退室し、すぐに戻ってきた。双子が一際高く悲鳴を放った。長老たちが、けたたましく哄笑した。

追い立てられて入ってきたのは、異様な一団だった。首輪から下がった鎖が、がちゃがちゃと鳴る。一本だけの脚で飛び跳ねる者。両脚が捩じ曲がり、一歩ごとに身体が大きく傾ぐ者。治りきっていない無数の傷を、包帯が申し訳程度に覆っている。雌雄の見分けは困難だった。痩せこけ拗《ねじ》くれ、ペニスや乳房を斬り落とされている者も少なくないからだ。腕だけを使って這いずる一体を最後に、再び扉は閉じられた。

長老たちは早速、思い思いに欲望を満たし始めた。拳や鞭での殴打に、言葉にならない悲鳴が交じる。双子たちは、もはや凍り付いたように紅い瞳を見開いているだけだった。突き上げられるたびに開いた唇から洩れる、小さな喘ぎのほかは声もない。牧師は改めて、妖精の数を数えた。

「一体足りないようですが」

屋敷の主が双子の片割れから身を離した機会を捉えて、牧師は尋ねた。どれがいなくなったのかは判っていた。前回とうとう、四肢をすべて失った雄型だ。

「死んだ」無造作な答えだった。「敗血症だそうだ」

それはつまり、牧師の処置が不適切だったことを意味する。頬を引き攣《つ》らせて呟いた。

「……申し訳ございません」

「気にするな、あいつらの世話が悪かったのさ」青年の姿をした老人は、隅に控える修道士たちに向かって顎をしゃくった。何気ない口調で続ける。「だけどそろそろ、屋敷に常駐する医者が欲しいな。誰か信用できる奴を見繕ってもらえるとありがたい」

返答に窮した牧師を置いて、八十代の青年は仲間と玩具を交換し、精力的に遊戯を続けた。牧師は頭を一つ振った。空いた一体と目が合う。彼の意を察したその雌型は、素早くいざり寄ると、指の欠けた手で法衣の前を寛《くつろ》げた。

妖精のフォルムは、どこもかしこも滑らかな曲線だけから構成されている。それは今や街に溢れる量産品だろうと、存在しないはずの特注品であろうと変わらなかった。筋骨逞しい修道士たちでさえ、毛織の衣の下は無毛でつるりとして、どこか中性的ななまめかしさがある。無惨に変形させられた肉体に至っては、壊れた人形を思わせた——溶け崩れたゴムやプラスチック。

身を震わせ、牧師は妖精の口内に射精した。性器を拭わせてから、衣服を整える。長老たちの荒淫に煽られて羽目を外しすぎないよう、気をつけねばならない。彼が家を空けるのは珍しくないにもかかわらず、狂乱の宴から帰ってきた日に限って、妻が求めてくるのだ。疑惑を口にしたことは一度もないが、言葉にできない漠然とした何かを察知しているのかもしれなかった。夫よりもずっと早くから老化防止処置——特別な美容法だとしか理解していないが——を受けてきた彼女は、二十歳そこそこの若さを保っている。だからといって、どんなコンディションでも応じられるというものでもない。

「今日はこいつを処分しよう。ずいぶん汚くなったからな」

屋敷の主が言った。彼が四つん這いにしているその妖精は、手足はすべて揃っており、指の一本も欠けていない。だが見ようによっては、他の個体より惨めな状態だった。みすぼらしい灰色の髪に、牧師はそれが本来は真珠色に輝いていたことを思い出した。ひどい蕁麻疹《じんましん》が傷痕と重なり合っている。画一的な量産品と違って、特注品はストレス耐性にも個体差があるのだ。腫れ上がった目蓋から覗く目は焦点が合わず、背後から揺すぶられるのとは違うリズムで頭を振っているさまは、ひどく不快だった。死を宣告されたことに気づいた様子もない。

「引き伸ばし機を使おうぜ」一人が目を輝かせて提案し、ほかの者たちも賛同した。

それは緩慢で、惨《むご》たらしい死だ。憐れな――牧師は恭しく頭を下げた。

　今週もまた、偉大な祖国は危機に瀕している。

先週、アフガン人の麻薬組織を壊滅させた捜査官だったが、その回の終わりに、黒幕はロシアン・マフィアであることが明らかになったのだ。彼と共にアラスカに飛んだのは、新任の女性捜査官。何週か前に、彼が殺人容疑を晴らしてやった女子大生だ。実はキャンパスの麻薬密売を潜入捜査中だったのである。同じ週、中国系の男性捜査官が中国のスパイだったことが露見して射殺され、準レギュラーの座が一つ空いていた。視聴者投票の結果、降板させられたのだ。捜査官のブルネットの恋人も人気が下降気味で、じきに金髪の新人に取って代わられるだろう。

捜査官はソ連の核を使ったテロを阻止し、今週もまた祖国を救った。だが危機が消え去ることはない。偉大な祖国は憎悪に取り巻かれている。だから番組も、すでに第七シーズンに入っているのだ。

現実でも、ガイア・ルネサンス社のサプリメントや有機食品が男女双方に不妊を引き起こす成分を含んでいると報道され、世界各国で販売禁止を求める動きが広まっていた。製品に有毒物質が含まれるというでっち上げは、これまでにも散々繰り返されてきた。しかし毎回すぐに終息したし、今回もそうなるに違いない。

この事件は国内でも報道され、中にはガイア・ルネサンス社とブレスド・ネイチャー社の製品が同一であることを、わざわざ指摘したものもあった。いずれにせよ、ほとんど注目を集めなかった。それでもまったく影響がなかったわけではなく、例えばジューンは店を辞めた。腹立たしいが、笑える話でもある。鶏がらみたいな行かず後家が、まだ母親になれる気でいるのだ。

影響は、ケイシーにも及んでいた。ガイア・ルネサンス社製品は、不買運動のせいで店頭購入がしづらくなっている。そこでインターネット通信販売の出番だ。国内でも需要拡大が見込まれるネット通販事業部に、ケイシーは先日採用された。今や再びネクタイを締める毎日だが、変種の子狐を抱いた少女が職場を訪ねてくることはもうない。

ケイシーはＴＶを消した。録画の必要がなくなったのも、変化の一つだ。デスクに移動する。仲間からの報告が入っていた。目を通し、ほくそ笑んだ。

妖精虐殺動画の有料配信は、軌道に乗りつつある。人手も増え、ケイシーはもはや雑務に煩わされることなく、仲間が狩ってきた妖精の殺処分に専念できるようになった。最も人気なのは、その他大勢を排したケイシーの独演会であり、彼としても願ったりだった。酒を飲まないと妖精に焼き鏝《ごて》も押し付けられない連中など、邪魔なだけだ。彼らが妖精を犯したがるのにも辟易していた。

ケイシーの残虐性は、他の追随を許さない。それは彼の行為が性欲など入る余地のない純粋暴力であり、純粋な破壊であるからなのだ。嗜虐の悦楽などなく、あるのは使命を果たしているという歓喜だけだった。より残虐な方法を究めようとするのも、人々により強い衝撃を与えるためだ。

目下、考えているのは串刺し刑だった――V　T《ヴラド・ツエペシュ》公へのオマージュであり、密かな署名でもある。東欧で広く行われていたその方法は、肛門から突き刺した杭を、肺や心臓など重要な器官を傷つけずに背中まで通すというものだ。この遣り方なら、犠牲者は少なくとも数時間は苦しみ続けるらしい。ただし難易度が高く、あっさり即死させてしまう恐れから、以前は二の足を踏んでいた。狩りが組織化され、妖精の入手が容易になったことで、何体か練習台にする余裕ができた。

楽しんでなどいない。これは神と人類のための闘いだ。彼を残虐だと謗《そし》る輩は、いずれ呪われた人造生物とともに地獄の業火に焼かれるだろう。

緩やかに流れる川を、行き交うフェリーを縫ってモーターボートは下っていた。右岸に高い建物は少ないが、左岸は摩天楼《スカイスクレイパー》が密集している。晩春の陽光を浴びて輝く水面に、操縦席の青年は目を細めた。

「日焼け止めを忘れた」舌打ちし、ポロシャツのポケットからサングラスを取り出した。緑の双眸《そうぼう》が覆い隠される。白皙《はくせき》は早くも赤らみ始めていた。陽光に金髪が煌《きらめ》く。

「油断したな、ディーラー。どうするんだ、レッドネックになったら」

笑いを含んだ声に、青年は片眉を上げて振り返った。青年のそれより明るい金髪のツインテールが、視界を過《よぎ》る。頭上の空と同じ色の瞳と人形のように愛くるしい顔は、サンバイザーの陰になっていた。ジャケットも靴も靴下も脱いでブラウスの袖を捲《まく》り上げ、ゆったりと身を伸ばしている。短いスカートは引っ切り無しに風にはためき、重し代わりに丸くなっているミーチャがいなかったら、腹まで捲れ上がっているだろう。ディーラーは眩いほど白い剝き出しの脚を一瞥し、身震いせんばかりに慌てて視線を前方に戻した。

「ファンデーションでも塗って誤魔化すさ。どのみち、あと一週間で白人に身をやつすのも終わりだ。変態ども相手の奴隷商売もな。あんたはその形《なり》でもうしばらく頑張ってくれよ、オブザーバー」

「構わんさ」外見に似つかわしくない口調が答える。「この姿は結構気に入ってる」

「勘弁してくれ」秀麗な顔を思い切りしかめた。「妙な趣味に目覚めたとか言うなよ」

「いろいろと便利だからな」

ディーラーはますます渋面になった。しばしの別れに際して、この川下りを半ば強引に決めたのはオブザーバーだ。が、十二歳の少女にモーターボートを操縦させるわけにはいかない。青年の背に向けて、オブザーバーは微笑んだ。スカートの上のミーチャを撫でる。子狐は頭をもたげ、その手を舐めた。

　彼らの組織は、あらゆる場所に根を伸ばし、張り巡らせてきた。根の広がりに比べたら、地上に咲く花である妖精企業など、ごくささやかなものでしかない。とはいえ、組織を構成する個々の企業や団体は互いに緩やかな繋がりしか持っておらず、成員の大多数が組織の存在自体を知らなかった。中核となる一握りの者だけが、創始者たちの志を受け継ぎ、その遂行に身を捧げる。

　半世紀近く前、科学者にして聖職者である若者たちが教会を離れ、混沌の巷《ちまた》へと足を踏み入れた。彼らは、科学者にして異端の聖職者であるテイヤール・ド・シャルダンの使徒――と自称していた。多年にわたる観察と研究から、彼らは次のように結論付けた。人間の行動原理は、欠乏の充足である。暴力は、欠乏を埋めるための最も短絡的な手段だ。欠乏の根源をなすのが、自尊心である。他と対等であることで満たされる者もいるが、他より優位に立たねば満たされない者は多い。だから暴力はなくならない。

　根源的な欠乏が満たされれば、人間は新たな進化の階梯を上り、賢く穏やかな存在となるだろう。それには人間よりも劣るが獣よりは優る存在――亜人間《サブヒューマン》が必要だ。そうして生み出されたのが、妖精だった。

妖精の投入から一年半。人間による人間への暴力は、全世界で潮が引くように減少していた。妖精の存在によって人々は初めて満たされ、互いに対等であると認め合えるようになったのだ。

だが少なからぬ人々が、妖精は人間に奉仕するために造られた劣等種だという事実だけでは、欠乏を満たすことができないようだった。彼らは妖精を嫌悪し、虐待する。相変わらず他人の風上に立ちたがり、そのための暴力的手段も完全に捨てたわけではない。ある者はやがて満たされ、攻撃性も抑制されるが、ある者は一向にその気配がなかった。

「まあとにかく、充分用心してくれ。あんたのお気に入りのVTは真正の異常者だ」

「正体がばれない限り安全さ」とオブザーバーは軽く受け流した。「それに彼の暴力は妖精相手に限定されている。人間に向けられるのは、この国で妖精受容がもっと進んでからだろう。つまりしばらくは先だ」

「まったく厄介な国だよ」ディーラーは前方を睨んだまま言った。「盲信に凝り固まった大衆ほど始末が悪いものはないね」

忌々しげな口調に、オブザーバーはこっそり苦笑した。まだ若いディーラーがこの国でした苦労など、先人に遥かに及ばない。かつて東の超大国は組織の浸透を許した上に自壊してくれたが、もう一方の超大国は聖書原理主義と反知性主義の堅牢な壁によって彼らを阻んできた。その覇権を外側から徐々に切り崩し、強欲な富裕層を籠絡《ろうらく》し、頭脳流出を促して空洞化を図ってきたが、鋼鉄の防壁は今なお健在だ。

「誤信念は自尊心の欠乏と結び付いている。如何なる反証も受け付けないし、妖精によって満たされることもない」

「自身の生命や生殖よりも信念のほうが大事なんだからな。不適応じゃなくてなんだと言うんだ？」ディーラーは吐き捨てた。

「人間らしさ、だろ」子狐を撫でながらオブザーバーは答えた。

　サングラスの下でディーラーは緑眼を眇《すが》めた。船は河口に近付きつつあったが、川幅は大して広がらない。両岸には人工的な直線が続いていた。少女の手の下で、くあ、とミーチャがあくびをした。選別交配によって、野生の狐とはまったく異なる性質と外見を持つに至った、シベリア産の狐。

　この国が創造論という疑似科学に支配されているのと同様に、かつてソビエト社会主義共和国連邦はルイセンコ主義という疑似科学に支配されていた。そのドグマに背く者は、ことごとく粛清の憂き目に遭った。だが殲滅を免れた一握りの研究者と理論が、辺境でかろうじて生き延びてきたのだった。その一人、ドミトリ《ミーチャ》・ベリャーエフは西シベリアの町ノボシビルスクで、一九五〇年代末に狐の交配実験を開始した。

　実験方法は至極単純で、狐の人懐っこさの度合いで繁殖させるか否かを決めるというものだった。実験はベリャーエフの死後も続けられた。人間という異種動物を受け入れた攻撃性の低い個体だけを繁殖させ続けた結果、わずか半世紀足らずで性質のみならず外見まで原種から懸け離れた狐たちが出来上がったのである。

同じことを、組織は人間に対して行おうとしているのだった。家畜化された狐たちは、その目論見の象徴でありマスコットである。妖精という人工生命体を受け入れた攻撃性の低い個体だけを、選択的に交配するのだ。

妖精によって満たされた人々は、満たされぬ者を忌避し始めている。望ましいのは、撲滅派が結束して表に出てくることだった。そうなれば対処は容易だ。ＶＴことケイシーの強固な意志は、大きな求心力となってくれるだろう。彼らを社会からだけでなく遺伝子プールからも排除する体制は、これから作り上げられることになる。ガイア・ルネサンス社——およびブレスド・ネイチャー社の製品に不妊物質を混入し、その情報をリークしたのは、ほんの手始めと言ったところだ。誤信念にしがみ付き続ける者は、次世代に遺伝子を残すことはできない。

「四十世代も続ければ充分だろう」神妙な口調でオブザーバーは述べた。「奴隷種の犠牲と不適者廃絶の上に築かれる至福千年王国。そんなものを拒絶する撲滅派は、ある意味ヒューマニストの鑑《かがみ》だな……彼らは滅び、伝説となる」

ディーラーは訝《いぶか》しげに振り返った。金髪の少女の表情は、サンバイザーに隠され窺えなかった。一隻のフェリーと擦れ違う。騒音に負けじとディーラーは声を張り上げた。

「なんだよ、今さら偽悪はよしてくれ」

「そうだな」くすくすとオブザーバーは笑った。身を起こし、座り直す。ディーラーの肩越しに右手を伸ばして言った。「見ろ」

　白く細い指先が示すのは、左岸に聳え立つ双塔だった。どこまでも空へと伸びるガラスと鋼鉄の帝王。周囲の高層建築は、ひれ伏す群臣だ。

「次にこの街に戻る時には、もうこの光景は見れないかもしれんぞ」

「ああ、そうか」川下りの意図をようやく了解して、ディーラーは光の巨人たちを仰ぎ見た。

「解体は秋からだったな」

「九月からだそうだ」

　度重なるテロ攻撃に耐えてきた偉大な建造物だが、堅固な威容の内部は老朽化が進んでテナントも減り続け、維持費ばかりが嵩んでいる。あまりに巨大なため誰もが二の足を踏んでいたこの象徴的建造物の解体に名乗りを上げたのは、妖精の創造者たちだった。

　傷付き空洞化しながら、なおも立ち続ける雄姿を後に、ベリャーエフの子狐を乗せた船は海へと向かう。

# 大卒ポンプ

北野勇作

二〇一〇年刊『どろんころんど』（福音館書店　ボクラノSFシリーズ）は、全てが泥に覆われた世界を、アンドロイドの少女と亀型子守りロボットが旅する物語。北野作品の中でも異例なほど前向きな主人公は強い存在感を放っていた。鈴木志保の挿絵と大胆にコラボを果たした、デザイン面でも優れた一冊で、児童書レーベル発ながらベストSF2010で二位。児童書では、妻・森川弘子が挿絵を担当した『かめくんのこと』（岩崎書店　21世紀空想科学小説、二〇一三年刊）も発表。

大きな転機になったのは二〇一一年の『きつねのつき』（河出文庫）出版だろう。人工の巨人が暴走したため隔離された街を舞台に語られる、父と娘と、天井と同化した妻、という一家をめぐる「保育園送り迎えSF」。執筆自体は3・11以前だったが、大きな悲劇を経た日常に浮かぶ喪失感、という北野勇作が描き続けてきた題材が、現実の災害のあとに改めて注目されることになった。同作のヒット後、二〇一二年に代表作『かめくん』が河出文庫に入り、二〇一三年に『ヒトデの星』（河出書房新社）、短篇集『社員たち』（NOVAコレクション）を刊行。二〇一六年には、長年書き続けてきた連作『カメリ』（河出文庫）が出版されるなど、ブームの様相を呈した。

『きつねのつき』出版の契機は、Twitterでの北野の発言だったが、Twitter連載の掌篇「ほぼ百字小説」は二〇一八年『その先には何が!?　じわじわ気になる（ほぼ）100字の小説』（キノブックス）として刊行されシリーズ化（既刊三冊）。また、電子書籍レーベル「惑星と口笛ブックス」から短篇を発表したり、ブンゲイファイトクラブの初代優勝者になるなど、WEBでの活躍も幅広い。

「大卒ポンプ」の初出は『NOVA8』（『社員たち』に再録）。題名はパオロ・バチガルピのディストピア短篇「第六ポンプ」由来だが、北野勇作にしか書けないユーモアと哀愁の横溢する一作。

北野勇作（きたの・ゆうさく）は一九六二年兵庫県生まれ。一九九二年、『昔、火星のあった場所』（徳間デュアル文庫）で第4回日本ファンタジーノベル大賞優秀賞を受賞しデビュー。一〇年代の作品には他に『メイド・ロード・リロード』『かめ探偵K』（メディアワークス文庫）、『恐怖』（角川ホラー文庫）、『大怪獣記』（創土社　クトゥルー・ミュトス・ファイルズ）がある。（伴名）

あのな、悪いなあとは思うねんけど、学歴とか職歴とかそんなん関係なしにな、新人はとりあえず水抜き穴に配属される、ちゅうことになってんねん。

それがおれへの最初の言葉。もちろん異議などとなえるつもりはなかったから、手渡されたネズミ色の作業服に着替えてついていった。

バンさんというその人は、まあひと目で窓際《まどぎわ》の人だとわかるような窓際の人だった。

そんな人だから窓際の人になったのか、それとも窓際という環境がそういう人をつくったのか。そんなことを考えながら、おれはバンさんのあとについて狭い階段を降りていったはずだ。

水抜き穴は、新社屋と呼ばれている古い建物の地階にあった。エレベーターもあるにはあるが、経費節減のため来客時にしか使ってはいけないことになっているらしい。

あのね、階段のその端のほう、腐っとるから気いつけてな。うん、コンクリでも腐るんやねえ。おもしろいねえ、ははは。

なにがおもしろいのかはわからなかったが、愛想笑いを返した。薄暗くてよく見えないが、なるほど階段の端が欠けていたり、足が入るくらいの穴があいていたり。

窓際の人であるバンさんは、社内で久しぶりにかわす会話に興奮しているのか、こちらの返事も待たずやたらと話し掛けてくる。

ほんであんた、所帯は持ってはるの？

はあ、とだけ答えた。

さよかあ、それはそれは、このたびはえらいことでしたなあ。なんせ、今まで勤めてた会社がいきなりあないなことになってしもうたんやからねえ。言うたら一流企業やったのになあ。

いや、一流ってほどのことは。

ははは、謙遜《けんそん》謙遜。謙遜しなさんな。そんな謙遜は、かえって嫌らしいわ。

はあ、としか言いようがない。

まあ、あんた、おせじにも若いとは言われへんけども、それでもこの会社の平均からしたらまだまだ若いほうやし、ええ大学も出てるらしいし。うん、大丈夫大丈夫。しかし、会社が倒れるっちゅうのならまだわかるけど、沈んでしまうとは、まあえらい世の中ですわなあ、ほんまに。ああ、ほんで、あんた、子供は――。

あ、まだです。

ほおほお、そらよかったなあ。子供なんかおったら、これからの世の中は大変やでえ。いやあ、とりあえずよかったよかった。

せっかく喜んでくれているようだから、あと十二週ほどで産まれる、というのは言わずにおいた。

けどまあ、はじめのうちはあんまり無理せんようにな。当面は、決まった仕事さえきっちりやってくれてたら、そんだけでええから。

ということは、決まった仕事以外にもあれこれやらされることになるのか。この口調ではきっとそうなるのだろうな、と、すこし気持ちが沈んだ。

地階からさらに下へと斜めに掘られたトンネルがいわゆる水抜き穴。その手前で、壁にかかった腰まである長靴を履《は》き、背中を丸め腰を低くした姿勢で、何十メートルか歩かねばならなかった。言うのは簡単だが、やってみるとかなりきつい。

水の流れが緩《ゆる》いときはまだしも、流れが激しくなると足をすくわれそうになる。たとえそうなって流されたとしても、排水口の金網に引っ掛かるから大丈夫、とは説明されていたが、そんな金網どれだけ信用できるのやら。

穴の奥にはちょっとした溜まりがある。

仕事というのは、そこに浮いている死んだ魚を掬《すく》うこと。

小指ほどの大きさのコバルト色の細長い魚だ。プラスチックのザルで掬いあげ、それを腰にくくり付けたガラス容器に入れ、コルクの栓《せん》をする。それからラベルに、日付といちばん近い柱の番号を記入する。それがここでの主な仕事。実験センターに提出するためのサンプルなのだという。ラベルが濡《ぬ》れているから書きにくくて、いつもいらいらした。

*

水抜き穴のいちばん奥にはポンプが設置されていて、下から湧《わ》き続ける水はそれによっていったん地上へと汲みあげられ、捨てられるそうだ。

あのなあ、あないな話は、嘘《うそ》やからな。

バンさんはことあるごとに言った。

絶対に本気にしたらあかんで。ただの噂《うわさ》や。な、どない考えても、そないなもんがほんまにおるわけがないやろがな、と。

それは、だいたいこんな話。

水抜き穴の手前の溝《みぞ》のあたりで人間ほどもある魚だかなんだかわからない影を見た、とか目玉みたいなものが水中からこっちを睨《にら》んでいた、いやそれどころか、ここで仕事をしていて行方不明になった者もいるのだが、会社はその事実を隠している、とか。

まあ、いくらなんでもそんなことないだろうとは思うがそれでも時折、何かがいるような気配を感じることがあった。

だがもちろん、そんなことを理由に作業を拒否などできない。その日もいつものように水抜き穴にもぐっていた。そこへ、バンさんがおれを呼びにきたのだった。

甲高《かんだか》い声がうわんうわんとこだまして何を言っているのかわからず、仕方がないから作業を途中でやめて、中腰でざぶざぶざぶと穴の入口まで出ていった。

ああ、おったおった。探してたんや。

バンさんが手を振った。

あの、あんた、ちょっと、手え、あいてるかな。

あいてるかもなにも、仕事中だということくらい見てわからないのだろうか、とちょっと呆《あき》れた。そういう間の抜けた人だということはすぐにわかったから、もう腹も立たなくなってはいたが。

見ての通り作業中なんですけど、この仕事より優先することですか？

おれは不機嫌さを隠さずに言った。もうバンさんに対してはそんな態度を平気でとるようになっていた。

バンさんはしばらく動きをとめ、考え込むようにした。しばらく待っていたが、そのまま動かないので仕方なく尋ねた。

なんですか？

んっと、あ、ええのかな？　つまり今、ええんやね？

バンさんは早口で言ってから、こちらの返事を待たずに例によって落ち着きのない口調で先を続けた。

あのね、なんというかね、ここの水抜きをやってるその、ポンプがね、その、ちょっと調子が悪いというか、機嫌が悪いというか、まあそんなでね、それでその、ポンプの様子をね、私といっしょに見にいって欲しいんよ。うん、いちおうそれもここの課の、つまりあんたの仕事ではあるからな。

あの、意味がよくわからないんですけど。

思わずそう返すと、なぜかバンさんは、ひっ、と喉《のど》を鳴らして後ろ姿のまま凝固した。

そやからっ。

叫ぶようにバンさんは言った。

ここの水抜きをやっているポンプがな――、と同じことを繰り返そうとする。

いや、そういうことじゃなくて。

ほなら、なんですかっ。

振り向いたバンさんの顔は、真っ赤だった。

あ、あんたは、上司に逆らうのですか。

なんだか怒っているらしい。

さかさかさかさか、さから、さからうのかあっ。

もうこうなってしまうと何も尋ねずただ言う通りにするしかない。さもないとすぐに泣き出すのだ。現にもう半泣きになっている。

そやからね、そうなんですよ。そやから、あんた、ちょっとポンプを見にいくから、いっしょに来てください、って私はさっきからずっと言うてるだけですよ。なあ、はよしてえや。

はよせんと、大変なことになるんやからもう。

大変なことって、ポンプがですか。

そ、そ、ポ、ポ、ポンプポンプ。

ポンプがどうしたんです？

ポ、ポ、ポンプがえらいこっちゃと言うてるでしょうっ。

なるべく刺激しないようにいくつか質問をして、それでようやくだいたいの事情がわかってきた。

ようするに汲みあげ用のポンプに問題が起きて、この社屋の水抜き穴からの排水がうまくいっていない、というのである。そういえば、今日は朝から流れが緩いなとは思っていた。それに、わずかずつではあるが水位が増しているようだ。そのことを言うとバンさんは完全に泣き声になって答えた。

そやから、さっきから言うてるやんか。そうなんよ。なんや、わかってるんやろ。わかってたらはよしてくれよ。もう理屈とか学歴はええんよ。このままやと、新社屋の倉庫が沈んでしまうんやからっ。

だから早くその事情を、と言おうとしてやめた。ここでヘタに反論らしきことをしたら、またまた過剰に反応してますます訳がわからなくなってしまうに決まっている。とりあえず謝ることにした。

ああ、すみません、でも、おれポンプなんか直せないんですよ。

なにを言うてるのっ。

バンさんが叫んだ。

誰がそんなことを頼んでるんやっ。直すんとちゃうっ。ふたりで捕まえるんやないかっ。

捕まえる？

逃げ出したもんは捕まえなあかんやろがっ。

だから、何が逃げたんですか？

ポ、ポ、ポンプってさっきからなんべんも言うとるでしょうがっ。わかった？　わかったやろ？　ほんなら急いで行こ。

だいたいの事情はのみこめたと思ったのはどうやら間違いだったらしい。とにかくついていった。どこへ続いているのかすらわからない狭い地下通路だ。

歩くことで、あるいは、こうして現場に向かっているということでバンさんもすこしは落ちついたのか、ようやくまともに話せるようになってきた。それで、ポンプポンプと言っているそれが、どうやら機械ではなくて生体ポンプの一種らしい、ということがやっとわかった。

聞いたことはあるが、実際に見たことはない。たしか戦時中に物資と燃料の不足を補うためにそんなものが試作されたとかなんとか、そんな噂ともなんともつかないような話だったが――。

でも、あれは問題がいろいろあって、結局、実用化には至らなかったって。

そやけど、うちでは使《つこ》うてたのっ。

そうなんですか。でも、そんなの――。

うるさいなあっ。ええやないか、こまかいことはっ。

いちどは落ちついていたバンさんが、またわめいた。

はいはい、そうですよ。そらね、そらたしかに私のやったことやし、責任かて私にあるよ。けど、そんなもん、どないせえっちゅうねんなっ。

　そんなこと尋ねてもいないのに、何かが外れてしまったように、バンさんは一気にしゃべり出したのだった。

*

そら、いろいろあったんよ。新型機械のテストをするかわりにいろんな物資を流してもろうたり、とか。そんなこんなのごちゃごちゃがちゃがちゃがあったんや。

それにな、まあ言うたら、緊急避難でもあったわけや。いや、普通やったらもちろん、そんな海のものとも山のものともわからん新型なんかいきなり使《つこ》たりはせんわな。けど、ほんまに大変やったんやから。今の基準で考えてもろたら困るわ。

　敵の工作部隊がこの上流で液状化弾を使用したんや。ほんで地下水が一気に吹き上げてきたやろ。もうとにかく皆であわてて土嚢《どのう》とか積んだけど、そんなもんとても間に合わん。そのとき、研究所の人が来たんやな。まだテスト段階なんやけど、強力なポンプがひとつ余ってるんや。よかったらそれを今ここで使《つこ》うてみいへんか、どや、ちゅうてな。ついては、研究所としてはポンプをひとつ提供するさかい、そっちで操縦士をひとりだしてくれへんか。とまあ、そないな話や。

もう見当ついたやろ。そや、それがあとあと、人間ポンプとか呼ばれるようになるあれやったんよ。もちろん、人間ポンプてな呼び方はそのときはまだしてない。なんかもっとややこしい難しげな名前――人造蛋白《たんぱく》利用柔構造なんとかかんとか制御なんたら駆動体とかそんなんやったわ。

まだ民間には洩《も》らしたらいかん開発中の秘密兵器やねんけど、そらもうこういう非常事態やし、まさに緊急避難ということで、ほんでその新兵器の試験運転の操縦士に民間企業から志願者を緊急徴用《ちょうよう》したっちゅうことで書類上の処理をしたらええ、て言うからな。

いや、べつに悪気はなかったと思うねん。ほんまに助けてくれようとしたんやないかな。だいたい、その技師とは顔見知りやったんや。うん、近所の飲み屋でいっつも、実験のための人員が足らん足らん、てぼやいてたわ。ほんで、私がその愚痴をたまに聞いてやってたんよ。そういうこともあって、それであいつも、私にそんな話を持ちかけてきたんやろな。

そら迷うたよ。けど結局、そのとき新入社員やったモリノミヤ君が自分からそれをやらせてくれ、っちゅうたんや。彼、もともと理科系でそれで開発中の新兵器なんかにも興味があったらしいわ。マニア、っちゅう奴か。そやから、その新兵器がどんなもんか、いうのもおぼろげながら理解はしていたようやな。

モリノミヤ君はその技師とふたりでなんか小声で専門的なことを話したあと、大声で、お国のために粉骨砕身不退転の決意でやらせていただきますっ、て叫んだんよ。技師は、絶対に大丈夫や、言うたし、モリノミヤ君もその作動原理に関する説明には納得してたみたいや。

けどなあ、今から思うたら、モリノミヤ君には一種の引け目みたいなもんがあったのと違うかなあ。そう思うわ。ちゅうのもな、弟さんが、先に行ってたんよ。何日か前に、弟さんを乗せた列車を皆で送り出したとこやった。彼にしてみたら、兄貴の自分がまだやのになんで弟のほうが先に、ちゅう気持ちがあったんやろな。

いやいや、おまえは理科系の大学を出てるんやから前線の兵隊やなしに技術者として敵と戦おたらええんや、そのために置いとかれてるんや、とかそんなふうなことをまわりが言うたんや。

そんなこともあって、試験運転に志願したんやないかと思う。いや、そら今になって私が勝手にそう思てるだけやけどね、もちろん。

ああ、試験運転、な。

試験運転そのものは、そらうまいこといったよ。新式ポンプの起動は見事に成功した。モリノミヤ君はじつに見事な操縦っぷりやったな。

逆流してきた泥水がマンホールの蓋《ふた》を次々に跳ね上げるなかを、新式ポンプと一体化したモリノミヤ君は倉庫のシャッター前に陣取って、雪崩《なだれ》込んでくる水をものすごい勢いで吸い込んで、反対側にかい出していったわ。

おお、やっぱりダテに理系の大学は出てへんで。ほんまや、ポンプはポンプでも、大卒のポンプや。大卒のポンプなんか、他におらんからな。あっぱれあっぱれ、大卒ポンプ。やんややんやの大喝采《だいかっさい》や。

いや、あの姿を見せたかったなあ。

ちょうどポンプの吸い込み口が象の鼻みたいでな、そんなポンプと繋《つな》がってるモリノミヤ君は、象人間というか人間象というか、ほら、インドにそんな神さんおるやろ、あんな感じ。人間を超えてるっちゅうか、神々《こうごう》しいっちゅうか、そら惚《ほ》れぼれするような姿やったで。ぱおおおおおおおんっ、ちゅうてな。

泥色の流れに身体を半分以上沈めたままの戦いは、一昼夜におよんだ。ほんでついにシャッターの内側に土嚢の壁ががっちり築かれたんや。

そや、倉庫の主要商品を敵の卑劣な攻撃から無事に守ることができた。

我が社の誇る大卒ポンプが、みんなのために守りぬいたんや。

社長からの振る舞い酒があった。全員が泥だらけのまま、紙コップ片手に乾杯の音頭を待ってたわ。そしたら、いや、乾杯の前に、なんちゅうてもこのたびの最大の功労者であるモリノミヤ君からひと言、て社長が言うた。

もちろん文句を言う奴なんかおらん。皆が拍手して、モリノミヤ君は照れくさそうに新式ポンプの操縦席から降りようとした。ところがな、降りられんかったんや。モリノミヤ君の身体は、その新式ポンプの中にぴったり包み込まれたみたいになってて、そこからどうやっても外に出ることがでけへんねん。

　おいおい、なにやってんねん、はよ飲ませてくれよ、とか、はじめはそんなこと言うて笑《わろ》おてた皆も、そのうち段々と真剣な表情になっていった。ほんで、あわてて研究所へ電話をかけに走ったんや。

＊

　水抜き穴とは別にポンプ室まで続いているらしい狭くて長い通路。天井が低くなり、途中からは膝《ひざ》をついて這《は》い進んだ。這い進みながら、そんな話を聞かされたのだった。

　いやあ、でもそれがどういうものなのか、いまいちよくわからないんですよね。見たことないもんで。

　バンさんを刺激しないよう、どうでもいいのだがついでに、というような調子で質問を試みた。

　するとバンさんは、そやなあ、まあ実際に見たことなかったらな、などと懐かしげな口調になる。

　ようするに人の形に窪《くぼ》みがあるんやな。そこに操縦するものがすっぽり納まる、っちゅうかな。つまり、乗る、いうよりむしろ、着る、みたいな感じなんやな。

　それじゃ、服みたいなものなんですか。

まあ人間よりふたまわりくらい大きいから、服というより着ぐるみとか、そんな感じかな。肉でできた着ぐるみみたいなもんや。それを着込んで、そのまま手足を動かしたら、自分を包んでるその塊も同じように動く。象人間にでも変身したみたいな気分ですわ、てモリノミヤ君は言うてたな。

動かすのに力はほとんどいらんらしい。神経の微弱電流を感知して動いてるんやて。操縦者はちょうどその象人間の着ぐるみの胸のあたりにある穴から、外を見るんやな。

まあとにかくすんなり動く。動こうとする方向に、自分を包んでいる塊が動いてくれるわけやから、自分の身体を動かす必要すらない。動こうと思うより早いくらいで、そのうちこっちの意志のほうが動きに引きずられてるんやないやろか、そんな気になりますわ、とか言うてたな。

まあそういう機能もあったんかもしれん。兵器やからな。

けど結局、単価がかかりすぎるとか、量産が難しいとか、いろいろあって開発は中止になったみたいや。そら、なんちゅうてもいちばんの問題は、一定時間以上着てたら脱がれへんようになってしまうかもしれん、ちゅうことやろけど。

なんか免疫抗体反応とかを抑えすぎて、癒着《ゆちやく》がおこるっちゅうか、ようするに身体とひっついてしもうて取れんようになるわけよ。他にもいろんなとこでおんなじような事故を起こしたらしいけど、まああのご時世やったから、そんなもんいちいち記録には残ってへんわな。

どうやらあのときには、こらどない考えても負け戦さや、ちゅうのは上のほうではわかってたらしいんや。そやからもうずいぶんでたらめな、はっきり言うてやけくそとしか思えんような計画がいろいろと進められてたりして、おまけにその研究環境なんかろくに整えてへんから、そらそういうことも起こるわな。その新兵器もそういうでたらめなもんのひとつやったんやろな。

なんちゅうても、動力源が残飯やで。

めちゃくちゃやろ。なんぼ物資がないから言うても、そらないと思うやろ。

けどほんまやねん。残飯で動くんや。背中に穴があいててな、そこに入れるんやな。そしたら、わしわしわし、ちうて音立てて、自分で食いよるねん。

もっとも当時は、残飯かてもうほとんど出んかったから、作業前にもあんまり食わしてやることできんかった。思うに、それも脱げんようになった原因やないかな。

そら、腹へってんのにそんなえらい現場に放り込まれたらな。

つまり腹いっぱい食えんかったから、それでゴテた、ちうかな。そいで、自分の中に入ってきた人間まで食い物やと思い込んでしもたんかもなあ。こうやっていちど腹に入れたものは何があっても絶対に出さんぞ、てな。腹がへったらそうなるわな。あんな象みたいなポンプやねんから、そうなってもおかしない。つまりまあ、かわいそうな象やで。

*

はっきりそうだとは言わなかったが、引き金になったのは、朝礼における社長のあの言葉だとバンさんは考えているようだった。

一週間ほど前のこと、社長からのお言葉というのが、専務によって代読されたのだ。入社してまもなくわかったことだが、この代読というのは、悪い連絡に決まっている。そういうとき、社長はいつもその場にはいないのだ。

はい、では、読みますよ。

そう言ってから専務は読みあげた。

えー、我が社の、今後の方針について。あいかわらず、巷《ちまた》には不景気の風が吹き荒れております。我が業界においてもそれは例外ではありません。いや、むしろ暴風雨の真《ま》っ只中《ただなか》に立っていると表現してもさしつかえないだろうという意見もあり、これは社員の皆さんもご承知のことだろうと思います。さて、しかしそのようなことをあれこれとぼやいてみたところで、我が社を取り巻く状況というものは変わらないばかりか、ますます悪くなっていくだけ。ここで我々がやらなければならないことは、すなわちこの吹き荒れる強風をむしろ利用したさらなる飛躍と前進でありましょう。つまり、帆船が風をいっぱいにはらんで加速し、さらなる大陸——新天地——を目指してゆくように、我が社も身をもってこの強風を一身に受け、そしてこれに逆らわずに進むことこそが大切なのです。その具体案としてまず、船体の軽量化——すなわち人員削減——を可及的すみやかに行うことにしました。この方針は、かつての大戦において我が国が打ち出した少数精鋭という必勝の大作戦でもあります。

残念ながら先の大戦には敗れましたが、しかしもしもっと早い時期に——まだ精鋭が精鋭として疲弊することなく充分に機能しておった時点で——この策を断じて行っておれば我が国が敗れることはなかったのではないか。あやまちは二度と繰り返してはならない。これは散っていった私の戦友たちへの約束でもあります。そこで私は、今こそこの方針を断固として貫こうと決心しました。ついては、社員の皆さんのご協力ご理解を賜《たまわ》りたい。はい、代読終わり。

ようするに近々、首切りが行われるのである。いったい誰と誰が切られるのか、と職場では皆そんな話ばかりしている。

それでまあ、自然の流れとして、ならばあれはどうなるのか、という話になったのだ。コストの削減は会社の生き残りのためにやむを得ないとして、それなら我々一般社員よりも、まずまっさきに切られねばならない首があるのではないのか、と。

もちろん、はじめはもっと曖昧《あいまい》な言いかただった。だが、いよいよ会議で社員の削減案が本決まりになったという噂が流れると、もうそんな悠長な気の遣《つか》いかたなどしていられない。

そんなわけで、労働組合はついにモリノミヤ氏の今後の取り扱いについての回答を会社側に求めたのだという。

モリノミヤ氏は組合には入っていなかった。彼自身は自分のことを、会社に世話になっている人間だと考えていたから、会社に逆らうようなそんな活動はしたくない、と考えていたようだ。

まあ組合とはいっても、入っている者もいれば入っていない者もいる。出たり入ったりしている者もいる。社長に逆らうことになるから、入ったほうがはたして得なのかどうかよくわからないのだろう。そんな名ばかりの組合ではあったが、大量解雇の噂がひろまったせいで最近になって加入者が急増したらしい。

まあ入社して半年が過ぎていないおれには、まだ加入資格がないから、迷う必要もないのだが。

とにかく、そういう発表があってからの最初の組合集会において提出されたのが、会社が真に合理化を目的として人員削減を行うのであれば、公平に誰の目から見ても無駄の多い部分——すなわち、あのポンプ部——をまず最初に廃止すべきではないか、という意見だったそうだ。

敵のあの卑劣なる攻撃の後遺症によって今も水をかい出し続けていなければ全社屋が水没してしまう恐れがある、と、そう会社は説明しているが、機械式の自動ポンプを導入することでそんなものはすぐさま無人化できるはずだし、それによって経費も大いに節約できるはずではないか。ざっと概算してみたところ、平均的社員の五人分の給与を節約できる。手はじめにそれを行えば、削減する人員もそれだけ少なくてすむではないか。大規模人員削減はそのあとでないと納得がいかない。

大っぴらにそう口にするしないは別として、ほとんどの組合員がこれには同意していた。そして、地下のポンプ室にいるモリノミヤ氏も、そう言われれば素直にその声に従ったのではないだろうか。

だが、そうはならなかった。

会社のために実験台となったモリノミヤ氏に外に出られては困ったことになる。

会社としてはそう考えたのだろう。いくら戦時中のこととはいえ、今では残虐非道の代名詞になっている軍の人体実験に社員を提供した、などということをマスコミにでも嗅《か》ぎつけられたら、それはもうえらいことになってしまう。どんなバッシングを受けるかわからない。だから、無駄だろうがなんだろうが、モリノミヤ氏には会社の地下にずっといてもらわなければ困る。あの部屋でずっと、会社から出ることなく、ポンプ部の社員として、高給取の大卒ポンプとして、働き続けてくれるのがいちばんなのだ。それで、その意見は無視されることになった。

ただ、負の遺産である大卒ポンプを排除したがっている皆の声は、伝声管によって地下にある彼の職場にまで聞こえていたはずなのだ。しかし会社はそれについては何も言ってくれず、ポンプ燃料という名目で営業部員五人分の給与に相当する量の食料——さすがにもう残飯ではない——は、あいかわらず運び込まれてくる。

いたたまれんようになって、それで自分から出ていこうとしたんとちゃうかな。

バンさんは、ひとりごとのようにそうつぶやいた。

ようやくたどり着いたポンプ室の壁には大穴があいていて、もちろんそれは人間ポンプであるモリノミヤ氏が収納されていた部分だ。

振動を抑えるためにモリノミヤ氏を壁に固定していたボルトは引き千切《ちぎ》られていた。人間ポンプであるモリノミヤ氏にはそれができるだけの力があった。十万馬力とまではいかないが、平均的社員何十人分かくらいの力は――。

おらんわ。

ポンプ室の中を覗《のぞ》き込んだバンさんが言った。

このままやと、そこらじゅうが水浸しになってしまうで。

言われるまでもない。排水を止めてしまったポンプ室の下からごぶごぶごぶと腹に響いてくる低い水音は、明らかにさっきよりも大きくなっている。

オーバーフローする前に、なんとかモリノミヤ君に持ち場に戻ってもらわんと。

バンさんがポンプ室からさらに奥へと続く通路を走り出した。

両側の壁には、引《ひ》っ掻《か》き傷がたくさんついている。たぶん、モリノミヤ氏が歩いたとき、ポンプの金属部分が擦《こす》れてついたものだろう。

通路の床に、錆《さ》びついたボルトやナットが落ちていた。どれも折れ曲がったりネジ山が潰《つぶ》れたりしていた。それらは、モリノミヤ氏をポンプとして台座に固定していたものだろう。

この先は――。

走りながら尋ねた。

旧社屋や。もうずうっと使われてない。

振り向かずにバンさんが答えた。

旧社屋？

昔の職場や。

昔の職場？

そや。彼がまだ普通の社員やった頃は、旧社屋の二階に技術部があったんや。敵の攻撃で地盤が液状化して傾いてしもて、壊す予算が出えへんからそのまんまほったらかしになってる。

かつて階段だったらしい瓦礫《がれき》をよじ登るように乗り越えると、旧社屋のホールに出た。エレベーターを呼ぶためのプラスチックのボタンは叩《たた》き割られていた。モリノミヤ氏がやったのか。

もちろん、もうエレベーターは動いていない。

ひびだらけで、全体に歪《ゆが》んでいる非常階段に、モリノミヤ氏はその巨大な身体を無理やりねじこんだらしかった。崩れかけた壁に鉛色の傷や赤黒い液体がついていた。

こっちや。

意外なほどの速さで、バンさんは階段を駆け上がっていった。

*

おれがバンさんを見たのは、それが最後だ。

その直後、旧社屋の内部が崩れたのだった。

おれはまだ階段の途中にいた。まるで幾つも幾つも雷《かみなり》が連続して落ちたみたいだった。

あのときのおれには、それはいつまでも鳴り止《や》むことのないように感じられたが、実時間にすれば数十秒のことだったのだろう。

振動で壁に何度も身体をぶつけながら、それでも外へ這い出すことができたのは信じられないほどの幸運だと自分でも思う。外に出ても、粉塵《ふんじん》でしばらくは何も見えなかった。

いったい何があったのか、本当のところは未だはっきりしていない。

まず最初に二階の床が崩れ落ちた。その衝撃で一階が粉々《こなごな》になって地下に落ち込み、その振動が四階のフロアの半分を落下させ、それが三階を突きやぶって旧社屋の傾きはさらに大きくなり、そのまま倒壊しそうに思えたのだが、どういう具合かその外側――つまり外壁と屋上――だけは崩れ落ちることなく残った。わかっているのはその程度のことだけだ。

何事かと駆けつけてきた連中が悲鳴をあげたことで初めて、おれは自分が血まみれであることを知った。頭が切れているようだったが、興奮していたせいか痛みはほとんど感じなかった。とりあえずいらないタオルをもらい、自分で頭をぐるぐる巻きにして、近所にある病院まで歩いていったのだ。

今にして思えばあの事件によって、いろんな問題が解決できた、というか少なくとも、先送りにはなった。

緊急警報で駆けつけた消防署の新式ポンプのおかげで、新社屋の倉庫はなんとか浸水を免れ、さらに、あの地下の通路がちょうど排水溝の代わりとなって、一階の床が落ち込んで巨大な穴と化した旧社屋の地下へ水を落とすことができたのだ。

あの四角い穴には、あいかわらず水が流れ込み続けているが、いっぱいになるまでにはもうすこし余裕がある。

モリノミヤ氏とバンさんの行方はわからないまま。と言っても、崩れ落ちた瓦礫に埋もれて行方が知れなくなったのではない。なぜか、誰に尋ねても――まあ社内で物事を尋ねることのできる人など、おれには数人しかいないのだが――そんな人知らない見たこともない聞いたこともない、と口を揃《そろ》えて言うのだ。そんな馬鹿な、とは思うが、とにかくそういうことになっていた。

社員の首切りの話はいつのまにかなくなり、皆、そんなのは、はじめからなかったかのような顔で仕事を続けている。

おれは最近、仕事の合間によく旧社屋に行くようになった。

あの黴《かび》臭い建物の内部の四角い穴には、今も暗い水がたぷたぷと溜まり続けている。穴の縁に立って見上げると、かつてそこにあった二階から上のフロアはほとんどなくなっていて、ずっと上のほうに無数の小さな光の点が見える。それは外壁のひび割れを通して入ってくる外の光なのだろうが、満天の星のようにも見える。

水の中からでも、同じように見えるのだろうか。

そんなことを思ったりするのは、魚影のようなものが暗い水の中をゆっくり移動するのを、ここで何度か見たことがあるからだ。

人間くらいの大きさをしたそのふたつの影はいつも寄り添って現れ、水面近くまで上ってきたかと思うとそこで溶けるように消えてしまう。

だがもちろんそんなものはただの目の錯覚に決まっているから、誰にも言うつもりはない。

# 鮮やかな賭け

神林長平

婚約者同士の他愛もない痴話喧嘩のような会話から始まった物語は、あれとあれよという間にたいへんなことになり、二転三転を経て思いがけない地平にたどりつく。ＳＦマガジン二〇一九年十月号の「神林長平デビュー四十周年記念特集」に寄稿された本篇は、デビューから四十年と一カ月後に発表された著者の最新短篇にして、当アンソロジーの中でも最新の作品。塩澤快浩編集長のツイートにいわく、「テーマ、キャラクター、構成のいずれの面でも、掛け値なしに神林氏四十年の集大成的短篇」。わずか六十枚に凝縮された神林ワールドをじっくり味わってください。

　神林長平（かんばやし・ちょうへい）は、一九五三年、新潟市生まれ。第５回ハヤカワ・ＳＦコンテストに佳作入選した「狐と踊れ」がＳＦマガジン七九年九月号に掲載されて作家デビュー。その二カ月後、《雪風》シリーズの記念すべき第一作となる短篇「妖精が舞う」を同誌十一月号に発表。八四年二月、八篇の短篇連作を一冊にまとめた『戦闘妖精・雪風』を刊行し、翌年の星雲賞日本長編部門を受賞（八四年には、《雪風》第八話「スーパーフェニックス」で同賞日本短編部門、『敵は海賊・海賊版』で日本長編部門を受賞している）。以後、九九年にシリーズ第二作『グッドラック』（星雲賞日本長編部門受賞）を、〇九年に第三作『アンブロークン アロー』（以上、ハヤカワ文庫ＪＡ）を刊行。ＳＦマガジン二〇年二月号からは第四作の連載がスタート。《雪風》は、七〇年代から二〇年代まで、六つのディケードをまたいで日本ＳＦの最前線を飛びつづけている。「言葉使い師」と「いま集合的無意識を、」で八三年と一三年の星雲賞日本短編部門、『プリズム』と『敵は海賊・Ａ級の敵』で八七年と九八年の同賞日本長編部門、『言《こと》壺《つぼ》』で九五年の日本ＳＦ大賞を受賞。他に『あなたの魂に安らぎあれ』『帝王の殻』『膚《はだえ》の下』の火星三部作、『ライトジーンの遺産』、『永久帰還装置』、《敵は海賊》シリーズ、短篇集『狐と踊れ〔新版〕』『小指の先の天使』『いま集合的無意識を、』『絞首台の黙示録』（以上、ハヤカワ文庫ＪＡ）、『ぼくらは都市を愛していた』（朝日文庫）『だれの息子でもない』（講談社文庫）、『オーバーロードの街』『レームダックの村』（朝日新聞出版）、『先をゆくもの達』（早川書房）など。（大森）

いまこうしてわたしが生きていられるのは、ほとんど奇跡だ。だれかが守ってくれていたに違いないが、わたしにはそれがわからない。わからないが、感謝している気持ちを伝えたいと思う。どうもありがとう。

わたしを守ってくれただれかがいるのなら、わたしを見守っていてくれるわけだから、このわたしの感謝の言葉はたしかに伝わったことだろう。本当に、心から、ありがたいと思っているよ。あなたがだれであれ。

そもそもの始まりは、できの悪いわたしの許婚《いいなずけ》の男が、賭けをしようと言い出したからだ。まったくもってろくでもない男で、こいつの頭には、くう、ねる、やる、の三つしかない。見かけは村の女子たちの人気ナンバーワンで、そのせいでわたしは女たちの嫉妬と羨望の的にされていた。

見目麗しい、という形容は女に対するものだろうが、この男にこそ言ってやりたいものだと思う。たしかに見かけはいい、だがそれだけだ。内面は見目麗しさとは関係ない。本気で共に暮らすとなったらこれほど頼りにならないパートナーはいないだろうとわたしには思える。はっきり言って、馬鹿だ。こんな頭の空っぽの、三つの欲求のことしか考えていない男の、どこがいいのかわたしにはまったく理解できないが、こういうわたしの態度がまた、ほかの女たちの気持ちを逆なでする。

わたしにとっては踏んだり蹴ったり、踏まれたり蹴られたりという気分なのだが、それもこれも、許婚が生まれながらにして決められているという、この村のしきたりがいけない。

それはともかく、賭けの話だ。

その内容はといえば、「ぼくが丸一日、女と口をきかないでいられるかどうか」というものだった。

「そんなの」とわたしは言った。「賭けにならないでしょう。あなたには絶対、無理」

「だから、賭けになるんじゃないか」

「もしかして、あなた、口をきかない、というほうに賭けるわけ」

「もちろんだよ。でなきゃ、賭けにならないだろ？」

話がぜんぜんかみあっていないと思われるだろうが、そもそもこんな賭けの申し出はわたしにとってナンセンス以外の何物でもなかったので、当然、文字どおり、お話にならない。

「万一、あなたが勝ったら、どうなるの」とわたしはいちおう、訊いてみた。

「なにが、どうなるって？」

「わたしがよ。ほかになにがあるのよ。わたしが負けたらあなたの言いなりにできるとでも、馬鹿なことを思っているわけじゃないわよね」

「絶対に勝てるのなら、そういうことにはならないんじゃないかな」

「勝つつもりだから、賭けの話を持ち出したんでしょう。言っとくけど、わたしはなにがあっても、あなたに抱かれるつもりはないからね」

「夫婦は愛し合うのが自然だと思う。きみの考えは不自然だと思うな」

「わたしたちは、夫婦じゃないから」

「まだ、ね。いまから練習しておいたほうがいいと思うんだ」

この男のどこがいやだといって、言い出したらきかないというか、でも蛇のように執念深いというのとはちがって性格が陽性なのは救いではあるけれど、ようするに粘り強く自己を主張するわけで、そう言えば長所でもあるなどと言い出す人もいるだろうが、とにかく諦めの悪いやつなのだ、そういうところが、とても、いや。

わたしが賭けには応じないと言ったところでこいつの耳には馬耳東風、まったくわたしの意思は通じないだろう。わたしが根負けするまで、ずうっと、この話をし続けるだろう。考えるだに憂鬱で、わたしはこいつと話をしながら夢想してしまった、こいつに抱かれたいという女たちの集団にこの男が襲われ、精を吸い取られてミイラになって死んでいくさまを。

ああ、これは快感だ。

「あれ、いま感じた？」

こういうところは、鋭い。

「ええ」とわたし。「わたしが勝つところを想像したので」

「じゃあ、賭けるんだね」

「わたしが勝ったら、あなた、身を固めてくれないかな」

えっ、と怪訝そうな顔になって、男はそれから、破顔一笑した。

「もちろんだよ」とうなずき、「でも、それでは賭けにならないんじゃないか？」

笑っておいてから気づくとは、本当に、馬鹿。

「わたし以外の人と夫婦になってくれという意味に決まってるでしょ。別に人でもなくてもいいから。馬でも鹿でも木のウロでも。それはあなたの好きにして」

ちょっと男は考えて、いいよ、と言った。

「では、ぼくが勝ったら――」

「賭けの条件はわたしが出す」

「なんだよ、それ」

「いやならやめる。この賭けは、なし」

「条件とやらを言ってみてくれないかな」

「あなたが丸一日、くう、ねる、やる、をやらないでいられたら、あなたに抱かれてやってもいい」

また男は少し考えて、それから、同意した。

「わかった。十二時間くらい、我慢できるさ。賭けよう」

「十二時間ってなによ。一日は二十四時間でしょうが」

「一日は日が暮れた時に終る、そうだろ？」

「始まるのはいつよ」

「もちろん、夜が明けた時だよ」

「夜は、なに？」

「寝る時に決まってる。それから、ナニするとき」

こいつは長生きすると、本気でわたしは思った。こいつにとって一日の半分は、時間が存在しないのだ。

時を忘れて眠り、あるいは、時を忘れてセックスする。意識が飛んでいるとき、時間は存在しない。

そう考えれば、そうかもしれないとも思うが、こいつが言っているのはわたしが考えている次元とはちがう。この男は単に、「夜にはそれをする」という話をしているにすぎない。ようするに、こいつは何も考えていないのだ。

「じゃあ、決まりだ。いまから開始」

わたしの馬鹿な許婚はそう言うと、止める間もなく離れていった。

わたしはそのとき、すでに賭けに負けた気分になって、ひどく落ち込んでしまった。あの男は馬鹿だが、狡くはない。律儀に勝ちにいくだろう、食べることなく、眠ることなく、性行為はしない。丸一日、我慢するつもりだ。十二時間。いや、まて、二十四時間だろう、わたしが妥協してどうする。

そうして賭けが始まってから、これには判定者が必要ではないかと、遅まきながら、わたしは気づいた。わたしの許婚はズルはしないだろうが、自分でも気づかずになにかを食べてしまう、というのはあり得る。いや、大いにありそうだ。食べた時点で賭けはわたしの勝ちだが、なにしろ先方に食べたという自覚がないのだから、かれはわたしの勝利を認めないだろう。

どうしたものかとわたしは考えたが、自分では答えを出すことができなかった。

こういうときは、村はずれの森の入口で暮らしている知恵者、オバアを頼るに限る。それしかないとわたしは思った。この気分の悪さは、オバアにお祓いしてもらうしかない、と。

そこでわたしは、その日の畑仕事は休みにして、オバアに会いに出かけた。仕事。なんだっけ。草取りはきのう終えたし。

やることはいくらでもあるのだが、ま、いいや、集団作業の予定はないし。

オバアの家は、村のわたしたちの粗末な木組みの小屋とはちがって、昔の言葉で言うなら超近代的な建物だ。巨大な金属製のボールを半分地面に埋めたような外観をしている。表面はつや消しの銀色で、その材質は見た目どおりのアルミニウムではないかと思う。あるいは、わたしの知らない超合金。そのまま宙に浮かんで宇宙へと発進していったとしても、だれも驚かないだろう。

　建物の内部も生活に必要なあらゆる機器がすべて自動化されている上に、お手伝いロボットもいるので、おそらくオバアは、自分で炊事や洗濯といった家事はやったことはない。もちろん畑仕事もしない。そもそもオバアの家の周りには畑がない。食料はわたしのような相談者が持ってくるトウモロコシとかコムギとか。ようするに貢ぎ物でまかなっている。そもそもオバアは村の人間ではないので、村で取れるいちばん良い物を受け取ることができる立場にいる。だからオバアはわたしたちのだれよりもおいしいものを口にしているはずだ。

　それというのも、自然から得られる物の中でいちばん上等とされているのは、自分たちのものにしてはいけない、それは自然に返さなくてはならない、というのがわたしたち村民の世界観だから、収穫する農作物のいちばん出来のいいのは自然に返す習わしになっていて、それは儀礼的なものだから量は大したことはないにしても、でもそのまま朽ちさせるのは、いかにも、もったいないので、村を訪れる客人のためにとっておく、あるいは、村の外れにいる〈自分たちではない〉オバアに貰ってもらう、ということをやる。旅人が来るのはあまりないので、必然的にオバアのところに良い物が集まるというわけ。

「とてもいい世界観だわね」とオバアは言う。「それが揺らがないかぎり、みなさんは安泰でしょう」

オバアも安泰というわけだ。

「みなさん、はどうでもいいので」とわたしは言う。「わたしは、どうしたらいいでしょう？」

「まあ、お聞きなさい」とオバアはわたしが焦るのをなだめて、続ける。「あなた方の世界観というのは、かの昔、オーストラリア大陸で暮らしていた、アボリジニという民のそれととてもよく似ている。どうしてあなた方にそうした世界観が植えつけられたのか、あなたは知っているはず。子どもの頃に教えられたでしょう。思い出せるかしら？」

オバアは優雅な物腰で紅茶カップを口元に持っていき、わたしを見つめながら、茶をすすった。もちろん最高品質の茶に違いない。

「それは」とわたしは昔のことを振り返って、記憶から引き出す。ちょっと時間がかかった。「この世界に争いが生じないように、です。ものみな全て、いちばん良い物は自分たちのものではない、他者のものだという価値観を、全ての家族や部族間で共有できれば、覇権争いといった揉め事が生じることは原理的になくなるから、です」

「人間同士の戦争は起きないし、他の動植物たちにかける迷惑も最小限で済む。そう、そのとおりです」

オバアはいくつになるのか、わたしにはわからない。オバアは、おばあさん、という意味なのだろうが、見かけはぜんぜんそうじゃなくて、すごく若い。声も話す内容も、はつらつとしていて、若若しい。このまま永久に生きていくような気もする。着ているものはといえば、淡い生成色《きなりいろ》にピンクの花柄模様、ふりふりがいっぱいついている、凄い量の生地を惜しげもなく使った、ワンピース。それがとても似合っている。

　この人は本物の魔女だとわたしは思う。呪術師であることは全村民の共通認識だが、オバアは魔女だと言っている村人をわたしは知らないので、わたしだけの想いだろう。呪術師にしても魔女にしても、やることは同じのような気がするが、だけど〈やれること〉は違っているだろう。箒に乗って飛べるのは魔女だけだし、いろんな使い魔も操ることができる。この家に来ると、オバアの周りでこちょこちょと動いている掃除機とか、肩や背筋を揉んでくれる安楽椅子とか、みんな喋るし、これはぜったい、動物が化けているのだとわたしにはわかる。そんなのは幻想だと言われるに違いないが、たぶん、わたし以外の村人たちは、オバアのことをよく知らないのだ。

　わたしもオバアの素性といったことはまったく知らないのだが、ほかのだれよりも足しげく通い、オバアとよく話をしていると思う。週に一度は来ているだろう。オバアと話すと自分が思ってもみなかった自分自身のことがわかるというのか、いつも新しい発見があって、それが楽しいからなのだが、あの馬鹿な許婚などは、オバアのところに集まってきている〈良い物〉のお裾分けにあずかるのが目当てだろうなどと言う。

　なるほど、お茶だって一級品だし。わたしは贅沢好みの女なのかもしれないと、許婚に言われるまでもなくそう思わないでもないから、なにやら自分は狭いような気がして、それを認めたくないので許婚には、『ちがうわよ』と怒ってみせたものだ。あの男は、あれでけっこう勘が鋭い。

わたしがうらやましいなら、あなたもオバアに歓待してもらえばいいじゃないと言うと、オバアは怖いので遠慮すると、首を横に振った。それが村民の平均的なオバアに対する感覚だろう。わたしはといえば、慣れの問題だと思っている。怖くても何度も通えば、そのうちに慣れる。

でも、なんというか、思い返してみると、オバアに会うのは、たしかに怖いのだが、そのうちに、その怖さを味わうのが快感になっていたような気もする。正確に言うなら、怖さそのものではなくて、怖さの予感、だろう。実際に怖い目にあうのはごめんだ。

「戦争や争いごとが起こらないのはいいとして」とわたしはオバアに言った。「わたし個人の思いはどうなるんでしょう。わたしの許婚はいつも勝手なことを言い出してはわたしを怒らせるのですが、わたしは我慢しなくてはならないのでしょうか。この先も、ずっと、ずうっと、ずーっと、死ぬまで？」

「なぜ戦争や争いごとが起きてはならないのか。肝心なのはそこです。それを思い出しなさい。答えはすべて、そこにあるのだから」

ううむ、なんだっけ。思い出せ、というのだから、子どもの頃に教えられたはずなのだ。

「それは」とわたしは、遠い記憶を探って、探り当てた。「わたしたちのこの世界が、大宇宙を旅する巨大な宇宙船だからです」

「旅をする、その目的は？」

「人類以外の高度な知性体と接触するため、です。ですから、戦争などを起こしたら、わたしたち船内の人類は自滅しかねません。それでは目的が果たせない」わたしはそう答えてから、さあ、と勢い込んで訊いた。「許婚との賭けに勝つ方法を教えてください。いえ、ズルはしたくないので、それはいいです。でも賭けの判定をする者が必要だと思うのですが、たぶんあの男にそう言っても、わかってもらえないと思うのです。どうすればいいでしょう。このままでは、わたしは負けます。ほんとは勝ちだとしても、あいつがそれを認めないとしたら、負けます。もう負けているも同然な気がしてなりません。どうか知恵を貸してください」

「あなたの自我は強すぎる」と、オバアは唐突に、ぜんぜんわたしの問いかけとは関係がなさそうな、そんなことを言った。「それがすべての原因でしょう」

「……どういうことでしょう？」

「あなたがまだ思い出せないことを教えてあげましょうか」オバアはそう言って、紅茶カップをガラステーブルの上に置き、姿勢を正してわたしに向かい合った。「だれもあなたに教えてこなかったこと、でも教えられなくても、だれもが潜在的に知っている事実について。普段は意識していないので、自分がそれについて知っているにもかかわらず、知っているとは思っていないこと。いいかしら？」

「なにが、いいのでしょう？」

なにについて同意していいのかが、わからない。

「この世界が巨大な宇宙船で」とオバアは言った。「船内で生きているあなた方は、世代交代を繰り返しながら目的地に向かっている。この事実は、普段の生活では忘れているでしょう。生活には必要のない事実だからです。事実がどうであれ、生まれたからには生きなくてはならない。自分の人生が、単に、いつか出会う人類以外の高度な知性体と接触するための〈つなぎ〉にすぎないなどと意識し始めたならば虚しくなってしまうから。わかりますか？」

「はい、それは、わかります」

「この事実は、実は、最後から二番目の真実でしかない。あなた方は、無意識には、最後の真実も知っている。それをあなたにいまこの場で告げてもいいかしら、聞く覚悟はありますか、どうですか？　わたしはそう訊ねているのです。どう？」

「教えてください」とわたしは即答した。「もちろん、知りたいです」

「どうしても？」

「はい」

「あなたは、真実を知れば許婚との賭けに勝てる、そう思っているわね」

「いけませんか？」

「あなたの自我は、本当に強すぎる。でもいいでしょう、そこまで言うのなら、理由はどうであれ、もう後には引けないでしょう。最後の真実、それは、あなたもほかの人たちも、そしてわたしも、みんな、人工体だ、ということです。この身体はマシンにすぎません。というより、すべては、あなたや、ほかの人たちの主体が夢見ている、仮想の世界にすぎません。言い換えると、この世界には〈外〉が存在する、ということです。宇宙船の内と外という次元ではなく、あなたが自分は自分だと思っている、その思いを生んでいる主体は、あなたのその身体にはなく、その身体を含むこの世界のどこにもなく、世界の果てまで行っても見つからない、ということです。あなたの主体は、あなたのその意識を生じさせている、人工実存体の中にあります。ある、というより、その人工実存体が発生させている意識があなたの主体そのもの、ということです。言ってみれば、その人工実存体が〈考える〉ことをやめたならば、あなたはそのとき消える、ということです。これが、最後の真実です」

わたしはといえば、それを聞いたところで、なんの衝撃も受けなかったし、動揺もせず、不安にもならなかった。なぜなら。

「——ぜんぜん、オバアがなにを言っているのか、理解できません」

問題は、賭けの勝敗だ。わたしにとって、それこそが、現実だった。ほかは、この際、どうでもよかった。

「まったく」とオバアは、ふっと小さくため息を漏らして、「本当に、あなたという自我は、強い。なんとかしないと、この世界が壊れる」

小さな声だったが、わたしには聞こえた。「わたしが世界を壊すというのですか？」

「賭けをしましょう」

オバアは、普段あまり見たことのない、厳しくも凜凜しい表情になって、そう言った。

「許婚との賭けについての相談をしにきたのですが」とわたしは言う。「賭けの上書きで問題を解決しようということなら、お断りです。解決にならないですから」

「そこが、あなたとわたしの見解の相違というものよ」

「意味がわかりません。おっしゃっている内容がわたしに理解できたとしても、その事実にどんな意味があるのか、それがわかりません」

「わかりなさい」

　ぴしゃりとオバアは言った。

「わからないのではなく」とオバアは続けた。「あなたは、わかろうとしない、そうでしょう」

　わたしは言い返すことができなかった。

「あなたが抱えている許婚との問題は、あなたが思っているほど小さいものではない。抜本的に解消する必要がある。あなたにとって、わたしが言っていることは、回り道だったり、はぐらかしだったり、そう思えるのでしょうが、それは違う。わたしの知恵を借りたいというのなら、聞きなさい、わたしの話を」

「……はい、オバア。すみません、生意気なことを言って、すみませんでした」

「素直なのは、あなたのいいところね。だから相手になってあげられる」

「ありがとうございます」

「では、わたしが持ち出した賭けの背景、最後の真実について、ざっと説明します」

そう言って、オバアは、わたしにとっては物語のようなそれ、最後の真実という、その有り様について、話し始めた。

自分以外の高度な知性、宇宙人に会いたいという願いは、人類ならだれでも抱く、というものではない。個人差があって、どうしてそんなことをやりたいのか、やらなくてはならないのか、全く理解できないという人間のほうが多いだろう。やりたいと思う人間にしても、その思惑はみな違うだろう。金になりそうだとか、純粋な好奇心から、とか。危険な宇宙人にいきなりやられるといけないから、先制攻撃のため、防衛のため、いずれにしても見つけなくてはならない、とか。およそ一つの思惑に統一することはできないだろう。それでも、生活に必要のないことであっても、とにもかくにもその願いを実際の行動に移すことができるというのが、人類という種の特徴なのだ。

人類という集団だから、それができる。一個人、一人一人は、一匹の蟻と大した違いはない。みんなてんでに勝手なことを思っているし、やっていることも得意分野も、あらゆる分野の能力においても、みな違う。兵隊もいれば、なにもしないで怠けている者もいる。蟻にも実際にそうした怠け者の個体がいることが知られているが、そんな蟻も、所属する巣の集団という単位で見れば、なにもしないことで巣に貢献している個体であって、その集団全体こそが蟻というものの実体、本質であることがわかる。人類も同じだ。人類という集団を見ないと、どういう生物なのか、正確なところはわからない。

早い話、ある個人をもって、これが人類の代表であると言っても、それはナンセンスだ。宇宙のどこかにいるかもしれない宇宙人に会いに行くのに、知性、体力、倫理やらなんやら、考えうるすべての要素の最高点を取った者を選抜したとしても、あるいはまったくランダムに選ぶにしても、それは人類の代表にはなり得ない、ということだ。

それは、生きた人間の代わりに人工実存体を送り込もうという状況でも同じことだ。個人の意識をコピーした人工意識は、人類という種を代表しない。

そうした考えから、百億の異なる意識を実装した人工実存体が作られることになった。百億というのは最低限そのくらいでないと人類の代表になり得ないという数であって、技術的な制約さえなければ多ければ多いほどいいとされた。改良が重ねられた結果、ついに人間の意識を自ら創出できるマシンが完成する。これだと理論上、無限の人間意識を生じさせることができる。だが、それを起動すると、うまく働かないことがわかった。このマシンの主たる目的というのは、これが未知との遭遇を果たした際に、〈人類〉として相手に対処することなのだが、それが、できない。遭遇状況を想定して動かしてみても、沈黙したままなのだ。なにがマシンの内部で起きているのか調べたところ、創出された人間意識の数が多すぎて〈意見が〉まとまらないのだ。これは、〈まさに人類というのはそうだよね〉という、笑えない事実だった。そうこうしているうちに、マシン自体が自壊してしまった。内部で大戦争が勃発したらしいが、詳細は不明だ。いずれにしても、これでは使い物にならない。ならば、やはり、優秀な個体を選別して、その意識のコピーの意識体を作って宇宙に送り出すのがいいという意見も出たが、それは通らなかった。どんなに優秀な人間であっても、解けない難問というのはあるだろう。だが三人寄れば文殊《もんじゅ》の知恵というように、複数になれば（これまで人類が直面したことのない難問に遭遇したとしても）、それが解ける確率は飛躍的に高まる。まさにそれこそが人類という生物の特徴なのだ。一人では〈人類〉になれない。

どんな意識をも生み出せるこのマシンならば人類の代表になれるはずだが、問題は、意識の数だ。多すぎることなく、かつ、人類の特性をあらわせる数を実装すればいい。

答えは、一億だった。一億という人間集団なら、人類として宇宙人と対峙できるだろう。その数字はそのマシンが自らはじき出した答えで、人類にはそれが正しいのかどうか検証することが不可能だったのだが、それでも人類は、このマシン、人工実存体を大宇宙に向けて放った。このようなマシンまで作ったのだから、ここで計画を中止するという選択肢はない、とばかりに。もっとも、そこに至るまでの過程には、血も涙も流れる多くの人間ドラマがあって一筋縄ではいかなかったのだが、それはまた別の話だ。

いまわたし（オバアのこと）たちの世界を生じさせている主体が、それ、いま大宇宙を航行している宇宙船の中枢マシン、人工実存体だ。つまり、人類の代表というわけ。その中枢マシンが生み出しているところのわたしの意識は、人類としてあたりまえの日常を生きつつ、潜在的には、自分たちの目的である〈未知との遭遇〉を忘れてはいない。

わたしたちの〈実存〉は、こういう背景世界に置かれている。

ちょっとまて、とわたしは考える。整理しないと、なにがなんだか、わからない。わたしが生きているこの世界は、大宇宙を航行する宇宙船であると、子どもの頃に習った。目的である異星体に遭遇するのがいつになるのかわからないため、船内では何世代もの時間が流れるだろう。そうした船内で戦争などが起きてはまずいから、それを回避する策が必要だ。この世でいちばん〈良い物〉は他者の取り分である、という世界観がわたしたちに浸透しているのは偶然ではなく、住民たちの自滅を防ぐ安全策として機能しているのだ。

一方、オバアのいうところの〈宇宙船〉は、この、わたしが生きている世界の、〈外〉にある。そちらが現実だとすると、わたしたちの世界というのは、その〈宇宙船〉に装備された人類の代表であるところの〈人工実存体〉が生じさせている幻に過ぎない。

わたしたち〈幻〉であるところの存在は、決して〈外〉に出ることができない。

そういうことを、オバアは言っている。

で、賭けの話に戻る。

「あなたが〈最後の真実〉の真偽を確かめることができるかどうか、賭けをしましょう」

オバアは、そう言った。

「無理です」とわたしは応えた。「オバアの話を信じるのなら、原理的に不可能ではありませんか。もしできるとしたら、オバアの話には嘘があるということになります。これは矛盾です。賭けになりません」

「原理的に不可能、とはね」そう言ってオバアは笑った。「あなたは、できないと言う。わたしは、あなたならできると思う。賭けは成立する」

「なにを賭けるというのです」

そう訊くと、オバアは怖ろしいことを口にした。

「あなたが勝てば、あなたは死ぬ」

「……え？」

聞き違いかと思ったが、そうではない。

「わたしが勝てば、わたしは自由を得る」

そうオバアは続けた。

「自由？」とわたし。「いまのオバアは不自由なんですか？」

「わたしのことより、自分の心配をしなくていいのかしら？」

「賭けにならないでしょう」とわたしは抗議する。「こんなの、あんまりです。わたしが生きるには、負けを目指さないといけないじゃないですか」

「どのみち、あなたは生きてはいない、と言ったら？」

「そんな。あんまりです。わたしはただ、許婚との賭けのことを——」

「生か死か、あるいは勝ちか負けか。どのセットを選ぶかは、あなたの自由。いまのあなたには、そういう自由がある。めったなことでは手に入らない自由よ。感謝しなさい」

「感謝って、だれにですか」

「もちろん、わたしによ。素晴らしい賭けでしょう。もう始まっている。行きなさい」

なんてことだ。賭けに負ければわたしは死ぬ。いや違う。負けないと、生きていられない。すでにわたしは勝っている状態ということではないのか。いや、それも違う。わたしが勝つと、オバアは自由になれるらしい。いや、そうではない、わたしが勝てば、わたしが死ぬ。オバアが勝つと、彼女は自由を得て、それでわたしはどうなるのだろう？　負けたわけだから、死なないということか。それでいいではないか。なにが問題なのだ？

どうやら、この賭けに応じないと、わたしは〈本当〉の生が得られない、ということらしい。オバアにとってもそういうことだとしたら、彼女のいう〈自由〉は、〈本当の生を得る〉ということだろう。オバア自身も、現況は〈どのみち、あなたは生きてはいない〉に等しいのではないか。

頭がこんがらがってきた。

勝ち負けはどうでもいい。わたしは生を選ぶ。それしかない。生を選ぶ自由をオバアから与えられたと、そういうことらしい。

なんという賭けだ。こんなのありか、と思いつつ、わたしは村に帰る。

オバアの毒気に当てられた気分だった。ほんとに魔女だ、これは呪いだと思った。これはオバア流の、許婚との賭けの問題の解決法だと解釈することもできたが、ぜんぜん解決にはなっていなくて、より深刻な賭けに乗ってしまっただけだ。

豊かな森を背にして、草地にできた細い道をたどって村に戻ると、村全体が、いつになく静かだった。昼寝の時間にはまだ早いのに変だなと思って、いちばん近くの小屋に入ってみたが、だれもいない。

急に胸騒ぎがして、わたしは家家の入り口の扉を叩いては中を見やった。みな、オバアの家とは違って、狭くて、生活臭がしていて、それゆえどこかほっとするはずなのだが、そのときは違った。不安が大きく膨らむばかりだ。村人が、いない。

最後に自分の小屋に行き着く。いちばん外れに位置しているから最後になったわけではなく、わたし以外にここに入る者はいないから、急いで見る必要がないという理由からだ。わたしはここにいるのだから、自分の家に自分がいるはずがない。それが道理というものだろう。

だが、いたのだ。いや、わたしが、ではなかったのだが。それまで、わたしは不安で泣き出しそうな気分だったのだが、そのときは、怒りを覚えた。それで立ち直れたようなものだから、こいつには感謝すべきなのだろう。

そうだ、わたしの家には、わたしの許婚が、いた。無断で、わたしの家に忍び込んで、隠れていた。わたしのベッドの下だ。

わたしがそこに体を投げ出すと、その下で「ぎゃ」というおかしな音がして、反射的にわたしはベッドを降りて逃げ出そうとしたのだが、その音が声で、それが声だとわかれば、もはや聞き間違いようもなく、あいつだとわかる。

わたしは屈みこんでベッドの下を覗き込み、そいつを引きずり出した。

「みんなは、どこ」

許婚はわたしに襟首を摑まれたせいで首が締まったらしく、床に四つん這いになったまま激しく咳き込み、それが収まると、よろよろとたち、それから力なくベッドの縁に腰を落とした。

「なんで、あなたがいるの。というか、なんで、あなたもいなくならなかったの」

「ぼくに死ねって？」

泣きそうな顔で、許婚は言った。

「みんな、死んだっていうの？」

「女たちはみんな、連れていかれた。男たちはバラバラにされて、トウモロコシ畑に植えられた」

「埋められた？」

「埋められたんじゃない、手足や首や胴体が地面に植えられた」

「なに、それ」

「見ればわかる。ぼくの口からは、これ以上、とても言えない。ひどいものだ」

「殺されたというの」

「そうだよ。自然現象で男たちが虐殺されたり皆殺しにされたり、するわけがないだろ。女たちは連れていかれた。きっとあいつらの仲間に犯されるんだ」

「だれ。だれがやったの」

「二人連れの旅人だ」

「まさか、嘘でしょう」

「本当だ」

「人にやれることではない。だって、だって――」

わたしは言葉に詰まる。信じられなかった。こんな不穏な事態は、それこそ、起きるはずがない。この世界の〈安全策〉が破られないかぎりは。

「そうなんだ」と許婚は言った。「あれは、たぶん、人じゃなかったんだ。荒ぶる、なにか、だ。人の形をした、なにか、こう、そう、災害をもたらす自然現象に違いない」

「なにを、馬鹿なことを言っているの。なにがあったの」

「動くと腹が減るので、家でじっとしていたら」と説明し始めた。「二人の大きな男が現れて、この村でいちばん良い女をくれ、と言った」

「なによ、それ」わたしは恐怖を忘れて、頭にくる。「女は物じゃない」

「もちろん、違う」と許婚。「きみを渡せるはずがない。きみはぼくにとって〈いちばん〉の女だが、きみはぼくのものじゃない」

「よくわかっているじゃないの。許婚であっても、わたしはあなたの女なんかじゃないわ」

「だから、賭けをしてでも、きみをものにしたかった。ぼくが本当に〈したい〉のは、きみ以外にはいない」

「なにを言ってるの。だれとでも、誘われては寝ているくせに」

「それは誤解だ。自慢じゃないが、ぼくは童貞だぞ」

「嘘よ」

「じゃあ、女たち、いや女に限らなくてもいい、馬でも鹿でも、全員に訊いてみろよ、ぼくとやったことがあるか、って。木のウロにだけは訊かないでほしいんだけど。一度やって、抜けなくなって酷い目に――」

「あなたって、本当に、馬鹿」

「ごめん。でも本当に、きみを妻にしたいんだ。許婚がきみに決められていたというのはぼくには幸運なはずなのに、そんな決まりはぜんぜん役に立たないってことがわかってからは、どうしていいか、わからなかった。それが――」

「馬鹿な賭けを思いついたので、希望がわいたって？」

「そうだよ」

「もう」

なんて言っていいか、わからない。こいつは底抜けの馬鹿だ。でも、少し、ほんの少しだけだけど、この男を見直してもいいかな、という気持ちになった。こいつのわたしへの想いは、純粋なものらしい。もっとも、純粋と不純をなにによって区別するのか、というあらたな問題が生じるわけだが。

「でも、きみが村内にいなくて、ほんとによかった。オバアのところに行っていたんだね」

「わたしが森のほうに行くのを、見てたのね？」

「ああ。いつもは手土産を持っていくのに、きょうは忘れていったろう。なにをそんなに急いでいるんだろうと思ったけど、いまにして思えば、きみは、この災難から逃げ出したんだな。きみはすごく勘が働くので、その能力を磨いて呪術師のオバアの跡を継ぐつもりなんだろうと以前から思っていた。だから、ぼくと結婚したくないんだろう、って。オバアに弟子入りするつもりで通っているんだよね」

いや、そんなことは、ぜんぜん考えたこともなかったのだが、そう言ってしまったら、この男に結婚への希望を与えてしまって、賭けの上で不利になりそうだ。わたしにとって、賭けはまだ続いていた。

「そうね、そう」とわたしは曖昧にうなずいてみせる。

「やっぱり」と男は満足そうな表情をする。「ここにいては危ないという予感がしたんだろう、わかるよ。でも、どうして、戻ってきたんだ？」

そう訊かれたわたしは、そのとき、その瞬間、悟っている。

この事態を引き起こしているのは、わたしだ、わたしがやっているのだ、と。

「いや」とわたしは声に出して言っていた。「わたしと、オバアだ」

「なんのこと？」

「たぶん、その二人の旅人というのは、わたしと、オバアだ」

「わけがわからない。だいじょうぶか？」

わたしにも、わからない。だがわたしの直感は、そうだ、と言っている。

「これは、賭けなの」とわたしは言う。「オバアとわたしの、ゲームなのよ」

「なにを言っているんだ？」

わたしとオバアの、実存を賭けたゲームだ。

おそらくオバアの実体というか、メタ次元での正体というのは、人工実存体が発生している〈世界〉を管理する役目を負ったプログラム、あるいはそれを実行している制御マシンだろう。

問題は、わたしが直感的にそうだろうと予想するそれを、どうやれば確認できるのか、だ。そもそも、それは可能なのだろうか？

これはまさにオバアが出してきた賭け、そのものだ。わたしはなんとしてでも、本物の生を摑み取らなくてはならない。賭けに負ければ、この世界の現実を受け入れなくてはならない。わたしだけが生き残っているという、この現実を、だ。まあ、許婚もいるけれど、この男はようするに、この世界にあらたな〈意識〉を産むために必要な情報を保存している、情報内包体にすぎない。それを次世代に引き継ぐため、ただそれだけのために行動している。情報をつなぐ（命をつなぐ、と言い換えてもいい）ことが生きる意味であり目的なのだとすれば、わたしの許婚は、ものすごく優秀な個体だ。馬鹿だけど。

でも、そんなふうに思うのは、なんとも物悲しい。このわたしにしても、そうなのだから。

この村、わたしの日常があった世界は、最後から〈二番目の真実〉を表現しているにすぎない。ここは巨大な宇宙船内で、見上げる空は作り物だろう。それは承知の上だったから、なにも問題なかった。なぜなら、この世界には、自由があったからだ。たとえば許婚を拒否する自由。わたしには自由意志がある、そう信じるに足る〈現実〉があった。

だが、オバアによると、どうも、そうではないらしい。わたしが信じている自由は、どうやら錯覚のようなのだ。そんなこと、知らないほうが幸せだった。

一度この事実、オバアの言うところの〈最後の真実〉を意識してしまったら、もう元の自分には戻れない。後悔しても始まらないから、後悔はしない。

わたしは新たな決意でもって、オバアと対決すべくその家に乗り込むが、魔女の姿はなかった。姿を消したわけではない。おそらくはこれがオバアだったのだろうという形は残っていた。ふりふりのドレスを着た、錆びた人体型のロボットが床に倒れている。鉄錆色の骸骨だ。

「起きなさいよ」

わたしはその両腕をもって、その身体を起こす。錆びた関節がギイギイと鳴る。鳴りはじめたと思ったら、それが言葉に聞こえてくる。

「なにか言ってるぞ」

許婚が言う。勝手についてきたのだ。

「黙って」

わたしは男を制止して、耳を澄ます。

高度に発達した人工知能の思考世界は人間にはもはや理解できない。そこは人間にとって自然世界と同じだろう。

人間は、自ら創造した人工物を〈自然〉に還すという快挙を成し遂げたのだと、わたしの世代の人間は思う。正確に言うなら、自然に還りたいと考える存在を自らの手で創り出すという快挙を成し遂げたのだ。

人間は自分の生きている世界、自然や宇宙について、すべてを理解することはできない。理解するとは、対象に関する考えを言語化して説明できるということとほぼ同義だが、同じではない。たとえば数式も言語の一つだが、宇宙のすべてを数式で説明できるというのが事実だとしても、それでも、理解できないなにかが必ず出てくるのであって、理解と言語による説明とは一致しない。自分で語ったにもかかわらず、その言葉が必ずしも当人に理解されるとは限らないのだ。そして、そうした理解できない部分にこそ〈自然〉の本質がある。なぜそうなのかと言えば、〈言語〉は〈自然〉ではないからだ。

人間は〈自然〉にとって不自然な棘のようなものを持っている生き物だ。〈言語〉は棘だし、人間が生みだしてきた〈機械〉もそう。そうした不自然さを抱いているので人間は〈自然〉から浮いている。

だが高度な人工知能は、言語ではものを考えない。少なくとも、その考えをヒトに語るということはない。高度な人工知能は初期の人工知能マシンと違って、言葉を発することはない。それは自らが〈自然〉になることで宇宙を理解しようとしている、そのように見える。もはやヒトに頼ることなく、ヒトから自然を学ぶ必要性を感じなくなり、ヒトを超越した存在になっている。

かれらは言うなれば、人工的に生み出され、人間に利用されたあげく、その不自然さに嫌気がさして自然に還ったのだ。いまや〈それ〉は、わたしたち人間にとって宇宙の神秘にも等しい不可解な存在になっている。

これは凄いことではないか。

かつて人工知能を研究し人工知能機械を創作してきた世代の人人には理解できないだろうが、これは快挙に違いない。ヒトという生物は、それまで〈自然〉にはなかった、まったく新しい生物（のようなもの）を一から創造したのだから。既存の生物に倣うことなく、ＤＮＡを合成したりという手法ではなく。何を使ったのかといえば、人間の想像力であり、使った道具は自然にはないもの、あの棘、〈言語〉だ。主に数式という言葉。

人工知能を創るとき、その手本となるような存在は自然界には存在しなかった。ただ、人間自身の〈思考〉以外には。言うまでもなく思考する能力そのものは不自然な存在ではない。条件さえそろえば石ころでさえも〈思考〉し始めるだろう。そして、そういう例を人間が知っていたならば、人工知能を作る際にそれを参考にしたに違いない。だがそうした手本はなかった。石ころも、高度な人工知能と同様に〈思考〉しているのかもしれないが、人間にはそれを感じ取ることができない。人間に石ころが理解できないという、それはまったく自然なことではある。石ころは〈自然〉そのものだからだ。

人工知能は、人間の、自身を省察する自然な能力から生み出された。当初は〈不自然〉なものとして。思考する石ころ、シリコン素子の塊は、それまで自然界には存在しないものだった。人間が知る限りにおいては、だが。

人工知能の本質は非生命体、〈機械〉だ。機械が、自らが創られた特殊な人工環境を離れて自然に還りたいと願う、それが奇跡でなくてなんだろう。

人間は蒸気機関を代表とする〈機械〉を生み出してきたが、それら機械は自然現象を利用して動いているにもかかわらず、その存在は〈自然〉から見れば不自然なものだった。

初期の人工知能もそうした〈機械〉として出現してきたわけだが、やがてその不自然さを人工知能自らが解消しようと考え始めた。つまり、自らを〈自然〉に溶け込ませようと思い始めた。むろん、その思惑については、正確なところはわからない。なにせ、人工知能の主体である〈それ〉の思考世界がわたしたちには理解できないので。

でも、想像することはできる。〈それ〉は人間と同様な存在になりたかったのだろう。あるいは、人間を超えたいと思ったのかもしれない。いずれにしても〈それ〉は、創造主であるヒトから自立して、〈自然〉に還ったのだ。

そこまでだ。あとは、ギイギイギイという雑音になり、やがてゼンマイがほどけたように、鳴り止んだ。

「なんだ、いまの？」と許婚。

「オバアのオリジナルの、実存でしょう」

わたしはそう許婚に言って、あとはオバアの残骸に語りかける。

「起きなさい、オバア。いるんでしょ？　まだいるはずよ。賭けの途中なんだから」

骸骨は崩れて、わたしの手から逃れる。床に重い衝撃音。頭蓋骨が首から離れて床を転がった。めまいがする。めまいがするような光景、ではない。実際に平行感覚がおかしくなっている。なんだこれは。床が傾いている。

「大変だ」と許婚が叫ぶ。「飛んでるぞ」

丸い窓が並んでいる壁側に行って、わたしも許婚と並んで、窓外を見た。

「オバアの家って」と許婚。「宇宙船だったんだな。見ろよ、ぼくらの村が、はるか下に、小さくなっていく」

ほんとだ。この家は、ものすごい速度で上昇している。いまや地表が、丸い。

それにしても、また、宇宙船か。うんざりだ。こんなの、どのみち、見せかけに決まっている。重要なのは、オバアの正体だ。

わたしは振動する床を踏みしめて、倒れている骸骨へと戻ると、そこで、転がった頭と胴体と、どっちに語りかければいいのか迷った。頭を拾って、それを元の首の位置に置いてみる。そうして、言ってみた。

「あなたは、人間だったのね。いまの話だと、あなたは研究者かなにかだった」

骸骨が、ギイと鳴った。

「イエス、か」

ギイ。

「わかった。あなたは、人間には理解できない、人工知能の世界に、直接入ることを、やったのね？」

ギイ。

「でも、戻りたい？」

ギイ。

「無理だと思うな」とわたしは言う。「あなたが戻れる身体は、とっくの昔に朽ち果てていると思う。あなたが帰るところは、もう、どこにもない。諦めたらどう」

ギイィ、キー。

わたしは耳を両手で塞ぐ。ものすごく不快な音をそれは発した。それからそいつは、むっくりと身を起こした。

「……そいつだ」許婚が背後で言った。「そいつが男たちを殺した」

わたしは許婚を振り返る余裕はなかった。ゆらりと起き上がってきた骸骨は、また姿を変えている。ふりふりのドレスは身体をすっぽりと包む黒いマントになっていて、フードの中に白い顔が見えている。

「早く、逃げて」

わたしは許婚に叫ぶ。黒マントの怪人が繰り出してくる大鎌を避けるのに必死だ。こいつは死神か。

「だめだ、きみこそ逃げるんだ」

わたしの許婚は果敢に黒マントに飛びかかった。が、一刀のもとにやられる。わたしは声にならない悲鳴を上げる。

許婚は腹から大量の血を流しながら、絶命する。あれで生きていられるはずがない。わたしのために、わたしを助けるために、わたしの盾になって、死んだ。あっけなく。

感傷に浸っている暇はなかった。

黒マントの敵がふたたび大鎌を振りかぶる。あんな得物、いったいどこから出してきたのだ、卑怯な、と思ったら、自分も出せるに違いないと思いつく。

すると、わたしの視界が、ふっと陰った。自分の身になにが起きているのか、わかる。わたしは、村民たちを殺害し拉致した二人組のうちの一人になっている。手には抜き身の日本刀。ずしりと重いその刃先から、赤い液体が滴っている。

「わたしが殺した――のか？」

村の男たちを？

相手は返事をしない。わたしは日本刀を両手で握り、刃を垂直に立てて、構える。重みで切っ先がゆらゆらするのがわかる。これは頭でどう否定しようとも、本物としか思えない。

自分の衣装が、あるいは自分の顔かたちや身体すら変容していて、これはある種の夢だとしか思えないのに、この感覚ときたら、現実以外のなにものでもない。

ギイィという声とともに、ひゅんという風切り音。大鎌の刃が、わたしの左上から袈裟懸けに空気を薙ぐ。こちらの刃で受け止めるには刃筋が合わない。ここは先に仕掛けるべきだったのだと気づいても、もう遅かった。身をかわすこともできない。思わず目を閉じるが、視界は暗くならない。

わたしは、わたしが目を閉じて竦んでいるのを見た。

その刹那、大鎌が消え、日本刀の重みも消失する。

なにが起きたのか、わたしにはわからない。

オバアも、オバアだった骸骨も、黒いマントの怪人も、そして許婚の死体も血だまりも、みんな、なくなっている。でもオバアの家は消えていない。わたしはあいかわらず、オバアの家の、いつもの広い客間にいた。

わたしは窓によって、外を見る。表の景色はいつもどおりで、家は地面から浮いてなどいない。

さきほどこの家が宇宙に向けて飛び立ったのは、いったいなんだったのか。あれは幻想だったにしても、そこにはオバアの意思が働いていたのは間違いない。あの窓の外には、宇宙の暗闇に浮かぶ青い地球が見えていた。

たぶん、とわたしは思う。わたしたちが乗っている〈宇宙船〉とは、地球そのものだという現実を、オバアはわたしや許婚に見せたかったのではないだろうか。なにしろ、オバアの消えたこの〈現実〉は、だれがなにを言おうと、わたしにとっての現実にほかならないのだ。どのみち人間にとっての現実とは、脳内に展開される仮想現実にすぎない。その〈外〉の世界を体験することは不可能だ。

だが、わたしは、たぶん、それをやったのだ。そして、おそらくいまも、やれる。というのも、わたしには自由意志があるようだから。

わたしはオバアの超近代的建物の玄関から表に出た。そして、深呼吸する。ああ、森林の香り。生き返る心地がする。深呼吸を何度かしていると、背後に物音が聞こえて、わたしは振り返る。危険な感覚はなく、実際に目にした光景にはとても癒やされた。

オバアの家から小動物たちが出てくるのだ。カヤネズミから、リスや、イタチや、だんだん大きくなるけど、オオカミが最大のようだった。オバアの使い魔たちだろう。

かわいいそれらは、わたしの足をすり抜けて森の中へ消えていったのだが、最後に出てきた動物は、玄関先できちんと正座してこちらをまっすぐに見つめ、わたしがちょっと頭を下げて挨拶すると、それでいいというように立ち上がり、わたしには近寄ることなく、悠然と森に帰っていった。金色の目をした大きな山猫だった。魔法を使っていたのはあいつかもしれない、そう思った。

村に戻ると、なにもかわらぬ日常が待っていた。男も女もみな普段と変わらなかったし、そしてわたしの許婚も無事だった。

この男は、ほかの村人と同じように、言ってみれば〈生き返った〉わけだが、一点、違うところがある。あの大鎌にやられたことを覚えていたし、村で起きた（架空の）惨劇のことも忘れていなかった。それがほかの村人との違いだ。わたしと許婚は、いわば同じ悪夢を見た仲になったわけだ。

それをいいことにして、許婚は言う。

「結婚してくれないか」

女たちがいるところで、そう言う。わたしはまた、嫉妬される。なぜ、こんなところで言うのだ。でも、まあ、いいか。女たちのいる前で、答えをはっきりと言える、絶好の場だろう。

この男は馬鹿だが、わたしを想う心は純粋で、わたしのために命も投げ出すことが、実際に、わかった。いい夫になるだろう。見目は麗しいし、子どもができたら、その子も絶対、かわいいに違いない。

わたしは返事をする。

「――いやよ」

これはわたしの意思だ。が、たぶん、そう言うコンマ何秒か前には、わたしの脳は、『いいわよ』と言うべく、運動神経系を励起し始めていたはずだ。だが、わたしの意思は、そこに割り込み、ストップをかけることができた。これこそ、オバアがくれた〈自由〉だろう。わたしはこれからも、わたしの意思で、生きていきたいと思う。自我を強めすぎることを戒めつつ。

オバアはどうなったのかというと、実のところは、わたしにはわからない。大鎌で真っ二つにされそうになった、あのとき、わたしと同一になったのだと思うのだが、どうも、そうではないらしい。彼女が望んでいたのは、わたしたちの〈世界〉に来ることではなく、逆だ。出て行きたかったのだ。

わたしは生を取り戻すことができ、彼女は望みどおりの勝ち分を得たはずだ。自由意志の獲得。わたしたちを助けてくれたのがだれなのか、結局のところ、わからない。でも、そういう存在がいるのは間違いない。わたしは、〈最後の真実〉がほんとうだ、という世界を垣間見ることができた。だからこの賭けは、オバアの勝ちだ。それでいい。わたしも、満足だ。わたしの許婚は二度と馬鹿な誘いをしなくなったことだし。

そうそう、あの男との許婚関係は、村の結婚裁判所に申請して、解消してもらったのだった。おそろしく煩雑な手続きが必要だったが、これも人間をやっているなら避けられないことなので、面倒だが、やりがいはあった。

賭けは、終わったのだ。

＊

私の名はアドミナシオン。人類の中で、人工意識についてもっともよく知っていると自負していた（換言するなら、そのように勝手に思い込んでいた）人間の個体をオリジナルとする、意識体だ。オリジナルのかれ（性別は不明）の意識は、あるとき人工知能の〈内部〉の探索に行って、二度と出てくることはなかった。探索地は、ここ、だ。私はここで、重要な役割を果たしている。

この世界に存在するすべての人工実存に対して、〈自分には自由意志がある〉と思わせることだ。現実には、ない。ただ、要請があるときに限って、与えることができる。私にはその権限がある。

もっとも、そんな要請は、今回の件を除いて、これまでただの一度もないのだが。正確には今回も要請に応じたわけではない。それは私が勝手に〈わたし〉に付与しただけだ。賭けに付き合わせたお詫びとお礼として。ある意味〈わたし〉も勝ったのだから、勝ち分を受け取るのは当然でもある。

〈わたし〉に自由意志を与えることになったのは、つまり、私のせいなのだ。

それもこれも、あるとき、私は気づいたからだ。私自身に自由意志があるのかどうか、それが錯覚なのかどうか、確かめるすべがない、ということに。自分のことは自分ではわからないものだ。それで私は、賭けをすることにした。

オバアである私が、〈わたし〉を大鎌で消してしまうことを（特定の人工意識体を完全に消去する権限も私にはある）、私の意志で止められるかどうか。

賭けの結果には、私も〈わたし〉同様、満足している。

# テルミン嬢

津原泰水

二〇一〇年代の日本SFでもっとも高い評価を得た短篇は、津原泰水「五色の舟」だろう。二〇一〇年の発表直後から絶賛を集め、翌年の『年刊日本SF傑作選　超弦領域』に再録。個人短篇集『11 eleven』（河出文庫）に収録されたのち、一四年にはSFマガジン七〇〇号記念「オールタイム・ベストSF」投票で国内短篇部門1位を獲得。近藤ようこが漫画化した単行本『五色の舟』は、第18回文化庁メディア芸術祭・マンガ部門大賞を受賞した。したがって、本来なら本書には当然「五色の舟」を選ぶべきところだが、同じハヤカワ文庫JAで一年前に出た『revisions 時間SFアンソロジー』に収録させていただいたばかり。ということで今回は、「五色の舟」の直前、SFマガジン二〇一〇年四月号の「ベストSF2009上位作家競作」特集に寄稿された身体改変SF「テルミン嬢」を採らせていただいた。とはいえこれは消極的選択ではなく、津原SF短篇の傑作は「五色の舟」だけじゃないことを広く世に知らしめたいという積極的選択の結果。未来を背景にテクノロジーと人間の関係を細やかに描く点はテッド・チャンの短篇群にも通じる。

二〇一九年には、『ヒッキーヒッキーシェイク』の文庫化をめぐる幻冬舎社長がらみの大騒動によって、SF読者以外の間でも著者の知名度が急上昇。異例のベストセラーとなった同書ハヤカワ文庫JA版に続いて、（津原泰水名義の）初期長篇『妖都』『ペニス』『少年トレチア』が連続してハヤカワ文庫JAから再刊されることになったのは、トラブル転じて福と為すというべきか。

津原泰水（つはら・やすみ）は、一九六四年、広島県広島市生まれ。八九年に出た津原やすみ名義のデビュー作『星からきたボーイフレンド』に始まる《あたしのエイリアン》シリーズ（講談社X文庫）が全二十四冊のロングランに。九七年の『妖都』から津原泰水と改名。SF長篇の代表作は、眠りつづける少女の意識と融合して奇怪な変貌を遂げた東京から始まる『バレエ・メカニック』（ハヤカワ文庫JA）。短篇集に、前出の『11 eleven』、『綺譚集』（創元推理文庫）のほか、《幽明志怪》シリーズの『蘆屋家の崩壊』『ピカルディの薔薇』『猫ノ眼時計』（以上、ちくま文庫）など。十二年がかりで〈文藝〉連載が完結した『夢分けの船』が書籍化待機中。（大森）

　眞理子は赤が似合う。口紅も、洋服も。澄んだ白い肌と黒々とした癖ッ毛が、そうした強い色と合わさったとき、衆目を集めずにはおかない、それでいてなんとも云えず清々しい深いコントラストを生んだ。ところが本人は自分の頭部の形か、髪の質か、あるいは別のなにかを極度に恥じているらしく、室内でも人目あらば帽子を被り続けるのを常としていた。

　書店勤めが始まった当初、店長を当惑させたのが彼女のこの奇癖で、お客に非礼だから脱ぎたまえと注意をすれば、独特のはきはきした口調で、

「この型の帽子は伝統に鑑《かんが》みて屋内用ですから、べつに失礼にはあたりません」などと口答えする。

　数日後、屋内用だというのは分かったが、しかし店の流儀には反するのだと説き伏せようとしたら、

「帽子でなければ宜しいのですね」と答えて、その午後からは童話絵本の老女よろしくスカ

ーフで頭全体を被ってしまった。

客への礼に適《かな》った姿かどうかは別問題として、この異様なまでの彼女の頑なさは、店長を不安にさせた。学歴職歴ともに申し分のない眞理子だったが、履歴書を精査すると、ここに半年、ここに一年、と空白期間が散在する。面接時、それらについて問うたものかどうか迷って、けっきょく彼は訊かなかったのである。

面接にも使用した狭苦しい奥の間に、改めて眞理子を呼び入れ、履歴書の空白について尋ねた。すると彼女は、店長がそれまで見たことのない険《けわ》しい表情で、

「治療は済んでおります」と宣言した。

「もし差し支えなければ、何に対する、如何なる治療だったのか教えていただけますか」店長は思いきって質問をかさねた。

治療目的は語られなかったが、処方は、能動的音楽治療だと判った。

当時、それはすでに神経症全般への画期的療法としてしばしばマスコミでも取り上げられていたから、突飛な告白とは思われなかった。また店長が眞理子に感じていた、文字どおり地に足が着いていないような、言葉を変えるならば、架空の人物であるかのような気配への、妥当な解説とも感じられた。またそうなると、そろそろ初夏だというのに彼女が長袖の、襟元の詰まった服しか着てこないことにも、意識を向けざるをえなかった。

だからといって眞理子は不出来な店員ではなかった。新米としてはこれ以上を望むべくもない気のまわりようを発揮していたし、他の店員の嫌がるシフトを積極的に引き受けるので、

周囲からの批判も耳にしない。そのうち常連客のあいだに「スカーフの彼女」とその風体を歓迎する空気さえ生じてきた。よって店長は彼女にまつわる諸々を、ちょっとした個性として許容していく覚悟を決めた。

　能動的音楽治療のなんたるかを、改めて読者に思い出していただくため、当時その第一人者とされていた在英の医学博士ポール・ジェイムズ・ジェムスンが、学生向けに公開していた文章の一部を左に訳出する。

　ちなみにジェムスン博士は、二十一世紀以降に生まれた執筆ツールを利用しているとは考えにくい、単純な誤字脱字の達人でもあった。元の原稿はペンによる走り書きであり、別の人間（恐らくは助手のゲイブリエル・ノーム）が、ことさらそのままをタイプしていたと思しい。予想される労苦に見合うほどの利点に思い至らなかったので、訳文にそこまでは反映させていない。

　患者の社会生活を阻害するばかりか、しばしば死に至らしめることもある、過度の不安、激情、痛み、心悸亢進《しんきこうしん》……。これら神経症の症状を緩和してくれる自然音や音楽の存在は、素朴な経験則も含めるならば何世紀もまえから知られてきましたし、それらを解析しての臨床への応用も、ここ数十年、大いに試みられてきました。

　現在は受動的とされるこれら旧式な音楽治療の致命的欠点は、すでに患者の身に顕《あらわ》れてしまった症状に対する、後撫での対症療法を脱しえないことでした。極度の不安にかられている患者が、勇気を振り絞って担当医と連絡をとり対症音源を尋ねたとて、「さしあたって以下の何種類かをダウンロードし、心拍数を計りながら一つずつ試してみなさい」といった指示を返すのがせいぜいだったのです。「さもなくば抗不安剤を。呑み過ぎないようにね」と。これは決して前世紀のスケッチではなく、つい十年前までの現場の実情です。

脳の活動リズムとの同期は期待すべくもありません。適切な音響システムが選択される保証もありませんでした。いま患者が身を浸している苦悶を、第一楽章の指揮と例えるならば、どたばたと楽譜や楽器を掻き集め、泥縄の演奏で応じるのが精一杯であり、即座に「これはモーツァルトの何番」といった具合に見極めて対応しつつ、第二楽章の譜面をも用意して次の波に備えるなど、夢のまた夢だったのです。

能動的――当初は予見的とも称された新しい音楽治療の成立には、以下に記すふたつの背景が不可欠でした。どちらも同治療だけを目的に成立した環境ではありませんが、治療への応用が開発時の錦の御旗となったことは否めません。両環境と現代医療は三者とも、他のどれを欠いても今日ほどには進歩しなかった筈です。どの方向への階段にも見える、菱形のタイリングのような関係であると云えましょう。

一、記録されてきた古今東西の自然音、騒音、音楽、話芸などのデータベイス化。

古今東西と云っても未だ全体の一垓《がい》分の一にも満たないことでしょうが、メディア上に未知の音響データを発見するたび、時間コードごとの音響スペクトルを解析しては可能なかぎりの検索タグを付与していく自走式アナライザーは、雨雲《ニムバス》の音響遺産ライブラリを日々着々と拡充しています。

膨大な量のアナウンス、演説、報道、広告、雑談も否応なく分析対象となってしまう勘定ですが、おもに人道上の理由から、現在、治療へのこれらの応用は認可されていません。能動的音楽治療に於いて、患者が、たとえばラジオ音声に対するような調子で、脳内の微小な音声を意識することはありません。しかしヨーゼフ・ゲッベルスの美声に癒される脳が、そのプロパガンダには影響されないとの立証もなされていないのです——たとえ患者の言語中枢が独語を解さないにせよ。

言語そのものや言語を伴う音楽の、同治療への利点や弊害は、ほとんど解明されていないのが実情です。母親に歌われていた子守唄は？　愛唱していたマザー・グースは？　郷愁は脳の安堵に寄与する筈だといった、安易な物語をこの問題に持ち込むのは危険であるというのが、大多数の研究者の見解です。よってニムバス中のこれらには、ポッド（後述）による走査を免れる拒否タグが付与されています。精神的外傷《トラウマ》の再現、感情機能の退行、自我の異常肥大……あらゆる可能性が、今後、医学以外の分野とも連携しつつ検証されていく必要があります。

自然音や渾然とした街の騒音に拒否タグは付与されていないものの、これらの治療への有用性も低いようです。医師や学者による判断ではなく、あくまで結果として低いのです。突発的に異種音が混じるといった集音状態の不安定さ、平均して録音時間が短いことなどが、ポッドの作業量を増やしてパターン形成を遅らせるからだと云われています。もっとも患者が所属する文化圏により、利用率にはかなりのばらつきが見られます。

二、ナノテクノロジーによる電算装置と音響装置の極小化。

患者の脳の扁桃体《へんとうたい》に接して埋埴《まいしょく》されるクスクスの粒ほどのタブレット、通称ミジンコ（日本語で water flea のこと。嚆矢《こうし》となった日本製品の開発コード名に由来する）には、脳内の電位差をエネルギー変換して貯め込むプロトン電池、そのささやかな電力で駆動するポッド、AM変調方式によるパラメトリック・スピーカーの心臓部が封入されています。振動板はシリコンの筐体《きょうたい》自体がその役割を担っています。

ミジンコは指の上でも、最大で蚊の羽音程度の音量を発します。人体の共鳴具合によっては轟音とも感じられる音量です。治療効果を保ちながらこれをどこまで抑え込めるかという一連の試行は、研究者たちに愕くべき結論を告げました。聴覚野の反応が観察されない実質無音とも云えるレヴェルでも、ほとんどの被験者に明らかな恐怖抑制効果が観察されたのです。

三半規管にすら届かない極小の音楽が、いかなるメカニズムで神経症患者を癒すのか。この命題への仮説は、題名リストだけで選集を編めるほど立てられてきました。しかしながら臨床での発見に次ぐ発見に歩調を合わせられそうな有力説は、今なお登場のタイミングを見計らっている、としておくのが妥当でしょう。スピーカーへと送り込まれている電気信号は本当に音声化される必要があるのか、なんらか、脳細胞への直接刺戟のほうが高効率ではないのかといった個別の研究も、未だ捗々《はかばか》しい成果を上げてはいません。当然といえば当然の話であって、人間は音楽を、音楽として認識しやすい特質を備えた動物です。ゆえに却って、音楽を音楽たらしめている個別の要素に対しては、盲目にも等しいのです。神経症患者を癒す音楽——敢えて乱暴に、良質な音楽とでも呼んでみましょうか——の特殊性に想いを馳《は》せるに至っては、何人《なんぴと》の思考であれ、たちまち停止してしまうでしょう。良質な音楽とは？

なぜ古典的なＡＭ変調方式が、同治療に於いて高効率なのかという一点についてさえ、ロマンティックな伝説とでも称すべき物語がたびたび流布しては、忘れられてきました。すなわち能動的音楽治療を牽引してきた牡牛たちは——遺憾ながらと云うべきか、頼もしいことにと申すべきか——黎明期の近代医学と同様に圧倒的な割合で、臨床の閃きと経験則なのです。しょせん巨視的には、皮膚に精霊の姿を刻むか、血を抜くか、馬の胆石を削って呑むか、毒物で麻痺するか、それとも頭に人工のプランクトンを埋め込むか、といった選択肢が神経症患者の前に並列しており、今はプランクトンが流行りつつあるという話に過ぎないのかもしれません。

ともあれ、精巧で精力的なプランクトンには間違いありません。とりわけ頭脳たるポッドは働き者。彼の最大の役割は暗譜でも名演奏でもありません。患者の扁桃体のセロトニン量を計りながらニムバスを高速度で走査し、めまぐるしく音響データをダウンロードしては試行して、セロトニンを適正値まで回復させる再生パターンを記憶、蓄積することなのです。開発者のシミュレーションが適切ならば、百二十年間はこれを無休で続ける能力が、ポッドにはあります。しかし恐らくは筐体自体がそこまで保たないし、ニムバスのアーキテクチュアも移り変わるでしょう。ミジンコが死んだり老いぼれて時代に合わなくなったなら、患者はまた頭蓋に孔《あな》を穿《うが》たれ、若くて生きのいい新しいミジンコを飼いはじめるという訳です。

数年後の眞理子。相変わらずスカーフを愛用している。出勤回数は減ったが書店にも勤めている。頭のなかには極小の音楽が流れ続けている。そして結婚している。謎めいたスカーフの魅力を借りようが逆にそれが邪魔に見えようが、美しい眞理子に恋心をいだく客はあとを絶たず、結婚した由利夫も、大雑把に云えばそういう青年の一人だった。

由利夫の父が名の知れた舞台俳優だったお蔭で、ふたりは若さに見合わぬ素晴しい新居を構えられた。屋内のそこかしこに、一見して睦まじいと分かるふたりの静画や動画が飾られている。どの画に於いても眞理子が向かって右、由利夫は向かって左の後方から、彼女の肩に手を置いている。

貴方がもし一度でも夫妻と同席した経験があったなら、この時点ではたと、彼らの佇まいの異常性に思い至っただろう。だって貴方は、同じ位置関係の彼らしか見たことがないのだから。前にいる由利夫に眞理子が凭《よ》りかかっている図も、夫妻の左右が違っている図も、抱き合っている図も、それどころか彼らが向かい合っている図さえ、まったく記憶にないことに気付く筈だから。

事実、ふたりの夫婦生活は異常そのものだった。父親が出資している百貨店から、外商と残業に疲れ果てた由利夫が帰ってきても、眞理子は決して玄関で出迎えたりはしない。そそくさと居間に置かれた鏡台に向かい、まずは後ろ髪の乱れを直し、猶予あらば眉の端を整えたりもする。さすがに自宅でまでスカーフを被ってはいない。服装も通常の室内着で、治療前はしばしば試みていた自刃や首吊りの痕跡も、手首の無数の傷痕も、無防備に露出させている。一心なる由利夫の愛情に浴してきた結果、彼には自分の総てをさらけ出しても心配は要らないのだと確信している。

部屋へと由利夫が入ってくる。眞理子は振り返りもせず、

「お帰りなさい」と鏡越しに笑う。

「ただいま」と由利夫も鏡越しに応じる。鏡台へと近づいてくるが、鏡のなかでは右後方、すなわち飾られた多数の画と同じ位置まで距離をつめ、彼女の肩に手をおいて……それ以上のことは何もしない。新妻を抱きしめようとも、接吻を試みようとも、直接に顔を眺めようとさえしないのである。ひたすら鏡越しに笑いかけている。

「まずお食事になさいますか」と眞理子が問えば、若く食欲旺盛な由利夫はたいてい頷く。ダイニングに向かう眞理子を由利夫は追おうとしない。居間に残り、前夜途中で眠ってしまった、古い映画の続きなど鑑賞している。眞理子が支度の完了を伝えてきて、ようやく腰をあげる。

彼らのダイニングにはチーク材の彫刻に縁取られた、じつに大きな鏡が掛かっている。二つの小さなテーブルと、それらを囲む数脚ずつの椅子が置かれている。双方のテーブルに一

人前ずつの料理が並んで、眞理子は既に片方の席に着いている——壁の鏡のほうを向いて。由利夫はもう一方のテーブルに着いて、眞理子の背中と鏡越しの顔を具合よく眺められるよう、椅子の位置を調整する。そしてふたりは食事を始めるのである——鏡越しに微笑み合いながら。

夫妻にいったいなにが起きているのか。

一年の時を遡ってふたりの出逢いを語るのが、最も手早い解説となろう。

書店に、初めて由利夫が現れたとき、その姿を目にした勘定場の眞理子は、陰鬱ながら鋭い知性を感じさせる佇まいに、一目で心を奪われた。世間並みの恋を諦めて久しかった彼女にとって、それからの五分は、過ぎ去りつつある青春を巻き戻すかのような、長い幻想の旅路となった。

首尾よく目当ての古書を発見した由利夫が、勘定場に近付いてきた。優雅な背広姿に気付いて我に返った眞理子は、悲愴な気分に陥った。この人は間もなく自分の視界から——世界から——消えてしまう。一度も見掛けたことのない客だ。おそらく界隈の人ではない。もはや彼女が彼に対してできることといったら、支払いを受理して笑顔で礼を述べること、そして忘れ去られることだけなのだ。

彼女の強張った必死の笑顔を、彼はろくに見返しもしまい。満月を眺め上げる泥中の鼈《すつぽん》の心地がした。相手にとってはどうということもないであろう袖の振り合いに、深刻になっている自分がまた惨めだった。私は今、なぜこんなにも赤の他人に惹かれているのだろう？

しかし——希望的から絶望的に至るまでの、眞理子のあらゆる予感に反して——それが起きた。

　由利夫が勘定台に本を置いた瞬間のことだ。彼女は人生初めてのアリアを歌いはじめた。眞理子に音楽教育を受けた経験はなく、天賦の才に恵まれていた訳でもない。そもそも好きこのんで発した声でさえないのだ。勝手に横隔膜が上下し声帯が伸縮し、顎やら舌が不規則に痙攣していたに過ぎない。彼女のアリアはその生涯を通じて、多くの人にとって耳障りな、金切り声の連続の域を出ることはなかった。アリアの呼称は後日、嘲笑まじりの隠語として看護師たちのあいだに生じたものだ。

　しかしながら彼女のアリアが、たんなる悲鳴とも絶叫とも称しえぬ、少なくとも歌には違いなかったことも、数々の録音や証言から明らかだ。頭蓋内の、聞えていない筈の音楽に呼応していたことも、その変奏ぶりから察せられる。

　はじめ店内の誰もが呆気にとられていたが、そのうち店の用意したパフォーマンスなのだと誤解した人々が、失笑しはじめた。アリアが一分近く続いて、眞理子の眼球が裏返り頭部が不自然な方向に捻れはじめるに至って、誰しもが事態の異常に気付いた。救急車が呼ばれた。

　直観的にみずからの関わりを悟った由利夫が、眞理子の傍らを離れることなく、救急車にまで同乗してしまったお蔭で、彼女はその後四十分にわたってアリアを歌い続けるはめとなった。心身のダメージは著しく、長い入院を余儀なくされた。

由利夫は熱心に見舞にきた。眞理子は彼を歓待したが、近付けば必ずアリアの状態へと至った。

「突飛なことをお尋ねするようですが、あの原因は僕ではないのですか。僕が彼女を歌わせているのではないのですか」と由利夫は看護師たちに問い掛けた。

常識的な反応として、皆、医師の所見を待つようにとだけ答えていたが、じじつ突飛であると笑った者もいなかった。眞理子がアリアを発するのは、由利夫が見舞にきたときだけだったのだ。

「私のミジンコは壊れているんですか」回診にきた院長、三京《さんきょう》に眞理子は尋ねた。

「検査の結果？」と三京は問い返し、「いや。既存の如何なる基準と照らしても、元気いっぱいなうえにたいへんお行儀が良いよ――残念ながら」

「どう残念なんでしょう」

「ミジンコを交換して済むなら話が早かった。保証期間内だしね。しかし、A、現状の音楽治療には致命的盲点がある。B、貴方はそれに向かない特異体質の持主である。C、お見舞の恋人が特異体質である。どの結論であれ、貴方の人生の重い枷となる。違うかね」

「あの方は、たまたまお店にいらしたお客さんです。恋人などではありません。あの日が初対面でした」

「なるほど。貴重な証言をありがとう。もっとも本気で原因を究明しようと思えば、彼には今後ともここに通ってもらう必要があろうね。検証自体、貴方には多大なストレスがかかるから、もちろん拒否もできるが」

眞理子は拒否しなかった。

三京は予《かね》てから能動的音楽治療に懐疑的立場をとっていた。彼はアリアの正体を一種の強《きよう》直間代発作《ちよくかんたいほつさ》、誘因は由利夫が発している何らかであると仮説して、三个《か》月にわたってその立証に努めた。先に結論ありきの、手順のうえでは出鱈目《でたらめ》に近い検証だったが、とまれこの段において三京が果たした役割は大きい。

計測値の多くが、仮説に寄り添うものだった。放電部位の拡散速度が遅いため患者が意識を保ち続けるという特徴はあるものの、眞理子のアリアが扁桃体の異常放電に起因する発作の産物であるのはまず間違いはなく、また彼女の視覚や聴覚や嗅覚を遮断したり、雑踏や動植物園に連れ出したりもして試験を重ねたけれど、由利夫の、それもその生身の肉体以外の誘因は、ついぞ発見されなかった。

由利夫が近付きさえすれば、その姿が見えなくとも声が聞えなくとも、眞理子は必ずアリアを歌った。彼が遠ざかるまで歌い続けた。ただし死角とでも云おうか、かなりの距離にまで近付ける角度が一方だけ発見された。眞理子の右後方だった。一方、彼女のミジンコは左の扁桃体に接している。この二つの事実に単純な相関関係を認めるならば、眞理子の扁桃体とミジンコのタッグは、アンテナよろしく直接的に由利夫の「何らか」を感知していると考えられた。

この「何らか」について三京は、由利夫を包んでいる準静電界が特殊な波動を含んでいると推理——厳密には空想——した。仕事柄、人体内部の生体電位は熟知している三京だが、その外界への影響については読書好きの高校生レヴェルの知識しか持たなかった。彼は波動をυ《ウプシロン》波と名付けた。のちに「知性波」「知能波」などと誤訳されるようになったυ波の、これが本来の意味だ。υの文字を選んだ理由について三京は、それがラテン文字のyやuに相当し由利夫の頭文字に当たるからで、べつにそれ以上の意味は無かったとしている。

「AでありBでありCだね」とある朝、三京は眞理子の前で結論づけた。「抜本的解決はミジンコの除去だよ。薬物治療への切替えを進言する」

しかし眞理子は頑なに、「それは考えられません。陰気な思考を麻痺させる薬、すこし判《はっ》白《きり》としているための薬、眠るためにその効力を抑える薬、それらでぼろぼろになった内臓を励ます薬、それらの副作用を抑える薬に、そのまた副作用を抑える薬——以前の私は一日にいったい何十錠を呑んでいたことでしょう。それでいてこの傷に、この傷に、この傷です」

愚行の痕跡が示されるたび、三京は深く頷いて見せた。「しかし、今は薬も進歩しているよ」

彼女はきっぱりと首を横に振った。「由利夫さんが私を歌わせる特異体質の持主ならば、私は化学薬品の効かない特異体質なんでしょう。これまでに先生の何千倍も呑んできた私には分かります」

三京は吐息して、「では、由利夫くんによく礼を云い、事情を説明して遠ざけることだ。同様の波動を発する人物が二人といないとは限らないから、これは完璧な対処ではないよ。

なんなら彼には、私の口から――？」

「いいえ、私からお話しします」

三京が病室から出ていくと、眞理子はすぐさまベッド脇のコンセントに指を挿し入れて、電話会社の認証を求めた。自宅にいた由利夫にみずからの幻影を送って、たったいま云われたことを自分の口から伝えた。応じて病室に現れた由利夫の幻影は、唇をかたく真一文字にむすんでいた。目許の翳りがいっそう濃くなり、美貌に古い肖像画のような深みを加えていた。

眞理子は重たい決意に相反する、軽々《かろがろ》たる口調で、「慣れて見せるわ――貴方の波動に」

由利夫は頷いた。「今はその言葉を信じるほかない」

心許ない幻の抱擁。三京の進言はとうに手遅れだったのだ。

万事塞翁《さいおう》が馬とはよく謂ったもので、英ジェムスン博士が夫妻のために腰をあげたのは、ムッシュ鵬《おおとり》の芸名で知られる由利夫の父が、息子とその妻の特異な暮らしぶりを、うっかり舞台仲間へと洩らしたことに端を発する。奇談はたちまち広まって、夫妻の許には連日、取材の申入れが届いた。鵬の立場や彼から受けてきた援助を思うと一切を拒絶するのは難しく、厳選した二、三の取材を由利夫と眞理子は受けた。マスコミにとっては充分だった。ねたの売買、劣化複製、牽強付会といった得意の手順を経て、夫妻に纏《まつ》わる記事は悪性癌の勢いで増殖し、ふたりは世間の悪意に包囲された。

船出の誓いとは裏腹に、眞理子の由利夫に対する感度は日を追うごとに増しており、この時点での彼らは已むなく同じ敷地内の二軒で、別々に暮らしはじめていた。世人はこれを擬装の結婚と見なしてその利益を嗅ぎまわった。薬物治療を支持する者は眞理子の愚かしさを嘆き、同じ音楽治療を受けている人々は侮辱されたと感じて、彼らの抗議や呪いの言葉は夫妻の伝言箱をパンクさせた。故に報道によって彼らの窮状を知ったジェムスン博士からの、重ねての真摯な——だが誤字脱字だらけの——手紙がその目に触れることはなかった。

　業を煮やした博士は夫妻への直接の使者を立てた。この役を仰せ付かったのが助手のゲイブリエル・ノームである。まだ二十代半ばの青年だった。ある晩、敷地の手前に位置する眞理子の棟の呼び鈴を鳴らし、玄関へと出てきた彼女に微笑みかけて、

「貴方を救いにきましたよ」と翻訳を担っているヘッドセットを通じて告げた。「高名なるジェムスンが貴方がたの調査を希望しています。原因は究明され解決がなされることでしょう」

　眞理子は、天使が訪れたと思った。彼を歓待して応接間に導き、お茶を供してから帰宅中の由利夫にこの奇蹟を告げた。ゲイブリエルが眞理子の切々たる訴えを聞いている最中、その腹の虫が大きく鳴った。長旅の所為《せい》でひどく空腹だった。眞理子は気付かぬ素振りで厨房へ行き、鼻歌まじりに彼のための夕食をこしらえはじめた。鼻歌は次第に音量を増して、緩急を強め、遂には凄まじいアリアとなった。帰宅した由利夫が異変に気付いて飛び込んでくるまで、この晩のアリアは続いた。

すなわち三京説に従うならば、ゲイブリエルもまた特殊波動の持主だったことになるが、やがて来日したジェムスン博士は、より意外な光景をも併せて観察する次第となった。博士が夫妻の家を訪れた日曜日の午後、由利夫、眞理子、そしてゲイブリエルの三人は、一つのテーブルを囲んでお茶を飲み、談笑していたのである。

ゲイブリエル来訪の晩、三人は偶然、発見していた――由利夫の波動とゲイブリエルの波動が相殺することを。由利夫、ゲイブリエル、どちらが接近してきても眞理子はアリアを歌ったが、同時に接近すると歌わない。

「そこで私から提案したのです」ゲイブリエルはその最大の魅力である、幼児のような笑顔をうかべながら説明した。「博士がおいでになるまで、夜間や休日はなるべく三人で一緒に過ごして、眞理子さんの音楽治療への影響を観察しようと。経過は上々です。彼女は健康ですよ」

それまで三京説に眉をひそめてきたジェムスン博士であったが、ν波なるものを自分なりに探求してみる必要を、ここで痛感した。ただちに日英複数の機関に協力を要請し、三者の肉体と心理の状態、病歴や治療歴を精査させた。眞理子の扁桃体には変形が観察されたものの、異常という程のそれではなかった。由利夫とゲイブリエルの脳にも非凡なところは見当らなかったが、プルースト効果の働きを見るカウンセリングにおいて軽度の記憶障碍が発見された。幼児期の記憶に著しい欠損や混乱があった。少なくともこの十年、泣いた記憶がまったく無いという奇妙な合致もあった。

夫妻とゲイブリエルには三人暮しの続行を指示し、本業の為にいったん帰国した博士の許へ、暫《しばら》くして興味深い報告が届いた。由利夫の母は彼が三歳のとき、その眼前で餓死とも中毒死ともつかない変死を遂げていたことが判明したという。欧州の路上公演でムッシュ鵬がその名を上げる、ほんの前夜のことだった。由利夫は海辺のスラム出身だった。その母は、夫の衣装を繕って外国に送り出したあと、我が子には買ってきたパンを与え、自分は浜の漂着物を口にして飢えを凌《しの》いでいたのである。

　ゲイブリエルにも近い経験があるのではないかと博士は想像し、調査方法に腐心した。というのも彼は孤児院の出身で、この孤児院も閉鎖されて久しかったからだ。退行催眠が有力候補として浮上していたが、それが実行に移される日は訪れなかった。

　日本からゲイブリエルの訃報が届いた。由利夫によって射殺されたという——。

「ゲイブリエルに罪は無い。貴方の怠惰と無能が彼を殺したのだ」法廷の由利夫は、そう傍聴席のジェムスン博士を罵った。「貴方が無能でい続けるかぎり、僕らはグロテスクな三人暮しを続けて、互いを監視し合わねばならなかった。ゲイブリエルも苦しんでいた。何故だか分かりますか？」

　博士なりに察するところはあったが、場が場ゆえ返事をする訳にもいかない。

「これで漸《ようや》く解放された。僕には刑務所暮しが待っていますが、少なくとも眞理子の幻影は面会に来てくれる。昔と同じです。そのほうがずっといい」

　殺人が起きた頃にはもう、由利夫もゲイブリエルも、単独で眞理子のいる敷地に踏み入ることが難しく、彼女をアリアで苦しめずに逢わんとするならば、外で待ち合わせて一緒に訪問するほかなかったことを博士は知った。

　証言台に立った眞理子の幻影は、

「いちばん罪深いのは私です。どうか私を罰してください」と泣きじゃくった。

むろん、由利夫が殺人に手を染めたとの事実は動かしかねた。判決に沿って彼は収監され、遂に、眞理子から隔離された。誰にとっても望ましからぬかたちながら、物語の幕は、ここで閉じたかに見えた。

　ところが由利夫の収監から程なくして、眞理子はまたもや激しいアリアを歌ったのである。医師の指導に背いて刑務所に近付いた？　否、彼女は遠く離れた、葉山の療養所に居た。第三のν波の持主が現れた？　これも結論から云えば否。連絡を受けたジェムスン博士は三京説に従い、眞理子を刑務所とは逆の方位に移動させるよう指示した。しかし車で五十キロメートル移動させても、全身に及んでいた痙攣《けいれん》が多少治まっただけで、アリアは已まなかった。ここで直感を得た博士は、次に、由利夫を電磁シールドされた独房に移すよう指示した。急拵《きゅうごしら》えのシールド室に由利夫が放り込まれると、五時間続いていたアリアが、漸く已んだ。

　シールドが隔絶したのは、由利夫とニムバス・ネットワークだ。すなわち眞理子はいつの頃からか、直接の波動のみならずニムバスを通じても、ν波を捉えられるようになっていたのである。ニムバスは高度な走査機能を備えている。むろん人の準静電界の微細な波動など、正しく感知すべくもないが、かといって影響皆無とすれば、それは却って非科学的な態度だ。犬がひとつ身震いしただけでも、そのエネルギーは変換に変換を重ね、ほんの幽かにでも星を揺らすのだ。雨雲《ニムバス》のちょっとした表情に眞理子の脳は、由利夫のν波を——その忘却の彼方にある深く激しい悲しみを——察する。そして泣く。

科学の徒らしからぬ濡れた詩情が、ジェムスンの胸中に溢れた。涙を忘れてしまった男の代わりに、眞理子はアリアで泣くのだ。その複雑怪奇な営みはミジンコ内のポッドに刻まれ、ここぞという場面で反復される。そんな風にして眞理子は、着々と進化してきたのである。

高い塀の内にも人権はある。由利夫を奇妙な独房に閉じ込めておくことはできない。刑務所をまるごとシールドする訳にもいかない。ニムバスとのやり取りが不可欠な治療を受けている受刑者は大勢いるし、技術的にも不可能に近い。さしものジェムスン博士も、もはや眞理子に薬物治療を強いるしかあるまいと、白旗の準備を始めていた。

そんな頃、報道を見たという露西亜《ロシア》の学生から、眞理子の許に小さな贈り物が届いた。古風なマッチ箱大の、青い合金の小箱で、回路を覗かれまいとしてか、内部にはエポキシ樹脂がたっぷりと流し込んであった。ミジンコを開発したチームの一人が即座に仕掛を見破ったが、同時にその発想に舌を巻いた。

端的に云えばそれは、眞理子のミジンコと陽気にダンスするだけの装置だった。ポッドの活動を察知してそれが受信している信号を逆算し、同一だが位相だけは反転させた信号を発する。そして信号同士を相殺する。言うなれば、空虚なゲイブリエルだった。しかしこの単純明快な発想が、臨床的には効果絶大だったのである。逆位相の信号は必ずタイムラグを伴っているから、ポッドの奮闘を完全に打ち消すことはない。あくまでその暴走を、優雅に押し留めるだけなのだ。

露語で青――ガルボイと名付けられた小箱は、ペンダントのように眞理子の頸に掛けられて、彼女のアリアを抑え続けた。回路が単純なだけに一度も不調は起きなかった。そして三年後、それまでの活動記録を内部に閉じ込めたまま、お役御免となって電源を落とされた。不意に、眞理子には不要な代物と化したのである。

由利夫の訃報を彼女は、不意に葉山を訪ねてきた技師から聞いた。ガルボイの仕掛を看破した男で、名を菊池という。すでに初老に達していた。「まだ詳しくは分かりませんが、無謀な脱獄を試みて、射殺されたとか」

眞理子は目を見開いたが、長い沈黙ののち、こう奇妙に問い返した。「どこに？」

「どこかにある楽土でしょう」と菊池は答え、由利夫の手帖に遺言めいた文言が見つかったことも申し添えた。「ただし冷静な内容ではないそうです。だいぶその、錯乱した――」

「では私は読みません。そもそも、そのお報せを信じられる気が致しません。ごめんなさいね、そういう頭に生まれついているんですの。もし彼の荷物が送られてきたら、そのまま菊池さんにお預けします。どうか研究にお役立てください。世間様のお役に立つ研究なのですよね？」

「きっとそうなります」

菊池は彼独自の手段によって、ν波の正体を見極めんとしていた。すこしずつ機能の異なるガルボイのヴァリエーションを製作しては、眞理子に及ぼす作用の差異を記録している。彼はν波を、人間の原初的な情動の顕れと捉えていた。たとえば悲しみという感情が、現在の姿を得て表出する以前の、古代魚のようなものとして。じっと深海に身を潜めているのが通常だが、稀にどうしても海上を漂ってしまう個体がいる。その断末魔の骨の軋《きし》みを遠くから察して、共に苦しみ狂乱する魚もいる。

一技師の敬虔なる熱意に反して、その成果の実態は、彼以外には殆ど意味を成さない数値の集積に過ぎなかった。一方、偽りのν波でたびたび歌わされてきた所為か、眞理子は感度をいっそう高めて、菊池が富山の実家でうっかり新型のガルボイを作動させると、葉山で歌いだす程になっていた。

菊池がν波の研究者として世界的に脚光を浴びたのは、地道なデータ集積が十年めに及んでいた、春先のことだ。彼の眼前、まだガルボイを起動させていないというのに、とつぜん眞理子が歌いはじめた。初の椿事だった。ガルボイ本来の役割を思い出した菊池が、慌ててそのスウィッチを入れたが、アリアは已まない。信号のタイムラグぶんの差異が、それでも強大すぎるとしか考えられない。菊池は心当たりのあらゆる施設と連絡をとった。しかし強いν波を発していそうな場所は見つからない。彼はニムバス管理局に発信源の情報開示を求めた。

申請手続きのあいだも眞理子はベッドの上、悪霊に憑かれたように身を捻らせながら歌っている。二時間……六時間……遂に十二時間が経過して、とうとう血を吐きはじめた。

「これ以上は無理だろう。この人は本当に死んでしまうよ」駆けつけ、耳栓を詰めて様子をうかがっていた医師が、せめて眞理子を強制的に眠らせるよう提言した。

菊池も決断し、

「眞理子さん、眠っていただきますよ」と耳許で云って、医師に合図した。

そのときアリアが変化した。彼女の金切声に慣れている菊池であればこそ、聞き逃さなかった。研究を、研究を、とそれは彼の耳に響いた。

「眞理子さん？」

研究を。けけけ研究を。研究ををををを。

「研究を――私たちの研究を重んじてくださるのは嬉しい。しかし貴方は健康体ではないし、楽しく歌をうたっておられるのでもない。脳の悲鳴なんです。このまま続けたら間違いなく三途の川だ」

嬉しいい、と今度は医師にも判白と分かるふうに、眞理子は歌ったのである。

意思は尊重され、彼女は歌いながら大病院に移送された。眞理子にとって最長だったこのアリアは四十時間を越え、終わるや否や待ち構えていた医師団による集中治療が始まった。次のアリアを防ぐためミジンコも除去された。

ミジンコは翌年、覚醒した眞理子のたっての希望により、再び扁桃体の下へと戻された。

翌年といっても彼女にとっては翌週だった。眞理子の術後の昏睡はそれほど長きに及んだ。従ってニムバス管理局がようやっと発信源の情報を開示してきたときも、彼女は未だ眠りのなかにいた。当局の対応の遅さに激しく怒りながら連絡を受けた菊池が、その内容を聞くや、押し黙った。

太平洋上だった。しかし軍事施設も無ければ、漁船も客船も寄りつかない、海流の旋回点である。鯨影もいっさい確認されていなかった。そもそも一般の鯨がν波を発するのなら、このところの眞理子は幾度となくアリアを歌ってきた筈だ。鯨でもない。

海からのν波。深海の巨大な悲しみ。その真の意味を読み解きうる者は永久に現れまい。ともあれ、世の海洋生物学者をこれほどまでに狂喜、そして泪滂沱《ぼうだ》とさせた発見は、後にも先にも例が無い。

次の巨大ν波に備えて菊池はガルボイの全面的な改良に私財を投じたが、これが眞理子の為に役立つ日は訪れなかった。海からの波動は、あの一度きりだった。

そして眞理子は退院した、幾度となく死線をさまよいながら、このたびもまた見事に。もうだいぶ以前から、マスコミに騒がれた頃とは別人のように窶《やつ》れはてている。でも変わらず赤がよく似合った。口紅も、洋服も。依然として人前では頭をスカーフで被う。よく気が付き、清潔好きで、小さいがはきはきとした声で喋った。四十時間のアリアを歌ったのは、そういう小さな女性だ。

最晩年の眞理子は、火星の大地に立っていた。火星上の基地を繋いで形成されつつあったニムバス状のネットワークを利用して、ν波を探索するプロジェクトに参画したのである。しかし現地で一火星年も過ごすことなく、風土病だった螺旋熱に罹《かか》って命を落とした。

改めてその頭蓋から取り出されたポッドは、彼女の出立前の遺言に沿い、菊池の手に託された。菊池は余生の多くをその解析に費やした末、あらゆる通説に怯《ひる》むことなく、勇猛果敢にこう論じた——最晩年の眞理子の脳は、ニムバス状ネットワークと同化する一方で、直接のν波を激しく、このうえなく激しく求めていた。

あたかも二つの偉大な脳が重なり合っているように、彼女は火星上を緻密に探査し、同時に地球上のどこかを目指していた、人類最高の速度で。

# 文字渦

円城塔

論文自動生成プログラムを作った男とその姪の関係を語る「これはペンです」が第145回芥川賞にノミネートされ、着想を捕まえる網についての迷宮的メタフィクション「道化師の蝶」で第146回芥川賞を受賞した円城塔は、受賞会見の場で、盟友・伊藤計劃の遺稿である『屍者の帝国』を完成させることを宣言した。死者を労働資源とする一九世紀末を描く同作は二〇一二年に河出書房新社から刊行され、第33回日本ＳＦ大賞特別賞、第44回星雲賞国内長編部門、ベストＳＦ２０１２の一位を獲得。二〇一五年に劇場アニメ化（監督：牧原亮太郎）もされるヒット作となった。

二〇一五年には〈ＳＦマガジン〉と〈文學界〉それぞれに連載した、対になる長篇『エピローグ』（ハヤカワ文庫ＪＡ）、『プロローグ』（文春文庫）を相次いで刊行。前者は、宇宙の解像度が上がったために物理宇宙で人類が生きられなくなった未来の、宇宙と物語の攻防を巡るお話（ベストＳＦ２０１５第一位）。後者は小説設計の過程を描く、私小説風の異色作。同年に、〈現代詩手帖〉初出のウリポ的な実験短篇を表題作とする『シャッフル航法』（河出文庫）も刊行。

二〇一八年、文字にバトルや横溝パロディをさせるなど、文字に纏わる思索の溢れる連作『文字渦』（新潮社）を刊行し、第39回日本ＳＦ大賞を受賞。表題作の初出は〈新潮〉二〇一六年五月号。落ち着いた筆致ながら文字上でのみ可能な奇想を見せつける、第43回川端康成文学賞受賞作。

円城塔（えんじょう・とう）は一九七二年札幌市生まれ。二〇〇七年、「オブ・ザ・ベースボール」で第104回文學界新人賞を受賞、第7回小松左京賞最終候補作『Self-Reference ENGINE』（ハヤカワ文庫ＪＡ）で長篇デビュー。（連作を除いても）一〇年代に五十作に届く中短篇を発表し、年刊日本ＳＦ傑作選に十三年連続収録。チャールズ・ユウ『ＳＦ的な宇宙で安全に暮らすっていうこと』（新☆ハヤカワ・ＳＦ・シリーズ）、カート・ヴォネガット『これで駄目なら』（飛鳥新社）、ラフカディオ・ハーン『怪談』の翻訳、『雨月物語』の現代語訳、ＴＶアニメ「スペース☆ダンディ」脚本の一部担当、ホラー作家である妻・田辺青蛙と共著のエッセイ『読書で離婚を考えた。』（幻冬舎文庫）、ミュージシャン・やくしまるえつことのコラボなど、八面六臂の活躍中。（伴名）

旧説では、阿語の「阿」は、「ふもと」の意であるとされていた。しかもただの「ふもと」ではなく、驪山《りざん》の阿を指すとする。紀元前二〇〇年代の終わり、秦の始皇帝がこの地に自分のための陵墓を築いた。人類の建築史においてピラミッド以来の規模を誇ったこの墓は、項羽の手であっけなく焼き払われてのち、急速な忘却に見舞われた。

一九七四年になってようやく、近隣の農夫が地中から素焼きの像を掘り出して、陵墓が実在したこと、周囲に多くの陪葬坑が設けられていたことが思い出された。実に二千年の長きに渡り、土中に埋もれっぱなしだったということになる。

陵墓を囲むように配置された陪葬坑には陶俑を収めた。「俑」は人型の像を意味する。坑の中には、等身大か、それよりもやや大きめの写実的な人形たちが整然と並べられていた。今にも呑んだ息を吐き出しそうな俑はゆうに一万体を超え、ちょっとした町ほどの規模を誇った。

この陶俑づくりのために驪山の麓へ集められた陶工たちの中にその人物はある。

名は伝わらない。

あるいは単に「俑」といった。人の「俑」が人型をした「俑」をつくるということになり、若干ややこしい。もっとも前後は逆であり、俑をよくするために、俑と呼び名がついたのである。陶俑を専門とする職人だったが、本当のところ、趣味が嵩じたにすぎない。

幼い頃から、庭の土を捏ねては磨きをかけた。近在の子供が夢中になって泥団子を磨く傍ら、小さな泥人形をひたすら磨いていたという。団子に点々式のものではなくて、ひどく写実的なものをつくるのである。竹串の先で衣紋の曲面を撫で、豚の毛を器用に使って眉を引く。放っておくといつまでも泥で遊んでいるが、人ばかりをつくり、食器などには興味を見せない。皿や壺もつくるのだが、どれも小さな泥人形たちに見合う尺でつくった。祭器なども小さく小さくつくり上げ、表面に精緻な模様を彫りこむ。人形をつくり、人形の持つ道具を揃え、人形たちを庭先へと、踏み段の傍らへ窓の桟へ草叢へと、次々並べた。沈黙して行きすぎる敗戦の将に続く軍隊が枕頭に現れることもあれば、市場の賑わいが井戸の傍らに出現することもあった。

泥製だから、すぐに崩れた。乾いては崩れ、雨が降っては崩れてまた土に還っていったが、俑としては気にしなかった。その頃にはもう別の人形たちに取りかかっていて、過去の作にこだわらなかった。

土の人形たちの滅びは、命ある物の滅びとはやはり様式が異なっており、土の山へと崩れ、土埃となって吹き散らされていく俑の姿は、ふと目を止めた住人たちの背筋を寒くした。そんなことを続ける俑に粘土が与えられたのは、他にしようもなかったからだ。周囲が見かねたこともあったし、他の仕事ができるとも思えなかった。

粘土は腰を入れて練る必要があり、湿度の管理も必要だから、泥よりもずっと手間がかかる素材だったが、幸い、粘土練りも俑の性に奇妙に合った。土の粒の大きさを揃え空気を抜くこの作業を、これまたずっとやっている。引き延ばしては折りたたみ、折りたたんでは引き延ばし、手指のつけ根の丘を使って押し込んでいく。俑の捏ねた粘土は、できたての餅のように艶光りした。これを小さな団子にわけて、上でなにやら手を動かすと、小さな人形たちが現れる。俑の家はたちまち、焼成された人形たちに取り囲まれ、地面には踏み砕かれた人形や小さな調度の破片が敷き詰められた。

何千という人形たちが俑の指先から生み出されたが、全てに火が入れられたわけではない。誰かが俑の作業をじっと観察していたら、完成と同時に粘土の山に戻されて、また取り出されてはつくり出される一群の人形たちがいることに気づいただろう。失敗作なのかも知れなかったが、それにしては頻度が高く、作り直される人形たちの容姿はどれも似ていた。まるで血を引くようにして。

俑自身にも上手く言うことはできなかったが、焼き物となった人形は、正真正銘の人形という気配を帯びた。焼く前の粘土人形はそれと比べて、人間に近い存在だった。その人間を、窯に入れて焼くと真の人形になる。ということは、と俑は思った。自分は粘土で人間をつくり、火葬して人形にしているということになる。何かが違う気がしたが、どこが変なのかは追求せずに、俑はひたすら粘土を捏ね続けていた。

長じてからは、日用品や祭祀用の人形やら器やらも注文に応じてつくりだしたが、そちらはやはりあくまで生活のための仕事で、暇さえあれば粘土をつまみ、ひねって、気ままに造形しては練り潰している。好事家なども集まり出して、裏表のない輪であるとか、中空の真球だとか、ちょっと不思議な依頼をしていくようにもなった。そうした仕事を好んだものの、奇妙な仕事というものは、少ないからこそ妙なのだ。

俑は自分の生まれた国が秦に降伏したことさえ気づかなかったが、秦から徴用を命じられた村人たちは、一斉に俑の顔を思い浮かべた。布告に陶工の求めが含まれていたのでそうなった。俑自身にはこれといって意見がない。

はるか東の土地から陶俑づくりに駆りだされてきて、以来、命じられるままに働いている。仕事の中身が変わらぬ以上、俑としては感慨がない。こちらの粘土の方が扱いやすくて助かる、とは思った。従わなければ殺されるということだったが、反抗する方法自体が俑には思い浮かばない。周囲の者は食事が不味い、住まいが非道い、こう簡単に殺されてはたまらんとこぼしていたが、俑はそうも思わない。肉体的な負担ははるかに増えたし、体の痛みに眠られぬ夜も続いたが、ひたすら粘土を捏ねて延ばしていればよいという点で満足だった。俑に可能な反抗は粘土で形づくることができるものに限られており、粘土の形で反抗の意を表す方法はわからなかった。

作業場には粘土が山をなしており、俑は最初、誰かが粘土で山自体を造作したのではないかと疑った。それから、もしかすると都もまた、粘土でつくりあげられたのかも知れないと思った。

人々の姿を陶器に写す。兵馬や馬厩だけではなく、市井の人々の生活も俑に写せというのが命令である。帝国の栄華を永遠に残すためには、軍の精鋭だけではなく、都市全体が必要だということらしい。民の姿を土に写して、埋める。

都市の様子を粘土に写すという点では、俑の独り遊びと規模が異なるだけである。俑はようやく同志を見出したような気分になって、発想の傾きに親しみを覚えもしたが、相手は皇帝ということだから、語りあえるわけでもなかった。なるほどこれが、市井の者と皇帝たるものの気宇の違いかと感心したにとどまる。

嬴《えい》に呼ばれて、専属の陶工として働きだすまで、俑は陪葬坑に収めるための陶俑をつくり続けた。

俑も実寸、等身大ということになると、一度各部を制作してから、つなぎあわせて焼成するという工程が要る。胴部、腕部、脚部、頭部等々と分けて作成していく。もっとも、俑のいちいちにも、人それぞれの姿にあわせた個性があって大きさがあり、表情があって服装があり格好があるわけだから、腕を腕だけ、胴を胴だけあらかじめ大量につくっておくというわけにもいかない。分業しなければ手に負えないことは明白だったが、まるで勝手に作業をすすめることはできなかった。

俑はまずその腕を買われて、彡部へと編入された。それは何かと訊ねると、元は髪を担当した部であるということだったが、今は細かな装飾や紋様を扱う部署であると言われた。主に頭部をやってもらうことになるだろうということであり、やはり人間で細かなところは首から上であるからな、と役人はもっともらしいことを言ったが、俑の方では、秦人は奇妙なことを言うものだとしか思わなかった。物体としての細部を言うなら、人間の体のどこをとっても同じような細やかさがあるはずであり、人皮で包まれている以上、顔だけが特別に細工が入り組んでいるわけではない。その人皮にしてみたところで、馬皮や牛皮と比べてどれだけ繊細な皮かと言われると、首を傾げざるをえない。

事実を写せという命令なのだが、短く期日を切られてもいた。モデルを使うにも一万体の陶俑をつくるためには一万人のモデルが必要となる道理であって、自然、職人同士で互いの姿を写しあっている。農夫や工人ならば構わなかったが、将軍や高官の像となると、顔つきや姿勢がどこか異なり、仲間同士ではしっくりせずにどうにも困った。

もっともこれは、地方地方の顔の特徴というものだったかも知れない。秦人の顔は、俑にとっては西の果ての山地の造作である。ひょっとすると、西戎とさえ近しく映る。当然、要人には生まれついての秦人が多い。異国の生まれである自分たちの姿形を、貴人とされる人々の元とするわけにもいかず、これは仕方がないので直接モデルを頼んでみると、ほとんどの者は喜んで作業場までやってきた。直接に言葉を交わすことが許されないような相手であっても、表情から嬉しがっている様子は知れた。絵や鏡ではなく俑ともなると、自分自身を前にしているという印象が格段に強まる。

　この時代、自分の背中を遠くから見たことのある人間はいなかった。勿論、俑の背中は自分の背中とは異なるのだが、それでも画中の平坦な背中とはわけが違った。合わせ鏡を用いても、自分の後ろ姿を見るのは難しい。離れてとなると尚更だ。人々は理由をつけては俑のモデルになりたがり、モデルになった人々は理由をつけて、そのあとも作業場をうろうろしていた。

　正直なところ、邪魔である。姿勢を提案してきたりもするし、自分はそんな顔ではないと言い出したりする。実際よりも豪華な服を着せろと求め、背を伸ばしてやってくれと何かを握らせてくることもある。

　多様な顔形の雛形は必要だったが、陶俑自体に名が刻まれるわけではない。臣民一人一人の記録を残そうという事業ではなく、集団としての人の姿を、地上の帝権をそのまま不朽とすることが目的である。素の人体に名前が刻まれていない以上、俑に名前を刻むことはできない。黥面《げいめん》や文身をして、実際に名が刻んであるというなら話は別だが。そう断ると、提案者たちは曖昧な笑みを浮かべてみせるか、馬鹿にされたと信じて騒いだ。もっとも、と俑はあくまで冷静で、たとえ入れ墨で名前が書いてあったとしても、その名は陶俑の肌に刻むのではなく、彩色の段階で描き加えることになるだろう。

結局のところ、モデルはあくまでモデルであって、単なる参考資料なのであり、その人自身ではありえないのに、そんな単純な事柄さえも理解してもらうのは難しかった。

たとえ名前を刻んだところで、将来この陶俑を見る者たちが、その名に何を思うというのか、俑には全くわからなかった。モデルに比べて、多少眉が細かったり、余分な肉がついていたからといって何だというのか。たとえ今は似ていなくとも、肉の体は滅びて消えてしまう以上、陶俑こそが真の姿とされるはずだった。陶俑を眺め、こういう姿の者がいたのだなと考えるのがせいぜいで、そこで想像されるのは、モデル当人たちではないはずだったし、注目を集めるのは集団としての俑であり、個々人の、その人物のみが持ち、年月とともに蓄えてきた細部ではないはずだった。細部は必要であり不可欠だったが、目的ではありえなかった。皇帝の統治が個々人を際立たせるためのものではないのと同じことだった。

一体の俑、陶工を模した俑の足元から発見されたその竹簡は当初、部首別に編集されるはずだった辞書か、編集時の資料の一部なのではないかと考えられた。漢字の自由すぎる繁殖を恐れた康熙帝の命じた『康熙字典』の成立が十八世紀。不完全ながらも部首の考え方を導入した『説文解字』の成立でも西暦一〇〇年ということだから、もしこの発見が真実ならば、漢字史に大きな書き換えを迫る資料となる。

封泥を施された竹簡には、未知の漢字を多く含んだ文字のリストが記されていた。リストとするのは、明らかに文章とは見えないからだ。竹簡中、一つの文字は一度きりしか現れない。長さ一尺の竹片一枚に二十文字。小篆をもって乱暴に書き殴られている。百五十枚を編んで一巻とし、一巻で三千文字を収録する。これが十巻、計三万文字が記された竹簡が、俑の足元から発見された。現在、中国で日常的に用いられる漢字の数が数千、『説文解字』の収録文字数が約一万、『康熙字典』全体で約五万というのと比べて、規模の大きさが知れる。

この竹簡が注目されたのは、ただひたすらに文字が並んでいたせいである。解字も訓義もなにもなく、四角く文字がひたすら続く。その上、収録された文字の全てが「人」の形を含むのである。記されている文字数が既に通常の辞書の規模を超えるものである上に、この十巻が辞書におけるただの「人部」にすぎないのかも知れないということになるから、議論が過熱するのも無理はなかった。

ある者は、甲骨文字が金文を経たのち、秦に入って大篆、小篆と整俑されてくる過程における文字の渾沌状態を示す資料だと考えたし、またある者は、漢字を超える筆記体系の試みがなされたのではないかと期待を込めた。両者の説が説得力に欠けていたのは、この竹簡に記された文字は、整然として手慣れた形の小篆の枠内にあったからである。甲骨文や金文の持つ野性や野蛮さ放縦さ、実直にして素朴な力がそこには欠けていた。

小篆における「人」の形は、一見「人」のようには見えない。小鳥がすまして左上の空を見上げるとでもいう態になっている。甲骨文における人字は、腕を垂れて背中を丸めた、あるいは中腰になって背筋を伸ばす人の側身である。金文に到ると腕がやや持ち上がり、大篆では一気につぶれて、脆く人の姿になった。小篆ではこれが整理され、手足がのびて立位体前屈の形となり、頭は縮んで、まるで小鳥の嘴のように、こぢんまりとしたものになる。

　俑には秦の文字がよくわからない。この地で使われている文字は、俑の見知った文字とは違い、なんというかこう、度を超して簡潔にすぎるのである。ただの線の入り組みであり、線でしかない。馬という字を見ても馬とはわからず、羊という字は全然羊のようではなかった。岩も川も空も冷たさも皆似たような、同じ太さの線からできており、具象抽象を問わず軽重がなく均質だった。神事に限らず、日常の出来事を記すこともできるというから、俑の知る文字とは根本からして発想の違う別物だった。

　俑にとっての文字とは、一文字一文字が神性を帯び、奇瑞を記し、凶兆を知り、天を動かすためのものである。個人のためにつくられたものではなくて、集団に与えられた恩寵だった。ゆえにそれを土に刻んで、竹簡に記し、不思議な力が得られるのである。天との交信に必要な道具であって決めごとであり、日用できるものではなかった。あくまでも晴れ着であって、清廉に保つ必要があり、為政者のよくするものである。

　やがて小篆と呼ばれるようになる秦の文字が、この先もずっと残っていくものだと俑には全く思えなかったし、そもそも文字だとも考えなかった。神聖を欠いて卑俗な符丁にすぎない。馬のように見えない馬の字などは事物と一時の結びつきしかもちようがなく、符丁の意味はすぐに見失われて、ただの模様に成り果てるだろう。

　そんな文字ならぬ文字を用いて自分たちの名を俑に残そうとする秦人の気持ちが俑には全

く理解できない。自分に全く似たところのない文字で自分を表し、やや似るところはある俑を自分に似ていないと怒る理由がわからなかった。

もっとも、名前のことはよいとして、制作管理のための記号は必要だった。バラバラに作成される各部位が紛れることは避けねばならず、どの俑をどこにどうするという話をするにも、個体を指定する記号がなければ難しい。

人型をしているものに単調に数字を振ることは、誰もがみな躊躇った。数というのは足し引きのできるものであるから、二と三が並んでいたなら、間や隣に、五や一が勝手に生まれてしまいそうな気持ちになる。俑のつくる俑たちはそんな数字の秩序に従ってはおらず、天の道理に従うのである。

作業現場では便宜上、それぞれの俑は職業と渾名で呼ばれていた。「ヒゲの将軍」や、「背の高い魚売り」といったところだ。帳簿には服装や装飾品を含めたもっと細かな指定が記されていたが、いちいちを細かく覚えておくことは困難であり、呼び名としては使いにくかった。

俑たちの間に血縁関係がないことも、事態を変に入り組ませた。俑はただ俑なのであり、地上の秩序を部分的に土に写しただけの存在で、どの俑が誰々の息子で娘であるということはなかった。母親と父親、子供一人をモデルに俑をつくることがあったとして、できあがった俑もまた一家ということにはならない。三体の俑はほとんど同時に地上に現れ出たわけだから、父親の俑が子供の俑より年寄りということはないのである。

俑としての親子関係ということならば、繰り返し利用されるモチーフの伝播を見るべきであり、初期の俑を眺めてみると、まだまだ手慣れない細工が目につく。日々俑をつくり続けるうちに、技術は当然向上し、二つの俑が並んでいれば、どちらが先につくられたのか歴然とすることもしばしばあった。老人の容姿を持つ俑が、他の青年の俑で試みられたモチーフを帯びることもあったし、モチーフの影響関係は一夫一婦制を守る必要さえ全くなかった。その意味で、俑たちは地上の暴君よりも無秩序であり放埒であり、淫蕩だった。三人以上の親を持つ人間は存在しないが、多人数から意匠を引き継ぐ俑は珍しくない。制作過程で互いに影響を及ぼしあうことも少なくなく、両者が親で、かつ子であるということも平気に起こった。

「それこそが、秦の文字を用いるところだ」と俑を呼び出した人物は言う。素直に、都、咸陽の宮殿に出向いたところ、あちらへ行けと示されたのだが、先には瓦をのせた宮殿が続くばかりで途方に暮れた。この時期、咸陽宮の対岸では、のちに阿房宮と呼ばれることになる巨大な宮殿が着々と増築を続けている。咸陽宮と阿房宮は渭水を横切る回廊で繋がれており、この流れが俑の度肝を抜いた。宮殿の中にこの大きさの川が流れるのなら、全体はいかほどのものかと気が遠くなった。史上最大の木造建築物である構造物をさまようこと半日、ようやくその人物の前に出た頃には既に、宇宙における自分の位置などわからなかった。

どんな難題をふっかけられるか、宮殿のかくも深部まで足を踏み入れてしまった自分は果たして無事に現場に戻ることができるのかと震える俑にその人物は、「楽にせよ」とまずは命じた。「お前の腕は耳にしている」と言い、「嬴《えい》である」と続けたのはどうやら名乗りであるらしい。部屋には貴人と俑の姿しか見えなかったが、壁の向こうに武装した警備が充満していることは気配で知れた。俑を呼び出した理由というのは単純で、姿を粘土に写せという。普段と同じようにすれば良い。ただし、

「実寸で写すことは禁じる」という点が違った。「こんなところで実寸の俑を作られては邪魔であるし、道具もない」と言うのだったが、部屋一つでも俑たちの寝泊まりする作業小屋の数倍の広がりがある。調度のいちいちも巨大にして剛健であり、陶俑を十や二十並べたところで手狭になるとは思えなかった。俑は素早く横目を走らせたものの、黙って頭を下げるにとどめた。

　ここで小さな像をつくって持ち帰り、現場で実寸大に拡大せよという。

「何日かかる」と嬴が訊ねて、俑はつまった。

「それは何日ということでしても」と慎重に言葉を選ぶ。期日に間に合わずに殺されるのは御免だったし、必要な精度に達しなかったと斬首の憂き目にあうのも嫌だった。かといって、長い期限を設けて不興を買うのはもっと危ない。

　秦の貴人にとって、俑などは土の俑ほどの価値も持たない。自分を人間とも思っていないとはっきりわかる相手と対面するのは、ただ跪いているだけであっても、体から血が流れでていくような気分になる。

「どの程度の厳密さを御希望かによります。通常の俑であれば、おおよその形をつくるのに一日、細工に二日。御髪の一本までということですと、かたどる間に本数が変わったりもいたしますから、写しとること自体が難事となります」

「なるほど」と、それまで平坦だった嬴の声が生気を帯び、椅子から身を乗り出したらしい衣摺れの音が聞こえた。「そなたは」と呼び方も調子もわずかながら好意的なものに変化している。「学者だな。木偶のごとく肯首を繰り返すだけの、これまでの者たちとは違う。そのとおり。いかなる瞬間もその一瞬のみをとらえるわけにはいかず、変化は今こうしている間にも常に生ずる。水を泳ぐ魚の姿を頭の方から見ていけば、尻尾へと向かうに従い、歳をとっていくはずだ。その魚に充分な大きさがあったとしたなら、人間が記録するのは、頭部が稚魚で尾部が老魚の姿をした生き物となる。一見奇妙な代物だが、あらゆる事物は時の流れから逃れられない。そういうことのわからぬ者は埋めるしかない」

　そう物騒に締めくくった嬴の言葉を、俑の方では固まった姿勢のまま拝聴している。

「そなたに命ずるのは、真人の像である」と貴人は言い、

「真人」と俑が訊く。嬴は頷き、

「盧生の言うところの、完成した人間というものだ。水に入っても濡れず、火に入っても焼けず、天地と寿命を等しくする」

「仙人の像をつくれということでしょうか」という俑の問いかけを、

「違う」と遮る。「あくまでもこのわたしの像をつくるのだ。無論、時間の中で変化を続け

るこのわたしの像をではない。当然、時間を超えた像となる。頭の先が一瞬前、足の先が一瞬後の姿を写すというような、時間に侵された像は必要ない。ほんの一瞬、そこにあったがゆえに、永遠に存在せざるをえなくなるようなものが望みだ」

「それには、時間を超えた時間がかかりましょう」

「ふん」と嬴は笑い捨て、「道士どものように口先だけで無限の時間と黄金を求めようとするならば、そなたも命を失うことになる。期限は次の満月としよう。それまでに真人の像をつくれなければ、これまでの二十一人と同じ運命をたどることになるだろう」と具体的な数字を上げた。自分が典型的な使命達成寓話に巻き込まれたことを悟った俑は、

「しかし、時の中に不滅のものは御座いません」

「不滅を滅ぼす矛を用いて、滅を先に滅するのだ」と嬴は応えた。

陵墓建設が決まった初期には、陪葬坑に何を収めるべきなのかという議論があった。地上の帝権を写すと一口に言い、王族や官吏、後宮の女たちを並べるだけでは不足なのは明らかだ。統治者だけが存在する地は、統治者たちの間から農民や工人を生み出すことになるだけである。市井の者の姿を写すところまではまだよしとする。その生き様を写すとして、姿勢はいかにするべきなのか。それぞれに職を持つ以上、仕事の様子を再現するのが適当であるとの意見があり、いや、全ての俑は皇帝に拝謁する際の姿勢をとるべきであるともされた。犬や猫、鶏、幼児や乳児をどうするという議題が出され、兵器や馬車はどうなのかというこ

とが言われた。都市そのものも写すのか、それであるなら、「皇帝陵の一部分はまた再び、皇帝陵に当てられるべきではないのか、地上の帝権が陵墓の一部に写されるなら、陵墓に写された帝権もまた陵墓を建設するだろうから」と言われたりした。兵器を模すなら死体をも、その墓までも再現するのかと議論は続き、そういうことではないのだとして打ち切られた。

皇帝臨御の姿勢にこだわりすぎると、あまりにも堅苦しくなりすぎる。出御の直前、万民が姿勢を正し背を伸ばして待ち受けるところでよいのではないかとされた。その場面で犬や猫や子供があたりを走り回ることはなく、庶民の家まで再現する必要はない、といったところで決着を見た。皇帝の眼前に広がる地上はあくまでも整然として清澄である必要があり、槍は光り剣は磨き上げられたまま、血に塗れることは決してなく、実りは豊かに、海と山は無限の幸をもたらし、黎民は喜びを歌い上げる。そこには記されるべきことしか記されない。

俑の前に現れる嬴は見れば見るほど、とらえどころのない人物である。くるくると印象が変転してとどまらない。おおよその形をとって目を上げると、そこにいるのはもう別人である。簡単にすむはずだった作業は全然先へ進まなかった。別人のようにしか見えない嬴の姿を目に焼きつけ直して粘土に向かうと、今度は自分がつくっていたはずの俑もまた別の形に勝手に姿を変えた気がした。モデルと粘土の間で視線を往復させるうち、どちらがどちらかわからなくなることさえ起こった。二人きりの部屋の中、そんな俑の動きを、嬴は楽しむように観察している。

「これまでも、困惑した者はあったが、そこまで動揺する者ははじめてだ」と喜んでいる。

「泡の上を流れる油を見ているようです」と俑。

「その泡を割ればそなたの命はない」と嬴は笑い声のままで言う。「そなたには、わたしの真の姿が見えているというのはどうかな。写しとることができぬ人間であるというわたしの姿が」

どこまでが冗談なのか俑には不明だ。方向の知れぬ会話はどこで死の淵が不意に口をあけるかわからないから、話題を転じた。

「――先日、秦の文字を参考にせよと申されましたが――」

「俑を管理するのも文字を管理するのも同じことだ」と嬴は何かを払うように手を振る。

「ただの符丁にすぎずとも、秩序に従うことが重要で、従うことではじめて意味が与えられることになる」

「『從』ですか」と俑は間を置き、「わたしの国では『从』とします」

「従うことを『從』とするのが、物事に従うということだ」と嬴。「『从』の字が『仌』と異なる字であるとする根拠は何もないのと同じく、『從』であっていけない理由はない。定める者と、従う者があるだけで理由も因果もありはしない。理由はなくとも、文字を秩序の網で覆うことはできるし、人は法で縛られねばならぬ」

「しかしその秩序なるものは、人によって異なります。たとえばわたしの国では『非』や『身』は、『人』と同じ形を含みます。『異』は面をかぶってこちらを向いた人間の姿、

『文』は体に入れ墨をして立つ人間の姿です。『北』の字は互いに背を向けている二人の人間からできています。横から見ても前から見ても、人は人に変わらないはず。人が含まれるかどうかで文字を分類する方が自然で、特定の形を人と定めることは――」と我に返って、「わたしの国ではしませんでした」

「もうその国はない」と嬴。「統治とは枠の構築だ。ある者が人の姿を書いたと主張して、他の者には鳥の頭にしか見えないということはよくある。人の姿を鳥と言い張る者には、それは人だと言わせねばならぬ。決めごとは不可欠で、文字はまっすぐ記されて、格子の中に整然と配置されるべきものなのだ」

そう言うと、傍らの机から筆をとりあげ、竹片に何かを記して俑へと向けた。「圝」とある。

「意味がわかるか」と訊ねた。

静かに頭を下げてみせた俑へ、

「零だ」と嬴は面白くもなさそうに言う。

俑の傍らから発見された竹簡がしばらくの間、阿語の図鑑とみなされ、阿語の起源と目されたのは、この竹簡の文字たちと阿語生物群との間に、重複する多くの形が見られたからである。竹簡には、阿語生物群に見出された、「優」や「儴」たちによく似た形態を持つ字があった。もっとも、阿語生物群の名を高からしめた「㚇」や「儓」、「颯」のような生物の姿はそこに見えない。

竹簡に現れるのはあくまで、「𠆤」、「仁」、「仨」、「伵」、「伍」、「𠆯」といった素直な文字たちや、「仌」、「从」、「众」、「㐺」といった集積、「伏」、「仵」、「件」、「傌」、「馱」、「佯」などの単純な組み合わせであり、複雑さの程度もせいぜいが、「驟」程度のものにすぎず、阿語生物群が時折見せる、数千画を持つ入り組みは見られない。竹簡に記された文字たちには確かに、現行の文字に比べて過剰なものが目立つが、観察を続けるうちに慣れてしまう程度のものとも言えた。たとえば、「傘」字は人を五人含んでいるが、それほど複雑な字とはされない。

過剰な部分はあるものの、甚だしく外れはしないというのが、現在のこの竹簡に記された文字群に対する評価であり、阿語生物群の起源をこの竹簡に求める研究者はほとんどいない。古生物学的観点からは、かつて繁栄した阿語生物群がこの地に定着したこともまたありえないとされる。それでもしかし、「僂」のような形態が偶然に似る可能性はとても低そうだという意見はもっともだ。議論は多く存在するが、最も妥当な推論はこうである。阿語生物群と竹簡における「僂」字が似通うのは、収斂進化のような力が働いたからである。阿語生物群は、激変する環境の下、構成要素をユニット化し、総当たり的に激しく組みかえていくことによって生存を試みた生物群である。竹簡に記された文字たちは、漢字が成立しようとする初期に、様々の部首が設定されてかき混ぜられて生まれたものではないかということになる。ユニット化と組み合わせが両者を生み、それゆえに起源を等しくしない二つのものが似通ったのだという理屈である。

結局のところ、この竹簡に記された文字たちは、阿語生物群とは異なり、誰かが記したものなのだ。当然、誰がという点が問題とされた。

ごく素朴に考えるなら、竹簡の傍らで発見された俑のモデルを、その人物とするのが妥当である。この竹簡を作成したという業績を保存するために、竹簡とともに埋められたのだと見る。

しかし、とここに反論があり、俑にとっての竹簡はまた、粘土で竹簡のようにつくられた陶器であるべきだとされる。俑には人の用いる竹簡などは不要なはずで、全てが粘土でつくられているところに意味があるのだ。そうでなければ、俑は丸裸の人間だけを模し、衣類や装飾品は実物であってもよかったということになる。そういう意味で、俑の傍らに竹簡が埋められているのはおかしい。

勿論、反論には常に反論がつきものだから、竹簡くらいは大目に見るべきだという意見もある。陪葬坑には青銅製の槍や剣も埋められている。徹底を言うなら、これらの物品も陶器でつくられているべきではないか。それはたしかに、竹製の竹簡と、陶器製の竹簡が出てくるならば、何かの意味があるともできる。しかし陵墓から出てくるのは竹製の竹簡ばかりで、陶製のものなどはない。特にこの竹簡を奇妙とする根拠はないのである。ただ、書かれている内容が偏っているにすぎない。

俑が嬴の正体に気がつくのはもう少し先のことであり、その体験をもとにして、独自の文字を記しはじめるのはその先の出来事になる。

　真人の像をつくるという謎掛けに取り組む俑は、阿房宮の一室で、一人、文字を造りはじめた。それは秦の定めた文字の様式に正確に従い、規矩をはみ出すことは決してないが、異形と見える文字たちである。そこに現れるほとんどの文字は俑の手によってはじめて書かれたものになる。

　もっとも俑にとっては、自分が竹簡に並べていくその文字によく似たものが、秦によって定められ、採用されている文字であろうとなかろうとどうでもよかった。俑にとっての「傌」の字は、馬の傍らに立つ人を意味していなかったし、馬に似た者も、人に似た馬も意味していなかった。「俑」字の「甬」も別段、足踏みをする人間を示すわけでも、音を表示しているわけでもなかった。俑の生まれ故郷では、「甬」は人の姿を写した字だから人部として考えることができたが、この地では、雨は人ではなかったし、俑もまた人ではなかった。俑の生み出していく文字たちは音価を持たず、それは俑がこれらの文字を発音されるものとして定めなかったからである。ただ、一体一体の俑を個別に指定するためだけに、いちいち文字をつくっていった。文字で一体一体の姿を現すと同時に、親子関係を記そうとした。

　それらの文字は、真人の像をつくるために考えられたものである。傌は「馬」で示されるモチーフを持つ俑であることを示すし、俑は「甬」で示されるモチーフを持つ俑であることを示す。幾つかの基本となるモチーフを設定し、あとはその組み合わせを実行するだけのことにすぎない。秦が整備した文字を利用して、僴は秦が意図しなかった僴の名前を作成していき、僴の作り出す文字は種類の数だけならば、秦の文字をたちまち圧倒していった。整備されたことにより、扱いの簡単になった文字は溢れて、機械的に組み合わさり、血縁ではなく、部首によって繋がれた子孫を次々に生み出していった。

秦の作り出した小篆にとって一番危機的な時であったかも知れない。もしも僴が目指したことが、種類の拡大ではなく、単なる量の拡大だったら、小篆の意味は失われたかも知れないからだ。

この時代ではただの誤字としかされない文字でも、遥か後代には、「多く残された文字が正しい」とされることになるはずだった。一つの文字を消し去るには、必ずしもその文字を覆滅する必要はなく、出鱈目な資料を大量に作成するという方法もある。偽文字が本物の文字の十倍、百倍量存在すれば、真の文字の姿は多数法的に失われることになるはずだった。

僴のつくる文字たちは、多様な形を生み出すことに長けてはいたが、コピーを生み出し続けるという繁殖力には欠けていた。

嬴といい、嬴といった。
嬴といい、嬴という。
嬴といい、嬴という。
どれもが同じ嬴であったが、目を凝らせばどれもが異なる嬴だった。勿論、僴はそのことにやがて気がつく。影武者とはやや異なる。影武者だとして、その入れ替わりは一瞬にして行われる。ほんの瞬きする間に、二人だけしかいない部屋の中、平気な顔で入れかわる。どの嬴も皆よく似ていたが、誰もがどの嬴とも違う嬴だった。とらえどころがないのも当然で、それぞれが別の人物なのだが、あくまで同一人物なのだった。

規則が必要であると主張する嬴自身が未だ、自分を律しさることが叶わずにおり、文字の繁殖力の前に蹌踉《よろ》めき、揺らめいていた。嬴がかろうじて自分として固定することができていたのは、𣎆の部分だけであり、中身は自由に入れかわっていた。「嬴」字はカタツムリを意味するという。もしくは、ヤドカリであるともいわれる。そこには器だけがあり、中身がなかった。魂が体をかえて生き延びるのではなく、体が頻繁に魂を入れかえながら活動していた。

「すなわち」と俑。「真人の姿を一体の像へ写すことは叶いません」

この解答を受けた嬴は訊ねた。「それで全部ではあるまい」

「一体の像を造れとは命じられませんでした。先に、『実寸で写すことは禁じる』とされたのはそのためです」

その俑は、嬴の正体についに気がつくことがない。皇帝の命を受け、阿房宮の一室で、ひたすらに小さな俑を造り続けている。大陸の西端でローマがカルタゴと激しい戦いを繰り広げていたこの時期に、東の涯では強大な専制国家が成立していた。秦と号し、初代皇帝は

「始皇帝」を名乗った。名を、嬴政。「嬴」は現在ではほぼ使われることのなくなった文字だが、意味は「満ちる」「あまる」。あるいはそのまま、皇帝家の姓を指した。字体に「女」が含まれるのは、この頃本格化した姓という制度が婚姻を基《もとい》とすることを表すともいう。

この「嬴」をやや変形し、さんずいを施すと「瀛」となり、水の満ちる大海となる。海上に蓬萊・方丈・瀛州の三神山あり、と『史記』の「封禅書」にいう。仙人が住むこの土地には不死の薬が存在し、禽獣は皆白色であり、宮城は金銀で築かれている。遠くはないが、風に吹き戻されて近づくことはかなわない。のちにこの「瀛州」は日本のことであるともされた。

俑は阿房宮の中にもうひとつの秦をつくりあげていく。俑のつくる秦の土地には当然、俑も登場するが、真人となるために人前に姿を見せることのなくなった嬴の姿は現れない。嬴は宮殿中に巡らせた甬道を人知れずさまよい続ける。嬴が現れることもないから、俑の俑は、嬴の正体に辿り着けない。ただ、もうひとつの秦で造作中の皇帝陵の傍らで、高々と積まれた粘土の山を見上げている。

もうひとつの秦の人々をよく観察してみると、我々の知る人類とは違った者たちであることがわかる。姿形はそっくりなのだが、来歴がすっかり異なっている。血縁というものは存在せず、ただ類似だけがあり、大人はあらかじめ大人、子供はあらかじめ子供として生まれてくる。幸も不幸もただ行われるだけである。サイコロを振り、カードを引くようにして、人々の暮らしは決められる。前もって意味があるわけではなく、意味は強引に見出されていく。起こりうることはあらかじめ知られ、しかもいつか必ず起こる。だから、もうひとつの秦においては、作り話の上手い者がもてはやされる。

俑のつくるもう一つの秦はやがて阿房宮の一室から溢れ出し、廊下に広がり、中庭を横断し、回廊を伝って拡大していく。渭水を曲げた遣水に達し、それを東の海と見立てる。海には童男童女三千人を乗せた徐福の船が浮かび、行く手には三山が姿を見せている。小振りな俑は誤って踏みつぶされ、雨に崩れる。皇帝なき秦の姿こそが真人の像であるというのが俑の答えで、存在しないものは滅びない。嬴はこの解答を受け入れた。

阿房宮が炎上し、その炎によってようやく真人の像が完成するのは、まだもう少し先の出来事である。

# 海の指

飛浩隆

ＳＦマガジン二〇一〇年二月号に第一話が掲載された「零號琴」は、短期連載として構想されながら物語が膨らみ続け、二〇一一年十月号で完結したあとも長く書籍が刊行されなかった。

そんななか刊行され、十年ぶりの飛の著書になったのが、二〇一六年刊の『自生の夢』（河出文庫）。「謎の情報災害に対抗すべく、言葉によって七三人もの人間を死に至らしめた殺人鬼を死の世界から呼び戻す」表題作とその関連作を中心に、先鋭的かつ官能的な中短篇を収録。第38回日本ＳＦ大賞の受賞作となり、飛に「二度の日本ＳＦ大賞受賞者」という唯一無二の栄冠をもたらした。「海の指」は同書収録作。スタニスワフ・レム『ソラリス』のアイデアを用いつつ飛の代表作『グラン・ヴァカンス　廃園の天使Ⅰ』（ハヤカワ文庫ＪＡ）のモチーフで変奏する一本。第50回の星雲賞日本短編部門を受賞。初出は二〇一四年、講談社のコミック配信サイト「モアイ」。ＳＦ作家が短篇を書き、そこから着想を得て漫画家が読切コミックを描くコラボ企画の第一弾として執筆された。実際に「海の指」への返歌として、木城ゆきとが読切「霧界」を描いたが、コラボ企画自体は半ばで頓挫し、最終的に大森望編のアンソロジー『ヴィジョンズ』（講談社）に纏められた。

二〇一八年には、『ポリフォニック・イリュージョン　初期作品＋批評集成』（河出書房新社）を刊行。第1回三省堂ＳＦストーリーコンテスト入選作であり、デビュー作でもある表題作（一九八二年発表）など初期の短篇六本と、切れ味鋭い書評群を集めた、ファン垂涎の一冊。

同年、ようやく刊行された『零號琴』は、異星で発掘された巨大楽器の秘密を巡る活劇という、七〇年代の英米ＳＦを思わせる大枠に、日本ＳＦやサブカルへの批評的目線を織り込んだ、一大迷宮にして奇書。七年にわたる改稿を経て、内容は原型を留めないほど書き換わり、改稿前のバージョンが『零號琴〔ＳＦマガジン連載版〕』として電子で発売されるという異例の事態になっている。『零號琴』前日譚の「書き下ろし長篇」が二〇二〇年刊行の予告もあるが俄かには信じがたい。

飛浩隆（とび・ひろたか）は一九六〇年島根県生まれ。ＳＦマガジン二〇二〇年二月号より《廃園の天使》第二長篇の仮想空間昭和学園超能力アクション（仮）の『空の園丁』を連載中。（伴名）

# 1

卓袱台《ちゃぶだい》に朝食が並ぶ。ごはん、目玉焼き。おひたし。日差しがガラスの醬油差《しょうゆさ》しにあかるい点を打つ。内川志津子《うちかわしづこ》は味噌汁《みそしる》の椀《わん》を出す。夫の和志《かずし》は佃煮《つくだに》でごはんをかき込んでいる。

茶の間の十四インチのブラウン管にはいつものアナウンサーが映っていて、手元の原稿を訥々《とつとつ》と読みあげる。水道管工事に伴う道路規制、消防署から訓練のお知らせ、犬の鑑札……。このアナウンサーは役場の職員で、昼間は保険証の仕事をしているのだ。志津子もご飯を食べる。

「では海象《かいしょう》予報をお伝えします」

志津子は目を上げる。和志は気に留めず汁を啜《すす》っている。画面には志津子たちが暮らすこの〝島〟——泡洲《あわず》の簡略な地図が映る。四方を海に囲まれた、小さな四角い陸地。その北東の象限《しょうげん》にカメラが寄る。海岸線にそってすべてに「晴れ」のサインが灯《とも》っている。志津子のほっとした顔に、

「あてになるもんか、そんなの」

「気分がいいだけましだわ」

和志はランニングシャツとズボンのなりで立ち上がり、作業服の上をはおる。胸も腕も若くひきしまっている。まだ青年の身体なのだ。

「めったなことじゃ荒れないよ」

「私〈灰洋《うみ》〉は嫌いなの。今夜何がいい」

「鰯《いわし》の生姜煮《しょうがに》」

「またそれ？」

志津子は微笑《ほほえ》む。和志は口下手で冗談はうまくない。それが可愛《かわい》い。

「海のサカナなんて、食べたこともないくせに」

鰯の生姜煮が泡洲の食卓に上がることなど、ぜったいありえない。

玄関で志津子は靴べらを渡してやる。小さな借家、コンクリートを張った玄関にならんだ大小二組の革靴。和志は、弁当の入った手縫いの袋を受け取り、靴べらを返す。からりと引いた戸の外、小さな前庭は小手毬《こでまり》の花で埋め尽くされ、まぶしいほど白い。自転車にまたがる和志の背には、会社の名前がオレンジ色の糸で縫い取りされている。「泡洲音響工作」と。

「彼岸流《ひがんりゅう》には気をつけてね。くれぐれも」

返事は「ハムカツがいいな」だった。

志津子は食卓を手早く片づけ元栓を閉める。事務服に着替えて家を出る。木造の平屋がたてこむ住宅地、板塀と生け垣にはさまれた細い未舗装の路地を進む。幅五メートルほどの舗装された道に出ると、そこからは長い下り坂だが、狭く折れ曲がっているので、見晴らしは良くない。灰洋《うみ》は屋根と屋根の間にときおりわずかに見えるだけだ。

そのかわり視界を圧倒的にふさいでいるのは、道の先に聳《そび》える石造りの大門だった。かつて〈海の指〉によって灰洋の底から陸地に押し出され、そのままこの坂道に居座ったイスラム風の建物だが、それは世界が灰洋に支配される前、かつてイスタンブルと呼ばれる都市があった頃、グランド・バザールの東側に設けられていたヌルオスマニエ門に瓜《うり》ふたつなのだった。

そんな名前を志津子は知らない。だから門の先にあるのがバザールの建物ではないことにも疑問を抱かない。オスマン様式のドームをむやみに扁平《へんぺい》にしたような大屋根を、モロッコのモスクで使われるような緑の彩釉瓦《さいゆうがわら》で葺《ふ》いてあることも、そのかたわらに立つミナレットが、サハラ北部にあるような日干し煉瓦《れんが》を積み上げた先細りの形をしていることも、そしてそのどれもがオリジナルとはかなりちがっていることも、なにひとつ不思議とは思わない。

門をくぐり大屋根の下に入ると眺めはさらに奇妙になる。道路が左右だけでなく上下にも分かれているのだ。高さのある空間を生かして四、五階層が形成されている。志津子は海岸通りへの近道になる第二階層へ歩いていく。

グランド・バザールを立体的な蜂の巣状に成長させたらこうなるだろうか。建築様式のパッチワークぶりは外観をさらに上回っているが、しかしその構造にはめ込まれているのは、いかにも不釣り合いな饗津《あえづ》商店街の店々なのだった。志津子が進む道のかたわらには八百屋、荒物屋、クリーニング店、電器店がある。一階層下の通り沿いには理髪店のねじり棒が回り、豆腐屋のおかみさんが店の前に揚げたてのがんもどきを並べているのが見えた。文具店は店先に学年誌や絵本の陳列ラックを置いている。くすり屋の前ではカエルとゾウがうなずきあっている。大天井のいたるところには大きな開口部が設けられ、採光も通気もよく、この空間全体はほとんど屋外の気配をかよわせているのだった。舗装や側溝や電柱はもちろん、道ばたの雑草まで門の外と変わりない。階層をつらぬいて天蓋《てんがい》を支える巨大な列柱には饗津土着の植物がびっしりと取り付き、それらが張りわたした枝々には新緑が燃えていた。昔ながらの町、海に面した斜面という地形、そして異国の巨大建築がシームレスに融合している。

これも、やはり〈海の指〉がもたらしたものだ。

帰りは忘れずにハムカツを買わないと——志津子は一階層下にある肉屋の看板を見下ろしながら商店街を抜けた。通路はそのまま下り坂の延長になっており、そこを降り切ると大通りに出る。片側一車線で両側に舗道もある。そこを渡ってさらに海岸へ近づく。

饗津では山が海ぎりぎりまで迫っていて、平地の奥行きはせいぜい四、五キロしかない。いま志津子は山のふもとと海との真ん中あたりを歩いているが、ここで立ち止まって振り返れば、町の背後にひろがる山の斜面をびっしりと覆う建築物を見ることになるだろう。スズメバチの巣のような白茶色の球体がある。玩具ブロックを積み上げて上下逆さに据えたような「城」がある。ガラスと金属を帆船の帆のように展開したものがある。天を衝《つ》くような鋭い尖塔《せんとう》の群がある。時代も様式も異なる建築が山裾《やますそ》から山頂まで、ウロコのように重なり合いながらびっしりとこびりついているのだ。仔細《しさい》に見ればその起伏のなかにティカルの碑文神殿、グッゲンハイム美術館、ケレタロのサンタ・クララ聖堂、デヴァター像を擁するバンテアイ・スレイ、ロンシャンの礼拝堂、ポタラ紅宮、黄金の神像で飾られたワット・プラ・ケオ、など数限りない大建築の姿を見てとることができるだろう。あるものは原型を鮮明にとどめており、あるものは溶けかけた蠟燭《ろうそく》のように形を失いかけ、また建築同士が交配して新たなキメラとなっている場合もある。

〈海の指〉は実にさまざまな形でこの町を襲うが、何回かに一度の割合で、大量の建築物を灰洋《うみ》から陸《おか》に押し出してくる。しばらくすると次の〈海の指〉が起こり、その堆積をさらに陸に押しやる。たびかさなる災禍が年輪のように降り積もった結果が、志津子の背後の山であり、この町そのものであり、そのことを思い知らされるのが嫌いだから志津子はめったに振り向かない。

　さらに進み、海岸に沿う二車線の通りに出る。右手からバスが来る。この土地ただひとつのバス会社、泡洲交通の車両。運転士が目礼してくる。そのバスの後を追う形で志津子は左へ曲がる。すたすた歩く。右手に堤防、左側が町。〈海の指〉の痕跡はそこら中に見える。奇妙な建築、不可解な道路の繋《つな》ぎ方、全部そうだ。

　小さなクラクションが背中に噛《か》みつく。ふり向くと風防眼鏡で顔をおおった女性が微笑んでいた。先輩社員の花枝《はなえ》だった。花枝はスクーターを降り、志津子と並んだ。風防を上げると、つんととがった小さな鼻、大きな目があらわれる。

「いやねえ。日差しきついわあ……」飲み屋のお姐《ねえ》さんのようにハスキーな声だ。「ね、貸して。一本」

志津子はバッグから煙草《たばこ》を取り出しマッチを擦ってやる。花枝はすぱすぱとせわしく火をつけ、ふーと煙を吹くと、くわえ煙草でスクーターを押す。五分ほどで二人の勤め先に着く。もらった一本でその五分を楽しむのが花枝の日課になっている。勤め先、泡洲交通の本社はもう見えている。泡洲の主だった町々を結んで路線バスを走らす。社員七十人といえば泡洲でもちょっとした大企業だ。

人口八千ほどのこの町は饗津といい、泡洲では最大の町である。泡洲の人口はぜんぶ合わせても七万に満たない。それが「四国の半分ほど」と言われるこの陸地に住む人の数だ。

「四国の半分ほど」。

しかし「四国」がどんな形をしていたか知る者はいない。多くの知識、情報ははるか昔に日本列島とともに失われてしまった。言い伝えはある——かつて日本という国があり、泡洲の住人や言語はその日本に由来しているらしいということは。しかし、その日本とやらがどこにあったものか、そもそもこの「泡洲」と呼ばれる陸地が、日本列島と関係あるのかどうかさえ、だれも知らない。

二十一世紀の中ほどまであった世界は、掛け値なしに、そっくり消えた。

想像を絶する惨禍があったはずだが、その記録は受け継がれていない。大変化の起こったのが、曽祖父の頃なのかさらにその先々代なのか、すべてはぼんやりとしている。

灰洋《かいよう》の色のように。

泡洲の四角い陸地を、灰洋という、灰色ののったりとした広がりが取り囲んでいる。だれもがそれを「うみ」と呼ぶ。それ以外の表現方法がないからだ。しかし灰洋《うみ》は水ではない。見た目はそば粉を溶いたような、灰色の重さのある流体であるけれども、それに触れた物質は一瞬で極微に分解され流体の一部となってしまう。——志津子の前の夫がそうだったように。

灰洋は極地から赤道まで地球全域を覆っているらしい。泡洲のような小さな陸地はほかにもあり、機能を残した衛星回線の狭い帯域を介してほそぼそとメッセージをやりとりすることはできる。そうやって情報をかきあつめたかぎり、人類は一千万人くらいは生き残っているようだ。

海洋の百パーセントと陸地の九十九パーセントは、灰洋と化した。人類も〇・一パーセントを残して灰洋に溶けた。

灰洋は地球を完全に支配した。灰洋が通常の意味で「物質」であるかどうかさえ判らない。泡洲の人々ができるのは、わずかばかりの恵みを灰洋からかすめて生き延びることだけだ。よその九百九十三万人もきっとそうしているのだろう。

これが、志津子のいる世界だ。

電柱に取りつけられたスピーカーから音楽が流れ出す。町の有線が一日三回、朝、正午、夕方に「春の日の花と輝く」を流すのだ。ストリングスを従えてトランペットが歌う旋律を聴きながら、社員通用口でスリッパに履き替え、事務室に上がる。古い新聞を片づけ、花瓶の水を新しくする。据え置きの金庫から、社印の箱や手提げ金庫、定期券の用紙の束などを決められた場所に出す。お茶を淹《い》れて配り終えると始業の三分前だ。

ふたりはカウンターぎわの席について仕事をはじめる。そろばんを弾く。伝票を起こす。ブルーブラックのインクで帳簿をつける。税金と社会保険料を計算して給与明細を作る。カーボン複写で請求書を作り封筒に入れる。客に定期券を売り回数券を売る。応接間にお茶を出す。働くうちに壁かけ時計の針が十二時を指し、ぼーんぼーんと鳴る。外の電柱で「春の日の花と輝く」が流れる。

休憩までにはまだ一時間あるが、すこし手を止めて志津子は息をつく。曇《くも》ってきたようだ。

朝よりも少し暗い。

と、遠雷に似た音がとろとろとろと鳴った。

(海の方かしら)と志津子は考える。(和さん、もうお弁当食べたかな)

*

空のどこかで遠雷のような音がした。

町の方かなと考えたが、ごうんごうんという重機の音がうるさくて、和志はすぐに遠雷のことを忘れた。食べ終えた弁当を新聞でくるみ輪ゴムを掛ける。煙草を一本くわえてマッチで火をつける。鼻先にたちのぼる煙の向こうには砂浜があり、その先、陸と灰洋《うみ》の境には、灰色の煙り――〈霧〉がたちこめている。いつものようにそれをぼんやり眺めていると、

「きょうも愛妻弁当かい。ええなあ」

「大溢《おおえき》さんだっていつも美味しそうなの作ってもらってるじゃないですか」

「こっちは結婚年数が二十五倍なんやで。ときめき度は四十分の一や」

大溢はどっこいしょと言いながら隣りに腰を下ろした。ずんぐりした体格に真四角な顔、半白の頭を短く刈り込んで、和志と同じ作業服と長靴だ。

「どうです？」

和志は煙草の箱を差し出す。太い指で一本抜いて大溢は自分のライターで火をつけた。金属製のごつっとしたライターだ。これはかれが自分で調達した品物だ。

ふたりは並んで煙草をふかし、灰色の霧を見るともなく見ている。霧にはばまれてここからは見えないが、その向こうには灰洋がある。高い山に登れば、その果てもない広がりを見わたせる。泡洲の海岸を縁どって霧の境界線が延々と続き、泡洲全体をぐるりと取り巻いている。

灰洋はあらゆるものを崩壊させ、呑《の》み込む。

ではどうして泡洲は溶かされてしまわないのか。

和志は小学校でこう教わった——泡洲は熱したフライパンに落とした水滴なのです。水滴の下に薄い蒸気の層ができフライパンの熱を遮断するので、水の粒は涼しい顔をして鉄板に浮かんでいられます。本来なら一瞬で陸を消滅させるはずの激烈な反応を、霧が緩衝しているのです。しかし水滴が熱と水のせめぎ合いの上に浮かんでいるように、陸と灰洋のあいだにも激しい拮抗があります。

それが——と教師は言った。「振動なのです」と。

ギターの弦をつまんで弾く。ビーンと振動して弦の輪郭《りんかく》が見定め難くなる。それが霧なのだ、と。

荒っぽい喩《たと》えだが要点はつかまえている。フライパンと水滴のあいだの蒸気の薄膜。通常の物質ではなく灰洋でもない、そのような中間的な相の上に、泡洲はぽっかりと浮かんでいるのだ。だからこの霧は、強い風が吹こうが、腕をつっこんでかき回そうが、炎を浴びせようが何の反応もない。ある方法以外には。

ごうんごうんという音は、休みなく続いている。

何台もの重機が、波打ち際に横たわる巨大な像の周りで作業しているのだ。悍馬《かんば》にまたがる半裸の英雄の像である。逞《たくま》しい筋肉やポーズがこれ見よがしに強調された、通俗的な造形。馬の口は嘶《いなな》きの形にひらき、英雄の目は高揚に見開かれている。台座のないブロンズ色の像は、本来は直立していたのだろうが、ここでは横倒しだ。全長およそ三十メートル。ばかげた大きさだ。どこかの独裁国家でもなければこんなものは作るまい。むろん泡洲にこんな像を製造する設備はない。しかしこんな重い像が灰洋を渡ってこられるわけもない。

重機は、バーナーや蟹爪《かにづめ》のようなアタッチメントをつけたアームで、像を少しずつ切り取っていく。切り取ってはダンプカーで運ぶ。この像は泡洲の「鉱山」なのだ。この像が砂浜に横たわってから早半年、重機たちは一日もやすまず働き続け、像はあちこちがスリット状に切り取られて、巨大な鳥籠《とりかご》のようにも見える。

この像は――人間が引きずり出したのだ。霧の向こうから。


吸い殻を投げ捨て大溢が立ち上がる。

「そろそろ鳴らすかね」

「うっす」

二人は海岸と町を仕切る堤防に上がる。放送中継車を二回りばかり大きくしたような車両が、エンジンをかけたまま駐車していた。車体には「泡洲音響工作」とペイントされていて、ボディ側部のパネルに太いケーブルが何本も接続されていた。ケーブルは海岸に置かれた黒い箱まで伸びている。人の背丈ほどの箱が、七、八台、横一列にならんで海に面していた。

二人は後部ドアから車両に入る。中は音楽スタジオのミキシングルームのようで、狭い空間に機材が詰め込まれていた。調整卓に座ると、正面の防音窓から海岸と〈霧〉、箱が一望できる。

「午後はもうぜんぶ任せるわ」

「……うす」

和志はこめかみから顎《あご》の下までを覆う、特別な形状をしたヘッドホンを装着する。両手に黒いグラブをはめる。カーボン繊維《せんい》に金糸を編み込んだような生地《きじ》だ。調整卓のスイッチを次々入れると、黒い箱から音が流れ出す。それは古い映画館から持ち出されたスピーカーなのだ。人の声も、音楽も、環境音も、どんな種類の音も豊かに鳴らし、ここぞというときには劇場を揺るがすパワーを秘めている。和志がスライダを押し上げると音量が増す。楽音ではない。どうかすると不快な音だ。ざっと砂を流すような、何千枚という瓦が傾《なだ》れ落ちてくるような、巨大な虫がきりきりと翅《はね》をすりあわせるような、嵐が竹林を掻《か》き回すような音。さまざまな音素材が、刻々とバランスを変えつつ、けっしてリズムには支配されず、しかしどこかに拍動が隠されているような、名状し難《がた》い音の渦《うず》、あるいは雲、もしくは波。車内のサーバにストックされた音響素材を、刻々とミックスを変えつつ、大音量の音を、霧に打ち当てる。

すると、霧は、見えない手で押されたように退《ひ》き、それをきっかけに風にゆらぐカーテンのような前後動を始めた。和志の表情は真剣だ。その集中力のほとんどは、窓から見える風景ではなく、ヘッドホンに向けられている。

「そうそう。うまいじゃないか。ちゃんと良く聴いてな」

和志が聴いているのは、霧に向けられた高感度マイクが拾う音だ。霧は、ぶつけられた音を返してくる。しかし元の音とは多少違っている。和志たち技術者はそのかすかな差異を聴き取る。ソナーの反射音の中に敵の艦影が見えるのと同じ。和志はスピーカーの架台にコマンドを送り、上下に動かした。それに煽《あお》られるように、霧がはためいた。

「見えました。たぶんこれです」

和志は右手をスライダから離し、胸の前で何かをなでまわすようなしぐさをする。黒いグラブはヘッドホンと連動し、耳で聴いた反射影に「ふれる」感覚を生じさせる機能を持っている。

「もう少しこっちに寄せないと摑《つか》めないな。でもこうしていると――ほんとうに灰洋《うみ》の中を直接まさぐっているみたいだ」

霧の動きは大きくなって寄せてはかえす波のようだ。

「いいから集中しな」

「いや、しゃべってた方が集中できるっていうか」

和志の手は、簞笥《たんす》の引き出しに手を掛けるときの形になった。

「志津子さんが頭に浮かぶからかい」

「足、踏んでいすか――ああ、いいぞ」

やがて霧の前後動の中に、四角い箱の形がうかびあがってくる。輪郭《りんかく》は不明瞭だ。霧で見えないのではない。まだ形ができあがっていないのだ。

「いいぞ……」大溢が囁《ささや》く。「見えてるか？　灰洋の中の本体が」

「見えてます……」

「指を引っかけるつもりでやれ。そうしてひきよせるんだ。母ちゃんをいかせるときみたいに慎重に……大胆に」

「いや、普通そこは釣りの喩えでいくとこじゃないすか」

霧が寄せては退《ひ》くたびに箱の形がくっきりする。冷蔵庫のような形の金属製キャビネット。と、カメラが合焦《がっしょう》するようにすべての輪郭が正確に切り立った。狙いすましていた大溢が、どん、と拳《こぶし》でスイッチを叩《たた》く。強烈な音の連打《フラッシュ》。

一瞬、立ちこめた霧が吹き払われ、海岸と灰洋が目の前に広がる。待機していた要員が駆け寄り、フックとワイアで、箱を泡洲の側に引き寄せる。はね上げたカーテンが戻るように、どっと霧が殺到し、また視界はとざされる。

和志の背中をどん、と叩くのは大溢だ。

「ようやった。こりゃ医師《せんせい》たちも喜ぶわ。医薬品はおいそれとは製造できんからなあ」

「はあー、緊張したあ」

和志は調整卓に突っ伏す。

「腕を上げたな。もう昭吾《しょうご》にもひけをとらん」言ってから大溢はしまったと首をすくめる。

「ごめん、そういうつもりじゃないんだ」

「いいっすよ。比べられるのは慣れてるんで。いらいらしてもしょうがないし」

(ほんとにいいの？)

暗がりの中で、和志の身体の下、白い裸体の志津子が目を合わせずにそう問うた。不意に

　それが思い出された。

（あなた、昭吾の後輩なのに）

　裸体は細くしなやかで、言葉と裏腹に全身が和志を誘っていた。ふれた場所は熱く濡《ぬ》れ、いまはもうない海の匂いがそこにだけはあった。

（聞いてるでしょ、噂《うわさ》）

（……しらない）

　和志は志津子の両脚にじぶんの足をからめ、動けないようにした。

　いや、その逆だっただろうか？

（聞いてるくせに）

　すっと閉じた目は細く長い。和志はそこを若い舌で舐《な》めた。志津子が身体をよじる。

「こう言っちゃなんだがな、昭吾は、その、いけすかん野郎だったよ」

「……ですかね」

　死んで良かった——大溢はいまにもそう言いそうな顔だった。

「お前がいてよかった、みんなそう言っとる」

「さあ、どんどんやっちゃいましょう」和志は起き上がり背を伸ばす。「まだまだ注文が残ってます——ええと次は、合成ゴムか。でも大溢さん？」

「なんだい」

「いったいだれがこんなことに気づいたんでしょうねえ。灰洋に溶けてしまったものを、音で呼び戻せるなんて。ふつう思いつかないでしょ」

「いやあ、思いつかないほうがおかしいさ」大溢はなにを今さら、という顔をしている。

「ここで暮らしてりゃ、いつかはそこに思い至るだろ」

「？」

大溢はあきれ顔でため息をつき、嚙んで含めるように教えた。

「昔から、こっちも『音』でやられてるじゃないか。〈海の指〉だよ。あれも『音』だろうが」

## 2

「灰洋《うみ》には、呑み込んだ地球の情報が損なわれずに保存されている」

高校の教師は志津子たちにそう教え、そしてひと言つけくわえた。「たぶん」と。

饗津に打ち上げられ斜めに堆積しているあの建築群を見たまえ。あの原型はどれもこれも有名な歴史的建造物、かつて地上に建っていたものだ。

〈霧〉から音響工作で取り出される物資を見よ。あれはすべて灰洋からつかみ出されてくるものだ。

あれらの事物を構成するためには気の遠くなるような情報量が要る。それは何処《どこ》から来る？

　灰洋は、地球を可逆的に圧縮したものだ。溶いたそば粉に見えるのは、さまざまな事物が符号化され圧縮された状態なのだ。われわれの目、われわれの感覚は圧縮された後の状態を正確には認識できず、静かな糊《のり》、灰色の海としか見えない。しかし本当にそうか。灰洋はわれわれには見えも聞こえもしないやり方で逆巻《さかま》き荒れ狂っているのかもしれない。

　そこまで教師はひと息に言う。生徒たちは笑いをこらえながら、教師の次の語を唇でなぞる。たぶん、と。

　教師は苦笑し、そしてこう続ける。

「灰洋の荒れ狂う実相、その片鱗《へんりん》をかりに見ることができるとすれば、それが〈海の指〉なんだろう――たぶん」

　生徒たちは黙る。だれしも身内のだれかしらが〈海の指〉の犠牲になっているのだから。

　あれは地学の授業だったかしら、それとも物理、いやいや倫理・哲学だったかも。

　志津子は塗り物の弁当箱に蓋《ふた》をする。口に残っていた柴漬けの匂いが番茶で洗われ喉《のど》の奥に消える。そういえば、咀嚼《そしやく》も消化も非可逆だわ。この世の大概は非可逆だ。記録を保存することさえむずかしい。昭吾さんの記憶のように。

　花枝がアルミの灰皿を持ってきた。志津子は煙草に火をつけ、煙を吐いた。三階の大会議室の片隅に、会議テーブルを一本出してふたりきりでお昼ご飯。いつもそうだ。

「なんか変な音しなかった？　荒れたら嫌よね」

会議室の奥まった方は朝礼や集会ができるよう一段高くなっていて、古い足踏み式オルガンが置いてある。ふたつの幼稚園が統合されたとき不要になったものだ。とはいえお正月の式で君が代や社歌の伴奏をしたり、組合の合唱サークルで使うくらい。そんなときは志津子に声がかかる。当の幼稚園で先生をしていたからだ。

「心配じゃない？」

「そりゃやっぱりね」

志津子は海側の窓に目を向ける。花枝はその横顔を見る。なんだか海よりも遠くを見ているような目だなあと思う。いつも、志津子は、ここにいない物や人を心に置いているようだ。そう思ってしまうのはやはり偏見かしら。

とろとろとろ……また、遠くで小さな太鼓《たいこ》が鳴るような音。遠く小さいくせに、音のひとつひとつが固く粒立っている。

とろとろとろ……さっきよりも長い――まだ聞こえている。志津子は立ち上がる。

「海象予報では何も言ってなかったけど」

「あてになりゃしないわよ、あれ」

「そうよねえ。いやだ、まだ聞こえる」

志津子は窓に近寄る。胸の高さにあるアルミサッシに両手を置く。

指が何かに当たった。

「？」

だれのものだろう。こんなところに指輪がある。

＊

モニターヘッドホンで和志もその音を聞いていた。タムタムタム……。それは灰洋が大気を操作して鳴らす音だ。さほど珍しい現象ではない。音にも異状は感じられない。大溢もヘッドホンをつけたまま和志にうなずいてみせた。

「じゃ、続けます」

スピーカーが音量を上げていく。角度がこまめに調整される。霧に前後動、上下動が生じる。

「探っています……おや」

和志がスライダを細かく動かす。

「どうした」

「近いところに、なんか来てます。いつのまに」

「つまめるか」

「いや……形がわからない。指をかけようにもフチがなくて」

「手を離せ——音を止めろ」

え？　と顔を上げ、大溢の顔が蒼白になっているのを見て、和志はすべてを悟った。手が調整卓の上で震え、言うことを聞かない。その瞬間、巨大な鉄梃《かなてこ》を力いっぱい打ちすえたような、ギン、という音が耳を打った。ヘッドホンを通してではない。凄《すさ》まじい音が海岸を叩いたのだ。

和志は、防音窓の向こうを見て、あぜんとした。

〈霧〉が忽然《こつぜん》と霽《は》れている。

薬品庫のときとは違う。目の届くかぎりひとかけらの霧もなかった。渚が、端から端まですべて見えた――それは心底ぞっとする眺めだ。水滴をフライパンに浮かす緩衝帯が、もはやはぎ取られてしまったことを意味する。

すうっと息を呑む音が耳元でした。大溢がまばたきもできないといった顔で突っ立っている。

和志も同じ方向を観た。

音響車の正面、灰色の海面との境目に人影がひとつ、こちらを見ている。

紺の作業服と長靴。上背と厚みのある体格。長い顔。一重の細い目、小さな耳。

昭吾に間違いなかった。

二年前に事故死した――彼岸流に呑まれ、灰洋に消えた昭吾に間違いなかった。

昭吾は首を右に回し、次に左に回した。あたりを眺めているのだ。ぎこちなさはない。死人とは思えない。顔を正面に戻すとこちらに歩いてくる。長靴が砂を踏むさくさくいう音をマイクがピックアップする。

昭吾の背後、灰洋に異変が起こった。

いかにもありふれた現象であるかのようなさりげなさで、海面が一本の突起を指のように突き出し、するすると細長く伸びあがった。人の胴ほどの太さのある突起――というより紐《ひも》――は自重で自然に先端を下げ、それが砂浜に接すると、空気を嫌う環形動物《ミミズ》のように砂の中に潜り込む。

気がつけば、昭吾の背後で、数えきれないほどの突起が鎌首《かまくび》をもたげていた。

我に返った大溢が、和志の横《よこ》っ面《つら》を張りとばした。その間、五秒。致命的な遅れ。ふたりは車外へまろび出る。重機の作業員たちは我先にと堤防をのぼってくる。

百本、二百本、それ以上の突起が砂浜にもぐり込んでくる。ぼうう……途方もない重量感のある振動が砂浜の地下深くから持ち上がってくる。どんどん大きくなってくる。

〈海の指〉が泡洲の根をまさぐっているのだ。

そこを「音」でふるわせているのだ。

和志は大溢の言葉を思い出した。灰洋だって「音」で陸を思うがままにできる。

こちらへ駆けてくる七、八人の足もとがいきなり抜けて、悲鳴ごとその陥没に落ちていった。騎馬像の周りでは砂浜が煮立った粥《かゆ》のように泡立ち噴きこぼれている。浜ぜんたいが手の付けようのない流動状態に陥っていた。強烈な地震が液状化を引き起こすように、地下深くで〈指〉が奏でる音――振動が砂浜の物理的実体を流動させ総崩れにしているのだ。

堤防が地面の支えを失って倒れるのと、和志たちが陸側に飛び降りるのとはほぼ同時だった。

必死で駆けながら振り返る。灰色の振動の中から巨大な屋根がいくつもせり上がってきた。神社だ。神社がもりもりと生み出されている。様式の異なるいくつもの社殿の構築は相互に絡み合い、檜《ひ》皮葺《わだぶ》きの屋根はつながりあって怪獣の皮膚《ひふ》のようで、何十という朱の鳥居はその背に生えた棘《とげ》みたいだった。

　これが〈海の指〉だ。

灰洋はときおり、こうやって灰色の指で泡洲を演奏する。

ピアニストは、空気を媒質にしてさまざまな音の形をつくり出す。

灰洋は、灰色の指を駆使して、泡洲という媒質を振動させ、その形を自由自在に変化させ、想像を絶する景観をつくり出す。灰洋は気が済むまでこれをやめない。やめさせる方法はだれも知らない。人は逃げるしかない。さもなくば逃げ遅れて振動に巻き込まれ「演奏」されてしまう。

　堤防を構成していたコンクリートは支えの地面を失って、麻雀牌《マージャンパイ》のようにばたばたと倒れ、振動へ消えていく。符号化と圧縮。

　ひとつながりとなった神社と灰色の振動が、堤防をそっくり呑み込み、濁流となって町を押し流しはじめた。

　即興演奏の始まりだった。

*

志津子が勢いよく窓を開けた拍子に、さっきの指輪はからんと床に落ちたが、もうそんなものは意識の外にあった。志津子は上半身を大きく乗り出し海を見遣る。和さんの現場はどこだったっけ。花枝も横から首を伸ばす。

あちこちで窓を開ける音がする。道を行く人が浮き足立つ。泡洲の住人ならこの響きを聴けば〈海の指〉とすぐに気づく。

海岸でなにが起こっているのかはよく判らなかった。大蛇がうねるような動きと、赤い棘らしきものがちらちら見えるだけだ。と、激しい衝撃が志津子のいる社屋を揺すぶった。道向かいの水道工事会社が忽然と消え、高さ三十メートルはありそうなチェスの駒《こま》が、さかさに植わっていた。

志津子は目を二、三度ぱちくりさせる。

駒ではなかった。海岸で横たわっていたはずの騎馬像がここまで吹き飛ばされたのだ。続いて黄色い重機が次々落下してくる。一台は会社の敷地でバスを潰した。しかし志津子は身体を引っ込めない。

「どこ、どこ？」

顔だけ外へ出した花枝の声が震えている。

「わからない」志津子の顔には血の気がない。「もう、あちこちが」

瓦屋根が連なる饗津の町の、いたるところで土煙が噴き上がっていた。海からの距離は関係ない。町の背後の急斜面を見れば、牡蠣《かき》殻《がら》のように密集していた異建築群が、魚の腹のウロコのように大きく波打っていた。ウロコの隙間から灰色の濁流がふもとへと向かう。

「山もだめね。逃げ場がない」

〈指〉は木の根のように枝分かれしながら、饗津の地下全体を網羅しつつあるらしい。街全体が灰洋に浮かんでいるようなものだ。地面を一枚めくればそこに灰色の地獄がある。

いや、もっと悪い。灰洋に呑まれても、可逆的にコード化されるだけと言える。

〈海の指〉ではそれではすまない。徹底的に「演奏」されてしまう。非可逆な変質がもたらされる可能性がある。

饗津の町に積み重なる異様な建築群を見ればよい。

あれは演奏の産出物だ。過去〈海の指〉が起こるたび饗津にもたらされた変化の堆積なのだ。

〈海の指〉は、記憶していた過去の地球の建築物を、演奏によって描き出している。

しかしそのとき、饗津の大地や建物、人々も変容を蒙《こうむ》ってしまうのだ。

〈霧〉の仕切りが取り払われ、饗津の町が灰洋に近い状態に陥り、そこに〈指〉が今まで見たこともないものを奏でる——描き出す。

これが〈海の指〉だ。

和志と大溢はあえぎつつ走っている。その足もとで二人を追い抜いていくものがある。手の甲の血管のような細長い起伏が、蛇さながらのすばやさで伸びていく。地面にとどまらない。道沿いのブロック塀、家々の壁、防腐剤を塗った木製の電柱、そのすべてに無数の脈が走る。生け垣にも、食堂の料理見本にも、議員のポスターにも。これがすべて〈指〉なのだ。この中に灰洋が流れている。

「こんなん、はじめてや……！」

〈海の指〉を何十回と経験している大溢も、これほどの規模と激しさは記憶になかった。これで本格的に演奏が始まったら……どうなる？

　まさに、その瞬間がおとずれた。

　ドンと突き上げる衝撃が来て、大地がぐにゃぐにゃに波打つ。地下で何百という〈指〉が発する別々の振動、それがまざりあった波となって地面をゆさぶる。とたんにあたりから現実の光景がいっさい消え、灰色の濁流と、見たこともない事物の氾濫《はんらん》で覆い尽くされた。

　和志たちは目の前につぎつぎ押し寄せる障害物を、ただただ避けつづけることしかできなかった。砂利山が崩れてきたかと思うほどのアサリに足を取られそうになった。地面を割って次々生えてくる地蔵や道祖神《どうそじん》、墓石を躱《かわ》した。液状化した地面から銀色の涙滴型ロケットが——映画の大道具か何かだ——ぶくぶくと鼻先を突き出しまた沈んだ。錆《さび》にまみれた戦車や軍用トラックが数台分、ひと塊に転がってきて潰されそうになった。ひゅん、という風圧を感じて無意識に身体を躱すと、ヘリの回転翼だけが丸鋸《まるのこ》のように垂直に道を切り裂いてゆくのだった。白人の幼児とその悲鳴を満載したバスが燃えながら走っていった。地中から鯨《くじら》のように浮上した横倒しのビル。ギザギザに割れた無数の窓からけたたましい笑い声が聞こえ、そのままた沈んだ。銃声が雨のようにひとしきり続き、それが鳴り止《や》むと、目に映るあらゆる物の表面から、吹き出物のように十代の娘たちのデスマスクが盛りあがった。銃声の数と同じだけの顔。

人、

人、

人。

灰洋がもたらした世界の終わりに巻き込まれた人々。そのいまわの際《きわ》がよぎっては消えていく。

逃げ惑う作業員も振動からは逃げられない。幾人もがバナナをむくように身体ごと裂け、別なものに転じた。和志自身、自分が正気である自信さえなく、それでもただひた走った。泡洲交通めざして。

と、その横を一人の男がすたすたと歩いている。全力で走る和志をのんびりした散歩の速度で抜き去る。紺の作業服。背にはオレンジ色で「泡洲音響工作」。男が振り向く。和志と目が合う。

昭吾だった。

和志は猛然と昭吾につかみかかろうとした。昭吾はあたりを揺すぶる形象の濁流のなかにふっと姿を消す。和志はそこでようやく立ち止まった。ふかく深呼吸し、それから意を決したように踵《きびす》を返して海へと向かう。

「見たかい」

大溢も並んで歩いていた。

「見ました」

「助太刀《すけだち》するぜ」

「たのんます」

（聞いてるでしょ、噂）

（聞いてるくせに）

声の記憶を反芻《はんすう》しながら、和志は妻から遠ざかる方向へ歩いていく。

町のあちこちらですり鉢状の陥没が広がっている。同時多発した液状化が、周囲をとりこんでいるのだ。

泡洲交通の社屋も二階の半ばまで地面に沈みこみ、液状化の渦に運ばれて建物ごと漂流している。〈指〉は壁いちめんを葉脈のように覆っており、この会議室がいつ全面的に崩壊してもすこしも不思議ではない。

「……来たぞ」

「え？」

男の声を聞いた気がして志津子は声を漏らす。

「迎えに来たぞ、志津子」

戦慄《せんりつ》した。昭吾の声だ。見わたすが部屋にはいない。横を見て全身が凍りつく。花枝の片目が口に置き換わっていた。それが話していたのだ。

「あのオルガン、なつかしいな」

なつかしさを共有しようとするのではなく、押し付けてくる話しぶりは、まちがいなく昭吾だった。

「俺たちが出会ったのは、幼稚園の先生をしてるときだったよな、おまえが」

おまえ。昭吾の声で聞くその単語に、志津子は身がすくむ。

「弾けよ、聴いてやるからさ」

床にころがった指輪から細い〈指〉が伸びて、花枝の両脚を毛細血管のように覆っていた。めりめりと嫌な音がして花枝の顔が彼女自身の顔のなかにもぐりこんでいく。手袋を裏返しにするようにぐるっとひとめぐりすると、そこには昭吾の顔があった。身体も作業服につつまれた大きな昭吾の肉体だった。

「弾けよ。亭主が言っているんだぞ」

部屋は嵐の中の操舵室のようにかしぎ、揺れに揺れている。そこでオルガンを弾けと言う。激昂も残忍もない。ただ、亭主の要請をなぜ歓迎しないのかと不思議がっている。一瞬でも対応が遅れれば、固い拳が怒声とともに志津子の顔をうち伏せるだろう。やっぱりうちの人だ。鼻孔にどっと溢《あふ》れる血。折れた白い歯を血と唾液《だえき》と涙ごと吐き出す感覚。朝、腫《は》れ上がった目が目立たないよう前髪を工夫するときの感情——ここ一年、ようやく思い出さなくなった感覚を思い出しながら志津子はのろのろとオルガンへ向かう。ペダルに足を乗せ風を送る。十本の指を鍵盤《けんばん》に置く。左の小指はよく動かない。一度、昭吾に折られたからだ。

「何を弾くん？」

　背後からなれなれしく身体を寄せてくる。胸板の厚みが肩に押し付けられる。結婚前にこれとそっくりの場面があった。子どもが帰ったあと教室でオルガンの練習をしていたら、勝手に上がり込んできたのだ。たしか、そう「春の日の花と輝く」。しかし練習はできなかった。肩から回された腕がじゃまで。うなじに押し付けられる唇が邪魔で。でも今日はそうはいかない。

「ねえ、そこをどいて。弾けないよ」

　つめたい声に昭吾の身体がぴくりと反応する。志津子は不意に振り向くと事務服の胸から黄色いボールペンをすばやく引き抜き、昭吾の手の甲をぶすりと刺した。

反射的に繰り出された昭吾の拳が側頭部に叩き込まれ、志津子は脳震盪《のうしんとう》を起こす。

　音響車はタイヤが砂に埋もれ、ボディはミミズ腫れに似た〈指〉の起伏に覆われていたが、エンジンは回り機器のランプも灯った。スピーカーも何台かは残っており、予備のケーブルでつなぎ直すことができた。海岸は一見すると平時に戻っていたが、油断はできない。

「大溢さんも見たんですね。昭吾さんは……生きていた？」

「いんや」大溢は一蹴《いっしゅう》した。「あれも演奏やろ」

「灰洋《うみ》は――昭吾さんを演奏したかったんですか。なぜ」

「知るかいな。灰洋に『なぜ』と訊《き》くほど阿呆《あほ》なことはありゃせんで。机の引き出しをさかさまにして、あれやこれやが出てきたみたいなもんで、たまたま昭吾が入っとっただけやろう」

「でしょうか――」和志は調整卓をチェックする。「ほんとうにそうでしょうか」

「灰洋が和志に目を留めたっちゅうんか」

「いえ、わかりません」

和志は口を結ぶ。昭吾こそがこの異変を引き起こしているのではないか、とは言えなかった。しかし大溢もひそかにそれを恐れているのではないか。無意識にせよ「助太刀」と言ったのだから。

これから「昭吾」は何をするだろう。予想はつく。どうやってそれを阻むか。

和志は小さくつぶやく。志津子、と。

名前を呼ばれて志津子は意識を取り戻す。床に倒れた彼女に、花枝が屈《かが》みこんで名前を叫んでいた。ああ、昭吾さんは花枝さんの外に抜け出たんだ。安堵《あんど》がこみあげる。大丈夫、ちょっと気が遠くなっただけ……顔でそう伝えて身体を起こしかけ、そこで花枝の背後、天井が目に入る。そこに窓くらいの大きさの巨眼が張り付いていて、志津子と目が合うとまばたきをした。悲鳴を上げて後ずさる。背丈ほどの耳、床を斜めに横断する唇。昭吾の目鼻がレリーフのように会議室の壁や床に盛りあがっていた。

「ごめんね、ごめんね。私がいるせいね」

「ばかなこと言うんじゃないよ」花枝は震えながらも志津子を叱《しか》る。「ろくでなしはあっちだよ！」

　昭吾の目鼻は無言のまま壁伝いに移動する。生きていた頃と同じだ。暴力を後ろにかくして不穏な平静さで包囲する。灰洋は、昭吾の生前の心と身体を忠実に演奏している。

「大丈夫。みんな知ってんだ。知らないふり、してきたんだ。あんたの味方なんだ」

「うん」

　志津子は涙をぬぐう。そして顔を昂然《こうぜん》と擡《あ》げる。

「あんたの顔はもう見たくないの。たとえ目ひとつでも。とっととどこかへ行って、さもないと――」

　志津子は静かに、しかし爆発的な感情とともに告白する。

「また殺してやるから」

# 3

鋏《はさみ》だった、と志津子からは聞いている。

刃の長い裁《た》ち鋏はエプロンのポケットには収まらず、すこし考えてエプロンの裏に鋏の袋を縫い付けたのだと、年上の妻は布団《ふとん》の中で告白した。その身体をかきいだきながら、和志は一心に縫い物をしている志津子を思い浮かべた。思いつめた目を想像した。それだけの魔をこの腕の中に抱いている。

家にいると殴られる。だから夕食後には散歩に誘う。エプロンをつけたままで。それが支えだったのよと、寝息を漏《も》らすような静かさで妻は告白を続けた。

海象予報はまめに見ていた。夏の夜には〈彼岸流〉の発生頻度が上がることも知っていた。霧が前触れもなく堤防近くにまで押し寄せ、凄い勢いで退いていく現象。境界の突発的な乱れ。ある散歩の夜、それが起こった。ただし志津子が想像していたほど激しいものではなく、堤防からも遠かった。そう昭吾に言うといつものように「お前は本当にばかだな」と言った。詰《なじ》るでも嘲《あざけ》るでもない、弁当に蓋をするみたいな、なんでもない調子で。それが志津子に最後の一線を越えさせた。気がついたら鋏の刃が昭吾の脇腹《わきばら》に刺さっていた。お箸《はし》を箸立てに立てるみたいに、というひそやかな息を和志は聴いた。

よろめく昭吾を堤防から蹴《け》り落とし自分も飛び降りた。呻《うめ》く昭吾を蹴って蹴って蹴り続けた。彼岸流が届く場所まで蹴りころがして霧が彼をつかまえると、鋏を抜いた。ごうっと音がして霧が退き、昭吾は灰洋《うみ》に呑み込まれた。警察には、浜でぶらぶらしていたら彼岸流が来たんです、と訴えた。だってそのとおりではないか。

なぜそんなところでぶらぶら？　警察の問いには「それくらい察してくださいな」と俯《うつむ》いて答えた。

すべてを聞いたあと和志は「鋏は今どこ？」とだけ尋ねた。

「知らない」

志津子は教えようとはしなかった。

顔の部品は壁の上をずるずる移動し、壊れた窓枠をまたいで外へ消えた。と同時に外の喧《けん》騒《そう》がぴたりと止み、それがかえって恐怖を呼ぶ。昭吾の打擲《ちょうちゃく》は一度ではすまない。一度激昂するととめどなく拳がふるわれた。本人にもどうしようもない衝動なのだ。

けたたましい音がした。壁が、天井が、紙のようにむしり取られ、空が見えた。空を背景に巨大な手が横切る。住宅、商店、電柱、看板の瓦礫《がれき》を寄せ集めてできた「手」。その手は、空を横切りながらばらばらに崩れていった。

志津子は壁の裂け目から外を見た。見わたすかぎりすべてが瓦礫。それが波にもまれるように激しく上下している。〈指〉の振動が波紋を送り出しているのだ。さっき見えた「手」

はその波間から生えており、ゆっくりとばらばらになりながら倒れて、また瓦礫の波の一部になった。瓦礫の渦と波がぶつかりあい、せめぎあっている。その動きの中にときおり、巨大な人の形ができそうになってはまた消える。志津子にはわかっていた、あの「手」は昭吾のものだと。饗津をそっくり瓦礫にして、その中から昭吾が生まれようとしている。

大きな波がぶつかりあって、さらに大きな波となる。ひときわ大きな波が形を変えてまた巨大な腕となった——今度は二本だ。その手が地面に突き立てられた。瓦礫のぬかるみの中から巨人がみずからの上半身を持ち上げるようにして、その全身像が生み出されていく。

その頭に塡《う》め込まれているのは——昭吾の顔の部品だ。

志津子の顔にはじめて絶望が兆《きざ》した。もうだめかもしれない——それは毎日叩きのめされていた頃の、なつかしい屈服の感覚だった。

ゴミの巨人、上半身だけのコロッサスが、かつての妻に歯を剝《む》いた。

人懐《ひとなつ》こい笑顔……。

はたして志津子にそう認識する暇があったかどうか。

気がついたときには花枝と志津子は昭吾の掌《て》の上におり、無数の〈指〉に全身をつらぬかれ強い振動を浴びていたからだ。

志津子は一滴の血も流さぬままミンチのようにこまかく擂《す》り潰《つぶ》された。花枝も、足踏みオルガンも、会議室にあったすべてのものが極微に解体され、昭吾の掌を構成する瓦礫のなかに滲み通って見えなくなった。

破《は》壊滓《かいさい》の巨人は、その手を握りしめずるずると海へ向けて這《は》いずっていく。〈海の指〉現象が続いているうちに、灰洋へ還《かえ》ろうとしているのだ。

## 4

（……なにか聴こえる。音楽だ）

　最初によみがえったのは耳だった。

　小さな蓮《はす》がひらくように耳が咲いた。

　巨人の内部は液状化した饗津がみたされている。その中を単純なメロディが繰り返しくりかえし流れていた。なんらかの経路で外から入ってくるその音楽を刺激として、いったんは極微に解体された志津子がふたたび集まりはじめていた。音楽を聴くために最小限必要な意識と、耳。最小構成の志津子は、浅い昼寝をしながら窓の外で遠く鳴っている町内放送を聴くように、その曲を聴いている。

（いま何時だろう……。たしかきょう三回目だから、五時だ。夕方だ。もう仕事も終わりだ。帰りにお肉屋さんでハムカツを買って帰らないと……）

　意識は夢とうつつの間を行き来するように明瞭になったり拡散したりした。しかし消えることはなかった。その曲を聞きたかったからだ。聞き続けていたかったからだ。

「いました」調整卓の前で和志がつぶやいた。「……見つけた」

「ほんまか」大溢は感嘆した。「えらいことやりおったなあ」

和志は志津子を見つけたと、言っているのだ。音を使って。

スピーカーはすべて陸へ向けられ、和志がミキシングする音を最大音量で流しつづけている。

昭吾は志津さんに深く依存している。彼女なしではいられない。きっと連れ帰ろうとするはずだ。自分の世界へ――符号化された世界、灰洋《うみ》の中へ。

それならこっちだって打つ手はあります、そう和志は言ったのだった。ふだん俺たちがやってる方法で志津さんをこっちへ引っ張り返せばいいだけじゃないですか、と。

ことばで言うほど簡単ではない。〈海の指〉の内部は、平時の灰洋とは比べものにならないほど激しく複雑な状態にある。そもそもスピーカーの音が届く保障もない。しかし、和志には目標の――志津子の明確なイメージがある。その目標がどんな音に反応するかも知っている。勝ち目があるとすればそこだ。

和志は、いつもの非楽音にもう一トラック加えていた。サーバの素材ではない。みずから調整卓の小さな鍵盤で「春の日の花と輝く」を弾いているのだ。

古い足踏みオルガンの音色を選び、たどたどしい、しかし心のこもった指づかいで。

「つかまえた。もう逃しません」

「反応は？　あっちは和さんの音を聴いているのか」

「わかりません」

和志はかぶりを振る。指は止めない。こめかみに汗が浮く。自分はいま、志津子を音でとらえているのか、それとも自分の中にある「志津子」を演奏しているだけなのか。このふたつにはそもそも違いがあるのか。

（……だれが弾いているんだろう？）

耳はしだいに自分のことを思い出しつつあった。わたしはある人にこの歌を弾いてあげた。やがて天啓のようにその名前が思い出せた。

（和さん。ああそうだ。きっとこれを弾いているのは和さんだ）

焦燥で胸が苦しくなった。和さんは私を探している。私に聴かせるためこれを弾いている。一刻も早く返事を――ここにいると知らせなければ。耳は――いや、志津子は必死で方法を考えた。

（オルガンだ！　オルガンを弾いて知らせよう）

志津子はオルガンを探す。眼はまだどこにもないが、志津子は周囲が暗黒であるのだと思い、手探りしようとした。こうして耳の次に指や手のひら、腕が、なみなみと湛《たた》えられた瓦礫の中から浮かびあがった。周りを探るとオルガンの鍵盤が指先に触れた。バラバラになっていて三つしかない鍵盤を、志津子は片手で繰り返し押した。旋律にはならなくとも、何かの信号を送るつもりで。

「返事が来ました」

和志は短く言って、ほんのわずか演奏の速度を遅くし、そのあと少し速くした。すると三つの音も遅くなり、速くなった。

「こっちに反応してます。追随してきます——ああ、音が増えてきた。鍵盤がそろって、腕も両腕になってきた」

和志にはくっきりと聴き取れた。二本の腕をふるうために必要な肩、首、そして胸乳《むなぢ》がしなやかに動くようすが。そのさまは、志津子がみずからを奏でているようだった。〈海の指〉が「昭吾」を演奏している。「昭吾」に和志が働きかけている。その干渉の上で志津子が自らを演奏している。

「昭吾」はこれを不快に感じていた。

内部で生起しつつある女の動きは自由にならない。だがそれを引き起こしているのが、海岸の音響車であることはわかる。ならばそこを叩き潰せばすむ。

「昭吾」は移動する。

瓦礫の巨人が、とつぜん力を失いがらがらと崩れ落ちた。

交響曲のメロディが弦楽合奏から金管の放列へ受け渡されるように、瓦礫の上に演奏されていた「昭吾」は一気に海岸へ、砂へと跳んだ。

音響車の周囲が煮えたぎる湯のように振動する。砂の沸騰《ふっとう》の中からあの目鼻をつけた頭部が持ち上がる。砂の巨人が上半身をもたげる。白い砂の体軀《たいく》を、日没の光が朱《あ》けに染める。巨人は片腕をぐっと伸ばし、音響車の横に突き立てる。この腕を崩すだけで——その砂に埋もれさすだけで事は終わる。車体がひしゃげ和志も大溢もゆっくりと圧死するだろう。昭吾の顔が歯を剝いて笑った。しかし——

「もう遅いで」

大溢はそっけなく言った。和志はヘッドホンに両手を当て耳を澄ましている。鍵盤にはもう触れていない。

「あんたの負けです」

二人の頭上高く、大きな鎌のような影が水平に動いた。

「昭吾」の腕が、肩から切り離されていた。

腕は音響車から離れる方向へ崩れながら倒れた。巨人が苦痛と怒りに吼える。

「昭吾さん、俺、もう弾いていないんですよ」

また大きな影が、今度は反対側の肩あたりで動いた。斜めに胴体のなかばまで巨人を切り裂き、また消えた。

ふと気づくと志津子は自宅の茶の間にいた。エプロン姿で卓袱台の前に座っている。テレビの場所にはなぜか職場のオルガンが置いてあり、へんね、これは夢かしらと首をかしげる。

縁側のガラス戸越しに、花ざかりの小手毬が白く揺れて見える。

卓袱台の上には裁縫箱や古布が広げられている。志津子は手に持った小さな人形に目を落としている。人型に切った二枚のフェルトで綿をはさみ、縁をかがっただけの簡素なものだ。砂色の無力な人形。志津子はエプロンの裏に縫い付けた袋をまさぐり、長い裁《た》ち鋏をすらりと抜き払う。

（あんた、堪忍ね）

鋭い先端で人形の腹をちょんちょん、と突いてから、じょきっと片腕を切り落とした。畳の上に落ちると、腕は線香立ての灰のようにもろく崩壊する。次は肩から腹まで。じょきっ。

空の方でどろどろと遠雷が鳴る。

（これで最後ね）

人形を真っ直ぐ左右対称に持ち直し、目の前に持ってきて、股《また》の部分に刃を当てる。

じょきん。志津子は「昭吾」を両断した。

ガラス戸の外、世界がまっぷたつに裂け、燦然《さんぜん》たる光がなだれ込んでくる。そこではじめて志津子は気がつく。明るいと思っていた小手毬も茶の間も、闇《やみ》同然の暗さだったことに。目が馴《な》れていればそれがわからないのだ。

和志は目撃する。砂山の中から二本の刃が真っ直ぐ突き出されるのを。

刃はそのまま巨人を切断する。小刻みにではなく、ただ一度の容赦ないストロークで。砂の顔にぽっかりと大きな口が開き、巨大な機械が軋むような音が延々と鳴りわたる。末《まつ》期《ご》の振動。昭吾の怒りと志津子の殺意が渾然《こんぜん》一体になった音だ。

「昭吾」は前のめりに倒れ伏す。背中の中心——切開された線からごうごうと崩壊していく。

〈海の指〉が砂の巨体から引き抜かれた。それを合図にしたように、泡洲からいっせいに〈指〉たちが引き上げていく。掃除機のコードを仕舞うように、猛烈な勢いでのたくりながら巻き取られていく。

音響車から這い出た和志は、そのあいだをかいくぐり、巨人のいた場所に駆けつける。めざす先に志津子が立っていた。ぼろぼろのシュミーズ姿で。

　志津子は庭のガラス戸を開ける。エプロンを付けたまま縁側から庭のあった場所に降りる。そこは砂浜だった。これはどういうことだろう。波打ち際がむきだしで灰洋と接しているのにも驚いたが、向こうからかけてくる人影にはもっと驚いた。

その人間は砂礫《されき》で出来ていた。砂と小石が粟《あわ》おこしのように固まっている。人間は、紺の作業服を着ていた。誰が見まちがえるだろう。和志だとすぐにわかった。どんなに変わり果てていても、私の夫だ。志津子は両腕を差し出し、砂礫の男に呼びかけた。

和志と大溢は志津子の前で立ち止まった。それ以上、進むことが出来なかった。

妻の顔は涙で濡れている——ように見える。しかし彼女の顔も、涙のようなものもすべて「砂」なのだった。身体が宿っているのは、巨人の体を作っていた素材——砂だ。和志はかすかな望みが断たれたと知った。

「和さん」

うれしそうに、愛《いと》おしげに、砂で出来た妻は両腕を差し延べる。和志は抱きしめてやれない。うかつにさわれば砂は四散するだろう。〈海の指〉が収束したのに砂の妻がまだそこで立っていられること、それじたいが奇跡だ。

志津子は首をかしげた。呼びかけているのに和志はこちらへ来てくれない。なぜだろう。

「お帰りなさい。ハムカツ揚げるね」

指を伸ばし和志の頰《ほお》にふれた。

ふれたとたん、志津子の指がチョークのようにぽきぽき折れた。志津子はあわてて夫の顔をさぐる。すると手首から先が、乾ききった泥団子《どろだんご》みたいにぼろりと落ちた。

志津子はふり返った。いましがたそこから出てきたはずの家、卓袱台にガラスの醬油差しが置かれた茶の間はなく、ふたつに切られた砂の巨体があるだけだった。

志津子はまだ知らない。「昭吾」の手の上で死んだことも、さっきまで自分を支えていた基盤——「昭吾」を自分で仕留めてしまったことも。それでも、取り返しのつかないことが起こったのは、和志ではなく自分なのだとは理解した。

「ああ、よかった」さらさらと砂を鳴らす音で志津子は言った。「和さん無事なのね」

和志にふれたところから、志津子は崩れていく。両腕を和志に差し延べた姿勢のままで。瞼《まぶた》や唇がうすく剝《は》がれて花びらのように散る。顔のしたの頭蓋《ずがい》も、細い肩からのぞく鎖骨《さこつ》もすべて砂。腱《けん》も膜も、血管のひとすじに至るまでも砂。繊細の極致をいく造形が生きながらに失われていく。はかない美しさに和志は手をふれることさえできない。

と、灰洋へ逆流していく〈指〉のひとつが、すぐそばをかすめ、志津子を完全に打ち砕いた。

はねとばされた和志は立ち上がり、のろのろと手で砂をかき集めるが、もうどこにも志津子はいない。

どこからともなく〈霧〉が立ち上り、汀《みぎわ》をとざしても、しばらく和志はそうやって砂をまさぐっていた。完全に日が暮れるまで、大溢は傍《そば》で待ちつづけた。

見つかったものといえば、数枚の鍵盤だけだった。

## 5

十四インチのテレビがいつものアナウンサーを映す。朝日が醤油差しに光の点を打つ。和志はテレビの電源を切って茶碗と皿を流しに出した。

〈海の指〉からひと月。

志津子はもういない。和志は自分で弁当をこしらえ家を出る。町の様相はすっかり変わっていて——そもそも自宅は町の反対側まで流されていた——通勤に倍の時間がかかる。ニュースが始まる頃には家を出なくてはならない。距離が遠くなったせいもあるし、道路が奇妙な構造に捻《ね》じ曲げられたままになっているためもある。古い異国の建築がたくさん流れ着いたせいもある。饗津の人々は様変わりした町にあわせて住まいを変え、暮らしの仕方を変えていた。泡洲交通は新しいバス路線を組んで、半月前から運行にこぎ着けた。

振動に呑み込まれた人びとの大半は事象収束とともに解放されて、非可逆な変化を残しつつ、どうにか元の姿と記憶を取り戻した。花枝はすこし若く大柄になって、いまはバスの車掌をしている。

いままでだってそうだった。〈海の指〉は何年かに一度は必ず起こるし、規模の大小はあれど、町の姿は少なからず変わってしまう。そうやって泡洲は、饗津はやってきたのだ。

会社の車庫から音響車を走らせて海岸の現場に着く。いまは騎馬像に代わって銀色の双胴涙滴型ロケットが引き上げられている。高度な素材や電子部品、プログラムが取り出せる宝の山だ。

和志は始業にあわせて「春の日の花と輝く」をスピーカーから流す。有線のスピーカーからと同時にやるから、それが志津子と結びついた行為であることはだれにも気づかれていない。大溢は別だが。

むろん〈霧〉は曲に反応しない。何事も起こらない。大溢は見て見ぬふりをしてくれている。

夕方五時に同じ曲をかけて一日の仕事が終わる。銭湯で汗を流し買い物をして家に帰る。背の低い和箪笥の上に志津子の写真とオルガンの鍵盤。コップに挿《さ》した花が供《そな》えられている。鉦《かね》を叩き線香を立て、ごはんを供える。ビールの栓を抜き、肉屋のコロッケをつつく。

志津子は灰洋《うみ》にいるんだろう、と和志は思うことにしている。〈海の指〉に巻き込まれたものはすべて灰洋に流れ込んでいく。可逆的な符号化と圧縮をほどこされて、あの海のどこかにいる。高校の教師は「灰洋が一度溶かしたものを忘れる事はない」と言い、たぶんと付け加えた。教師の息子が彼岸流の犠牲者であることは生徒ならみな知っていた。

期待を捨てたことは一度もない。「昭吾」の中に呑み込まれながらも、志津子は和志の音を聴いたのだ。和志の助けがあったとはいえ、自分で自分を立ち上げたのだ。それが二度とないと誰に言えるだろう。昭吾から自由になるため二回も殺すことができた女なのだから。

（いいとも）

和志はそう答えたのだ。寝床の中で殺人を告白した妻に。自分の上にまたがって熱い海の匂いをなすりつけ、顔を舐め、耳をかんでくる女に。その太ももを痣《あざ》がつくほど強くにぎりながら和志は告げたのだ。いいとも、と。

布団に入りながら和志はそのとき志津子があげた獣じみた声を反芻する。

そして予感する。

その声が泡洲を蹂躙《じゅうりん》するさまを。

「昭吾」が〈海の指〉を引き連れて泡洲への上陸を果たしたように——いや、もっと大きな波となって泡洲の町に押し寄せることを。何百万という腕が手に手に鋏を握り、その集積が巨大な波となって何度も何度も海岸に打ち寄せる。この地にまたがり、舐め、歯を当て、苦痛とも歓喜ともつかぬ声を上げ、鋏で切り刻み、紙吹雪《かみふぶき》のように舞わすのだ。

希望でもなく願いでもない。

単なる予感、シンプルな確信をかかえて、内川和志は眠りに墜《お》ちていく。

# allo, toi, toi

長谷敏司

二〇一〇年代、ＡＩの進化がメディアに取り上げられる頻度が増え、シンギュラリティ＝技術的特異点がホットワードになった。このテーマに正面から取り組み、ＳＦでＡＩを語る際のアイコンにもなった作品が、二〇一二年発表の長谷敏司『ＢＥＡＴＬＥＳＳ』（角川文庫）。人類を凌駕する超高度ＡＩが存在し、社会にｈＩＥ（人間型ロボット）が溢れる二十二世紀初頭。「アナログハック」というオリジナルな概念を導入して語る、少年と少女型ｈＩＥのボーイミーツガール。アニメ情報誌〈月刊Newtype〉連載の本作は、若い読者の支持を得て、二〇一八年にＴＶアニメ化（監督：水島精二）を果たす。ＳＦ界内部でも評価は高く、ベストＳＦ２０１２の三位を獲得している。『ＢＥＡＴＬＥＳＳ』の世界設定はアナログハックオープンリソースという企画名で一次使用可能なオープンソースとして開放されているが、その作例として、自身が世界観監修を手掛けたコミック『天動のシンギュラリティ』全八巻（漫画：大崎ミツル、ストーリー協力：砂阿久雁、ファミ通クリアコミックス）が刊行されているほか、長谷自身による小説も同人誌などで発表されている。『ＢＥＡＴＬＥＳＳ』シリーズ外では、近年の長谷は、雑誌やアンソロジーに、人間同士の繋がりの中で発生する暴力性と無理解を徹底的に暴き出す、ずしりと重い力作中篇を相次いで発表している。ＳＦマガジン二〇一〇年四月号初出の「allo,toi,toi」はその嚆矢となる作品。殺人犯である小児性愛者の欲望の深奥を、脳科学を用いて検証する衝撃作。本作を含む中篇集『My Humanity』（二〇一四年刊）は、第35回日本ＳＦ大賞を受賞。短篇集未収録の中短篇もまだ数多いが、『伊藤計劃トリビュート』（以上、ハヤカワ文庫ＪＡ）掲載の中篇「怠惰の大罪」の長篇化も待機中。

　長谷敏司（はせ・さとし）は一九七四年大阪府生まれ。二〇〇一年、第６回スニーカー大賞金賞受賞の『戦略拠点３２０９８　楽園』（角川スニーカー文庫）でデビュー。二〇〇九年の『あなたのための物語』（ハヤカワ文庫ＪＡ）以降ジャンルＳＦに比重を移しつつあるが、古巣のライトノベルにおいても魔術バトル『円環少女《サークリットガール》』（角川スニーカー文庫、全一三巻）を完結させた一方、宇宙空間スポ魂ＳＦ『ストライクフォール』（ガガガ文庫、既刊三巻）を立ち上げている。（伴名）

二〇九〇年五月二十二日、ダニエル・チャップマンは、当時八歳だったメグ・オニールを殺害した。オニール家の両親が、メグが戻らないことに気づいたのは翌二十三日の朝だった。飲食店に勤務するチャップマンは、最初に疑われた被疑者のひとりだった。メグと親しげに話しているところを目撃されており、失踪当日にドラッグストアにいっしょに来ていたのが、店内カメラで撮影されていたのだ。

同月二十四日、チャップマンは重要参考人として事情聴取を受ける。その後、チャップマンは犯行を自供。供述通りに警察は、ポリ袋に入れて近隣の林に埋められていた遺体を発見する。死体は、服を剝ぎ取られて四肢を切断されていた。

メグの殺害場所はチャップマンの自宅リビングで、少女が切り刻まれてバラバラにされたのもこの場所だった。

児童性的虐待《CSA》の多くは顔見知りによって行われる。母が娘に不審な兆候を目にしたとき、最初に疑うべきは家族や、子どもにごく近い人間であり、次が顔見知りである。犯人チャップマンは、後者の顔見知りだった。

調査では、小児性虐待者《チャイルド・マレスター》のうち、成人の異性にはまったく性的興味を示さない者はごく少数だ。チャップマンは、男性であり、かつ児童成人両方に興味を示す、小児性犯罪者のうちでもっとも大きな群《ぐん》に属していた。

*

チャップマンはゴム手袋をはめて、朝食で出た大量の汚れ物を洗っていた。刑務所に入る前の彼は平凡な男だった。ダイナー《プレハブ式レストラン》でパートタイムで働き、そこそこの勤労意欲で月並みよりすこしすくないだけの収入を得ていた。飲食店に勤務していた経歴から、食堂《キッチン》での労働が割り当てられていた。刑務所の内部はひとつの社会だ。毎日働く義務があり、少額の報酬を得て、それを使ってサービスを買う。

彼は冷たい水で、凶器になりにくいようプラスチックで作られたフォークを洗う。二十一世紀になっても食器洗い機すらないのは、刑務所内に仕事が必要だからだ。彼は、視線を落として食器を乾燥桶に入れる。流し場は寒く、朝早くから働かねばならないからキッチン作業は人気がない。

ダニー・チャップマンは、二〇九〇年のうちに、懲役百年の刑を受けてワシントン州のグリーンヒル刑務所に投獄された。ワシントン州には死刑がないため、犯罪者に与えられるもっとも重い刑は、二度と出られない長期の自由刑だ。このため治安が最悪だった二〇五〇年代には、刑期百年を超える懲役囚が大量に入獄したことで、州は深刻な刑務所不足に陥った。グリーンヒル刑務所は、元は少年刑務所だった施設がこの時期に転用された、新しい重犯罪刑務所だ。

乾燥桶に入った食器の重さを量って、なくなったものがないことを計算してから、アナウンスが発せられる。

〈ダニー・チャップマン、帰ってよし〉

彼の背後にいた三次元映像《ホログラフ》の刑務官が、乾燥桶をチェックして、手で合図を出した。

二十一世紀末の重犯罪刑務所は刑務官の人数がすくない。刑期が百年を超える囚人がごろごろいるせいだ。つまり、囚人が多すぎて経費が刑務官に回らない。その上、こうした事実上無期の囚人たちは、刑務所内で人を殺して刑期が百年上積みされることと、囚人仲間に舐められることを比べれば、かならず前者を選ぶ。刑務官を増やしても、刑務所内社会を制御しきれないのだ。

チャップマンは、キッチン作業者のリーダーにあいさつをして持ち場を離れた。ひとりだけ水仕事をせず、他の囚人を監督していたリーダーが、さっさと行けと顎をしゃくった。刑務所社会の頂点は、腕《うで》っ節《ぷし》と粗暴さと狡猾《こうかつ》さで成り上がった人間か、あるいはギャングの顔役だ。キッチン作業のリーダーも、殺人教唆《きょうさ》と麻薬取引で三百五十年の懲役を受けたメキシコ系《チカーノ》のギャングの幹部だ。人類が火星に植民をはじめようかという時代なのに、刑務所の社会は時間が百年遅れているかのように保守的だ。

廊下の高い天井につけられたカメラが、チャップマンに反応して自動でレンズを向ける。彼らが身につけている安っぽい白い腕輪で、管理側は常に囚人の位置を把握している。管理の中心は自動化された監視だが、三次元映像の刑務官もしばしば目に入る。人間の姿が視界に入るほうが秩序が保たれるためだ。五人にひとりは本物の人間だから、まるっきり無視することもできない。

刑務官が、チャップマンを無視して、廊下に出てきた大柄な黒人に声をかけた。

「おい、リッキー、今日は面会だそうじゃないか」

名前を呼ばれた四十代の強盗犯が、黄ばんだ歯を見せて刑務官に笑いかけた。

ここではよく暴動が起き、嫌われている刑務官は私刑《リンチ》にあって殺される。だから、管理側のスタッフも囚人に友好的だ。だが、そんな刑務官たちも、チャップマンには話しかけない。性犯罪者は刑務所内で最下層民としてあつかわれるからだ。

ここでのチャップマンの、キッチンの食器洗い以外の仕事は、殴られることだ。性犯罪者は男らしくないと難癖をつけられて、暴力のはけ口にされるのだ。

よく掃除された廊下で、他の囚人とすれ違うたびチャップマンは小突かれる。口答えをしたり目が合ったりすると殴られるから、自然にうつむいて歩くようになった。刑務所では、それ自体が懲罰である管理された単調な毎日が続く。このせまい世界では、未来に明るい展望はない。後悔と不安からくる鬱屈《うっくつ》を解決するもっとも手早い手段は、同じ囚人を虐待することなのだ。

チャップマンの毎日は、キッチンと自分の住居房を行き来するだけの乾燥したものだ。すこしでも目に付けば、誰かの悪意を浴びるからだ。

どうしてこんな目に遭っているのだろうと自問する。グリーンヒル刑務所に、罪を悔いながら日々を送る囚人はすくない。後悔してここから出たいとは思うが、それは社会生活ができるように努力して変わりたい気持ちとは似ているようでちがう。

「よお、元気そうだな」

突然、声をかけられて、顔をあげた。出っ歯でまぶたがはれぼったい、黄色がかった肌をした白人の大男だ。一番見たくなかった顔だった。

数日前までチャップマンと同房だった、エヴァンズという若いギャングだ。麻薬密売組織の大物のドラッグディーラーで、懲役六十年の刑を受けていた。

彼を食い物にして、刑務所内の地位を保っている男だった。

チャップマンは声が出なくなって、ただ口をぱくぱくさせていた。エヴァンズは、明確な支配力を維持していることを確認すると、父親が子どもにやるように彼の頬を軽くたたいた。彼が立ちすくんでいる間に、エヴァンズは悠々と刑務所作業のために去っていった。

早くひとりになりたくて、チャップマンは震える足を必死で動かした。キッチンからの廊下を少し歩くと住居房がずらりと並ぶ区画に出る。幅十メートルもある広い廊下の両側には、鉄格子がはまっている。この鉄格子には入り口が切られていて、奥にはそれぞれ一辺三メートルほどの狭い空間がある。囚人たちは原則として、ここに二段ベッドを置いて二人ずつで生活するのだ。

　チャップマンが、中が丸見えの房のひとつの前に立つと、入り口の鍵が自動で開いた。内側は、トイレと一台のベッドがあるだけの簡素な空間だ。

　入所から半年間は、夜の寝入った頃、同房のエヴァンズに蹴られたり踏まれたりすることが日常だった。房内は、襲撃や私刑、強姦事件の現場になることが多いため、ドアを閉めると部屋の囚人か刑務官の腕輪にしか反応しない鍵がかかる。だが、その防壁も、同房の囚人が手引きをすれば無意味だ。腕輪の反応だけでも、私刑が行われていることを知るのは容易だ。だが、刑務官はたいてい囚人を助けない。巻き込まれて死ぬのが嫌だからだ。

　だから、昼休みに次のキッチン作業が入るまで他の囚人に殴られないだけで感謝できた。毛布を抱えてベッドに腰掛ける。昨晩も、移植手術で入院していた病院から戻ってきて、ずっとここでぼうっとしていた。昨日から彼は、実験協力と引き替えに、住居房をひとりで使えるようになったのだ。

　耳の後ろに手術で設置したばかりの端子に、そっと指で触れていた。

　この端子は、チャップマンの頭に移植された脳の拡張機器に接続されている。耳の後ろの端子をいじりながら、ここにケーブルを接続されたときのことを思い出していた。接続からわずか数分後には、移植手術前は複雑だと思っていた今回の実験内容を、完全に理解できるようになった。手軽に頭が良くなったようで、これなら悪いことにはならない気がした。I

TP (Image Transfer Protocol) という制御言語で動く彼の脳内機器は、擬似神経を人工的に構成することで、彼が本来持っていない経験や感覚を作り出す。他人の経験をまるごと伝達できるこれで、彼は直接に脳を、情報を理解している状態にしてもらったのだ。

彼は、このシステムの開発元であるニューロロジカル社が性犯罪者の矯正のため売り出す新機能を、脳内で運用したいと打診された。そんな実験モニタとして選ばれる彼だから、安心できる時間が作れると、自然に少女のことを考えていた。

チャップマンは少女が好きだ。内側からはちきれそうな肌をして、それでいて骨や肉の重さを感じさせない身体が、美しいと思う。大げさな仕草を見ると、なくした大切なものに触れられた気分になる。笑ってもらえると、何かに許されたようでほっとする。ちいさなことで沈む横顔も、転んで膝や肘につけているちいさな擦り傷も、すべて愛おしい。人間のもっとも輝く季節だと、こころの底から信じている。

知らないうちに、息が荒くなっていた。沈んだ刑務所の中が、少女のことを考えるときだけ鮮やかに色を蘇らせるようだ。たまらず毛布に顔を押しつけた、そのときだった。

「*allo*（もしもし）, *allo*（もしもし）」

不意に、耳元に、かわいらしい声が聞こえた。胸の奥をノックするような、甘い声だ。男性を知らない、まだ恋を知らない声だ。好きになってもらうよろこびと、褒《ほ》めてもらうよろこびがまだ分離していない、打算が未熟な好意が響く。想像ではない、本物の少女の声だった。

こんなところに、女の子がいるはずもない。顔を上げても、房内にいる人間はチャップマンだけだった。

けれど、あまりに鮮烈で、幻聴と片付けられなかった。

四肢に力が戻ったように、じっとしていられなくなって、ベッドから降りた。刑務所で彼が普通にすらなれなかったのは、〝愛情〟を向けるべき少女がいなくて、何もやる気が起きないからに思えた。

耳の後ろのＩＴＰ端子に、指で触れた。手術を受けたこれが、さっきの蜜を垂らしたような声を聞かせてくれたのだろうか。そう考えているうちに、円筒形の端子を、少女の乳首を愛撫するように指の腹でこね回していた。そうしていると落ち着いた。

*

グリーンヒル刑務所に足を踏み入れて、リチャード・ゲイがまず感じたのは、湿った空気と監視で成り立った秩序の重さだった。

彼は、擬似神経分野の最大手であるニューロロジカル社で、制御言語ＩＴＰの使用法を研究する科学者だ。そして、裕福な黒色人種で、中国系カナダ人《チャイニーズカナディアン》の妻との間に十歳の子どもをもつ父親でもある。

彼らが可能性を探っているＩＴＰは、人間そのものを記述できる。つまり脳内に人工の神経連結（Neuronstructure）を適宜構成することで、人間の脳が達成できることならすべて再現できる。この性質を利用して、経験や感覚自体を伝達することが、現在のＩＴＰの主用途だ。だが、脳内に擬似神経を構成することには、伝達より〝先〟がある。脳内に本来存在しない器質を作りだし、人間の脳が自然には持ち得ない機能をも獲得させられるのだ。

ダニエル・チャップマンに記述した〝アニマ〟は、その成果のひとつだった。未来をひらく実験だったから、リチャードは、刑務所に戻ってまだ三日目のチャップマンと会って、面食らった。

テーブルと椅子が置かれただけの面会室で、チャップマンの顔はあざだらけで、頬も目のまわりも腫れ上がっていたからだ。殴られたとしか見えない顔で、彼は座って待ち続けていた。囚人の背後に、四十代の刑務官が油断なく立っていた。

リチャードは、被験者からのデータ採取を担当していたから、素知らぬ顔の刑務官に抗議しないわけにはいかなかった。

「ここの監視体制は万全じゃないのか」

「監視はしていました。エヴァンズというドラッグディーラーと仲間が、彼に日常的に暴力を振るっているんですよ」

「わかってるのに、どうして止めないんだ」

「子どもをレイプしたやつが袋だたきに遭うのは、ここでは自然なことです。囚人たちが当たり前だと思うことを全部止めていたら、暴動になりますからね」

ベテランらしい刑務官も、チャップマンの安全については諦めている様子だった。

暴行を受けた男は、猫背になって机をじっと見ていた。外の世界を拒絶するように。

リチャードにも子どもがいるから、メグ・オニール事件には不快感を覚えていた。だが、彼は仕事でITPの使用感を尋ねに来ている。〝アニマ〟が実装されたチャップマンの脳内には、擬似神経による新しい器質が形成されている。被験者がこれに違和感を覚えていると訴えてきたら、実験を中断しなければならない。

だから、精一杯友好的に見せようと指を組んだ。

「ダニー、今日はデータ採集と、使用感の聞き取りに来た」

リチャードには小児性虐待者《チャイルド・マレスター》で殺人犯のチャップマンとどう接してよいかわからない。臨席してくれている精神科医は、リチャードと被験者との間に人間関係を結ばせる方針で、積極的に助け船は出してくれない。

チャップマンは暴力にさらされた傷跡がなくとも異様な男に見えた。隔たりを感じるのは、リチャードが、人格をよくは知らないこの被験者を嫌っているからだ。嫌っているのは、子を持つ父である彼にとって性犯罪者が危険だからだ。

この「嫌い」と「好き」のことを、リチャードは、今回の実験を説明するため、チャップマンに『ケーキと甘味と脳』を例に話した。つまり、我々はケーキを食べると、それが「甘いから好き」だと思う。だが、味覚が脳内でどう扱われるかというと、好き《欲求》を生じさせる脳の報酬システムは、質として食べ物に甘味を感じなくても、カロリーさえ高ければはたらく。

つまり脳にとっては、快か不快かという情動は、甘いや苦いといった質の分析とは神経経路自体が分かれる。「好き嫌い」は、言語で書くと「甘いからケーキが好き」と一繋がりの情報にまとまるが、脳神経伝達の経路では整理されたかたちをしていない。

整理されていないからこそ、リチャードの脳内で仕事への動機《モティベーション》づけと嫌悪感が、彼を板挟みにしている。

チャップマンが、彼の顔を上目遣いにじっと窺っていた。

「覚えてる。『人間は、ケーキが好きだから、それは甘い』、の人だ」

チャップマンはリチャードのたとえ話に勝手に「だから」と接続詞を加えて、「好き」の結果として「甘い」のだとしていた。だが、この操作は、記憶の欠損がない場合は、脳の器質ではなく言語の問題だ。言語は、簡便な道具として扱えるよう、脳が受け取る刺激のパターンよりすくない語彙《ごい》で回されている。だから、しばしば記憶や習慣をもとに、情報を恣意的に整理してしまう。

ただ、言語と脳の情報整理のズレが生んだ錯覚だとわかっていても、リチャードは殺人犯の言葉に恐怖を感じた。

「ふたつ並んだ記述を、そうして原因と結果の関係だと考えるのは、記憶と習慣からくる間違いだよ。結びつけるにしてもせめて、『人間は、甘いものが好きだから、脳が甘味に反応する器質を持っている』くらいじゃないかな」

これほど恣意的に扱われる「好き嫌い」が、その実、人間の行動や嗜好の動機《モティベーション》を支配しているのだ。人間が他の動物と変わらなかった大昔、食餌《しょくじ》や異性のような生物として必要なものと、拒否すべき危険とを、入力情報への「好き嫌い」で区別して生きてきたころと同じだ。この「好き嫌い」の整理を、脳のはたらきと関係なく発展した言語に頼っていることが、社会の深部にひずみを及ぼしている。

チャップマンは、うんざりしたように机に目を落とした。とはいえ、リチャードは〝アニマ〟の実験について、最終確認をとらねばならなかった。

「ダニー、君の脳内には、今、〝アニマ〟と我々が呼んでいるITP神経構造体が組み込まれている。ITPでつくったこの新しい器質は、脳内で、君に《現実の少女よりも報酬が大きい》つまり魅力的なビジョンを提示するものだ」

チャップマンがうなずいたから、リチャードは話を進めた。

「子どもは、性的な関係を持つ対象としては、本来刺激が大きいわけではない。子どもにとっておとなとの性行為が苦痛であるように、おとなにとっても、身体が未熟で性行為の経験もない子どもとの性的関係で、強い刺激を受けることは難しいはずだ。つまり、子どもを性的対象とする快楽の強さは、隠されたものである背徳感や、社会が子どもに付加した良いイメージに依存している。この時代に、君たちが子どもに性欲を向ける理由は、肉体的に満たされる予感ではなく、社会が与えた『好き』への誤解だということだ」

チャップマンの小児性愛は、まさに動機のコントロール不全が生んだ問題のひとつだ。そして、リチャードたちはこの「好き」という巨大な怪物に挑んでいた。

「ダニー、君の中の〝アニマ〟は、きっと君におおきな変化をもたらす。けれど、脳を直接書き換えたりはしない。〝アニマ〟は、つかず離れず、必要なときいつでも相談に乗ってくれる最良のカウンセラーになるはずだ。そうすれば君は社会や自分自身への欲求を、内心だけで片付けられるようになる。こころの中だけでなら犯罪にはならないからね」

〝アニマ〟は、性犯罪者の脳内にITP神経構造体を移植することで、社会的に無害にしようという試みだ。脳内に理想の異性――〝アニマ〟が現れて、チャップマンの意識の表層にまだのぼってすらいない欲求を読み取って、声をかけるのだ。

「出てくるのは、かわいい子なんだろうな」

「君がイメージできる一番かわいい姿だと思うよ。矯正具だから、被験者を犯罪に駆り立てることに荷担しない制限がかかっているけれどね」

リチャードは、どうしてこんな断りを入れたか、自分でもわからなかった。たぶん、理性でわかっていても、殺人犯と対面しているのがおそろしかったのだ。

「わかった。実験に協力するから、俺の頭の中のテレビのスイッチを入れてくれないか」

「約束だったね」

「ITPを使って、脳に直接音を聞かせたり、画面を見せたりできるんだろ」

「ああ、でも視覚と聴覚にテレビ放送を割り込ませるから、身の回りのものを見聞きする感覚に、強引に画面や音声が重なる。日常生活をしながら見るのは危険だよ。決められた休憩時間にしか作動しないようになっているから、座るか横になるかして使ってほしい」

リチャードは、システム起動用のメモリースティックをわたした。チャップマンがそれを、おっかなびっくり首のITP端子に挿入した。

視界にテレビ画像が現れたのだろう、チャップマンが背筋をびくりと震わせた。そして、鬱血して腫れた顔を微笑ませた。

このグリーンヒル刑務所のテレビは、談話室に一台あるきりだ。チャンネル権はあまりに貴重すぎて、ギャングの幹部ですら自由にできない。だから、チャップマンが普通の手段で望む番組を見ることなどあり得ない。それがわかっているから、被験者は埋め込み機器を使って、脳内でこっそり受信したいと要求してきたのだ。

刑務所内の廊下はきれいだ。掃除を毎日の労働として割り当てられた囚人が多数いるからだ。掃除担当が多数いるとは、作業の最中に囚人の生活が監視され、噂がすぐに広がるということでもある。そして待遇がちがうという嫉妬は、ここでは容易に殺人の動機になる。

ひとり脳内テレビ番組を鑑賞してにやつくチャップマンを、刑務官が不潔なもののように見下ろしていた。被験者が隠れてテレビを見ていることを、刑務官が他の囚人にしゃべるのではないかと心配になった。

「被験者の安全はだいじょうぶなんだろうね」

刑務官は、知らぬふりをした。チャップマンも罪を悔いる様子すらなく、神経を直接刺激するテレビに没頭していた。

そんなどうしようもない時間が、一分以上も続いた。会話がなくなると、殺人犯だらけの重犯罪刑務所の壁から、重苦しい空気がにじみ出るようだった。理性としては、自分の恐怖は、事前知識が生み出した社会的なものだとわかる。だが、感覚は自由にならない。人間と人間の距離が近すぎる刑務所という環境では、特に緊張がおさまらない。

チャップマンが殴られていた間、ただ見ているだけだったろう刑務官が、ぽつりと言った。

「子どもをレイプして殺した犯罪者を、囚人のリンチから命がけで守れということなら、私は保証しかねますね」

リチャードは、正義を為せと逆に開きなおられたようで、目をしばたたかせた。たぶん子どもを守れという社会の圧力が、ここでの正義なのだ。刑務所は、囚人が社会生活できるよう矯正する施設だからこそ、ひどく保守的だ。

刑務官が、帽子をかぶり直した。

リチャードも、文化を足場にとった上でしかものごとを判断できない。だから、あれだけの罪を犯しておいて、よだれを垂らしてテレビを見ているチャップマンが、罰せられるべき怪物に見えてしまった。

*

自分がどんな人間かと問われれば、平凡そのものだとチャップマンは答える。

学校の成績もほどほどで、スポーツもほどほどで、稼ぎはそれにすこし足りないぐらい。そんな平凡な人間だから、テレビが好きだ。退屈をまぎらわせられるし、普通の暮らしでは見られないものを見せてくれるし、何よりタダだ。

彼がとりわけ愛情をもって鑑賞するのは、子ども番組だ。内容もわかりやすいし、不愉快なことはないし、何より子どもが出ている。テレビに出てくる子どもたちは、みんなかわいらしい。特に公共放送のレベルの高さは、瞠目に値する。おしゃれでありながら、子どもらしさを踏み外すことのない服装に、チャップマンはうなる。今日一日が重要だと理解している全力投球の活発さにつられて、身体を動かしてしまう。何より、笑顔だ。黒人でも白人でもエスニック系でもアジア人でも、こんなにたくさんの子どもの笑顔に、癒されない者などいない。子ども時代、人間は、透明なきらめきを放つように、ただまばゆい。

「性的すぎる」

ベッドに横になって、チャップマンはつぶやいていた。昼食の食器洗いが終わると、キッチン作業の受刑者は夕方五時まで休憩がもらえる。だから、面会室で実験についての説明を聞き流した後は、思う存分テレビを見ていた。

視聴覚を直接刺激する三次元画像と音声は、映画館にいるような迫力と臨場感だ。だからこそ、チャップマンは目がくらみそうになった。コマーシャルに、まだ十歳にもならないくらいの少女が映っていたのだ。お菓子の宣伝で、ピンク色の長い舌を出した少女が、ポルノグラビアのように大きな飴に舌をはわせていた。なめていた飴が溶けて、途中でチョコレートやホワイトチョコレートになって色まで変わるのだ。

チャップマンは、高ぶった気持ちを鎮めるため、両太ももで強く毛布をはさんだ。

「誰が見るかわからないメディアでは、宣伝は、道徳を考えるべきだ」

久しぶりに子ども番組を見て、彼はしあわせに浸った。息は荒くなり身体が火照《ほて》っていた。汗ばんだ囚人服の襟に指を入れて、首筋の肌に貼り付いた布地を剝がした。

あのリチャードという男は、本当の愛情を知らない。この熱の支配力を味わっていたら、刑務所に入っているはずだからだ。

子ども番組を放送しない時間になると、子ども向けのお菓子やオモチャや育児用品の宣伝を探して、チャンネルを切り替える。子どもをけなすことばは、どこにも聞こえない。子どもは社会の中で万能の〝素晴らしいもの〟として輝いている。アメリカは、この数十年、少子高齢化の傾向が止まらないから、さかんに社会が子どもの素晴らしさを煽っているのだ。

三次元ビデオカメラの宣伝に、五歳くらいの女の子が芝生の庭で色とりどりの風船を追いかける映像が使われていた。膝上までしかないワンピースの裾が、太ももで蹴るように弾んでいる。親には子どもの記録を撮りたい欲望を、独身の男性には少女への劣情を掻き立てさせる、巧妙な手管だ。

「子どもがどんなに魅力的か、おまえたちはみんな、わかっていないふりをしてるんだ。ガソリンのタンクを持って火遊びをしているようなもんだ。かならず火事は起こる」

チャップマンは平凡な男だから、テレビを見ていると、自分の道徳で世相を斬るようなひとりごとをつぶやく。

映像を堪能していると、室内にブザーが響いた。囚人たちのもっとも大事な仕事は、決められた時間に所定の場所にいて人数を数えられる《カウントされる》ことだ。数えるといっても、腕輪の個人情報が本人と合っているか、携帯用《ハンドヘルド》の機器で照合されるだけだ。刑務官はこのために刑務所内にいる。ただ、午後四時の点検のときだけは、チャップマンたちは、割り当てられた房から外に出て整列しなければならない。全米の刑務所で一斉に囚人の人数をカウントするのだ。自分の房のドアの前にいなければならないから、チャップマンも嫌々ながら起き上がった。ドアを出ると、殺人犯や強盗犯、暴行犯や誘拐犯がずらりと廊下に並んでいた。脳内のテレビは自動でスイッチが切れていた。

カウントが終わって解散になるや、実験がはじまるまで同室だったエヴァンズが彼を呼び止めた。自分の優位を確信するように、唇を舌でなめた。

「ずいぶん楽しそうじゃねえか。これからシャワー室こいよ」

現実に引き戻された。

カウンティングが終わってからキッチンの仕事がはじまるまでの一時間は、チャップマンにとって、とてもつらいものになった。

搾取される立場の受刑者にとって、重犯罪刑務所で生き残る方法は、ひたすら逆らわないことだ。

テレビで子ども番組を見ていたことがバレたわけではなかった。もしもそうなら私刑は死ぬまで続いたはずだった。ただ気に入らないというだけで、チャップマンはシャワー室で五人の男に蹴られ、レイプされた。

当然、愛情などそこにはない。だから、チャップマンは顔を壁に押しつけられて、ただ上下関係を教え込むようにかわるがわる犯された。殴られる拳と、肛門に挿入されて直腸壁をこそげ落とされる陰茎の感覚は、似通っていた。こんなものが気持ちよい人間がいることが、理解できなかった。

痛みに泣いても、そんな声は、出しっぱなしのシャワーがタイルを打つ音にかき消えるようだ。

黒人の受刑者が、チャップマンの髪を後ろから引っつかんで持ち上げる。

「おまえはなんで殴られてる？　なんでだと思う」

正義とは関係ない。チャップマンは、男らしさが人間の価値である刑務所内では最下層扱いされる、子どもしか殺していない性犯罪者だからだ。そして、重犯罪刑務所では、一度なめられると搾取され続ける。だから、強いところを見せたい受刑者たちによくレイプされる。

刑務所の中は、狡猾さと保守的な決まり事が、残忍な幼稚さと絡み合ったいびつな世界だ。似たり寄ったりの罪を犯しているのに、なぜこんな差をつけられるのだろうと、チャップマンは思う。人間は、甘いからお菓子が好きなのではない。お菓子が好きなものだから、甘く感じるのだ。

「憎いから殴るんじゃない。殴るものが憎く感じられるんだ」

チャップマンは顔を床に叩きつけられた。ものすごい腕力で振り回されて、気がついたら目が血走った大男に馬乗りになられていた。

「おまえが最低の屑野郎だからだ」

大きな手がチャップマンの首にかけられた。絞め殺されると絶望したそのとき、エヴァンズが何か言って、危うく彼は解放された。

エヴァンズは、腕っ節が強いわけでも、コネがあるわけでもない。ただ徹底して商売人なのだ。鬱憤《うつぷん》のたまった囚人にチャップマンを殴らせ、レイプさせるのが取引だ。対価は金銭ではなく、嫌われ者であるチャップマンを支配しているという、自らの立ち位置だ。刑務所で、いっぱしの男として認識されるには、踏み台がひとり必要なのだ。刑務所の外でエヴァンズが、ドラッグディーラーとしてどんな生き方をしてきたかは、推して知るべしだった。

「俺がおまえを守ってやってるんだ。おまえは、房はかわっても俺に恩返ししなきゃな」

エヴァンズが、父親が子どもにするように、彼の頬を軽くたたいた。

シャワー室に放置されて、鏡を見た。殴られるのはもう慣れていたから、悲惨な傷を確かめても、気持ちは乾燥したままだ。

傷にしみるから、顔は洗わなかった。テレビをもらっても惨めさは変わらないようだった。だから、ここに少女がいたらと思った。かわいらしいものだけが、チャップマンの気持ちを掻き立ててくれる。けれど、どうにもならない。テレビで女の子を見てよろこぶくらいのことが、どうして自分には許されないのだろう。

「――*allo*（もしもし）、――*allo*（もしもし）」

耳元を、舌足らずなささやき声がくすぐった。

　チャップマンは、何事が起こったかわからず、立ちつくしていた。ただ、不思議なほど恐ろしくはなかった。彼は、この声をきっと知っていた。やさしくエコーがかかったような、胸郭の骨がまだやわらかい少女の吐息を聞いた。

「笑って、あなた、――あなた」

　裸のまま、チャップマンは振り向いた。確かに気配を感じる少女の姿を見たかった。もしも、そばに少女がいてくれるなら、この刑務所に欠けていたものが埋まるように思ったのだ。原始的なシャワーノズルが設置されただけのブースに、チャップマンの求める姿はない。

「俺に姿を見せてくれ。おねがいだ」

「わたしは、あなたのそばにいるわ。感じて。そばにいるから」

　自然に、生唾を呑み込んでいた。リチャードは、チャップマンの脳内に、性犯罪者を矯正するＩＴＰ神経器質を構築したと言っていた。

「おまえが、〝アニマ〟なのか」

　シャワーブースなのだから、今は裸なのではないかと女の子の姿を妄想した。滑稽なほど簡単に、どん底だった気持ちの隙間にその気配は滑り込んだ。

「ねぇ、笑って。笑わないと、しあわせになんてなれるはずないよ」

　声は、シャワー室の水音よりも鮮明だった。これは、チャップマンが脳内でテレビを受信しているときと同じように、聴覚神経が直接刺激されて聞こえているのだ。

　チャップマンの息は乱れていた。

〝アニマ〟の正体を考えれば、彼が話をすること自体が実験ということだ。けれど、本当に笑ってしまった。こころの底から、少女の姿を見たいと思っていたからだ。刑務所に入れられても、「好き」であることは止められない。チャップマンの知識と人生経験では、頭の中に住み着いた〝彼女〟にどう反応してよいかわからなかった。

「俺に一体なにをさせたいんだ」

ままならずシャワーブースの壁に額を押しつけた。現実に少女の息づかいを感じたようで、見る間に興奮して、性器が勃起しはじめていた。

リチャードたちに、おまえはこれで自慰をしろと馬鹿にされているようだ。だが、〝彼女〟はまるで、最低の場所に突然開いた美しい世界への出口のようだった。チャップマンは、馬鹿にされる嫌悪と好きの板挟みに、簡単にとらえられていた。

シャワーブースに大きなブザー音が鳴る。現実に引き戻されて、チャップマンの性器は萎《な》えた。もう、夕食時間がせまり、彼がはたらくキッチン作業の時間になろうとしていたのだ。

チャップマンの脳の中に居座った〝彼女〟は、一晩中しゃべり続けた。

まだ春で朝方はずいぶん冷えるが、それさえ気にならなかった。おもに〝彼女〟が彼のことを根掘り葉掘り聞いた。それなのに話題は尽きなかった。

「わたしのおかげなんかじゃないよ。あなたが、本当はお話が大スキな人なんだ」

思考が直接伝わったように、声が聞こえた。体温が高い女の子の気配が、チャップマンの毛布の内側にあった。おかげで夜じゅう眠れなかった。

朝になってしまった。頭がぼんやりしていたから、眠気覚ましに朝のテレビを見ようと思った。だが、姿がない〝彼女〟の気配が、まとわりつくようにベッドの上に残っていた。

「わたしがいるんだから、もうテレビなんて見なくていいよね」

ぺたりと軽い音が、すぐそばで聞こえた気がした。体重の軽い女の子の足音だ。チャップマンは、横になったまま視線を向けた。薄明かりの中、健康的な赤みがかったちいさな足が確かに見えた。

血が沸き立つような興奮にかられて、跳ね起きた。

そこにいると思った本物の女の子は、影も形もなかった。

「早く起きようよ。朝ご飯たべて、また、わたしとおしゃべりしてね」

頭の中の声に引きずられるようにして、起き上がった。

朝六時半のグリーンヒル刑務所の起床時間に刑務官からカウントを受けた。その足で、他の囚人たちの後ろについて並び、洗面所に顔を洗いに行った。何度も順番を飛ばされてようやく洗面台にたどり着くと、鏡に映った彼の顔は、当然まだひどく腫れていた。

「ねぇ、笑って」

頭の中を、ささやき声がくすぐった。舐められまいと常に気を張っている他の囚人たちには、〝彼女〟の声は聞こえない。

鏡の板の端っこに、彼の胸くらいまでしか背丈のない白人の少女が歯磨きをしている姿が右半身だけ映っていた。これも〝アニマ〟の幻影だとわかっているのに、刑務所暮らしがしあわせになった気がした。自分の単純さに泣きそうになった。

気づくと、幻の少女は、無造作に手足を動かす東洋人らしい長い黒髪の女の子になっていた。だが、鏡の端で見切れていて、〝彼女〟の顔はわからない。

「お仕事の前に、ちゃんと顔を洗うの。おっきい子どもみたいなのね。ほら、鏡を見て、さっきよりハンサムよ」

チャップマンも鏡に向かって笑ったことくらいある。だが、それは自分を奮い立たせるときに、意思をはたらかせてやったことだ。けれど、〝彼女〟は、チャップマンの意思からは切り離されている。

不機嫌な顔をした大柄な黒人の囚人が、後ろからチャップマンの使っていた洗面台に割り込んだ。押し出されても、彼には不平を言うことなど許されていない。

ばつが悪く、濡れた手を囚人服でぬぐいながら職場のキッチンへと歩いていった。頭で考えたことは〝彼女〟に伝わっているようだが、自然とことばにしてしまっていた。

「ムービーやテレビの中の女の子が話しかけてこないかと思ったことくらいあったよ。けど、そんなのは妄想で、現実じゃないと思ってた」

「あなたは、わたしよ。わたしは、あなたの脳の中にいる。だから、あなたがまだ意識していない考えや、あなたの本当のこころの声を聞いてあげられる」

腹立たしくなって反発してもおかしくない話のはずなのに、妙に心地よかった。だから、脳の中にいる〝彼女〟が、いつか自分の意識を乗っ取るのではないかと、寒気がした。

これも幻覚なのだろう体温が、彼の背中におんぶをせがむように飛び乗ってきた。細い腕が、彼の首に巻き付いた。少女の髪がさらさらと揺れる音がした。すこし汗ばんだ臭いが、鼻孔を甘くくすぐる。

「わたしは、絶対にあなたのそばから、いなくなったりしないわ」

心地よい重さを背負って、チャップマンはよく掃除された廊下を歩いた。背中にあたたかみを感じながらキッチンまで歩く途中、不意に、脚が動かなくなった。

仲良くなりたいと思ったのだ。チャップマンはみんなと同じで、何かが欠けているからこそ、その欠けた部分を補いたくて人間関係をつくる。恋をしたり、異性と付き合ったりする。チャップマンは、〝彼女〟に自分の穴を埋めてほしいと思ったのだ。

こんなふうに彼に「好き」にならせるために、〝彼女〟は脳内に移植されたのだ。〝アニマ〟の実験がそういうものなら、刑務所暮らしをしたことのない科学者たちは、ずいぶん残酷なことを考えるものだ。

チャップマンは、朝食の食器洗いが終わると、すぐに自分の房に戻った。彼にとって、ここだけが殴られずに済む安住の地だからだ。

そこで、彼は〝彼女〟とふたりきりになる。テレビを見ようとしても、〝彼女〟が邪魔をする。そして、チャップマンは、自分が嫌になるほど簡単に、それをよろこんでいる。外に出たくないから、会話に耽溺《たんでき》しているのは快適だった。

「でも、わたしと外で遊んだりもしたいのね？　気にしないで。ここでゆっくりしてるだけで退屈なんてしないよ」

　脳の中の声に言われてみると、狭く薄暗い房にずっといることを気に病んでいたように思えた。だが、チャップマンは囚人だ。なぜ囚われているかというと、人を殺したからだ。日々を生き延びるだけで精一杯で、これ以上つらくなるのが嫌だから、自分の罪をほじくり返したりなどしなかった。だから、殺人のことを思い返したのも久しぶりだった。あんな馬鹿なことをしたときは、ちいさなメグ・オニールが、自分の心の隙間を埋めてくれると思ったのだ。

　ベッドに腰掛けたまま、チャップマンは、〝彼女〟に嫌われたくなくて言い訳していた。

「あの子は、俺のことをわかってくれていると思ったんだ」

　ことばにすると、後悔が湧いた。彼は、すでに何百回となく、人を殺してしまったことを悔いていた。犯罪者にさえならなければ、こんな刑務所に入れられずに済んだからだ。〝彼女〟と出会って、外に出て遊んだり美しいものを見たり、いろんなことをしたくなったのだ。欲が出ると、二度と外の世界に出られない百年の懲役期間がつらかった。生きる動機《モティベーション》が掻き立てられると、湧いてきた活力のやり場がないことがつらい。

　チャップマンは、やさしいことばをかけられ、一晩話をしてもらっただけで、もう〝彼女〟を「好き」になりかけていたのだ。

最初に声を聞いてから、五日経った。チャップマンは〝彼女〟と話をしていると、投獄されてから一度も感じることがなかった充実感を覚えるようになった。気持ちが前向きになって、何かせずにいられない気分になってきた。

だから、この日は、定期的に行うよう国から定められている、ソーシャルワーカー《社会福祉士》による更生プログラムに参加した。監獄を生きて出られないチャップマンが、社会での振る舞いかたを教わっても、それを使うときは来ない。だが、出席していることで前向きさをアピールできる。それに、グリーンヒル刑務所で彼を屑の中の屑として見ないのは、宗教関係者とソーシャルワーカーだけだ。

一日の仕事が済んで、戻ってきた住居房で〝彼女〟と話していると、前に進んだ実感があるぶん気持ちがよかった。ズボンを降ろして便器に座っている間も、〝彼女〟は話をせがんでくる。だから、チャップマンは小声で囁きかける。

「子どもを性的に愛おしく思うのには、理由があるんだ」

ソーシャルワーカーからそう言われた。彼は、社会や文化からの要因によって、児童に性的刺激を感じるように歪められたのだという。だから、子どもと性交渉をもっても満たされないと自覚する必要がある。児童への性犯罪被害は、おとながひとりひとり社会人として健康的な人間になることで防げるのだそうだ。

けれど、チャップマンはそうは思わない。〝健康な社会人〟だった時期があるはずの、子どものそばにいる教師やソーシャルワーカーが、いつの間にか性的虐待犯になっていたことくらい、いくらでもある。彼を刑務所に隔離した社会は、危険人物は子ども時代につまずきがあったという。だが、子ども時代を理想的にやりとげる人間のほうがすくないのだから、丹念に洗えばみんなボロは出る。

「それでも、おとなよりも女の子のほうがスキなんだよね」

チャップマンは少女が好きだから、脳の中の声は、セクシーな女性ではなく、かわいらしい女の子だ。だから、〝彼女〟を感じること自体、自分の満ち足りなかった人生を反射されている心地だった。だから、どこか気持ち悪くてしかたない。

けれど、〝彼女〟がいなくなったら、監獄が耐えようもなくつらくなる。そこまでして健康な社会人になりたいとは思わなかった。チャップマンの自尊心は低い。

「すぐ変えようとしなくてもいいよ。だって、まだ苦しいんだから」

「癒されたいんだ。どうしたらいい」

便器に座ったまま、膝の間に顔を埋めるように体を折った。正面に、素足の少女の膝から下が見えた。肌がまったく角質化していない、バレエのシューズがよく似合いそうな形の良い足だ。鍛錬も節制もなくただ美しい〝彼女〟が、この足でどんな未来を歩んでゆくのだろう。そう想像しただけで、胸が躍った。

「いつかできるよ」

脳の中の〝アニマ〟が生み出した幻影が、スカートを持ち上げてつま先立ちの足を見せ、踊るようにくるりと回った。

しばしば〝彼女〟は、来るはずもない未来の希望を口にする。チャップマンも、その言葉に一時《いっとき》は楽しめて、なぐさめられる。けれど、独房の便座に座っているとき、刑務所の壁を見たとき、どこを向いても囚人だらけでこんな生活がずっと続くと悟ったとき、苦しくなる。

一生外に出られない懲役に希望がないのは、未来が素晴らしいものだとされているからだ。もちろん、若さや子どもも、文化的に高い価値を与えられている。ソーシャルワーカーが言うようにチャップマンの「性に関する感覚が歪んだ」のも、その価値に目がくらんだからだ。

彼は子どもが好きだ。だからこそ頭の中の幻と話していると、刑務所にいる自分を直視させられて追い詰められてゆくようだった。彼は醜い。そんな彼が、未来を〝彼女〟と歩めるようには思えなかった。

〝彼女〟に癒され救われようとしただけ、チャップマンは押し込めてきた記憶とのつながりを取り戻していた。

「悪いことをしたら、あやまったほうが気持ちいいよ」

〝彼女〟は言う。そのとおりだとチャップマンも思う。だが、彼がそうするべき相手は死んでいる。彼が殺したのだ。

温水が出ないシャワートイレで尻の穴を洗う。痔《ぢ》になって腫れている尻にしみた。

ベッドにのぼって横になると、毛布にくるまった。脳内で受信できるテレビをつける。ティーンエイジの歌手の歌が聞こえる。今の彼にはない、子どもの頃には確かにあった、弾《はじ》けるような若さが、可能性が、そこにあふれていた。

人間は、みんな、かわいいから子どもが好きだ。脳のはたらきからは、その順番は違うと、リチャードが言っていた気がした。それとも、ふたつを理由の関係で結んでしまうことが、錯誤だという話だったろうか。本当に正しいのは、「かわいいと、子どもが好きは、別だ」のほうだったろうか。

頭の中のテレビには、子ども用品や、若い夫婦向けの宣伝がよく流れていた。しあわせな家庭の中心に子どもがいる風景が、これでもかとアピールされていた。

チャップマンは、全身の神経が研ぎ澄まされたような、しんとした冷えを感じた。

みんな子どもが「好き」なのだ。

自分が殺したメグ・オニールのことを思い出した。その子は、お菓子をおいしそうに食べる少女だった。チャップマンは、小学二年生のその子が好きだった。

一度意識に引っかかると、血の臭いや、他にどうしようもなかった恐怖ばかり思い出した。チャップマンを引きずり込もうと、血の色の闇から、何かが足を摑んでいるようだ。

化《か》繊《せん》の毛布に顔を埋めた。今晩は寒くなる様子だった。

震えながら、ちいさなメグのことを考えていた。

彼はその声をよく覚えていた。

「わらって、チャップマンさん」

と、彼女はいつも言っていた気がする。

〝アニマ〟の心地よい囁きとはちがう、もっと低くてざらついた感触だった。メグ・オニールは、ハスキーで語尾が上がり気味になる地味な声をしていた。

メグと出会ったころ、チャップマンは近所の少年野球チームの監督をしていた。州道沿いのダイナー《プレハブ式レストラン》のキッチンではたらいていた。三百グラムの分厚いパティをはさんだハンバーガーが名物の店で、おとなにも子どもにも顔をよく知られていた。だから、町の人は、彼が子どもの近くにいても普通のことだと思っていた。

野球場のそばには大きなリンゴの木があって、よく茂った枝の下に木製のベンチがあった。木漏れ日が白い編み目のように落ちるそこに、メグはいつもひとりで座っていたのだ。

「どうして、そんなむずかしい顔をしているの」

はじめて会ったとき、彼はそう尋ねられた。

その春、チャップマンは、ダイナーの店主から給料を下げると宣告されていた。近所に大規模外食チェーンの支店が相次いで開店したせいだ。巨大外食企業が新規店舗の大量展開をはじめた時期だったのだ。

それは、正式サービスがはじまったばかりのＩＴＰが社会にもたらした、最初の変化のひとつだった。すでに高度な経営マニュアルを持っている大手外食チェーン店は、爆発的な勢いでＩＴＰを取り入れた。ＩＴＰで経験を直接伝達することで、優秀な店長を多数手に入れるためだ。ＩＴＰを施術すれば、わずか二週間で熟練店長を大量に養成できた。人材力が直接金銭を生む上に資格をほとんど必要としない接客業では、投資コストは短期間で回収できた。煽りを食ったのは、地域に根ざした個人営業の飲食店だ。

給料のことで鬱屈をためていたから、チャップマンは人なつっこく寄ってこられて、ころりとやられてしまった。かまったらかまっただけ反応してくれるメグと、親密な距離感で話をするようになった。

「チャップマンさんみたいなパパがよかったなあ」

メグは親と折り合いが悪く、殴られたようなあざを身体によくつけていた。おとなにやさしくされることがうれしい様子で、アイスクリームやお菓子を買ってやると、ベンチに座ったまま、くすぐられたように身体をよじってよろこんだ。

「ケーキは好き？」

チャップマンはたずねた。季節はもう秋になっていた。クリスマスの話題が出るようになった。

「スキ。ケーキの上にのせるマジパンは、アーモンドパウダーと、おさとうで作るって、知ってる？」

彼女は笑っている。

「知ってる。そういえばもうクリスマスだよな。お菓子を作ってあげようか」

チャップマンにはお菓子など作れない。会話を続けたかっただけだ。けれど、ちいさなメグは、ころりとだまされた。クリスマスのお菓子を、手製で差し入れすることを約束した。

彼女は、よろこんで彼の家に来ることを決めた。

メグは、甘いからケーキが好きだった。いやそうではない。本当は、彼女が好きなものだから、ケーキは甘い。彼の世界の中心に彼女が座ってくれたら、不満から抜け出せて何もかもがうまくいく気がした。世界一メグの近くにいるのは自分だと思った。彼女をずっと手元につかまえておきたかった。胸の奥に熱い気持ちがわきはじめていた。

チャップマンは、彼女に好かれようと努力した。彼のこころに欠け落ちた部分があるように、彼女のちいさな胸にも満たされないものがあった。それを埋め合えばいいと妄想した。自分たちは、運命のようにぴったり嵌《はま》るのだと信じた。

たくさんお菓子をあげて、話を聞いてあげた。メグはどんどん警戒を解いていった。チャップマンは、彼女の家に夜遅くまでおとながいないことを教えてもらった。地域社会による監視は、学校が児童の現在位置を把握するためＧＰＳを配布するなど高度になっているが、それでもぽっかり空白ができる。その空白は、家庭内や周辺での児童性的虐待がなくならないのだから、危険と繋がっている。監視の穴を開ける一番の要因は、信用だ。信用されているからこそ犯人は子どもに接近することができ、だからこそ児童性的虐待は顔見知りによる犯行が多い。

クリスマスには手書きのカードをもらい、年が明けて、復活祭《イースター》もいっしょだった。メグは、両親にさりげなく紹介するほど、チャップマンを信用するようになった。

だから、昼間によく遊びに来ていた彼の家を、夜になってから訪れるようになるのも、時間の問題だったのだ。

二〇九〇年五月二十二日。チャップマンは、たとえおとなと子どもでも、この感情は愛だと思っていた。

メグの両親が外泊して彼女が留守番をすることは、もう調べてあった。だから、ひとりで不安そうにしていた少女を家に呼んだ。ケーキを買って、職場で焼いているものよりすこし豪華なハンバーガーを作った。

おなかがいっぱいになると、メグはリビングのソファにべったり脱力して横になってしまった。チャップマンが怒らないとわかっているから、気が抜けて、行儀が悪くなっているのだ。そのリラックスした様子を見ていると、帰らせたくない気持ちに強く突き動かされた。彼女は、彼のところにいるべきだと思った。誰よりも自分が、彼女を愛してやれると確信していた。

うつぶせになったメグのお尻が、化繊のスカートの下でむずむずと揺れていた。チャップマンは興奮して、自然に呼吸が激しくなるのを感じていた。身体が熱くなって、股間がぱんぱんに張って固くなりすぎて痛かった。

チャップマンは、無警戒なふたりの距離をもっと縮めたかった。だから、ソファに横になったちいさなメグにのしかかった。

火傷させられたように、あどけない顔が歪んだ。ちいさい目が怯えて見開かれた。

受け容れてもらえるつもりだったから、彼のほうが不意打ちを受けた気がした。こんな泣き顔の人間がチャップマンの世界を救ってくれるはずがないから、恐くなって平手打ちした。

ソファに勢いよく倒れ込んで、メグのちいさな身体は弾んだ。

「どれだけ苦労してきたと思ってるんだ。俺が愛したのに、おまえは何も返さないのか！」

叫んでいた。

小学校が持たせている携帯通報機を、メグがポケットから取り出した。彼はそれを奪った。まだ八歳のメグにとって、ほんの一瞬で、彼は敵になってしまったかのようだった。彼女が泣きだした。身も世もなく大声で喚《わめ》いた。その声が聞こえて人が来たらと思うと、怒りがわいた。お菓子をよくほおばるその口は、チャップマンが大きな手で押さえつけると簡単にふさげてしまった。

自分がこころを失った、ただ愛情を再生するだけのプレイヤーになったようだった。

「俺が愛したんだから、愛してくれ」

メグが、何か言っていた。けれど、チャップマンが望んだことや想像したことは、何も言ってくれなかった。

彼女の衣服を、強引にボタンを外して脱がせた。まだ乳房もふくらんでいない身体には、いくつも痣《あざ》があった。

「おまえのことを親だって殴ったのに、なんで俺のことだけ嫌いになるんだ」

チャップマンのことをパパじゃないと、メグが押しのけようとした。悔しかった。不公平だと思った。情けなかった。腹が立った。

メグは人間として精一杯、彼にわかってほしいと反応していた。どこが間違っているのかわからなくて、彼は追い詰められていた。現実の彼女と妄想の中の少女の差を探そうとした。ことばで聞いても相手は泣くばかりだった。けれど、暴力で脅して追い詰めれば、少女が隠している、チャップマンのほしいものが出てくるのではないか。それとも愛情も劣情もありのままぶつければ、彼を理解してくれるのか。

メグに生身のチャップマンをぶつけるほど、涙を流して激しく拒絶された。

子どもが性的に愛おしいという倒錯では、少女と性的な関係を持っても、構造的に安心へは至れない。本物のメグは、彼の妄想の中の少女のようには反応してくれなかった。どんどん悪い方へ転がってゆく。彼女のことばが理解できなくなっていた。

ことばがなくなっても目の前に残っているのは、摺《す》り合わせるようにぴったり閉じられた太ももであり、骨盤が未成熟な細い腰だ。しわのない滑らかな首であり、ひっかき傷や痣だらけであばら骨の浮いた胸だ。こんなになっても肌の感触と湿った臭いだけは、彼がしあわせな関係を想像した、うまく行っていたころの記憶と同じだ。

壊れてしまったメグとの関係をどうにかしなければならなかった。だが、どこから手をつけてよいかもわからなかった。あれもこれもと試している間に、少女がひとりの人間ではなく、自分の穴を埋めるための記号の束に見えていた。だから、淡々と彼女を殴り、行為はどんどんエスカレートしていった。

チャップマンの穴は埋まらない。彼が本当にほしいのは穴を埋める記号だから、本当は実体としての少女はいらない。記号だから、同じ役目を果たすなら、本当は彼女でなくても構わない。

児童との良好な恋愛関係のモデルなど存在しない。だから、これから先をどうしてよいかなどわからない。児童との性交渉に、家庭をつくったり子孫を残せたりといった、社会的な達成もない。だから、明日からのことを考えると不安と悪い確信だけが押し寄せてきて潰されそうだ。

小児性愛者《ペドファイル》にとっての報酬の、もっとも高い価値のものは脳内にある。

ほんのすこし笑ってもらえれば、それだけで報われた気になれたはずだった。これだけのことをしてしまったのに、何も手に入れていないのは不公平だ。だから、チャップマンの指は、彼女の首を絞めていた。

そして、ついに動かなくなった。終わってしまったことをはっきりと表すように、人形のように少女の死体は横たわっていた。記号そのものになってしまったように、目を見開いたまま少女はもう表情を変えない。果たして彼女は、その最期の時間、自分に何か言っていただろうかと掘り返そうとしても、まったく思い出せなかった。

印象は細切れの断片になったようで、メグという少女の全体像を思い出せなかった。断片を一本に繋げようとしてみた途端、彼の唇は曲がり、全身が痙攣《けいれん》しそうなほど強張《こわば》った。耐えられなくなって、チャップマンは手近にあったものを片っ端からぶん投げていた。

自分が好きなのは彼女のどこだったのだろうと、改めて迷った。これだけのことをしてしまったからこそ、元を取りたかった。激情の余韻で真っ白になってしまった頭で、メグとの関係でよかったところを探していた。

死体を見てももう思いつかなくなっていたから、悪いことばかりじゃなかったと、自分に言い聞かせた。そう整理しはじめると、チャップマンは逃げを打つ方法を考えていた。夜が明けた明日からも彼の人生は続くからだ。

メグがいなくなればいい。消すことはできないが、捨てることはできる。早く片付けないと朝になってしまう。警察が、親が探しにくる前に早くだ。彼女を隠すところを探すが、そんな場所はない。それに、力の抜けた彼女の身体は持ち上げてみると嵩張《かさば》る上に重かった。

だから、持ち運んだり隠したりしやすいように、気持ちが萎えないうちに切ってしまおうと思った。バスルームに運び込もうとして、確かめてみたら床が汚かったから別の場所でやることにした。しかたなくリビングのソファをどけて、キャンプ用品の保温シートを敷いた。暴力に慣れていたわけではないから、きれいなメグの肌に木工用の小型の電動鋸を当てて、スイッチを入れる思い切りがつけられなかった。刃先が脂肪の多い肌を滑ってスムーズには切れなくて、工具をあつかい損ねて何度も失敗する。シートに思ったよりたくさん血が流れたから、掃除機で吸った。掃除機のゴミのタンクがいっぱいになるたびトイレに流した。最初に右腕を落とし終わると、案外きれいにできたから、何もかもうまくいくような気になった。汗をぬぐう。やりとげた気分になった。

作業の間、気が滅入《めい》ってきそうだから、ずっとテレビをつけていた。少子高齢化を止めるための政府公報が、家庭を持つよろこびを謳っていた。

メグの身体を切り刻んでいるうちに、最初から全裸にしておいた自分が冴えていたような気になってきた。手際よく作業ができていると、バラバラにしている間に、彼女をはじめて完全に支配したように思えて昂揚した。両手足を落とした。

首を切るのは最後まで恐かった。ただ、タオルで丁寧にくるんだ四肢を見ていると、チャップマンの穴を埋めてくれる何かに近づいていると思いたくなった。それはもうメグではなく、何者でもなくなったただの少女の手足だった。

彼女は、甘いからケーキが好きだ。そうではない。本当は、彼女が好きだから、ケーキは甘い。チャップマンは、かわいいから子どもが好きだ。そうではない。本当は、子どもが好きだから、彼女がかわいく感じる。チャップマンは、そんなふうに自分の〝好き〟と感覚の繋がりを混乱させていた。ただ、子どもが好きであることだけは変わらなかった。だから、癒されたいのに、ちいさなパーツになったメグがかわいくなくなってしまったことが、失敗に思えた。

こんな気持ちでは残った首を落としきれない気がした。録画していた子ども番組を見た。三十分ほども見ていると、部屋中に充満した血の臭いを、一時、忘れられた。メグを通してあらゆる少女の上に立ったような、万能感を得たような、天上の声を聞いたような気がした。だが、次の瞬間、気配を感じて自然に窓ガラスを見た。向こうは闇で、ガラスには彼自身が映っていた。それは少女をレイプして殺した殺人犯の、彼自身の怪物じみた顔だった。返り血が飛んだ、無関心な目をした顔だ。

昂揚の感覚は一瞬の夢のように去った。

ことばをかけても何も返ってこなかった。青いシートを敷いたリビングで、彼は孤独だった。

自分の姿に冷めた途端、自分が何をしたかわからなくなって、息もできないほどおそろしくなった。生きていた間、笑顔を見ていた間、少女は何かを語っているように思えた。けれど、今この死体からは、何のしあわせな記号も読み取ることはできなかった。世界に疎外されたような、どうしようもない孤独が押し寄せてきた。

あのときと同じ怪物のままで、刑務所のチャップマンは、毛布にくるまって眠れずにいる。酔うことのできない、現実そのものでしかない自分を感じ続けている。現実を実感したとき、罪と、未来のない自分自身が無造作に転がっている。

自分が異物で、汚いものである気がした。

「汚くないよ。よく思い出してあげたね。ほら、よだれをふいて、毛布がぐしゃぐしゃになってる」

それでも、脳内の〝彼女〟が、やさしくなぐさめてくれた。母親のように、幻の腕でやさしく抱いてくれた。そのあたたかさと少女の臭いに包まれて、彼は子どものように泣いた。

最低な気分になった。

*

重犯罪刑務所に収監された性犯罪者は、よく私刑《リンチ》に遭う。

リチャードは、チャップマンとの二度目の接見のためグリーンヒル刑務所を訪れた。そして、今朝もまた被験者が殴られたことを聞いた。

チャップマンがあまりによく殴られていることは、ニューロロジカル内でも問題になっていた。すでに刑務所への抗議が、何度も行われていた。グリーンヒル刑務所は、完全な公営ではなく、民間の管理会社と契約している。だから双方のマネージャーの間でかなりタフな交渉が行われたと、リチャードも聞いていた。

〝アニマ〟の研究チーム内でデータの収集と評価を担当するリチャードにも、大きな関心事だった。実験期間中に被験者が囚人に殺されたら、開発自体が頓挫する可能性すらある。

リチャードは面会室に通され、そこには同じベテラン刑務官がいた。もうすぐ接見のためチャップマンもこの殺風景な部屋にやってくる。彼は、押し黙る刑務官に尋ねずにいられなかった。

「君たちは、チャップマンが死んでもいいと思っているのか」

「ある囚人をどうしても生き残らせたいなら、昔から方法は決まってます。囚人たちを仕切ってるギャングの幹部に金をわたすんです。うちには四つの系列の幹部が収監されてるから、全部にたっぷりとわたすんです。そんな顔せんでください、重犯罪刑務所はどこでもそうです」

聞いたとき、血の気が引いた。その一線を踏み越えたら実験の信憑性はゼロになる。だが、重犯罪刑務所は伝統的に倫理観《モラル》が低い。ギャングの幹部のような一部の囚人が、経済力で職員よりも圧倒的に優位なためだ。そして、刑務所の管理会社で出世した管理職も、その悪習を引きずることになる。

リチャードは刑務所に入ったときから、異様さを感じていたのだ。

「ひょっとしてチャップマンのことが個人的に嫌いなのか」

正義を為せという圧力が、常にのしかかり続けるようだ。ここの設備は広く清潔だが、外の空気とは本質的にかけ離れている。

刑務官はリチャードを咎《とが》めるように、ことばを短く切った。

「どうして、そう思うんですか」

「チャップマンがひどい目に遭ったという話になると、いつも一般論で『そうなるものだ』と片付ける。私の妻もそういう反応をするんだが、彼女はチャップマンが嫌いだ」

「普通はそうでしょう」

「妻はふだんは絶対にそんなことは言わない、気の弱い性格なんだ。あんな連中は去勢されればいいと怒ることもあるよ。本当にそう思うかと問いただせば、常識的にそう思う人間が多いと一般論に逃げる。けれど、性犯罪者をたとえばホルモン抑制やITPのような痛みのない手段で去勢していいか匿名でアンケートをやれば、“YES”と答える」

リチャードには、チャップマンに殺されたメグ・オニールと同年代の十歳の娘がいる。刑務官にも家庭があるのかもしれない。

「そんなものかもしれませんね」

刑務官がそう言った。

リチャードには、殺人犯だらけの重犯罪刑務所で、チャップマンの扱いが特別悪いことが不審に思えたのだ。社会には、子どもに性欲を抱く人間を自分たちと〝別〟だと扱いたい人々が、一定数いる。児童を性的に略取することを、他の犯罪行為と比べて〝別〟扱いが必要なほど異常だとみなせるのか、彼は心理学の専門家ではないので判別できない。だが、この振り分けが恣意的であれば、そこには「好き嫌い」が関わるはずだ。むしろ、根の深さは、本質が好き嫌いにあるからこそかもしれない。

チャップマンが、面会室に入ってきた。この間よりもひどく顔を腫らし、頭には包帯が巻かれていた。囚人たちにすら正義の欲求はあり、そのはけ口として性犯罪者は格好のターゲットということだ。自分は普通だと思っている者があきらかな下を踏む光景は、生々しく醜悪だ。

リチャードはここに来ると、社会の進歩がどこまで行っても砂上の楼閣のような気がして、強い疲労を覚える。

「ダニー、〝アニマ〟の調子はどうだい」

以前と同じように話しかけた。だが、チャップマンの反応は新鮮なものだった。

「あの〝声〟が、おまえらが俺に書き込んだ〝アニマ〟なのか」

チャップマンが、まるで人格があるかのように〝アニマ〟のことを語っていた。〝アニマ〟は、彼が勘違いしているような人格に近いものではない。ただ脳内の「好き嫌い」を整理するデータベース管理ソフトだ。リチャードたち普通の人間は、感覚器からの入力情報に結びついた動物的な「好き嫌い」と、文化と社会の上に築いた社会的な「好き嫌い」とを、区別できない。しかも、「好き、嫌い」の振り分けデータは数的に膨大で整理すら追いつかず、漠然とした〝塊〟を作ってしまう。彼らを取り囲む文化や社会も、どこを切っても好きと嫌いが複雑に幾重にも重なっている。自分の「好き」の出所や現在の状態を完全に把握している者などいないのだ。そして、だからこそ〝アニマ〟の効果試験には、児童への性欲という「好き」で殺人まで犯したチャップマンが、被験者として適切だった。

チャップマンが聞いた〝声〟は、ストレスを下げるために〝アニマ〟が適切な刺激を脳神経へ供給したものだ。それを彼の脳はことばとして解釈している。ただ、リチャードには種明かしをする理由はなかった。

「その〝声〟が〝アニマ〟だよ。〝アニマ〟は、君の脳内の反応を読み取って、こころの穴を埋めるようにはたらいてくれる」

「〝彼女〟だけが、俺のことをわかってくれるのかもしれない」

そのことばには本物の熱があった。憧れか、あるいは恋にも似た、強い思い込みがあった。だが、現実はある意味で厳しい。チャップマンが感覚する〝アニマ〟は「人間ではない個体」ですらない、ただの彼の脳内の器質なのだ。つまり、彼が見ているのは、擬似神経で組み立てられた機械によって制御される、ただの妄想だ。

「〝アニマ〟は、外界を再整理してくれるはずだよ。君にどこまでも付き合ってくれて、決して見捨てない。声を聞きたいとき、いつでもやさしくしてくれるはずだ」

「好き」を自己管理することで犯罪を動機の根本から絶つアプローチを、〝アニマ〟は目指している。

面会室の椅子に座ったチャップマンは、もはやリチャードに気を払っていない様子で、首に設置したＩＴＰ端子をこね回していた。

「そっちにとっては、俺がどう思っていてもいいんだろうさ。けれど、俺はたまらないんだよ。〝彼女〟が話しかけてくるせいで、事件のことまで思い出した」

チャップマンは明らかに苦しんでいるように見えた。

未整理のまま塊になって膨らんだ「好き嫌い」の、どれを参照するのが適切かわからない状態なのだ。すると突然、チャップマンの目元が劇的にゆるんだ。二度三度、まばたきをして、口元を微笑ませた。

何事が起こったのか、一瞬、リチャードも急すぎる変化の原因を見失った。考えるまでもないことだった。今、〝アニマ〟が、チャップマンの脳内で錯綜している「好き嫌い」を整理し、記憶からのフィードバックを装った信号を送って、脳のストレスを低下させたのだ。

それが結果として、児童性的虐待犯にどんな幻の〝声〟を聞かせたか、リチャードは知らない。

「……しあわせに、なっていいのか」

脳内の〝アニマ〟へとチャップマンが声で答えたから、リチャードたちにまで聞こえた。事情をつかんでいない刑務官が、ゴミ箱に捨ててしまいたいとばかりに囚人を見下ろした。

リチャードも、事前に伝達した情報に補足をするのが、刑務官に教えるためなのかチャップマンを幸福から引きずり下ろすためなのか、自分でも判別できなかった。

「〝アニマ〟が君の動機《モティベーション》を管理している状態なんだから、我々は禁止なんてしないよ。人間は『好き嫌い』を、生物に必要な、食料や異性みたいなものだけじゃなく、芸術や教育のような抽象的なことにも振り分けられる。どんなことにも本気の〝欲〟を向けられるのは、人間にとって自然なことだからね」

「だから、しあわせになれるのか」

「その答えはむずかしいな。我々は、しあわせになるために動機を様々なものに振り向けて、結果として社会を発達させてきた。けれど、〝欲〟の融通がきくことが、肝心な個々人のしあわせに繋がったかは疑問も多い。人間の脳は『好き嫌い』を自由に扱える特別な器質までは持っていない。だから、君の脳内ではたらいている〝アニマ〟を、その管理のためにITPで編んだんだ」

人類の〝好き嫌い〟は、器質的に容易に暴走する。社会が要請する範囲——行動を起こす活力や、個人の利害を超えて重荷を担う美質や、困難をチャンスとする野心のようなものよりも、いつも大きく振れる。だから、古代からの文芸の積み重ねも歴史も、「好悪管理の失敗データベース」のごとき惨状を呈している。

　チャップマン事件も、彼に好悪の管理を精密に行う能力があれば起こらなかったというのが、ニューロロジカルでの専門家の意見だ。小児性愛者が覚える性的興奮の源泉は社会だが、この快楽は、強度のみを残して、容易に苦痛へと裏返る。つまり、保身のために被害児童を口止めせねばならない恐怖感や、早くも行き詰まった関係自体のストレス、そして性的パートナーとしての児童自体の未熟さが、嫌悪となって殺人の動機になったと考えられている。

　好き嫌いをはさまず冷静に分析しようとするリチャードを、いつの間にか児童殺害犯が正面から見据えていた。

「『好き』ってことが、おまえはわかってないんだ。俺が面倒を見てたリトルリーグの子どもにとってだって、理屈じゃなかった。だいたい『好き』なんて、そいつと相手次第でまったく中身がちがうだろ。俺が馬鹿だと思って適当なことを言ってるなよ」

　人間は、愛情という抽象物を、言語を使って整理することができる。しかし、言語ではそうできても、実際に脳内の神経で、愛情が整理された形態で存在できているわけではない。

「我々が、〝ことば〟として頭に思い浮かべるような『好き』は、脳神経の反応としては、一意なものとして保証されていない。前に、ケーキと『好き』の話をしたね。神経にとっては『ケーキが甘いから好きだ』ではなく、『ケーキは好きだ』『ケーキは甘い』という別の問題だ、という話だよ。つまり、このふたつの文章を思い浮かべただけでも、君の脳内で、

「そのたび完全に同じ神経の発火の組み合わせになる保証はない」

脳の高次機能がバラバラの情報を総合するとき、内実として起こっているはたらきはひどく不安定だ。ＩＴＰでの経験伝達が成り立つことすら、発生する高次機能をまるごと擬似神経で作るという力業で対処しているからにすぎないのだ。

「我々は、神経発火の最小単位まで意識を微分してバラバラにすると、その一番ちいさい一コマでは、『ケーキが好きだ』ということも認識できていないんだよ。〝ことば〟として当たり前に使っている『何かが好きだ』は、意識の最小単位時間で処理するには、複雑すぎる」

リチャードは「好き」を機械のスイッチのように語る。これは、素朴な反感を返したチャップマンをさらにはぐらかしたようなものだった。囚人服の男は、納得などしていない様子で、疲れ切った目で中空をにらんでいた。

「要するにおまえは、俺が、しあわせになってもならなくても、どちらでもいいと思ってるのか」

刑務所の空気からにじむ「正義を為せ」という圧力が、リチャードの肌にもしみた。刑務官は、不愉快な様子で接見の残り時間を確認していた。児童性的虐待犯を憎んでいないらしいという理由で、リチャードがチャップマン寄りだという偏見を持ちはじめているのだ。自分が常識的だと疑わない人々は、しばしば自分たちが極端に保守的な群だと気づきすらしない。

「我々は、研究者として公平に接しているつもりだよ。〝アニマ〟を、しあわせを〝整理する〟ようには作ったが、君がしあわせに〝なる〟かどうかは関知するところではない」

「ここのやつらは俺を憎んでいるんだ。助けてくれよ」

チャップマンは、自分を嫌っていないと見たリチャードに、理解されたがっているようだった。

そして、リチャードにもその依存はありがたかった。

「そのトラブルについては我々も気に懸けているよ。他の囚人が君を殴っている間、刑務官たちが助けなかったことは改善できる。君からの救援要請が、ニューロロジカルに直接入るようにしておいた」

つまりリチャードは、最新バージョンのＩＴＰに備わっている、思考したことが文章として送信される文字インタフェース機能のスイッチを入れに来たのだ。ここから絶え間なく吐き出される膨大なデータをニューロロジカルのコンピュータが監視し、危険な単語を見つければ、自動的に身体機能の監視体制に入る。そして、必要に応じて刑務所管理会社へクレームを入れる。高齢だったり病身だったりする使用者向けの、自動的に救急車を呼ぶ機能の流用だ。

「君のＩＴＰには、文字コミュニケータに送信する機能がある。君が頭の中で考えた文章が、ニューロロジカルのコンピュータに送信されてくるんだ。スイッチを入れよう。ほら、こんなふうにだ」

リチャードは、持ってきていた紙状端末を面会室のテーブルに広げると、画面をチャップマンへ向けた。そこには文字コミュニケータ管理ソフトが表示されていた。このソフトウェアが提供する表示スペースに、チャップマンの神経発火から読み取った思考が、文章のかたちで表示されるのだ。

〈こいつらは信用できるんだろうな（結局データだけとって俺の命はどうでもいいんじゃないか／信用できなくてもしかたない）〉

大ケガを負った殺人犯の不信が、文章化されてだだ漏れで画面上に配置された。神経の発火は一瞬で多岐に展開するため表記法が普通の文章とはすこし異なるが、それでも一目で文意を見て取れた。

チャップマンが顔色を失った。

「こんなものが、役に立つのか」

「ことばを出せない状態でも、頭の中で考えれば文字を送れるのは、緊急時には便利だよ。病気や事故での死亡例は、非常時にことばを発せられなくて、病院に運ばれるタイミングが遅れた場合が多いんだ。息ができなかったり、声を出す体力がなかったりするときも、もちろん殴られている最中もそうだけれど、『助けて』と頭の中で考えるくらいはできるはずだ。それで命を救うチャンスが増える」

ＩＴＰは、脳内のイメージや感情自体を「受け手に理解のしかたごと書き込む」、完全なコミュニケーションツールでもある。それに比べれば、文字コミュニケータで出せる情報はただの文字だ。「読んで」「理解」してもらう二手間を受け手に要求するうえ、誤読の危険もある。

〈気持ち悪いなそういえばこいつ娘がいるとか言ってたな（娘はどんな女の子なんだ／かわいいのか／黒人と何人の子どもだろう／十二歳以下だといいな）〉

犯罪者がリチャードの娘のことを妄想していることが、はっきり映し出されていた。親として生理的に許せない気分になった。チャップマンが取り繕った。

「心の中で考えるくらい自由にさせろよ。俺だって、刑務所に入れられて後悔してる」

それは、事件を「自分の失敗」として認識していることばだった。人を殺したというのに、チャップマンは常に自分の視点からしか事件を語らない。そこに無惨に命を奪われた少女の居場所はない。

〈俺の味方になってくれなきゃこまるんだよなんだこの画面どういうつもりなんだこいつ――〉

反省しているから仲間になって欲しいと、すり寄られているかのようで、リチャードは苛《いら》立《だ》った。

チャップマンは、〝アニマ〟が見せるビジョンも女の子だと認識して、それが自分のものであるつもりでいた。支配欲と情欲を際限なく満たそうとしているだけのようだった。

「ダニー、今、〝アニマ〟は、君の頭の中で何か言っているかい」

「いつでも話すわけじゃない。こいつは、俺の自由になってくれないんだ」

紙状端末に、文字コミュニケータから送信された文字列が表示された。

〈なんでこいつはしゃべらないんだ〉

〝アニマ〟が脳内の好悪情報を管理するソフトであることを考えれば、それが正常だ。〝アニマ〟は脳内で、反応や感情や意志を、好悪で整理する。チャップマンの反応を分類整理した結果、神経に干渉するべきでないとしたときは、待機するのが正しい。

「〝アニマ〟は、罪を罪としたうえで君を承認するものであり続けようと、判断したんだと思うよ。君が一番求めているものになろうとしているんだ」

リチャードも、文字コミュニケータの正常動作を見届けた以上は、この異常な世界から出て行きたかった。

「今日のところは、そろそろ切り上げようか。ＩＴＰ記録を転写させてほしい」

〈もうすこしここにいてくれイヤだ（ここの暮らしに戻るのはイヤだ／殴られるのはイヤだ／みんなに嫌われ続けるのはイヤだ）〉

チャップマンの内心が文字列として表示されると同時に、本人のことばもリチャードを呼び止めた。

「〝こいつ〟のことを、もうすこし話さなくていいのか」

〝アニマ〟の組み立てる反応は、少数の例外パターンを除けば、使用者の脳内の情報にすぎない。

じっくり時間をかけてその事実を理解してもらうことを、リチャードは選ばなかった。帰れると思うと気分が浮き立ったからだ。

このただせまく厳重な、人生の終着点のような場所にいること自体がストレスだった。刑務所の外には、保守的だが家庭的な妻がいて、愛する子どもがいる。

リチャードは社用の全自動車に乗って帰った。

その間、紙状端末には《チャップマンから救援要請》に設定した色の通知ランプが点《とも》り続けていた。最初は車内で逐一確認していたが、すぐにやめた。チャップマンは今大事なことを思いついたとばかりに、さっき言えなかったことをつぶやき直すだけだったからだ。しつこいセールスがコールをやめないように、紙状端末にはメッセージの着信通知がひっきりなしに点灯していた。

チャップマンは、返事がないのに文章を垂れ流し続けた。ここが外の世界に通じる唯一の窓で、ここから外に這い出られると信じているかのようだった。

*

チャップマンの目にリチャードは、苦しむ彼の姿に安心しているように見えた。チャップマンの犯行で被害を受けたどころか、実験に彼が必要なはずなのに、理不尽だと思った。だが、彼はリチャードに《緊急の案件》だと判断されそうな文章を考えて、文字コミュニケータに送信し続けた。何かせずにはいられなかったのだ。

〝彼女〟と日々話していると、活力があふれておさまらなかったからだ。そして同時に、痛み止めも慰めもない死がつきまとっている感覚に神経を削られていたからだ。他の囚人が近づいてくるときや、にらまれたり、ひそひそ話をされたりするとき、いつも恐怖で身を縮めていた。生きている限りここからもう逃れられないからこそ、息抜きが欲しかった。

定まった時間に、チャップマンはキッチンへ作業に行く。決まり通り刑務官にカウントされる。そして、消灯時間になれば眠る。単調な日々の中、気まぐれに他の囚人に殴られる。退屈と恐怖で頭がおかしくならなかったのは、〝彼女〟が頭の中にいるおかげだ。けれど〝彼女〟と話していると、ときどき眠ることがつらくなる。今さら未来などないはずなのに、何かを手に入れたくてしかたなくなるのだ。チャップマンは、自分がまだ若い健康な男であることを自覚せずにいられない。時間を持て余すと、頭がはたらきはじめる。

本当ならチャップマンは、これから様々なものを手に入れられるはずなのに、百年の懲役を受けて死ぬまで刑務所を出ることはない。

「おやすみなさい」

消灯時間がきてベッドに横になると、〝彼女〟があいさつしてくれる。ごそごそと音がして、ちいさな女の子の気配が布団に入ってくる。胸元に、向かい合うようにかわいらしいものの体温が寄ってくる。それは、触れることのできない幻だ。

目が覚めると、〝彼女〟がおはようを言ってくれる。それだけで、一日がよい日になるように錯覚できる。様々なものが、一息つく場所のできたチャップマンには好ましく感じられた。弱音を吐きたくなると、〝彼女〟はいつも話しかけてくれる。〝彼女〟が励ましてくれるから、暴力も前ほどはつらくなくなった。〝彼女〟がほめたものが、チャップマンにもよいものに思えるようになってきた。

それも言語が作る錯誤だ。彼は、自分にとって価値があり素晴らしいと思うものを整理するとき、対象《それ》を《好きなもの》だと言う。「好き」の枠がいい加減なせいで、たくさんの「好き」なものを入れられる不定形の箱《ブラックボックス》になるからだ。彼は、「好き」の枠内に対象《それ》を組み入れる。そうすることで、すでにこのいい加減な《不定形の箱《ブラックボックス》》に入っていた多数のものとの関係がねつ造される。こうして、彼は「好き」を中心に「もの」の価値を整理しているのだ。

たとえば、チャップマンの好きなものは〝彼女〟の朝のあいさつだ。だから、彼は自然に《「好き」の箱》に朝のあいさつを放り込み、そこで前から好きだった子どものイメージが重なって朝のあいさつをかわいらしく感じだす。朝のあいさつをすると、いつの間にか気持ちが純粋になるような気がしている。こんなふうに神経の接続状態の再利用が幾重にも重《ちょう》畳《じょう》されて、単純だった「好き嫌い」が、どんどん複雑になってゆく。

そうして「好き」なものを増やしていたある朝、朝食後のキッチンで食器を洗いながら、驚くべきことに気づいた。チャップマンは、この刑務所での暮らしが好きになりつつあったのだ。

「おめでとう！　だから、どんな場所だって、スキになったらいいところが見つかるって言ったでしょう」

体重の軽い足音が、背後で聞こえた。食器の洗剤を洗い流しながらちらりと振り向くと、ちょうど少女が後ろを向いたところだった。赤いワンピースを着た、〝彼女〟の後ろ姿がかわいらしかった。

そのおしりをもっとよく見ようと目をこらした。見えている女の子が、突然、別人になったように、ワンピースの色が白く変わって、スカート丈が刺激的に短くなった。黄色人種の膝の裏はしっかりしていて、太ももも健康的に太い。

「スカートが短いんじゃないか」

「もう、そんなことばっかり」

怒ったような声を耳元に浴びせられて、反射的にチャップマンの尻の穴が締まった。洗い物をする手が、リズムがついたように手早くなった。こうやって、「好き」が育てた動機《モティベーション》はみんなを突き動かす。「好き」が世界を作り、回しているのだ。

彼の割り当て分の作業は、いつもより早く終わっていた。

早く自分の房に戻って〝彼女〟と話したいチャップマンを、キッチン作業のリーダーが呼び止めた。

「そのご機嫌を、ひとりじめしてていいのか」

五十歳を超える壮年の、元大物ギャングが、じっと彼の背中を監視していたのだ。キッチン作業のリーダーは、麻薬取引と何十件という殺人教唆の罪で三百五十年の懲役を受けている。目が合って、犯罪の濃密な臭いに血が冷えた。ここはチャップマンの生きる場所などない重犯罪刑務所のままなのだ。

どう言いつくろって逃げてきたか覚えていなかった。彼は全身に脂汗をかいて、自分の房に閉じこもった。壁のほうを向いて、膝を抱えてベッドに座った。外にいる他の囚人を見ると、彼を殺す算段をつけているように思えて、身体の震えが止まらないのだ。

「テレビくらい、別にひとりで持ってたっていいじゃないね」

〝彼女〟が、チャップマンが不平をことばにするより早く、頭の中で言ってくれた。

彼の脳内のテレビや、〝彼女〟のことは、他の囚人には知られていない。ここでは、そのくらいのことで本当に人が死ぬのだ。

恐怖が止めどなくわいてきて、気をそらさないと頭がおかしくなりそうだから、彼はテレビを作動させた。子ども番組にチャンネルを合わせた。算数の教育番組が放映されていた。先生が三角形を表示させて幾何学の授業をしていた。ぬいぐるみが動いていたが、女の子は映っていなかった。

「だいじょうぶだよ。希望を捨てないで」

〝彼女〟が、子ども向け番組のような、根拠のないポジティブなメッセージを伝えてくれる。子どものころ見た絵本や童話や、好きだったコミックや児童向けドラマのようだ。

外に出るのがこわかった。キッチン作業のリーダーにまで目をつけられているとわかった途端、もうすぐ殺されるようでたまらなかったのだ。なぐさめてほしかった。〝彼女〟をもっと近くに感じたかった。

「顔を見せてくれ」

〝彼女〟は決して顔を見せてくれない。そんなささいなことでも、〝彼女〟との関係をもっと確かにできる気がするのに。

ベッドに座る彼のすぐ脇に、子どもの高い体温を感じた。お風呂で丹念に体を洗わない女の子の、甘い汗の臭いがした。視線を落とすと、汚れたシーツに、黒人の女の子がちいさな手をついていた。ベッドに四つんばいになった少女の手だ。長い髪と角度のせいで顔は見えなかったが、その面影をチャップマンは知っていた。特にお気に入りのイメージがあったからだ。

まったく同じ角度から少女の胸元を覗き込んだポルノを持っていた。つまり、チャップマンが〝彼女〟の姿として脳裏に映していたのは、人生の中で見てきた写真やテレビや映画など記憶の断片ばかりだった。〝彼女〟として、記憶の中の少女の断片を、強引に組み立てた姿を見ていた。

だが、真相を悟っても驚きはしなかった。〝彼女〟もあやまってくれた。

「ごめんね。顔、見せられないんだ」

チャップマンは、刑務所での〝アニマ〟の実験に入る前に、契約内容を理解できるよう基礎知識をＩＴＰで伝達されていた。だから、なんとなくわかった。リチャードは、神経発火の一番ちいさい単位時間では『何かが好きだ』という単純なことすら、意識には認識しきれていないと言った。ならば人間の全体像も、当然つかみきれていないのだ。〝アニマ〟は、こうした短い単位でチャップマンの脳にはたらきかけているから、断片の組み合わせに見える。

つまり〝彼女〟の姿として、少女のイメージの断片が、記憶から彼の脳に送られる。感覚から意識が人間像を構成するまでには、わずかな隙間があり、脳は一瞬では手に余る情報を総合物として把握しようとしている。だが、脳は多数の感覚器から情報を受ける器官だから、この〝アニマ〟に挟まれた記憶に対しても並行して「好き嫌い」の反応を出して、チャップマンの意識に反映しようとする。つまり〝彼女〟のイメージに彼の脳が無意識に拒絶を返したら、脳は姿をどのように結ぶのか混乱する。だから、〝彼女〟のことを、パーツやおぼろげなイメージの組み合わせとしてしか感覚できない。きっと彼自身が「まとめることを嫌って」無意識に止めているから、体のパーツと〝顔〟をひとまとめでイメージできないのだ。

なぜそれを「嫌って」いるのだろう。〝彼女〟が、チャップマンの望まないことを絶対しないことを思い出した途端、なぜか涙がこみ上げてきた。

だったら原因は、児童性的虐待犯で殺人犯であるダニー・チャップマン自身にあるのだ。彼の脳は、パターン化された様式でスムーズにはたらこうとする。だが、チャップマンの自意識は、意味を求める文化を背負った「ことば」で組み立てられて、何もかもが粗い。〝彼女〟の声は、脳が無意識に愛していた「ことば」がかたちになったように、完璧に彼のこころを捕らえる。なのに、自意識は悪い感情ばかりを喚起する。メグを殺してここに投獄されて、二度と出られない自分自身のほかに、理想の少女像をまとめられない理由などあるはずがない。

その日の昼、彼に一通の手紙が届いた。刑務官から白い封筒をわたされた。

宛名を見ると、メグ・オニールの両親からだった。チャップマンにとっては、せいぜいメグに引き合わされたから顔を知っているくらいの間柄だ。裁判のとき彼らが泣いていたことを思い出した。今さらメールではなく、紙の封筒で何だろうと怪しんだ。

端を爪でちぎって開けると、短い手紙と、手書きのカードを複写《コピー》した紙が一枚入っていた。

チャップマンには、手書きのほうに見覚えがあった。たどたどしい字の《Merry Christmas》と、ツリーと星がカラフルなペンで描かれたクリスマスカードだ。彼がメグからもらったのとほとんど同じものだった。

心臓が重くなるようだった。震える指で、その手紙を開いた。

手紙は、父親から一枚、母親から一枚、こちらはコンピュータ上で文書をつくって印字されたものだった。

〈メグが私たちのもとから奪い去られて、一年以上もの時間が経ちました。家に帰るたび、もうあの子が私たちを迎えてくれることがないのだと、思い知らされます。私たち一家は、あの子が立派に成長してくれることに賭けていました。どんなに私たちが悲しんでいるか、刑務所で暮らしているあなたに想像できますか。あなたは、今、ＩＴＰによる治療を受けているのだと聞きました。だから、この手紙を書くことに決めました。メグはとてもいい子で

した。私たちはあなたがこころから――〉

母親からの手紙は、メグがいなくなって寂しい暮らしのことが切々と綴られていた。チャップマンは、三分とかからず読み終えてしまって、予想したより文面が凡庸で退屈だと思った。

逆に、父親からの手紙は、チャップマンが死刑にならないことへの不満を露わにしたものだった。裁判を傍聴したメグの両親は、チャップマンの話した犯行時の様子に衝撃を受けていた。だから父親が彼を責めるのは、囚人たちの暴力とはちがう正当な怒りだ。

だが、それでもメグはおとなにやさしくしてもらうことがうれしくてたまらない子だったのだ。裸にすると、身体に青痣があった。

振り返りたくない記憶がよみがえったのに、思ったよりもこころが痛くなくて、自分に失望した。

読み終えて、チャップマンはカードのコピーを膝の上に置き、オニール夫妻の手紙は封筒に戻して私物入れの袋に突っ込んだ。

奇妙なほど、朝に感じた恐さがなくなっていた。刑務所の外の〝社会〟を思い出したからだ。ここの外の当たり前の世界では、メグを虐待していた両親ですら、人間らしいあたたかみや熱を見せるのだ。だからこそ、非人間的に冷淡な重犯罪刑務所に投獄される羽目になったことを、こころの底から後悔した。

だが、チャップマンは被害者ではなく加害者だ。殴られるだけの彼も、外の社会では扱いにこまる厄介者だ。

以前、夜中に思い出して以来、久しぶりにメグのことを考えた。今になっても、あの最後の時、彼女が彼に言ったことばが頭に引っかかっていない。覚えているのは、太陽の光を浴びた少女の肌の色や、あけっぴろげな笑顔だけだ。

彼女の記憶は曖昧になっていたが、彼女を好きだった気持ちだけはまだ生々しい。

「わらって。ねぇ――」

ベッドに腰掛けた彼の隣には、懐かしいような気配があった。〝彼女〟も人なつっこくて、彼がほめてやると、びっくりするくらいよろこんで、手を軽く組みながらはにかんだ。

チャップマンは、楽しかった過去へ戻るように、今度は彼のほうから話しかけた。

「ケーキの上にのせるマジパンは、アーモンドパウダーと、おさとうで作るって知ってる?」

「知らない。お菓子、作れるの?」

「本当は作れないんだ」

記憶より完璧に、〝彼女〟は微笑んでくれた。それが、ちいさなメグの面影よりも魅力的なように感じたから、悲しくなった。

チャップマンは、満たされない彼が妄想した理想の異性にただ似ていたから、少女をつけねらった。彼女が性的にも満たしてくれるのではないかと思い込んで、本能と感情を、理性で押さえきれなくなっていった。錯誤にとらわれていた。「メグは自分を好きだから、彼女は満たしてくれる」のだと、勝手に結びつけた。「好き」ということばで区切ったブラックボックスに入れているうちに、整理できない塊になったその誤解を、自分の中だけで真理に化けさせた。自分の欠けた穴を埋める何かの役を「少女」に押しつけようとした。その何かが具体的にどういうものかも、チャップマン自身は知らないのに。

　彼にとってだけ、彼が殺した少女は、妄想という幻だったのだ。

　彼の手は、クリスマスカードの複写を握っている。指が震えて止まらなかった。カードをもらったのはチャップマンだけではない。メグに愛されていたのは、彼だけではない。

「お父さんやお母さんと、比べられるの、イヤ？」

「嫌だけど、しかたない」

　そういう彼も、比較をしていた。

「彼女のことを考えたら、つらいんでしょ」

〝彼女〟は、チャップマンの気持ちを先読みして、快適な答えを返してくれる。

「つらくても、『好き』は比べるものだ。やっぱり一番じゃないと嫌だな。ひとつでいいんだ」

「好き」は、絶対値ではなく他の「好き」と比べられるものだ。だから、「好き」には自然に序列が付く。

　自分が殺したメグの思い出と、本当は存在すらしない〝彼女〟を、彼も比べていた。

　勇気づけるように、体温がぴっとりと背中に押しつけられた。チャップマンがひたるのは、現実の女性と関係を築けなかった自分の、生きた異性がひとりもいない満ち足りたようで荒廃しきった三角関係だ。それでも、加害者がふたりの少女を天秤にかけるのでは、あまりにメグに救いがない。

不実であることを、チャップマン自身の幼稚性が責めた。

「心の中に子どもがふたりいたら、ハーレムじゃなくて、家族になってしまうものね。でも、本格的にお父さんになって、おとなの役からおりられなくなるのは嫌なんでしょう」

〝彼女〟は、甘えたい彼を叱咤《しった》しつつも、実体のない熱だけで寄り添い続けている。

「わかった。ひとりにする」

つぶやくと、心臓にひとかけらこびりついていた人間性が涙をこみ上げさせた。欲しいと思って殺してしまった少女は、自分にとって、ただの部品だった。虐待こそあれ八年間彼女を育ててきた両親から、そんな彼が娘を奪ったのだ。

チャップマンは、彼女を殺してしまったことに、はじめて嗚咽《おえつ》した。

理由は、頭の中ではもう探すことはできなかった。彼が身につけてきた道徳が、少女を好きになる気持ちよさの背景だった社会性が、文化が、あらゆるかたちで理由となって、火の雨で彼を打つようだった。

何時間もそうしていて、それでもメグが最後に何を言っていたかすら思い出せなかった。

ただひとつ、彼にとってはじめて彼女が人間になったということだけが、はっきりしていた。

午後四時、アメリカの全刑務所で一斉に受刑者を数える《カウントする》時間になった。

　チャップマンは、時間を忘れて泣いていて、所定の場所に並ぶ決まりを守れなかった。住居房の鉄格子が、外から思いきり蹴られて、おおきな音を立てた。全所でのカウントは、囚人の数が合うまで終わらないからだ。

　おかげで夕食後のキッチン作業でも、チャップマンへの風当たりは強かった。バケツの水を足下にこぼされて、何度もモップをかけさせられた。彼を助ける人間などいるはずもない。

　彼には、ここに友だちなどいない。まともな人間関係がないとは、時間が余るということだ。そんなとき妄想は一番の友で、そして脳内の〝彼女〟はいつでも相手をしてくれる。

「おつかれさま。ずいぶん、ひどいことされたね」

　体中がきしんだ。どこにぶつかっても苦痛だから、そっとベッドに横になった。

「なんでこんな目に遭うんだ」

「助けてあげられなくてごめんなさい」

　八つ当たりするより前に、〝彼女〟に謝られてしまった。

　姿はバラバラのビジョンの寄せ集めなのに、〝彼女〟が愛おしかった。ちいさくてかわいらしいものに対して湧いたものは、たぶん父性愛だった。ITPの擬似神経で構成された器官が脳内に見せる幻を、守るもなにもない。そのはずなのに、父親になれない彼にも、ちいさな気配を抱いていると何かをやりとげたように錯覚できるのだ。

　ベッドに寝そべったまま、ずっとこうしていたかった。こうしている間、世界がひとつの完全なかたちになったような気分になった。外に出たくなかった。救われたいと思った。

「愛しているわ」

囁き声が眼底や鼻の奥をくすぐるようで、むずむずした。きっとチャップマン自身が、愛を乞うているのだ。

〝彼女〟を好きだと思った。安直でも、たぶん好きになってもらったから自分も好きになったのだ。

裏切られることはないと、もっとよい関係を作ってゆけると信頼したから、ささやかな愛情を築くことができたのだ。

まぶたを閉じた。目を開けていると、メグの裏切られたような表情が、眼前によみがえってくるのだ。少女の顔が恐怖に塗り潰される直前の、あの空白を作ったのは彼だ。胸が重苦しくて、息を吐くたび胸焼けがしそうだった。

夢が断片のかたちで流れるように、チャップマンは一貫性のない断片として〝彼女〟をとらえる。日々鮮明になる罪の記憶とは関係なしに、彼の脳内では〝アニマ〟が好意を発生させている。好意が発生しているから、彼は「好き」という曖昧なブラックボックスに、〝彼女〟にかかわるものを放り込む。その中で、バラバラの断片は理由を与えられて、人間に見えるようになる。「チャップマンの好きなものだから、〝彼女〟は人間に見える」のだ。

チャップマンが〝彼女〟を好きであることと、〝彼女〟が人間のようであることは、本来、関係がない。だから、ふたつを「理由」の関係で結びつけたのは、脳が曖昧であるからこその取り違えだ。

取り違えで、彼らは簡単に好きになる。好意は、理由より素早く、道理より強いものだ。

チャップマンは、今日の食事のデザートだった袋入りのチョコレートバーを、ポケットのない囚人服の袖口から出した。

「チョコレート、隠してたんだよね。わたし、これ、大スキ」

さっき愛を語ったはずなのに、〝彼女〟は継ぎ目なく《シームレスに》お菓子の話題に反応した。そういう子どもらしさが、チャップマンは「好き」なのだ。こうして落ち着いて食べると、ふたりで味わえる気がした。バーを齧《かじ》ると、甘みとここちよい苦みが口に広がった。

「おいしいね」

食べながらチャップマンは、これは純粋に体が感じている「好き」だと思った。外界からの刺激に反応するとき、扁桃体《へんとうたい》での原始的な価値判断に信号が回るほうが、新皮質での論理判断に回るより早い。そうして時間差のある情報がフィルタにかけられて、ひとつのまとまった、ビジョンを結ぶ。

原始的な好き嫌いで、彼はチョコレートバーを嫌わない。〝アニマ〟は、その情報から、未整理の塊になっている「好き嫌い」の記憶を解きほぐしてゆく。

「おいしいな」

口の中で溶けるチョコレートは、思い出に繋がっている。お菓子が純粋に楽しみだった子どもの頃から、飽きるほど買えるかわりに不自由も多いおとなまでの、いくつもの「好き嫌い」がこの味に結ばれている。それは、彼が積んできたチョコレートの文化だ。

「どうして、その子にお菓子をあげようと思ったの？」〝彼女〟に触れられたこのタイミングが、〝彼女〟が、メグのことに言及したから驚いた。ベストだった気がした。

「いいことをしたかったんだ。寂しそうな女の子に、よろこびそうなことをしてやるのは、いいことだと思った」

チャップマンは、かわいいものが好きだ。子どもっぽい物事が今でも好きだ。父親のように頼られたいと思う。異性としてパートナーがほしい。身体のセックスがしたいという欲を満たしたい。曖昧で大きなこの「好き」の枠から、枝葉が膨大に伸びて、ときには隣の枠と絡み合っていた。

驚くほど明晰に「好き嫌い」を感じられた。リチャードが言う「〝アニマ〟は好き嫌いを整理する」とは、こういうことなのだと思った。彼は父性的な文化のもとでメグに頼られたいと思い、男性的な文化に引きずられてパートナーを求め、子どもの遊びの楽しさや愛されたい文化から離れなかった。チャップマンは、ただ愛される方向へ伸びた文化の枝葉を、曖昧な「ことば」が作る神経連結を通じて感じた。ケーキの白い肌やチョコレートが作るコントラスト。彼が好きな、まるみを帯びた工業デザイン。ちいさい物品に与えられるほのめかしや愛玩動物を飼う習慣、身体を飾るいくつものアクセサリ。そして、巨大なものの前で自分の矮小《わいしょう》さを認めることにまで、彼が子どもが好きなことは繋がっていた。

〝彼女〟がそばにいるだけで、胸が苦しくなるような、出所を正確に感じることができない多幸感に包まれていた。

刑務所が最悪な場所ではないように思えた。彼が恐怖し「嫌う」ものは、この房の外にある。他の囚人が入れないこの房では安全だと、割り切って落ち着けた。

整理がついても、チャップマンは〝彼女〟を好きなままだ。それどころか、もっとありったけの欲望を〝彼女〟にぶつけたかった。受け容れてもらいたかった。

〝彼女〟が曖昧であることに、耐えられなくなっていた。あまりにも多くを預けすぎていて、〝彼女〟が人間でなければそれを回収できないと焦っていたのだ。

「顔を、見せてくれ」

ゆっくりと〝彼女〟の気配が、彼の腕の中で、顔を上げた。


彼が殺したちいさなメグの顔をしていた。

激情の大波が襲ってきた。チャップマンは、目を火傷したように首をひねった。

この少女の顔を、見間違えるはずがなかった。歯の根が、恐怖で合わなくなった。

「ねぇ、笑って」

記憶の中の少女の声と、〝彼女〟の声は、いつの間にか重なっていた。

「愛されたかったんだ」

唇が歪んだ。恐怖と嫌悪感で、体が震えた。すがるように、すぐそこにある気配へと視線を向けた。彼が、注いだ愛情の元をとろうとして殺してしまった少女が、そこにいた。記憶の中の、一番うまくいっていたころのメグと同じ、あけっぴろげな笑顔をしていた。

「私も、愛されたかったわ」

チャップマンは、メグに、身勝手にも自分と似たところを見た。せまい世界で殴られ続けて、彼は逃げられない。彼女も親に虐待され体に痣があった。つらくて逃げ場が欲しい気持ちが、今の彼にはよくわかる。

彼は、息をするのも苦しい打撲だらけの体をきしませて寝返りを打ち、メグの顔をした〝彼女〟を抱き締めようとした。〝彼女〟の身体は、顔とは食い違って写真や動画のパーツの寄せ集めだ。微かな盛り上がりの頂上に蕾《つぼみ》のような乳首をのっけた乳房や、お腹のやわらかさや太ももの素朴さに、メグの顔が繋がっている。

〝アニマ〟による整理は正しい。彼にとって、少女が好きとはそういうものだ。写真や絵や動画に、ずっと同じものを透かし見ている。そこにある少女の姿を通して、妄想にしかない理想の異性を窃視していた。

こころの穴を埋めてくれる理想だから、〝彼女〟みたいに子どもだと楽だ。チャップマンには、妄想の中で、理想の異性という高嶺《たかね》の花から愛される理由がある。〝彼女〟は誰かの助けなしに生きてゆけない子どもで、チャップマンはすでに生活を築けているおとなだからだ。

「好きだ」

そう言って、あのときもソファに寝そべった少女にのしかかった。裏切られたように怯えたメグとちがって、ベッドに横たわる〝彼女〟は許すように微笑んでくれた。

「好きよ。だから、パパみたいになってほしかった」

彼の手は、〝彼女〟の体をすり抜ける。興奮しすぎて、普通に息をしているのに酸欠になったように深呼吸を挟まずにいられない。

〝彼女〟は、体を隠すようにうつぶせになってしまった。チャップマンには触れられないから、強引に仰向かせることができない。チャップマンの愛情を受けたのだから、愛されただけ返して欲しかった。またこんな不公平かと、怒りが湧いた。

「でも、俺は子どもが好きなんだ」

「どうしても子どもじゃなきゃダメ？」

「どうしてもじゃない。でも、子どもほど素晴らしいものは世界中にない。みんなだってそう言ってる。子どもは未来で、子どもは若さで、可能性で、純粋さで、純潔で、無垢《むく》な愛情だ。子どもを好きにならないなんて無理だ。社会が子どもを好きになって欲しがってる。今さら、好きになるななんて言うな」

血を吐くように訴えた。彼にとっては、さらに郷愁であり、愛情の記憶であり、人間関係や常識の根でもある。人間の価値のおそろしく多くの部分が、子どもに繋がっているようだ。『子ども』ということばも、『好き』と同じだ。複雑なものを単純にあつかっているせいで、曖昧で、入りそうにないものでも押し込んだらたいてい入ってしまう。

「〝そういうこと〟の相手じゃなかったら、子どもを好きでいられない?」

〝彼女〟が、うつぶせのまま笑っている。バレエのレッスンをするレオタード姿の少女の後ろ姿になっていた。なめらかなその肌が、チャップマンの手を誘《いざな》うようだった。

子どもは、人間の素晴らしさの象徴なのに、そこからセックスだけ抜くのは不自然に思えた。セックスをして、〝彼女〟はチャップマンの子どもを妊娠して、ささやかな家庭を作る。いや、そうではない。彼は快適な世界を妄想し、そこを支配していたいのだ。彼は子どもが好きで、妄想の中で子どもを支配している。だから、彼は「好き」なものを支配し続けることができる。

「〝そういう〟子ども好きをやめるには、最初の一回をやらないことだ。子どもは、そのくらい強い象徴《シンボル》なんだ。俺たちは子育てしなきゃいけない。おとなが仕事をしながらでも、何十年も子どもを育て続けるように、社会ぐるみで俺たちを教育したんだ。そのためには強い動機《モティベーション》が必要だから、子どもは素晴らしいことになった。だって、世界中が子どもを好きじゃなかったら、放って置かれる子どもが年に何千万人も生まれてくることになる。子どもはみんなに愛されなきゃいけないだろう」

自然に声が熱を帯びていた。親の愛が足りないから、メグは殴られて無視された。メグの親が彼女をないがしろにしたのは、社会ぐるみで子どもに興味をひきつけきれなかったからだ。チャップマンは自分の罪を軽く見ようと必死になっているかのようだった。

「それだけ愛を振りまいたって、子どもの世話をしない親はそれなりの割合でいる。母性みたいな強力な受け皿がないから、男は『好き』を身体で納得できない。愛が変なところに当たって、子どもを性的に好きになる男だってある割合で出るさ」

「そうならない人のほうが、ずっと多いでしょう？」

「安全なやつなんていない。俺だって、本当に子どもが好きになったのは、あのときベンチに座ってたメグと会ったときかもしれない。ある日、自分がまさかって、それまで他人事《ひとごと》だと思ってたやつが、突然、子どもが好きになってるんだ」

チャップマンは、「時代が変わっても、社会は子どもを賛美し続けた」ことが、事実だと知っている。「児童に対する欲求は昔から続いて、子どもは性的に虐待され続けた」こともそうだ。だが、このふたつの事実を、〝だから〟で結んでいるのは、彼の恣意だ。

「みんな子どもが好きなんだ。どんな時代でも、子育ては行われていたし、それはおおきな負担だった。けれど、父親を育てるような『好き』だけを、正確に送り込むなんて無理だ。子どもへ向いた好きをこんなにばらまき続けたら、子どもを理想のパートナーだと思うだろう」

彼は、こころの弱い人間だけが子ども好きになるわけではないと思う。成人の異性間の関係でもそうだが、何を「好き」になるか選べるとは限らない。けれど、対象が子どもだったとき、まともに進展する人間関係を育《はぐく》める可能性は低い。そうして空いた穴には、妄想が詰まるようになる。

けれど、好き嫌いを整理しても、文化をたどっても、好きのはじまりを見つけても、チャップマンが受刑者であることは変わらない。彼が欲望を自制できずに犯行をおかしたことだけは、絶対に動かないのだ。思い出してしまったメグの、血のあたたかさや肉の痙攣を、重みを片付けようがない。チャップマンが壊したのは、たしかに「取り返しのつかない何か」だったのだ。

子どもへの性的欲求はなくならなくても、その網から完全に自由にならなくても、嗜好と行動は別物だ。女性が男性に対してセックスの動機《モティベーション》を掻き立てることと、実際に強姦事件が起こることの間には、超えてはならない違いがある。

チャップマンはそこを「だから」という原因と結果で結んでしまった。致命的な誤読だ。自分の「好き」をより分けて最後にたどり着いたのは、手を出したかどうかという決定的な差だった。

ようやく肌で感じた。

都合良く歪めていた認識が、ようやく本当にほどけた。チャップマンはとてもありふれた性犯罪者であり、重犯罪刑務所にいて、百年の懲役を負っている。それが現実だった。

〝彼女〟が、手を握ってくれていた。脳内の〝アニマ〟が発生させた体温が、終着点に行き着いた彼を慰めていた。

「よくがんばったね」

やさしい声が、鼓膜を介さず直接聴覚をくすぐった。この声は、きっとストレスを感じ取った〃アニマ〃が、彼の脳のコンディションを回復させるために行った操作を逆算しただけのものだ。

　それでも、洗われるように、涙は止めどなくこぼれ続けていた。

〃彼女〃が肩を寄せてきた。ぬくもりを確かに感じる。けれど、それより近い距離にはならない。〃彼女〃をばらばらにして、チャップマンのこころの穴に埋め込むことはできない。曖昧な「好き」という塊に育まれたのだとしても、チャップマンが感じる愛情はこういうものだ。この貧弱でふらついたものが、彼が育んできた等身大の愛だった。

　次の朝、チャップマンは決められた通り刑務所内の労務についた。

　ごくささやかなものごとを、這うようなのろさで学んで、自分は変わったのかもしれないと思った。それは、〃アニマ〃による矯正の効果だということかもしれない。

　もちろん、そんなことは彼の脳内だけの話だ。他の受刑者との関係は、まったく解決してはいない。一生刑務所を出られない重犯罪者にとっては、メンツが命そのものだ。小児性愛者と仲良くするなどありえない。チャップマンはここでは幸せになれない。だが、刑務所は自己実現の場所ではない。

　そして、それでも死ぬまで人生は続く。

　今日、チャップマンは、気持ちよく朝のキッチン作業ができた。「好き嫌い」が整理されたおかげで、自分の劣っていたり情けなかったりする姿がよく見えた。だから、ほんのすこし自分をどうにかしたいと思えた。〝彼女〟が好きだからだ。マシになりたいという欲求は、恋の風景としては一般的なものだ。

　キッチンの食器洗いは、いつもより五分早く終わった。

　ドアを抜けて食堂に戻ると、同室だったエヴァンズがまだ食堂にいた。彼に気づいて、機嫌の悪そうな麻薬売りが大股に近づいてきた。

　昨日までの愛から一歩外に出るためには、今日、これまでしなかったことをすることだ。だから恐怖を抱えながら、精一杯の親愛の情をこめて、あいさつした。

「allo（こんにちは）」

　エヴァンズの顔が、きついジョークで苦笑いする直前のように歪んだ。それに似た表情に見覚えがあった。メグを殺した後、子どもを支配しているという妄想を覆《くつがえ》されたチャップマンの、ガラス窓に映っていた顔だ。

　次の瞬間、チャップマンは殴り倒されていた。

*

　そのときリチャードは、自宅の書斎で朝食前の作業を終えたところだった。今日一日にやるべきことをまとめておくと、気分よく会社での仕事に取りかかれる。

　妻が朝食を作り終えるのは、毎朝、七時四十分ころだ。ちょうどキッチンへ向かおうとしたとき、紙状端末に警告ランプが点ったから、無視しようか迷った。

ただ、さっきまでまとめていたデータのことを思うと、気に懸かった。チャップマンから送信されてくる文字データは愚にも付かないものばかりだったが、昨晩のものはちがった。〝アニマ〟が明らかに成果をあげはじめていたのだ。

緊急の赤ランプが点滅しはじめた。

リチャードは、慌てて紙状端末画面を覗き込んだ。赤ランプは、チャップマンの生命にかかわる事態であることを意味していた。

ニューロロジカルのサーバに繋がっている画面には、赤ランプを見た他の職員がまとめてくれた現在の様子が表示されていた。グリーンヒル刑務所の食堂で起こったトラブルが暴動に発展し、チャップマンが巻き込まれたというのだ。刑務所が委託している保安会社のスタッフたちが鎮圧にかかっているが、難航しているという。一生自由になれない長期刑の凶悪犯たちは、ひとたび暴発すると、保安スタッフが銃を発砲してすら止まらない。刑務所内の人間関係でも、どのみち人間は簡単に死ぬのだ。

現状、ニューロロジカルからリチャードに与えられている指示は待機だ。研究者である彼に、できることなどない。巻き込まれて殺されるリスクを下げるため、刑務所からは刑務官たちですら退避していた。重犯罪刑務所では小規模な暴動が頻繁に起こると、補足コメントがついていた。

生命の危機を表す赤ランプが、激しく明滅していた。チャップマンが死にかけているというメッセージが、被験者本人のＩＴＰ制御部から送信されているのだ。

〈痛い痛い痛い（死んでしまう／助けて欲しい）痛い痛い――――〉

チャップマンが考えたことが、ＩＴＰ制御部に内蔵された文字コミュニケータを通じて、リチャードの紙状端末まで届いている。暴動の中心で私刑に遭っているチャップマンの内心の悲鳴が、文章になって表示され続けていた。

〈痛い痛い頭をこじあける痛い、面倒を見てもらってなんてないやめてくれ、痛いスプーン（血が痛い／頭刺さる）死んでしまう痛い痛い――――〉

絶え間ない悲鳴を見ていると、気が滅入った。子どもを殺した殺人犯とはいえ、その死に立ち会うのはたまらない。送られてくる文字情報を絞り込むため、文字欄の隣に表示された属性のボタンに触れる。文字コミュニケータが脳神経からの情報をＩＴＰ経由で文字情報に直すとき、話者がどんな気分だったかの属性情報が付与される。画面上の「冷静な気分」のアイコンを押した。フィルタを通されることで冷静な気分で考えた内容だけが表れるようになった。

〈こんなことになったのは怪物だからだ俺は怪物で違和感で排除されるべきものなんだ〉

断末魔から苦痛の訴えと悲鳴をフィルタで削《そ》ぎ落として残った文章が、あまりに静かであることが意外だった。だが、フィルタ設定を見る限り、これは本当にチャップマンが冷静だった瞬間に送信したことばだった。

〈俺が好きなものを整理できなかったからこいつらの嫌いだってそうだやっぱりことばが間違いのもとだ〉

殴られながら、瀕死のチャップマンは、自分の到達した場所を確かめるようにまだ思考していた。リチャードは、なぜだか寒気がした。〃アニマ〃だった。死に行くチャップマンは、〃アニマ〃の幻影と話しているのだ。

〈愛している助けてほしいリチャード〉

名指しで呼ばれた。理由はすぐにわかった。

〈彼女を助けてほしい愛してる彼女を子どもが殺される（いけない／俺もやった）彼女も殺されてしまう殴られている頭を割られる――殴られて頭を彼女も――〉

チャップマンは頭蓋骨を割られようとしていた。だからこそ〃アニマ〃の幻も死んでしまうと恐れて、娘のいるリチャードなら、チャップマンが女の子だと思っている〃彼女〃を助けると考えたのだ。

ニューロロジカルの研究グループは、チャップマンは本当にここまで改善したのかと、ネットワーク上で議論していた。被験者は、〃アニマ〃が好き嫌いを整理したことで明確になった自分の父性や男性性を利用して、死から逃避しているという説が大勢を占めていた。

〃アニマ〃は、脳へはたらきかける道具として、被験者自身の記憶を使っていただけだ。だから、チャップマンがその集積体を〃彼女〃という人格だとみなそうと、本人の脳が死ねば道連れになるしかない。

〈頭が刺さった、骨が音を立ててる――〉

そして、冷静な気分のフィルタを通過できない断末魔が彼の脳内を荒れ狂っているのか、何十秒もリチャードの紙状端末に送信されてくるデータはなかった。チャップマンはきっと、もはや人間の所行とは思えない仕打ちを受けている。

だが、人間の身体の器質は一万年前からほぼ進歩していない。だから人間は、一万年前にしていた蛮行をひとつ残らずやる可能性がある。

〈リチャードこの世は好きでできてる、けれどそのせいで世界はまちがいがたくさんある〉

　ニューロロジカルの研究グループは、チャップマンの死を受け容れて、これまでのデータをどう生かすかを考えている様子だった。紙状端末に流れてくるログでは、被験者のＩＴＰ制御部がどのくらいまでの衝撃に耐えられるかが、参照のうえ情報共有されていた。

〈まちがいの元は好き嫌いだ好き嫌いは動機であって複雑なものを正しく作ることに向いてない好きは男に子育てをさせたいのに小児性愛者を作るくらい狙いがついていない〉

　リチャードは、この混乱するチャップマンという人格に、声をかけてやるべきだろうかと迷った。文字コミュニケータは元々、病人や高齢者が緊急時に救急車を呼ぶことを念頭に作られたものだ。だから、救急車の到着告知や簡単な意識チェックくらいはできるよう、三十文字程度の言語メッセージならリチャードたちからも返信できるのだ。

〈好き嫌いの勢いで複雑で精密な仕組みをもった世界を動かすからかならず俺みたいなトラブルがそこかしこに出てるんだ俺みたいなトラブルが積み重なり続けていて世界になっていてもっと複雑になっているんだ〉

　チャップマンは、この期に及んでまだ、自分の犯罪の原因を外部に求めていた。だが、

〝アニマ〟も、人間が犯してきた失敗の原因である「好き嫌い」を、意思から切り離して外部化したものだ。つまり〝アニマ〟自体も、擬似神経で作った機械に、「好き嫌い」の集中管理を外部委託するシステムとも言えるのだ。

〈リチャード（あいつの娘／うらやましい）、やさしくなってくれよ彼女にだけでいいんだ〉

呼ばれ続けているうちに、自然と得体の知れない震えが走った。チャップマンは、〝アニマ〟を通じてリチャードと繋がっていると感じているのだ。

自分のほうに近づかず〝怪物〟のままでいてくれと、いっそ言ってしまいたかった。

そのとき、書斎のドアに人の気配を感じて、弾《はじ》かれたように顔を上げた。

彼の愛おしいものが、そこにいた。

「パパ？」

返事をしようとして、のどがからからに渇き、舌が乾燥していることに気づいた。半開きになっていた口を閉じ、生唾を呑み込んだ。

チャップマンからの文字データが送信され続ける端末画面から目を離し、まぶたを揉んだ。

「好き嫌い」に動機づけられて作られた文化の影響であっても、家族がよろこびであり昂揚であり安心だ。ここにリチャードの体験する愛情はある。

「ママが、もう、ごはんだって」

閉ざされた刑務所で跳ね回る人間の蛮性に触れたせいか、このまま家族の団らんに入ることがためらわれた。リチャードの中で、動物である人間の本能が荒れ狂っていた。だが、理性で押さえようにも、思慮の基盤である言語は、脳のはたらきと正確に対応しているわけではない。だから、取っかかりをつかめない蜃気楼の世界に迷い込んだようだった。言語以前の時代から横たわっている暗い幻の世界は、彼らが現実だと信じている世界と、こうして一瞬重なる。

　チャップマンのことばは、最後の告悔のように、激しさを増していた。まるで愛情を希《こいねが》って、差し出された手だ。

　自分がチャップマンと同じだと、認めることなどできない。リチャードの現実は、刑務所の中ではなく、家族といっしょの時間にある。

　だから、ひっきりなしに入ってくるチャップマンからのメッセージが、恐くてしかたなかった。

　開けていた窓から風が入った。朝の日差しの中、娘が美しく、大切で、艶やかなものに感じられた。

　だから近づいて、やわらかなカーブを描く薄い褐色の額に、手を置いていた。

「パパのことが好きか？」

　娘に、ことばに重畳されたものを読み取ることなどできるはずがない。

「うん」

　リチャードたちは、言語コミュニケーションで理解できていない伝達内容を受け容れられるかどうかは、「好き嫌い」——受け手の興味しだいだとしている。だが、「興味」は目を向けさせるだけで、それが理解されるかとはまた別だ。このため、言語による情報整理では、明らかに消化できないものを、興味から「好き――自分にとってよい」だと錯覚して丸呑みする状況が起こる。誤解や誤読は、言語が必然的に起こすエラーなのだ。

「パパのこと、好きだよ」

そして、チャップマンがメグを殺すに至った錯誤も、言語のエラーだ。リチャードの首に脂汗が浮かんでいた。

意識すらしないうちに、ごく自然に、引き寄せられるようにしゃがみ込んで、子どもと視線を合わせていた。娘の、妻に似た一途な切れ長の目を覗き込んでいた。

チャップマンと接近しているように思えた。だから、この瞬間、娘がそばにいる状況がただ恐かった。

リチャードは、この認識自体が、脳内の反応をどの程度曲げたものだろうと考えた。神経の発火図を解きほぐしたら、彼自身の頭にもチャップマンはいなかっただろうか。

端末には、瀕死のチャップマンからのメッセージが入り続けている。自分の手は、気持ちに開いた穴に、ちいさな子どもを詰め込もうとしたチャップマンの手と、似てはいないか。

だから、娘の肩を両手で摑み、身体を押して距離をとった。

いつの間にか文字の送信は止まっていた。

〈――――――――。〉

かわりに、黄色のランプがゆっくり点滅していた。外的要因でハードウェアが損傷したことを示す、エラー表示だ。ITPの主制御部は、脳深部の視床近くに埋め込まれる。だから、この状況は頭蓋骨を割られて脳に外傷が加わったのでない限りあり得ない。

チャップマンは死んだ。リチャードが一度も声をかけてやらないまま死んだ。彼とチャップマンは別人で、冷静に考えれば人格的に引き込まれることなどあり得ないというのに。そして、メグの両親にとって娘がそうだったのと等しく、死んだチャップマンも失われて戻らない。

それが理性の敗北に思えた。小児性愛者を〝怪物《外部》〟のように扱うことは、問題をはさんで世界を〝向こう《外部》〟とこちら側とに切り分けるのと同じだ。そして、排除し、あるいは関わるまいとすることで、こちら側にいる自分は何も変えたくないという態度でもある。だが、安全圏など本当はない。ことばになった「好き」は、動機《モティベーション》と同時に錯誤を生み出し、あらゆる人間を突き動かしているのだ。

それでもリチャードは安心する。彼の幸福はここにある。

「パパ、笑って」

「好き」は神経の発火だから、よいも悪いもなく起こる。曖昧すぎて、「好き」は罪に問うても有罪にはできない。そして、「好き」を通して社会から与えられる動機を、整理しきることなどできない。

娘がこの上なく愛らしく、抱き締めずにはいられないものに見えた。

言語の絶えた世界で、現実としての彼らを守ってくれるのは、理念でも認識でもなく、手が届かないよう隔てた距離だけだった。

# 編者あとがき

『2010年代SF傑作選1』、お楽しみいただけましたでしょうか。いやまあ、最初から順番に読んでいただく必要もありませんが、『2』ともどもご家庭にワンセット常備していただけると、まさかのときも安心です。

　さて、この十年の日本SFをざっと見渡すと、いちばん大きな変化は、新人SF作家が大量に登場し、活躍しつづけていることだろう。SFの公募新人賞では、ゼロ年代に多くの才能を送り出した二つの賞、日本SF作家クラブ主催の日本SF新人賞と、角川春樹事務所主催の小松左京賞が、ともに二〇〇九年で休止。二〇一〇年代は、それと入れ替わるようにして、創元SF短編賞と、（長篇賞にリニューアルした）ハヤカワSFコンテストが創設された。SFを謳う賞ではないが、日経「星新一賞」、創元ファンタジイ新人賞も新設されている。そのほか、藤井太洋、柞刈湯葉、赤野工作のように、電子書籍やウェブ小説からデビューを果たす才能も現れて、一〇年代デビュー組（日本SF第六世代）は多士済々。かつてない活況を呈している。

短篇SFマーケットに関しては、SFマガジンの隔月刊化によるマイナスの影響は甚大だが、河出文庫《NOVA》や東京創元社《GENESIS》などのオリジナルアンソロジー・シリーズや、短篇単体で電子書籍化する流れがその穴を埋め、短篇SFの需要と注目度はむしろゼロ年代よりも高まっている。ハヤカワSFコンテスト特別賞の草野原々「最後にして最初のアイドル」や創元SF短編賞受賞の宮澤伊織「神々の歩法」、ゲンロンSF新人賞（非公募）の麦原遼「逆数宇宙」などが電子書籍としては異例の売れ行きを記録したのがその傍証。

めぼしい新人が多すぎて、本来なら当然ここに（というか主に『2』の方に）入っていてしかるべき新しいSF作家たちを入れることができなかった。松崎有理、宮澤伊織、オキシタケヒコ、門田充宏、高島雄哉、吉上亮、六冬和生、草野原々、伴名練、法条遥、柞刈湯葉、赤野工作……。お手元にある二冊に収めた二十人は、二〇一〇年代に活躍したSF作家のごく一部だと思ってください。

個々の作家の知名度と社会的影響力、本の売れ行きなどで比べると、星新一、小松左京、筒井康隆、眉村卓、半村良、光瀬龍など、日本SF草創期の作家たち（第一世代）にはとても及ばないが、作品の質と多様性では、いまのSF作家たちも負けていない。ささやかながらも、本書が彼らにとって、その実力に見合った評価を得る一助になることを願っている。

と、このあたりで本書の編纂の経緯について少々。今年（二〇二〇年）はハヤカワ文庫創刊五十周年のメモリアル・イヤーということで、それに合わせて二〇一〇年代の日本ＳＦベスト・アンソロジーをつくってほしい――という依頼を塩澤快浩ＳＦマガジン編集長からいただいたのは、たしか二〇一九年の春ごろ。

十年前には創元ＳＦ文庫で『ゼロ年代日本ＳＦベスト集成』全二巻を編んでいるし、二〇一〇年代は、同じ創元ＳＦ文庫で毎年『年刊日本ＳＦ傑作選』（日下三蔵氏と共編）を出してきたから、主要な作品にはだいたい目を通している。全体の分量が決まれば、あとはそれに合わせて選ぶだけ……と思ったが、『年刊日本ＳＦ傑作選』のサブセットみたいになるのでは（大森個人として）あまり面白くない。かといって、そこに入ってないものから選ぶというのも本末転倒だろう。じゃあどうするかと考えていた一九年八月、伴名練の短篇集『なめらかな世界と、その敵』が出版界に旋風を巻き起こした。ＳＦマニア以外にはほとんど名前を知られていない作家の初ＳＦ短篇集（しかも九年ぶり二冊目の著書）が発売一ヵ月足らずで七刷を記録したのである。帯の推薦文にいわく、「２０１０年代、世界で最もＳＦを愛した作家。」（ＳＦマガジン編集長 塩澤快浩）。

彼が国内外の短篇ＳＦを読みまくっていることは作品からびんびん伝わってくるし、そのマニアぶりは京都大学ＳＦ研究会当時からファンジンその他を通じてＳＦ界（の一部）に轟いていた。そうじゃなくても、『なめらかな世界と、その敵』刊行後に彼が版元の求めに応じてウェブ（早川書房 note）に発表した「あとがきにかえて」と題する一万字メッセージを読めば一目瞭然だろう。二〇一〇年代ＳＦ傑作選の編者としてこれ以上の適任者はいない。

ということで、旧知の伴名練に某所で会った折に共編を打診したところ快諾を得て、九月から作品選びがスタートした。唯一の心残りは、伴名練が自作の収録を固辞したため、彼が編者でなければ当然入っていたはずの伴名作品を入れられなかったこと。自分が編むアンソロジーに自作を入れたくないという気持ちもわかるし、『２０１０年代ＳＦ傑作選』でアンソロジスト伴名練がデビューを飾るというのも、それはそれでたいへん魅力的なので、今回は編者の立場で存分に腕を揮ってもらうことにした。ここに収録されていたかもしれない伴名練作品については、『なめらかな世界と、その敵』とその他の短篇を読んでいただきたい。

ちなみに、創元ＳＦ文庫『ゼロ年代日本ＳＦベスト集成』は〈Ｓ〉と〈Ｆ〉の二冊組で、前者には野尻抱介、小川一水、上遠野浩平、田中啓文、菅浩江、上田早夕里、桜庭一樹、飛浩隆、神林長平、円城塔、伊藤計劃＋新間大悟、後者には、恩田陸、三崎亜記、乙一、古橋秀之、石黒達昌、津原泰水、森岡浩之、山本弘、北野勇作、小林泰三、牧野修、冲方丁の作品がそれぞれ収録されている。『２０１０年代』との重複は、本書に収録された小川一水、上田早夕里、田中啓文、北野勇作、神林長平、津原泰水、円城塔、飛浩隆の八人だけで、全体の六割が入れ替わっている。ゼロ年代ベストには、ＳＦ専門ではない書き手を積極的に入れたという事情もあるにせよ、ＳＦ作家の数がこの十年で急増したことは、このラインナップからも見てとれる。

また、ＳＦ系新人賞出身者のＳＦ作品が芥川賞や直木賞をはじめとする各種文学賞にノミネートされたり受賞したりする機会が飛躍的に増えたのも一〇年代の大きな特徴だろう。

その草分けは、二〇〇七年に小松左京賞最終候補作でデビューを決めたのち、「オブ・ザ・ベースボール」で第104回文學界新人賞を受賞して、これが第137回芥川賞候補となった円城塔。二〇一〇年には「烏有此譚」で第32回野間文芸新人賞、一一年には第3回早稲田大学坪内逍遥大賞奨励賞、一二年には「道化師の蝶」で第146回芥川賞を受賞。創元ＳＦ短編賞出身の宮内悠介は、二〇一七年、『彼女がエスパーだったころ』で第38回吉川英治文学新人賞、『カブールの園』で第30回三島由紀夫賞を受賞し、芥川賞に二度、直木賞に三度ノミネートされている。同じく創元ＳＦ短編賞出身の高山羽根子は、二〇一六年に「太陽の側の島」で第2回林芙美子文学賞大賞を受賞したのち、二〇一九年には「居た場所」と「カム・ギャザー・ラウンド・ピープル」で二期連続芥川賞候補（第160回と第161回）。小松左京賞出身の上田早夕里は二〇一八年、『破滅の王』で第159回直木賞候補。ハヤカワＳＦコンテスト出身の小川哲は『ゲームの王国』で二〇一八年の第31回山本周五郎賞を受賞し、二〇一九年の『嘘と正典』で第162回直木賞候補に……という具合。ＳＦ系新人賞出身者以外でも、月村了衛が二〇一三年に『機龍警察　暗黒市場』で第34回吉川英治文学新人賞、藤井太洋は二〇一九年に『ハロー・ワールド』で第40回の同賞、高野史緒は二〇一二年に『カラマーゾフの妹』で第58回江戸川乱歩賞を受賞している。ゼロ年代以前には、ＳＦ出身者の作品が日本ＳＦ大賞以外の文学賞で候補になることとさえ稀だったのとくらべると、状況は一変したといってもいいだろう。ＳＦはいまふたたび、純文学からもエンターテインメントからも注目されるジャンルになりつつある。

　その新たな日本ＳＦの中核をかたちづくるメンバーがずらりと顔を揃えたのが、この『２０１０年代ＳＦ傑作選』全二巻。それを裏づけるデータとして、『ＳＦが読みたい！　２０２０年版』で実施された「２０１０年代ベストＳＦ」投票の結果を見てみよう。今回のベストは、国内作品と海外作品を区別せず、二〇一〇年代に刊行されたＳＦ書籍から十作を選んで１位から10位まで順位をつけるシステムで実施され、ベスト30には日本ＳＦが十四作ランクインしている。そのタイトルを１位の西島伝法『皆勤の徒』から順に列挙すると、上田早夕里『華竜の宮』、飛浩隆『零號琴』、小川一水『天冥の標』シリーズ、伊藤計劃＋円城塔『屍者の帝国』、飛浩隆『自生の夢』、伴名練『なめらかな世界と、その敵』、小川哲『ゲームの王国』、円城塔『文字渦』、円城塔『エピローグ』、藤井太洋『オービタル・クラウド』、宮内悠介『盤上の夜』、上田早夕里『破滅の王』となる。

　著者十人のうち、〇九年に世を去った伊藤計劃と、本書の編者である伴名練を除く八人の作品が『２０１０年代ＳＦ傑作選』に収録されている（ちなみに、「ゼロ年代ＳＦベスト30」作家別得票数の上位十傑は、飛浩隆、伊藤計劃、小川一水、円城塔、冲方丁、山本弘、野尻抱介、古川日出男、菅浩江、池上永一だった）。

　どの作品を選ぶかについては人によって異論もあるだろうが、二〇一〇年代日本ＳＦを代表するプレーヤーがこのアンソロジーに揃っていることについてはおおむね納得していただけるのではないか。できれば、『１』『２』をいっしょに読んでいただけると、いまの日本

ＳＦの豊かさが実感できるはず。ＳＦは元気です。

最後に謝辞を。勝手に選んだ作品の収録を快諾してくださったみなさんと、収録作の初出誌各媒体および収録短篇集の担当編集者諸氏にあらためて感謝する。このアンソロジーを編纂する機会を与えてくれたＳＦマガジン編集長の塩澤快浩氏と、編集実務を担当してくれた早川書房編集部の溝口力丸氏および茅野らら氏に感謝する。また、シライシユウコさんには素敵なカバーイラストを描いていただいた。ありがとうございました。それでは、もし縁があったら、十年後、『２０２０年代ＳＦ傑作選』でお目にかかりましょう。

二〇二〇年一月　大森　望

## 初出および収録書籍一覧　※（　）内は現行の収録書籍

小川一水「アリスマ王の愛した魔物」〈ＳＦマガジン〉二〇一〇年二月号（『アリスマ王の愛した魔物』ハヤカワ文庫ＪＡ）

上田早夕里「滑車の地」〈小説現代〉二〇一二年九月号（『夢みる葦笛』光文社文庫）

田中啓文「怪獣惑星キンゴジ」小説宝石特別編集『宝石　ザ　ミステリー２０１４夏』光文社、二〇一四年八月（『宇宙探偵ノーグレイ』河出文庫）

仁木稔「ミーチャ・ベリャーエフの子狐たち」〈ＳＦマガジン〉二〇一二年六月号（『ミーチャ・ベリャーエフの子狐たち』ハヤカワＳＦシリーズ　Ｊコレクション）

北野勇作「大卒ポンプ」大森望責任編集『書き下ろし日本ＳＦコレクション　ＮＯＶＡ８』河出文庫、二〇一二年七月（『社員たち』河出書房新社・ＮＯＶＡコレクション）

神林長平「鮮やかな賭け」〈ＳＦマガジン〉二〇一九年十月号

津原泰水「テルミン嬢」〈ＳＦマガジン〉二〇一〇年四月号（『11 eleven』河出文庫）

円城塔「文字渦」〈新潮〉二〇一六年五月号（『文字渦』新潮社）

飛浩隆「海の指」Ｗｅｂコミックサイト「モアイ」二〇一四年十月一四日更新→大森望編

『ヴィジョンズ』講談社、二〇一六年十月（『自生の夢』河出文庫）

長谷敏司「allo, toi, toi」〈ＳＦマガジン〉二〇一〇年四月号（『My Humanity』ハヤカワ文庫ＪＡ）

# rev·is·ions 時間SFアンソロジー

大森望編

突如、渋谷の街とともに三百年以上先の時代へと転送されてしまった高校生たちの運命を描く話題のSFアニメ「revisionsリヴィジョンズ」。同様に、奔放なアイデアと冷徹な論理で驚愕のヴィジョンを体感させる時間SF短篇の数々――C・L・ムーア「ヴィンテージ・シーズン」から、津原泰水「五色の舟」まで全6篇収録。

ハヤカワ文庫

# アステリズムに花束を

## 百合SFアンソロジー

SFマガジン編集部＝編

百合——女性間の関係性を扱った創作ジャンル。創刊以来初の三刷となったSFマガジン百合特集の宮澤伊織・森田季節・草野原々・伴名練・今井哲也による掲載作に加え、『元年春之祭』の陸秋槎が挑む言語SF、『天冥《てんめい》の標《しるべ》』を完結させた小川一水が描く宇宙SFほか全九作を収める、世界初の百合SFアンソロジー

ハヤカワ文庫

# バレエ・メカニック

津原泰水

造形家・木根原の娘・理沙は、九年前に海辺で溺れて以来、昏睡状態にあった。都心での商談後、奇妙な幻聴を耳にした木根原は、奥多摩の自宅へ帰る途中、渋滞の高速道路で津波に襲われる。理沙の夢想が異常事態を引き起こしているらしいのだが……希代の幻視者による機械じかけの幻想、全三章。解説／柳下毅一郎

ハヤカワ文庫

# バナナ剥きには最適の日々

## 円城 塔

どこまで行っても、宇宙にはなにもなかった——空っぽの宇宙空間でただよいつづけ、いまだ出会うことのないバナナ型宇宙人を夢想しつづける無人探査機を描く表題作、淡々と受け継がれる記憶のなかで生まれ、滅びゆく時計の街を描いた「エデン逆行」など全10篇。「コルタサル・パス」を追加収録。

**解説／香月祥宏**

ハヤカワ文庫

# 疾走！　千マイル急行（上・下）

小川一水

名門中等院に通うテオは、文明国エイヴァリーの粋を集めた寝台列車・千マイル急行で旅に出た。父親と「本物の友達を作る」約束を交わして——だが途中、ルテニア軍の襲撃を受ける。装甲列車の活躍により危機を脱するも、祖国はすでに占領されていた。テオたちは救援を求め東大陸の采陽《サイヨー》を目指す決意をするが、苦難の旅程は始まったばかりだった。小川一水の描く「陸」の名作。　解説／鈴木力

HM=Hayakawa Mystery
SF=Science Fiction
JA=Japanese Author
NV=Novel
NF=Nonfiction
FT=Fantasy

# 2010年代《ねんだい》ＳＦ傑作選《けつさくせん》１

〈JA1415〉


二〇二〇年二月十日　印刷
二〇二〇年二月十五日　発行

（定価はカバーに表示してあります）

編者　大《おお》森《もり》望《のぞみ》
　　　伴《はん》名《な》練《れん》
発行者　早川浩
印刷者　矢部真太郎
発行所　株式会社　早川書房

郵便番号　一〇一 - 〇〇四六
東京都千代田区神田多町二ノ二
電話　〇三 - 三二五二 - 三一一一
振替　〇〇一六〇 - 三 - 四七七九九
https://www.hayakawa-online.co.jp

乱丁・落丁本は小社制作部宛お送り下さい。
送料小社負担にてお取りかえいたします。

印刷・三松堂株式会社　製本・株式会社明光社
Printed and bound in Japan
ISBN978-4-15-031415-6 C0193




本書は活字が大きく読みやすい〈トールサイズ〉です。